黃文芸一千

許子東文集

（第四卷）

當代小說中的現代史

許子東 著

商務印書館

出版統籌：杜　辰
責任編輯：馮孟琦
裝幀設計：涂　慧
排　　版：肖　霞
責任校對：趙會明
印　　務：龍寶祺

當代小説中的現代史

作　　者：許子東
出　　版：商務印書館（香港）有限公司
香港筲箕灣耀興道 3 號東滙廣場 8 樓
http://www.commercialpress.com.hk
發　　行：香港聯合書刊物流有限公司
香港新界荃灣德士古道 220-248 號荃灣工業中心 16 樓
印　　刷：美雅印刷製本有限公司
香港九龍觀塘榮業街 6 號海濱工業大廈 4 樓 A 室
版　　次：2025 年 7 月第 1 版第 1 次印刷

ISBN 978 962 07 0662 2（平裝）
ISBN 978 962 07 4741 0（毛邊本）
Printed in Hong Kong

許子東：《當代文學印象》，上海：上海三聯書店，1987 年。

許子東：《當代小說閱讀筆記》，上海：華東師範大學出版社，1997 年。

許子東：《吶喊與流言》，上海：上海文藝出版社，2004 年。

《許子東文集》出版說明

《許子東文集》十一卷，前三卷均為現代作家論，第四至第六卷是論文集和兩項專題研究，第七至第九卷都是以文本細讀為中心的文學史論述。第十卷為作者自傳，曾在人民文學出版社出版，現為增訂本。第十一卷為媒體言論集，收錄若干過往節目觀點與報刊文章。

上世紀八十年代的中國現代文學研究者，大都從作家論起步，之後進入文學史、古代文學、文化研究、人文學史或思想史等領域，很少有人一再重複現代作家論。文集作者卻在幾十年間，先後寫了三本作家論（《郁達夫新論》《細讀張愛玲》《重讀魯迅》）。對於這種目前在學術生產工業中已經不佔主流的研究方法和出版體例的長期堅持，在學界引起注意。第二卷《細讀張愛玲》（張愛玲逝世三十週年紀念版）是皇冠版和中華書局《張愛玲的文學史意義》兩書的合併，另附討論《色，戒》《小團圓》的電視談話。《重讀魯迅》的重點是魯迅對「主奴關係」的研究。全書並非企圖研究魯迅是怎樣一個人，或者還原魯迅作品的本意，而是記錄作者幾十年來閱讀 / 重讀魯迅作品的閱讀經歷以及體會感悟的變化過程。一百年來，魯迅的作品照見了國人走過的道路，照見了世人的面貌與內心，也照見了中國的理想與現實。文集作者半生都在着迷郁達夫的真率、張愛玲的優美和魯迅的深刻。

文集第四卷收集作者從 1984 年到 2014 年間的論文與隨筆，其中大部分寫於八、九十年代，曾經發表於《文學評論》《文藝理論研究》等學術期刊。〈當代小說中的現代史〉原是其中一篇論文的題目，預示了後來的研究方向，現作為文集第四卷書名。整個第四卷反映作者八十年代之後很長時間在學術上的猶豫和嘗試，從分析文學現象到試驗理論方法，從注重現代文學到關心當代小說。文集第五卷是一項藉用俄國形式主義理論的專題研究，開始於 1989 年芝加哥大學的魯思訪問研究計劃，1997 年作為博士論文提交香港大學。2000 年以《為了忘卻的集體記憶 —— 解讀 50 篇文革小說》為書名，由北京：生活・讀書・新知三聯書店出版（三聯・哈佛燕京學術叢書）。該書的台北麥田繁體版書名是《當代小說與集體記憶 —— 敘述文革》。人民文學出版社 2011 年再版時題為《許子東講稿（卷一）—— 重讀「文革」》。此書主題原是擔心國人健忘，可是時代循環，過去不會消失，人既有可能兩次進入同一河流，書也還沒有完全過時。文集第六卷是《小說香港》。作者長期在香港的大學任教並擔任中文系主任，曾經編選了四五本「香港短篇小說雙年選」。編選過程中閱讀了數千篇香港本土的中短篇小說（主要是九十年代的作品），同時也首次在嶺南大學開設香港文學的課程。卷六的部分內容曾以《香港短篇小說初探》為書名出版，2007 年獲第九屆香港中文文學（文學評論）雙年獎。

第七卷《許子東現代文學課》是作者在香港嶺南大學一年級本科課程的錄音文字，當時有騰訊新聞現場直播。課堂實錄文字或有資料不全等缺陷，但也保留了直播的氣氛及現場效果，成為一本文字、資料、音頻及視頻同時存在的教科書。《許子東現代文學課》收入文集卷七，大幅增加了研究性質的論文和其他講座文字、直播對談。《重讀二十世紀中國小說》（上下）及續篇《二十一世紀中國小說選讀》是作者近年的工作，有別於傳統的從時代或從作家出發的文學史模式，這幾冊重讀和選讀，努力嘗試以文本細讀為主體，重新梳理文學史發展線索。

整套文集，既有文體分類，也按時序編排。除了第三卷《重讀魯迅》，文集其餘各卷基本按寫作與出版時序編輯。

《當代小說中的現代史》編輯說明

《當代小說中的現代史》收集了作者從 1984 年到 2014 年間的三十五篇論文，其中大部分寫於二十世紀八、九十年代，曾經發表於《文學評論》《文藝理論研究》《華東師範大學學報（哲學社會科學版）》《中國現代文學研究叢刊》《文藝研究》《上海文學》《復旦學報》等學術期刊和文學雜誌上。

在內容上，本書可分為「思潮」、「作家」、「批評」、「集外集」、「附錄」五個部分。

在時間上，本書收錄的文章顯示了作者研究興趣，由現代文學向當代文學的逐步轉移。其中一篇較長篇幅的論文《當代小說中的現代史：論〈紅旗譜〉〈靈旗〉〈大年〉和〈白鹿原〉》，見證了作者文學研究的轉折和發展。這些文章也曾分別收入作者各個時期的論文集：《當代文學印象》（上海：上海三聯書店，1987 年）、《當代小說閱讀筆記》（上海：華東師範大學出版社，1997 年）、《吶喊與流言》（上海：上海文藝出版社，2004 年）。

代序 [1]

許子東先生的論文集即將出版，約我為序，我樂於答應為之。因為許先生是我的朋友，也曾隨我在芝加哥大學和加州大學洛杉磯分校研讀過，現在香港嶺南學院任教，是海峽兩岸及香港現代文學領域中的佼佼者，更是少數大陸學者中真正關心港台及海外華文文學的人。

當然，這本論文集的着眼點，和作者的真正功力，還是在中國大陸的文學，內中對當代幾位作家（如賈平凹、阿城、韓少功、王安憶）及文學現象（如革命小說、新時期文學及知青心態和紅衛兵文學）的分析，都是內行人的真知灼見。而我最欣賞的一篇文章是《一個故事的三種講法》，作者把三個完全不同的文本 —— 曹禺的《日出》、張恨水的《啼笑因緣》和張愛玲的《第一爐香》—— 並置在一起閱讀，不僅使人一新耳目，而且也使我們體會到張愛玲的文學技巧中獨特的女性眼光。這篇文章的英文原稿，是作者當年在洛杉磯加大的一門「女性文學」（主要研究張愛玲）的研究生課上提交的論文，中文改寫以後，內容更見充實，啟發良多。

許子東先生受業於上海華東師大，是錢谷融教授的得意門生，

1　本文原為《當代小說閱讀筆記》的序言，現亦選為本書序言。上海：華東師範大學出版社，1997 年。

二十世紀八十年代曾以《郁達夫新論》一書震撼中國學術界。因為他發人之未發，直接面對郁達夫的個人感情和藝術面，觸動了當年很多學者不敢多碰的「禁區」。也因此書的盛譽，許子東被校方破格升級，成為當時全國大學中文系中最年輕的副教授。然而他並不熱衷名利。來美以後，先在芝大做訪問學者，後來更再自降一級，隨我到加大洛杉磯分校做研究生，這是一般人不願為的「下地獄」做法。記得我曾警告他學英文之苦及美國學院壓力之重，但他毅然決然地咬緊牙關苦下功夫，在短短的兩三年中便已完成學位課程，而在英文寫作上更是突飛猛進，目前可以用雙語寫作。在香港這個學術環境中，這是不可或缺的。然而，因多一種語言的助力，也使得許子東開闊了視野和方法，無形中使他的中文書寫語言也增加了一份深度和距離，沒有賣弄，也毫不自鳴得意，娓娓道來，使得一般海外讀者可能仍感陌生的題材讀來生動有趣。這是許子東不同於有些大陸學者長篇大論或往往濫用大字眼的長處。他的研究方法，仍以小說人物的分析為主，將之佈於論文的「前景」，然後再放在歷史文化的範疇中。這種方法，看似「保守」，但卻能勾畫出一個生動的輪廓，不像一部分純以西方理論為依據的學者把活生生的文學寫成死板的抽象語言。

我喜見這本面目一新的論文集的出版，也更樂意向海內外的讀者同行介紹這位優秀的大陸學者。

李歐梵

目錄

第二輯　作家

第三輯　批評

集外集

附錄

第一輯

思潮

新時期的三種文學

在北京中國社會科學院「新時期文學十年」研討會上的主題發言

新時期的「三種文學」是指：一、以經世致用改良社會為使命的「教化型」「社會文學」；二、以娛樂性趣味為審美追求的「宣泄型」「現代通俗文學」；三、以文學自身為目的的「實驗探索型」的「純文學」（在中國當代文學的特定範疇內，也可簡稱為「探索文學」）。雖然這三種文學多元並存同時滿足社會審美需求的局面直到 1985 年才逐漸明朗，但作為文學傾向看，三種文學間的差異、矛盾、分化、互滲及消長，卻貫穿甚至支撐了整個新時期文學（1977—1986）十年發展的過程。

一、「社會文學」主流的內在矛盾及其分化

「社會文學」和「文學的社會性」當然是兩個概念。一切文學無疑都有社會性，都會有意無意形態不同地表現出一定時代社會的某些特徵，都會以各種方式、途徑、功能、效果或直接或曲折地影響人的精神世界，同時也作用於社會政治生活。所謂「社會文學」的特點只是：第一，作家明確意識到（讀者也清楚認識到）文學對社會政治的影響力，且視之為文學的基本功能；第二，作家自覺地以改造社會為創作目的（讀者也有意在美學接受中獲得教益），而且期望作品能直接參與

乃至推動社會政治變革。「社會文學」的美感屬性本質上是功利的，「目的論」又使得審美判斷經常倫理化，而倫理判斷又每每政治化。「羣體歸屬感」是社會文學最基本的審美心理特徵。比如「傷痕文學」，種種控訴、哭泣、憤懣、呻吟，一方面從理性上加重人們的傷痛：「瞧，你的傷痕連着國家、民族的災難！」另一方面又從心理上減輕了人們的傷痛：「你看，受苦受傷的也不只是你一個，人家也在流淚淌血……」前者強化了人們憎恨「浩劫」的社會姿態，後者又幫助人們恢復去向明天所必需的心理力量。顯然，這種羣體歸屬感及其動態心理效應，是「傷痕文學」能以牢騷、呻吟等宣泄形式達到「解放思想」的理性啟蒙效果的一個關鍵。事實上，1980 年前後「社會文學」能夠成為新時期文學的主流，這同當時人們的政治意念、倫理判斷與審美傾向的某種一致性有關。時至今日，當分量凝重、封面嚴肅的《收穫》《十月》在報刊亭玻璃窗裏越來越遭到明星頭像、武林高手或模特兒大腿的排擠挑戰之時，人們怎會不懷着驕傲和光榮的心情留戀滿城爭說喬廠長、街談巷議《傷痕》、文學刊物因而也熱銷幾十萬上百萬份的昔日繁榮！眼見今天「黃鐘大呂」罕見，《東方美女案》卻到處氾濫，評論家們又只是圍着艱澀古怪的探索新作叫好，人們自然要悵然緬懷二十世紀七十年代末期文學自身追求與社會政治變革及大眾審美趣味高度融洽契合的局面……是的，我們越是充分評價文學曾經取得的創作實績，也就越會對文學的發展現狀及其未來感到困惑。正是這種困惑敦促我們進一步考察新時期「社會文學」得以繁榮的三個原因。

原因之一是剛擺脫動亂的社會迫切需要文學來說明它走向安定。「文革」以後，社會精神結構中的諸領域，在從混亂走向秩序的「撥亂反正」之際，都紛紛熱切希望得到文學（這一似乎可以「百搭」的精神力量）的幫助。於是，文學就在既自願又被迫地侵（請）入政治、法律、道德、經濟、教育等領地後顯得聲勢大振，好像力量強大。今天看來，「傷痕文學」當初之所以能轟動社會、激動民心，相當程度上就是因為作品中有比政論更尖鋭的批判（《楓》），有比教材更有效的教育（《班主任》），有對法院無法受理的道德難題的解答（《杜鵑啼歸》），甚至還有獎金分配方案，或告知青年們：可以燙髮、可以跳舞、可以「聽列寧喜愛的貝多芬的樂曲……」[1]。車爾尼雪夫斯基曾把這種文學承擔的「百科全書使命」同缺乏教養的不發達的社會形態聯繫起來考察[2]，而我更進一步相信，只要社會陷入相對的動亂，文學背負「非文學負載」的機會和義務就必然會增加。正因為如此，正因為 1978—1979 年「社會文學」的繁榮與當時其他精神文化領域及整個社會結構的「百廢待興」、「百興待舉」有關，那麼，隨着社會政治秩序和文化結構的恢復和發展（恐怕沒有幾個作家不在盼望和爭取這一點），隨着法律、政治、經濟、教育及武術、健美、娛樂等種種非文學雜誌分門別類地大量湧現，文學，或被迫從「侵佔」別人的地盤裏退出來一些，或自覺地把肩上非文學的負荷卸下來一點，這不也是正常、合理甚至是必然的嗎？社會文學曾經在我國人民的政治生活中佔據那麼顯眼的位置，對思想解放運動和社會政治改革起過那麼直接、重要（甚至是不可或缺）的推動作用，這無疑是文學的光榮；但今天，文學的社會效用、社會影響變得更間接、更複雜、更曲折、更獨特，在我看來，這也並非文學的失敗或羞恥。

顯然，上述特定歷史社會條件對文學的制約帶有某種階段性、過渡性和暫時性。如果看不到這種暫時性，以為文學永遠只能像「社會文學」那樣「干預政治」甚至「作戰」，那就必然會對今天文學的多元發展傾向感到失望和迷惘 ——「我們革命奮鬥了這麼多年，怎麼走到了這一步？！」[3] 但如果只強調「社會文學」繁榮的暫時性，以為十年歷程已經使文學丟開了「政治包袱」從而「回到自身」，那也會陷入另一個角度的「天真」。文學回到自身，誰也沒有異議，問題在於甚麼才是「文學自身」？再進而考察當代中國「社會文學」得以存在和繁榮的社會依據和歷史原因，我們恐怕就會對調整「文學與政治」關係這一課題的長期性和艱巨性，有一層更充分的心理準備。

原因之二，社會主義社會形態尤其需要文學作為一種建設性、功利性的意識形態力量而存在。這是因為社會主義國家機器、上層建築的確立先於經濟結構、生產關係的形成（據社會主義政治經濟學理論說，這並不違反唯物史觀基本原理，這是生產方式決定社會形態的一種特殊表現）。政治制度先於經濟秩序、思想革命先於物質革命，必然導致上層建築、意識形態對經濟基礎和社會發展的反作用力大大加強，而文學在其中自然義不容辭也要承擔一些幫助社會建設，完善社會秩序的責任——這是社會主義文學的重要特點，也是「社會文學」在當代中國不僅一時繁榮而且會長久存在、長久影響文學主流的根本原因。相比之下，日本、美國或法國文學所具有的直接改造社會（直接影響經濟、教育、法律、政治）的力量似乎就微弱得多。國家機器固然支配不了文學，大眾也好像「用文學做夢」多於「以文學為槍」。更重要的是，大多數西方作家並不認為文學直接影響社會政治就等於文學自身的發展，在探索情感實驗形式的「純文學」與精製夢幻熱銷流行的「通俗文學」的分化並存之中，像《金環蝕》《大飯店》《一個警察局長的自白》等揭露社會弊病的作品，通常都被歸入後者，即排在「通俗文學」（或曰「大眾文學」）之列。而在中國，恐怕還有蘇聯、東歐諸國創作界，雖然近年來所謂「嚴肅文學」與「通俗文學」的分野也日趨明顯，但類似的「社會文學」不僅被看作是文學的正宗，而且多少年來一直代表着革命文學的主流（一度甚至淹沒其他「支流」）。

「社會文學」在不同社會形態、不同文學結構中所處的不同位置，其實正說明了它是既不同於「純文學」又有別於「通俗文學」的第三種文學範式。

然而比起同樣也重視文學的社會作用同樣也曾有過動亂（如衛國戰爭、工會運動等）的蘇聯、東歐國家來，我們的「社會文學」似乎還是顯得更為興盛發達，這裏的原因（即原因之三），恐怕就要上溯到中國文人歷史悠久的「感時憂國」精神，上溯到中國文學源遠流長的「文以載道」及文教、文史不分家的傳統，以及這種憂國憂民、文以載道精神傳統與十八世紀歐洲理性主義、與十九世紀俄國民主主義啟蒙意識的無意卻又有機的結合。「先天下之憂而憂」的士大夫使命感與「百科全書派」啟蒙主義的背景雖然不同，但他們都確信理性至上，因而都自感有「先知先覺」的救世救民之責。車爾尼雪夫斯基的「生活教科書」理論聽來格外入耳，關鍵還是滲透骨髓的「所謂文者，務為有補於世而已矣」（王安石）的古訓在起作用。「文所以載道猶車所以載物」，是呵，倘若文學不負載社會政治使命，「況不載物之車，不載道之文，雖美其飾，亦何為乎？」（朱熹）……顯而易見，這些來自精神傳統、文化背景的影響，比來自動亂環境和社會體制的制約更為重要。我們看新時期社會文學所面臨的基本矛盾，並不只是「哭訴傷痕」與「向前看」之間如何消除動亂後遺症的方法之爭，也不只是「歌德與缺德」、「歌頌與暴露」之間如何維護或改造社會的態度之爭，而是更內在更尖銳的衝突形式，在作家自身的文學責任與社會政治責任之間展開。類似的矛盾至少可以追溯到「十七年」和三十年代。半個多世紀以來，許多既熱愛藝術又關注社會的作家，都曾在諸如人力車夫之類的典型意象面前被迫進行「艱難的選擇」（趙園）並陷入痛苦的內心掙扎。依照來自巴爾扎克、契訶夫或盧梭的文學法則，只是解剖和同情車夫的畸形軀體和麻木靈魂吧，作家們感到沒能直接幫助社會革命因而問心有愧；聽從「左聯」及自身政治使命感的召喚，用筆驅使車夫馬上提高覺悟，上街遊行、灑傳單甚至巷戰吧，作家們又覺得有違生活真實，有損藝術使命，因而也於心不安……類似的矛盾苦悶後來並未像人們在四十年代和六十年代所樂觀估計的那樣逐漸消失，而是一直延續至今，一直延續在馮幺爸的揚眉吐氣與陳奐生可憐的狡黠之間，延續在明姑娘的透明心靈與劉思佳、高加林的「渾濁」性格之間……直至1983年為止的整個新時期文學基本發展軌跡，包括各種文學現象的張弛消長以及幾次引人注目的文藝論爭（關於《傷痕》、關於《假如，我是真的》、關於《苦戀》等），顯然都和「文學與政治」關係的複雜矛盾及其緊張協調有關。但這種矛盾和協調，不僅熱鬧碰撞在報刊上和會議上，更無聲展開於作家內心——作家們對文學責任與政治責任的矛盾的三種不同態度，後來就導致了三類社會文學的分化演變。

一開始，《傷痕》時期，作家們大都確信自身的文學使命即自己的政治責任，不覺得也不認為兩者間必然會有差異和矛盾。只要這「政治」是人民的，是改革的，只要這「文學」是大眾的，是戰鬥的，那麼作家一拿起筆，不就既創造了美好藝術又鍛造了批判、改革社會的利器嗎？這種「批判型」的社會文學好像也是「拿起筆來作刀槍」，與紅衛兵戰歌的區別在於「刀槍」不對準幹部、知識分子和羣眾，而是對着「文革」罪惡（《陰影》《楓》），對着官僚主義（《說客盈門》《騙子》），對着黨內某些腐敗現象（《曙光》《禍起蕭牆》）……然而不多久人們就發現了，「筆」畢竟不是「刀槍」。觀照同一事物，文學目光與政治視角總有差異，那些積極干預時事、堅決干預生活、熱情干預政治者，殊不知他們那種激情化、理想化的政治，也難免要被別種理智化、功利化或策略化的政治所「干預」（幾經曲折人們才有點弄懂，這裏不只是，或者說主要並不是一個誰對誰錯的問題）。其他許多作家如果不是憂慮「以筆為槍」以後緊張的作戰氣氛，便是對「以筆為槍」究竟有多少戰鬥力表示懷疑：單靠文學，就能改變社會、消除弊病、匡正黨風、堵塞後門？本人觀看批判開後門的話劇《騙子》內部試演時，戲票就是「開後門」搞來的呢！這種對文學「戰鬥功能」的疑惑雖然還不深刻，但已足以促使「社會文學」同時向兩個方向轉化：或從批判轉向歌頌和教育，着眼於理想；或從揭露轉向回顧與反思，着眼於歷史。「教育型」和「反思型」的社會文學其實都承認了作家的文學追求與社會政治責任之間存在着矛盾，當然協調矛盾的方法不同——前者從社會政治責任出發儘量使文學「寓教於樂」，後者則堅持只有強化文學特性才能更好地履行社會政治使命。「教育型」社會文學的代表作家與其說是呼喚勝利的蔣子龍，不如說是因謳歌光明而接連得獎的航鷹（預計以後每個時期都有航鷹般的「心靈美作家」）。因為比起風風火火的開拓者來，明姑娘的「純淨」更能教育人們在諸如國家義務與愛情、個人利害與美德之間做出正確的選擇。以直接的社會教益為半徑畫一不規則圓：「簡單」到宣傳「只生一個好」、「謹防火災」，「複雜」到東方女性忍痛行善；「保守」到一味歌頌「傳統美德」，「開放」到慫恿「大齡男女」海灘嬉鬧；「粗糙」到山村丫頭能用「不要沉淪」之類的書面語勸慰知青，「精巧」到豪華藍屋能自然而然教人安貧；「浪漫」到鐵甲車裏有少女踮起雙腳，「神聖」到高尚心靈非拐腿、失明或燒傷不足以體現……應該看到，所有這些「心靈美」作品不僅在整個創作界（尤其是影視界）數量比重極大，而且已構成精神文明建設的一個有機環節，已成為新時期文學結構中一個不可或缺的層次。當然，文學一味「勸善」「教誨」，儘管道理正確觀念美好，讀者還是容易疲乏。於是，「大眾審美需求」的力量便悄悄出現了。它迫使「教育型」社會文學去加強文學的娛樂性、趣味性，去追求情節、色彩、節奏畫面的「可讀性」。不知不覺地，這裏便產生了社會文學向通俗文學的某種滲透和轉化 —— 同樣的「目的」向「過程」的不自覺轉化，也出現在「反思型」社會文學與「純文學」探索之間。反思歷史審視國民性原意仍在於療救社會，但真正堅持文學特性以後，「過程」的價值上升，手段和動機之間就會呈現裂痕。「反思文學」的意義，究竟在於「反思」所得出的社會結論呢？還是就在於「反思」的文學過程本身？當作家（還有讀者）們對「以筆為槍」缺乏戰鬥力的憂慮逐漸發展到懷疑「筆」是否只能用以當「槍」，再發展到思考「筆」的自身目的和價值 —— 這種觀念變化無可挽回地導致了社會文學在 1980 年「劇本創作座談會」以後的分化：戰鬥的「社會文學」依然堅持批判鋒芒勇往直前，而從事理想教育和深入反思歷史的兩類「社會文學」，則分別自然而然向「通俗文學」與「純文學」傾向靠攏乃至轉化。新時期最初的娛樂性和探索性作品，均出現於這種轉化之中。

二、「社會文學」與「現代通俗文學」

何為「通俗文學」？儘管人們近年來被迫越來越頻繁地面對和使用這個概念，但基本理解其實並不一致。

與「雅文學」相對時，「俗文學」被理解為一種低層次的文學，主要滿足文化程度不高的「引車賣漿者」之流的審美需求；與「嚴肅文學」相對時，「通俗文學」則每每與「庸俗文學」相混淆，仿佛注定不夠嚴肅，格調不高；與「大眾文學」等同時，「通俗文學」又似乎神聖地聯繫着「工農兵喜聞樂見」的政治意義……

其實「現代通俗文學」的全部核心就是「娛樂」兩字。在現代社會結構中，「娛樂」已不再專屬較低的文化層次，小澤征爾以跳迪斯可為休息，丁肇中工作之餘也看《三俠五義》，國內「探索派」文人學者中迷戀武俠小說、甲殼蟲音樂的大有人在。更重要的是，娛樂作為一種文學功能，其本體屬性也是嚴肅的，因而沒有理由在「通俗文學」與「庸俗文學」之間簡單劃等號。至於「通俗文學」的「大眾性」，也主要不是言其政治內涵，而是就覆蓋面、可讀性而論。「娛樂文學」與傳統意義上的「下里巴人」已有重要區別：倘說後者好似山村裏的說書藝人，藝術層次雖低，認識、娛樂、審美及至教育等功能卻一應俱全，那前者更像「電子遊戲機」。處在卡夫卡哲理與國際新聞、微積分與法律條文與廠長經理分別包圍中的現代人，誰還會天真地期待在「遊戲熒幕」前了解世界、學會生活或昇華靈魂呢？但誰又不認真地希望「遊戲熒幕」能說明他在艱難了解世界、辛勞適應生活和痛苦昇華靈魂之餘，獲得哪怕是暫時的（但必須是輕鬆、痛快的）休息、調劑和娛樂呢？——當「娛樂」被作為文學合理屬性之一而得到單獨強調高度重視以後，我們看到，通俗文學與其他文學的差別，就主要不在層次高下水準深淺而更在功能不同、各有側重了。

當然，對中國新時期文學來說，意識到這一點，費了很多時間和曲折，明確承認這一點則更加困難。

一度，人們覺得通俗小說現代傳奇擁有大量讀者只是畸形、反常的現象。這種「畸形」現象的產生，可以歸咎為「文革」降低了不止一代青年的文化素質和審美水準，可以解釋為人們對「社會文學」長期以來的說教面孔、枯燥表情持逆反心理，也可以認為是青年人的官能美感需求遭漠視受壓抑過久，一旦「開禁」便「飢不擇食」「良莠不分」……這些與「文革」後遺症有關的原因當然帶有暫時性，據此人們有理由相信「通俗文學熱」會逐漸「降溫」。但重要的是，街頭小報不再氾濫並不等於現代通俗文學不再發展、不再繁榮。「通俗文學」比「純文學」乃至「社會文學」更暢銷的現象，恐怕有着更長久更必然的社會和人性依據。經濟發達國家（美國、日本甚至東歐）中偵探小說和西部牛仔片（以及「仿西部片」）長盛不衰的事實也仿佛在提醒我們：不要期望現代化程度和社會教育水準的提高會必然導致通俗文學的消亡；相反，社會文化結構分門別類的高度發達，有時反而會更容納、更刺激文學娛樂功能的發達，將來科技發展也可能更有助於娛樂類型的文學藝術發展。因此，文學與大眾審美趣味的矛盾，看來也和文學與政治的關係一樣，是一個需要人們做長期探索的嚴峻課題。

新時期的「通俗文學」最初是作為「社會文學」增加趣味吸引讀者的「手段」而出現的，以通俗手法解答社會問題的傳統似乎可以追溯到趙樹理（以及大部分「十七年文學」），但《小二黑結婚》能夠協調大眾趣味與文學的政治使命，《彩雲歸》《廬山戀》的叫座恰恰證實了大眾趣味與文學政治使命已出現不如人意的裂痕。隨着秧歌點綴變成迪斯可主旋律，隨着快板、唱本變為連續劇大獎賽，隨着明白易懂的「通俗」變成眩目刺激的「流行」……我們看到，手段和目的也在悄悄轉化。轉化的標誌說來有趣，乃是理念主題的絕對正確。正因為理性規範正確到無須討論的地步，變為一個「保險殼」，趣味性、動作性、娛樂性才能得到真正盡情地發揮進而支撐作品內涵。不過起初跨過這條「社會文學」與「通俗文學」的微妙界線的作家並不都是自覺的。直到1983 年以後，既是因為香港現代傳奇與國外電視連續劇的衝擊，也是由於社會安定容許和促使了大眾娛樂需求的覺醒，「通俗文學」才明顯地單獨「崛起」並與社會文學、探索文學「分庭抗禮」。儘管不少人在理智上很討厭現代通俗文學憑藉大眾傳播媒介的無所不在的滲透，很討厭那些武俠片、明星月曆、流行音樂和「肥皂泡」式的連續劇，但與此同時，恐怕又很少有人未曾有過這樣的審美經歷：放下書本走出劇院，你很明白自己並未得到多少深刻的思想啟迪和藝術感悟，但又覺得閱讀和看電影的過程不無樂趣。「徒樂無益」地看甚麼呢？借用一句對舞蹈移情效果的谷魯斯式的概括，那就是「看他（或她，即演員）怎樣替我的感官精力在運動」，比如「力量型」通俗文學，少林和尚或西部牛仔難道不正是在替那些斜靠在鬆軟沙發上體內卻隱有些發熱的人們揮拳拔槍、受傷淌血嗎？這是否意味着人們在努力尋找舒適安逸的同時，又總有某種顯示「體能」（說得好聽是「勇敢強悍」，說得難聽是虐待狂與被虐狂傾向）的潛在慾望存在？又如「好奇型」作品，福爾摩斯、波洛們難道不正是在替那些生活有序、安分守己的人們窺探隱私、追逐懸念甚至排遣無意識的犯罪感嗎？這是否證實好奇乃人之天性，而「智力」永遠渴望證明，道德操守也總是需要考驗。再如「夢幻型」作品，幸運的美女（很可能是哪位伯爵丟失的私生女）難道不正是在替那些擠車買菜、睡閣樓說夢話的紡織女工們出入別墅宮廷巧遇「白馬王子」嗎？這是否證實人們的生活越是緊張單調也就越需要「白日夢」來潤滑調劑？……如果在深邃的探索文學或羣體傾向鮮明的社會文學中也想寄託夢境，宣泄精神慾念的話，人們難免要被迫付出思想矛盾、道德迷亂、靈魂受審之類的心理代價，所以儘管明知武俠、偵探和言情小說帶來的審美快感膚淺短暫、轉瞬即逝，人們還是願意不斷接受這種不僅比較容易取得而且也比較輕鬆即能解脫的心理陶醉。我們注意到，上述三種通俗文學的基本類型，在新時期文學中均已逐漸成形——隨着「少林文藝」在「助忠良鋤奸惡」的歷史（倫理）框架下越來越講究拳腳細節，隨着歌頌偵察科長廢寢忘食、奮不顧身的「反特小說」逐步演變為詳錄強姦過程、展覽犯罪心理的「法制文學」，隨着「心靈美」作品中對青春、豔遇、洋房、出國、倫巴、紫羅蘭的渲染更加傳神……娛樂性和趣味性，已悄悄從文學的思想意義和教育功能中羞答答地分離出來了——雖然站在「嚴肅」的社會文學和「高雅」的探索新作旁邊，我們的通俗文學仍不免有些舉止拘束，「自慚形穢」。

難道文學可以只提供娛樂？如此玩鬧宣泄的文學又有甚麼社會意義呢？——「社會文學」所表示的這種「嚴肅的憂慮」甚至「憤怒」都是不難理解的。但我想說的卻是，「革命」的社會文學與「玩鬧」的通俗文學在美感特徵和功能效應上，不僅有其異，也有其同。

康德曾把帶有官能意義的「快適」與含有「善」的目的價值的愉快都排除在「自由美」範疇之外，而現代通俗文學與社會文學區別於「純文學」的美感特徵恰恰便是官能方面的利害感和理性方面的功利感。前者的核心是「宣泄」，美感中帶有個體（及人類）意義的生理因素（無休止的「迪斯可」節奏，不正合着脈搏律動與血液運行嗎？），後者的要點是「教化」，美感中滲透羣體（及階級）意義的理性判斷（「望不盡的麥浪閃金光」，不正含着豐收的訊息，不正聯繫着經濟增長、社會繁榮、政治昌明嗎？）。相比之下，「宣泄」更依據於人的慾念、本能與潛意識，「教化」更依託於人的倫理規範、政治觀念與社會利益。當然，在具體作品中，無論「教」還是「樂」，均難以單獨出現。當代中國仍有不少作家在有意無意地尋求賀拉斯式的古典統一：「既勸諭讀者，又使他喜愛」。但「寓教於樂」的框架可以導向兩種不同的動態審美心理模式，其間微妙的差異就在於「宣泄功能」與「教育功能」在對立滲透組合中的互為目的與手段。

試比較《新星》（柯雲路）和《藍屋》（程乃珊），雖然兩篇作品都兼有理性意向「教」與情緒宣泄「樂」的成分（對夢幻慾念的宣泄固然是「樂」，對牢騷怨氣的宣泄也不無快感）。但《新星》的宣泄具有某種羣體歸屬指向，因而種種抱怨、不滿、憤慨和期待都會在傾吐發泄中自然而然導向如何改造社會的理性思考，於是「宣泄」只是手段，「教化」才構成目的。而在《藍屋》對離奇「好運」吊燈別墅的津津樂道中，在對「沙勿來」、保齡球、探戈舞步的濃墨重彩渲染中，讀者（恐怕還有作者）所得到的那種不自覺的潛在慾念宣泄主要並不是從羣體意向出發的（更非基於個性化的獨特精神渴望），而是暗示假定「我有了人人喜愛的好運」。這種對「趣味宣泄」在人性乃至官能意義上的普遍性的認同（這正是通俗文學基本美感特徵），使得上述的好奇、暈眩和妒羨感事實上構成了作品的主要魅力，而「人不可貪財」，「要靠自己勞動爭取社會榮譽」之類絕對正確永不過時的理念，只是在「白日夢」可望不可即令人心焦氣餒之時，才作為趣味宣泄的「安全欄杆」而出現，寓樂於教，止慾於理。此時理念的重要性就在於它作為娛樂性趣味的逆態制約，能保障人們既得宣泄快感又維持心理平衡 —— 也就是說，趣味支撐作品內涵，理念構成輔助性框架。

雖然《新星》和《藍屋》在可讀性和社會意義兩方面均受到好評，但出於「教—樂」和「理—趣」的組合方式的差異，實際上前者可稱為「通俗的政治小說」，而後者則是「社會性的通俗小說」。對這兩種不同的動態審美心理模式的比較，一方面能使我們正視「宣泄」在理性教育型社會文學中的重要作用：沒有「宣泄」因素的介入，審美中的羣體歸屬感便難以實現；另一方面也可幫助我們辨析理念與娛樂效果在通俗文學中的微妙關係。有不少愛吃甜食的批評家曾對批判鋒芒尖銳或「牢騷太盛」的作品的「社會效果」表示過嚴肅的憂慮，殊不知《禍起蕭牆》《新星》在幫助人們排遣「怨氣」的同時，其理性教育意義實在不會遜色於那些畫面「純淨」的「心靈美」作品。從《班主任》中的老師、家長式語氣，到公共汽車裏充滿抱怨、發泄牢騷的詠歎調，劉心武創作中心的變化軌跡頗能說明新時期社會文學發展中「宣泄功能」如何得到逐步加強。類似的對「社會效果」的憂慮也表現在對通俗文學「刺激」畫面、恐怖場景的暈眩、害怕之中。其實青少年學敢死隊上嵩山之類的「效果」永遠不會絕跡但也永遠只是「特例」。因為在大眾趣味需求與理性承受力的雙重制約下，各種通俗文學均有其功能調節機制。吆五喝六的武打片自有「昏睡百年」的愛國旋律伴奏，多角戀愛劇必有「她比你先到」之類的道德邏輯做「欄杆」，渲染強姦過程的「法制文學」最後肯定要懲惡揚善（借用「拍案驚奇」之語，即「有詩為證：美色從來藏殺機，血污遊魂怎得歸？」）……通俗文學的基本格局頗似香港電視中的香煙廣告 —— 大部分畫面騰煙吐霧盡情渲染「萬寶路」豪放、「登喜路」氣派，熒屏下方卻打出字幕：「政府忠告市民，吸煙有害。」大多數人迷戀通俗文學的原意恐怕並不在接受那些很正確但不新鮮的道理，但正因為有「愛情永恆」「善惡報應」之類的理念規範在起着「老虎籠子」式的作用，所以人們在驚魂未定地放下書本走出影院時才會每每有逃出惡夢之「幸」，「未來世界」或其他離奇夢境的冒險恐怖存在反使人們感到眼前現實安寧，身旁情侶可愛 —— 所以從「社會效果」看，文學對社會盡職，以理性意向直接表現社會思潮固然是有效途徑，以趣味宣泄間接調節社會心理亦不失為一種積極功能。西方商業化文藝過分強調恐怖「刺激」的宣泄價值致使熒（銀）幕總比街道或舞廳更「骯髒」更可怕，這自然不足取；但我們過去一味只講文藝的「教科書」作用以致文藝畫面非得比現實生活更「乾淨」更高尚，這也同樣可能局限文藝的多層次社會功能 —— 顯然，對這一課題的重新思考，實際上也就是新時期文學在社會政治要求與大眾審美趣味之間重新確定自己的位置和作用。其後果，便直接導致了 1983 年以後三種文學多元並存格局的出現。

三、在「社會文學」與「探索文學」之間

當然，新時期文學最重要、最有影響的作品，還是大都出現在「社會文學」與「探索文學」之間。

中國當前的「探索文學」(或者說「純文學」探索)其實有兩種，一種是具有明確「探索」意識的「實驗型」作品羣，一種是自覺不自覺堅持、維護和張揚文學特性的創作傾向。前者有宣言，有旗號(「朦朧詩」、「意識流小說」、「尋根派」等)，新奇「怪異」的作品與熱鬧的評論乃至爭議匯在一起，構成了一種「先鋒派」文學現象；而後者則以各種複雜的形態，和「社會文學」攪拌在一起，決定着新時期文學的基本走向。「探索文學」的概念容易使人們注意前者，其實後者同樣重要。當我們不僅在不同流派、不同羣體的作品中，更在同一作家的不同作品甚至同一作品中辨察「探索文學」與「社會文學」的界線時，事實上我們也就是在討論中國的「純文學探索」的某些基本特徵。我想這種討論可以從以下三個層次逐步展開：首先，「探索文學」對形式技巧、情感表現與哲理思索的獨特追求通常具有哪些形態特徵？其次，這種獨特追求的內在出發點(或曰「參照系」)是甚麼？最後，這種獨特性的價值評判依據(目的、功能、意義)又在哪裏？

從現象上看，無論是不自覺的「純文學」傾向，還是實驗型的「探索文學」，大都具有「形式奇特」(技巧手法上的反規範)、「情緒朦朧」(失卻明晰的情感秩序)和「哲理困惑」(找不到清楚的理性答案)等外在形態特徵。所有這三種形態特徵的一個共同點便是其探索屬性——從打破確定性到尋求新的確定性之間的不確切形態的一種過程。

形式創新，無疑是「探索文學」的第一要素。有趣的是，新時期作家們的形式探索最初似乎只是從「如何更好地表達內容」的意義上

展開的。然而諸如宗璞對技巧語調的精細試驗、林斤瀾對結構、語言的「慘淡經營」，諸如茹志鵑對「時空」的大膽切割，汪曾祺對小說風韻的從容玩味，難道只是更準確更傳神地表達了他們（已有的）對「文革」，對「大躍進」，對鄉情民俗、歷史風塵的嚴肅「反思」嗎？抑或這種「反思」正是在那些新奇的「個人形式」中才趨向獨特和深刻？更能說明問題的是王蒙小說中的「意識流」，這種出現於 1980 年的「實驗」最初不無功利考慮，是一種企圖更含蓄、更曲折、更隱蔽地從事社會批判歷史反思，進而協調文學追求與政治使命的矛盾的嘗試。然而過程制約目的，話怎麼說法也會直接決定說出些甚麼話，同樣對官僚主義反感，《說客盈門》裏的辛辣鋒芒怎麼會在《夜的眼》中化為迷惘的感慨？同樣是傳統懷念，《最寶貴的》信念道理如何變為興奮悵然、令人心悸的《海的夢》？……顯然，形式創新很快就超越了「借鑒現代派」的意義，繼而提醒着探索者們反思自己的「形式感」。為甚麼本來用以更好表達內容的形式創新，結果卻創造了新的內容呢？看來，「形式」在「純文學」中，不僅只是表達工具，更是表達本身；不僅是思想的外衣、情感的載體，而且是思想的邏輯構成和情感的生命組織。如果現代語言學能確認人沒有語言便無法進行理性思維（而不僅是無法說話），那探索文學也有足夠的理由認為：缺乏了藝術形式，人也就喪失了藝術意義上的感覺和意念（而不僅是有感覺有意念無法表達）。社會文學甚至通俗文學有時也注重形式，但目的只在加強社會影響力和增添趣味，只有探索文學才不得不從文學本體屬性上來考慮「形式」。開始於《波動》成潮流於《春之聲》、「朦朧詩」，發展於《破戒》《我們這個年紀的夢》熱鬧於《你別無選擇》《棋王》的一系列「探索作品」，無一不是首先從「形式」入手。當這些形式探索主要不是以共時態接受因素為參照而轉以歷時態文學積累為創作背景以後，它們以削弱戰鬥力量、減少讀者為代價贏得了某種文學的「先鋒」性。

「探索文學」的第二個形態特徵也同「先鋒性」有關，那就是困惑朦朧的情感探索（而不是明確清晰的情感執着）。在藝術中，當作家把自身情感客體化或將人類情感心理化之時，他們總感到某些情感比較能夠確定而另有一些情感難以捉摸。表現前者即為「告白」，把握後者便是「探索」，微妙在兩者之間的，也就是「探索文學」與「社會文學」的界線。比如愛談哲理好發議論但實際上總是以抒情為藝術中軸的張潔，她筆下最明朗活潑也最扁平蒼白的人物（如電車售票員、青工等當代青年形象），恰恰出現在她自以為最清醒最能明確教育別人「誰生活得更美好」的時候。幸虧張潔並非一直如此「清醒」，當她癡迷沉醉自己「生活得不太好」時，當她迷惑、焦灼而又痛苦地在呼喚那「不能忘記的愛」，雖然缺乏理想答案，她的自我感情迷亂無疑更有魅力也更有深度了。科林伍德曾經從文學本體屬性的角度來談論這種困惑的情感探索過程：「在一個人表現了他的情感時，他仍然不知道它是甚麼樣的一種情感，因此表現的活動是他自己情感的一種勘探活動。他試圖去查明這些情感究竟是甚麼？」[4] 這裏最重要的是「試圖去查明」的過程，至於究竟是否一定能夠查明，也很難說。從獨異個性出發的情感探索每每始於困惑，終於新的困惑，而羣體意向的考察更容易導向確定的情感秩序。在《迷人的海》（鄧剛）的明朗結局與《北方的河》（張承志）的迷惘尾聲之間，同樣灼熱多彩的浪漫激情不是分明呈現了不同流向嗎？在《北極光》（張抗抗）清晰的理想指引和《在同一地平線上》（張辛欣）的朦朧的失落感之間，同樣淡紫色的少女憧憬不是也有着不同的飄浮軌跡嗎？人們或許很難明鑒究竟是大小海碰子的交接班或北極的絢麗光環更鼓舞人心，還是張承志和張辛欣的夢更激動人心，但兩種文學態度及其或清晰或困惑的形態差異之間的區別，已經十分明顯。關於這種「區別」，我們還可以聯繫「探索文學」的第三個形態特徵（即理性困惑）一起加以考察。高曉聲對李順大辛勞幾十年難以造屋的社會原因早有清晰的理性把握，於是小說只是十分精彩感人地表達了作家那深刻（但不獨特）的社會政治見解而已。然而對陳奐生上城經歷的悲、喜劇意義，作家更多地懷着探究的好奇，探究過程隨文學過程同步展開，於是作品直到最後，仍未完全擺脫對農民歷史命運和對國人文化心理結構的某種理性困惑。何士光既有正確有力的政治理由讓馮幺爸在鄉場上挺直腰桿，又有難以名狀的歷史心理直感讓「種包穀的老人」默然倒下，何以同一支筆，表達社會見解時語氣明確，觸探到哲理層次時線條就模糊了呢？再如陸文夫，《圍牆》鬧劇是非易辨，其推動改革的意向也很鮮明（所以某省委曾組織各級幹部觀摩學習），而美食家朱自治與經理同志幾十年來到底誰對誰錯，誰惡誰善呢？對這種公私恩怨難下政治和倫理判斷時，「歷史感」反而有所深化，這是否正如歌德所言：「人只是在他無法把正在想的東西想清楚的時候，才是在思考？」[5]

這種過程意義上的「思考」，也就是「探索文學」中的哲理困惑。一旦覺得「想清楚」了，人就要清晰告白，明確界定，那便是「社會文學」中的理性判斷。猶如礦工掘井至 500 米處（假定這是創作時作家對某一事物某種情感的認識深度），把 500 米內已經踩在腳下的礦石運出來交給人們（判斷、告白、闡釋），這是一種工作，再向 500 米外的不可知的深處繼續勘察（探索、尋找、發現……）也是一種工作。作為人類把握世界的不同方式，我不認為張揚理性一定比探索「暗區」更有意義，或困惑迷惘必然比明晰確定更有價值。「探索文學」和「社會文學」各自的認識論依據和功能效應或許是無可厚非的。在現實中，一方面人總要歸屬羣體，總要維繫於某種理性與價值的確定性，再加上社會政治責任(許多人在等着「用煤」),所以高曉聲也要寫《水東流》《揀珍珠》,王蒙也要讚歎一番《溫暖》;另一方面,人又總要探究「自我」,總想衝破理性、確定性,哪怕走向困惑,再加上文學使命感(前面神秘的「黑洞」在召喚),所以高曉聲又有了《魚釣》《錢包》《繩子》,王蒙更有了《活動變人形》……毫無辦法,大多數中國作家都被迫在這兩種力量、兩種傾向之間搖晃前進。毫無辦法,「社會文學」要發展就必須堅持文學性,而「純文學」在中國又不得不關注社會,所以在這兩者之間,必然存在着一個充滿抗衡、制約滲透和轉化的「矛盾場」。

當然,種種形態特徵上的區別,實際上都和文學內在的「出發點」(或曰「參照系」)有關。明確的理性、情感告白總是面向眾人,根植於羣體意識的;而困惑的哲理和心緒探究則更多地面對內心、依據於獨異個性,因此清晰表現和困惑探索後面,實際上有着「共創」與「獨創」的內在差異。

我們不難證明,「社會文學」和「通俗文學」事實上都是由作家和讀者有意無意共創的。前者既以表現社會思潮為職責,當然關注作品對羣眾的影響力,這種關注必然會反過來影響創作;後者既以追求娛樂性趣味為己任,自然視銷量上座率為生命線,這種對讀者趣味的協調也勢必反過來參與創作過程。相比之下,只有「探索文學」,才似乎只管傾泄表現作家一己的憂悶苦痛、感興玄想而置共時態接受因素於不顧。透過這種「共創」與「獨創」的差異,我們看到的其實是文學中人的三種身份——在「社會文學」中,作家主要是以「羣體」(階級、集團、階層等)身份發言,讀者也無意識地從「我們」的立場接受;在「通俗文學」中,作家一般總是表現「人們」需要的官能美感,而讀者也假定自己得到的是人人皆喜愛的趣味愉悅;而在「探索文學」中,作家更多地是從「我」、從個人精神獨異性出發面向人類精神,探索其間異同的，讀者感興趣的也只是這種獨異甚至奇特的精神表現同「我」的關係。這種分別從「我們」、「人們」和「我」出發的藝術口吻、審美態度的不同，決定了三種文學在「參照系」上的根本區別。當然，出色的社會文學及通俗文學也追求「獨特」，因為太順從社會思潮或太遷就大眾趣味，讀者們也會失望不滿，最有戰鬥力和最暢銷的作品應能在社會性主題上稍稍超前於羣體意向（因而能更大膽更有力地道出「我們」的心聲），應能使情節色彩趣味稍稍偏離公眾的心理預期（因而更能激發和滿足人們的好奇和快感）。顯然，這種對「獨特性」的追求是以「共創」為前提，以「共時態接受需求」為參照的。一旦緊要關頭作家對人物的理解與社會羣體意向、與大眾情趣口味發生矛盾，那麼「社會文學」作者每每是要「大公無私」的（劉心武自己恐怕也不怎麼信服「那老頭」奇特的眼神，卻還是為了乘客們的需要把他推上公共汽車融化了一片牢騷）;「通俗文學」作者這時也主動「先人後己」（否則讀者會拿起手槍警告柯南・道爾:「你無權擅自讓福爾摩斯犧牲，人們都要他活下去……」）；而只有「探索文學」作家在這種情況下才會理直氣壯地「自行其事」，依然按「個人形式」去解析人物，去構築那首先是「我」然後才可能是「我們」或「人們」的世界。只有在「純文學探索」中，有時越是無目的（甚至「目中無人」）的個性情緒表現，往往越是能夠「合目的」地「介入」人類精神活動；有時越是無規律的（甚至變態的、無序的）心理奧秘，往往越是能夠「合規律」地通向藝術探索的人性深度。因為說到究竟，「探索文學」的使命就在於表現人的精神獨異性。

那麼，文學究竟為甚麼要表現人的精神獨異性呢？看來討論到這個層次，「文學自身目的性」的問題已無法迴避。不過這個問題過於敏感，過於複雜，最簡略的說明也必然分開幾個層面來談。第一，從目的論看，「純文學」探索其實就是既以「表現人的精神獨異性」為手段為過程又同時以此為目的為功能，這同「社會文學」藝術地表現社會思潮以達到改良社會的目的，同「通俗文學」以表現娛樂性趣味為過程以調節社會心理為功能的情況是有區別的。後兩者的過程與目的只有在理想狀態下才能統一，而「探索文學」的過程即目的，在本體意義上便具有同一性。其實在中國一向不能理直氣壯而且屢遭誤解的「純文學」的概念，也就是「文學從自身出發又以自身為目的」的意思，我們大可不必懷疑這種表現人的精神獨異性的文學在人類精神生活和社會實踐中究竟具有甚麼意義。因為人類的精神活動方式雖然五花八門，但人在個體意義上表現精神獨異性的機會並不很多。在科學中，人是以「人類」名義面向自然而對物質的，所以一切真理屬於一切人；在「政治」中，人是以「羣體」方式行動或思考的，因而一切從「我們」出發；在道德倫理領域，人既是「人類」又是「羣體」，再勇敢的狂人標出新的道德尺度時也總是自以為代表「人們」或「我們」；好容易在宗教裏，人才在「人類形式」之下有點個人懺悔的餘地，「作為上帝的子孫，我……」，然而這種懺悔也總是導向認同而不是趨於獨異……唯有在文學藝術中，人才能盡情地表現個體的與眾不同的複雜情緒（通過最能容納「獨異性」的方式：想像、形象、虛構等）。無數「獨異性」合在一起，反而構成了人類精神不可或缺的一面。只要人（個體的人類）總有其精神獨異性需要表現，那麼「以自身為目的」的文學藝術也總有其存在價值，所以藝術也和科學、政治一樣，是人類最基本的精神行為方式之一——能夠具有這種意義和功能的文學，我們還有必要窮究它「到底為了甚麼而創作」嗎？

第二，再從價值評判依據看，同「參與政治變革」、「調節社會心理」等外在目的有關，對「社會文學」和「通俗文學」的價值評判也主要依據其共時態的社會效果：影響力戰鬥力強的「社會文學」自然見佳，趣味濃能叫座又不「出格」的通俗文學當然就出色。而「探索文學」既以自身為目的，其價值評判依據主要也就來自於文學本身了 —— 具體地說，就是歷時態的文學積累（文學史）在評判新的文學現象。即使直接評論某探索新作情感表現是否真實，心理解析是否深刻，實際上我們還是有意無意依據着以往的文學，參照了前人（或別人）的情感如何表現心理如何解析，等等。探索文學有理由暫時置社會影響、讀者反應於不顧，但面對文學史而創新其實更艱難。雖然在理論上任何創新均可能「介入」由以往各種文學所複雜構成的「大系統」，但實際上只有真正根植於人的精神獨異性，真正面對古今中外文學積累的「探索」，才能介入、影響和改變文學史，才能具有真正的「文學意義」。我不敢說探索文學一定會比其他文學取得更大的成功，但我敢斷言探索文學的創作一定會比其他文學更容易失敗。理解了這一點，接下去我們再考察新時期探索文學的實績和缺陷，就不至於太失望了。

第三，從當前的創作實踐看，中國的「探索文學」，似乎並沒有那麼「純粹」地「以文學自身為目的」。或者像諶容、張弦那樣從清醒探討社會問題入手，隨着文學過程的展開不自覺地轉向對社會歷史的個人困惑和獨特把握；或者像《爸爸爸》《小鮑莊》，雖然有意堅持奇特古怪的個人形式，但所討論的，還是「國民心理模式」、「傳統文化積澱」等「我們」的課題；還有或嚴肅或匆忙或痛苦或飄忽的「主題及情緒橫移」，同是借用別人的（海明威、福克納或川端康成的）方式口吻，既可以認同（乃至附和）「羣體的孤獨」，也可以真的宣泄獨異的憂悶……在我看來，對新時期「探索文學」繼續深化的阻礙因素有兩個：一是趨時求新，以「進化論」等理性主義邏輯張揚「現代意識」，以為思潮、技巧、情感均越新越好，殊不知離開內在情感去尋找「獨異」

其實恰恰是在「求同」；二是在自身目的、價值尺度、功能意義上，探索文學仍然沒有同「社會文學」劃清分工界線，不是自尊自傲、自以為是「高層次」的「正宗」的文學，進而在社會意義上也想貶低「社會文學」，就是自輕自賤，對「探索」的功能作用缺乏理解，進而總要「誇飾」自己的社會意義。其實「探索文學」、「社會文學」和「通俗文學」，都只是文學的一種。它們應有自己的領域、特長和價值，也同樣有着自己的局限和弱點。行文至此，我一直避免在「三種文學」之間使用「層次」這個概念。第四部分的討論將證實，為甚麼在多元並存的文學格局中，必然的「高下」之分是沒有意義的。

四、三種文學的分化、互滲和並存

從十年歷程看，新時期文學發展到今天三種文學多元並存的局面，並非偶然。新時期文學的第一個階段（1977—1979），主要是「社會文學」的繁榮，其標誌便是文學自身追求與其社會政治責任基本統一，又和大眾審美要求完全一致（即使有矛盾有紛爭，也是在「文學和政治如何統一」或「雅俗應該共賞」的前提下的矛盾紛爭）。從 1980 年（極為關鍵的一年）開始的新時期文學的第二階段，是由社會文學與探索文學的融會和矛盾構成其主流的。「劇本創作座談會」標誌着文學與政治關係的一次重要協調，一方面直接導致文學對社會的干預更多地從批判轉向歌頌，另一方面又間接幫助了文學向自身的回歸，促使了「探索」傾向的出現（從此，對文學自身追求與文學政治使命的各種協調，都是在確認兩者不能等同的前提下進行的，一系列至今仍代表十年文學水準的力作也大都產生於這種協調之中）。1983 年以後，「通俗文學」的「崛起」，使人們被迫意識到文學追求不僅要協調與社會政治要求的關係，而且和大眾審美要求之間也存在着矛盾；當後一種矛盾逐漸上升到與前者同樣重要並同時複雜制約文學發展潮流時，新時期文學便進入了第三個階段，即三種文學多元並存的階段。

西方國家一般只區分純文學和通俗文學，前者以文學自身為目的，後者以娛樂或流行為目的。批判社會的作品也被視為迎合大眾興趣。中國至少從晚清起，就有三種文學並存的發展趨勢，但以自身為目的的文學，以救國為目的的文學和以娛樂為目的的文學三者間的理論界線並不分明。詹明信說，第三世界國家的文學大都是民族國家寓言。如果此言有理，那麼「社會文學」的存在與發展可能的確與特定國情與社會政治經濟發展有一定關聯。如果社會主義文學生產機制強調「規劃文學」(猶如計劃經濟)，那規劃中的「主旋律」顯然應該以「社會文學」為主。只要不像五十到七十年代，用「社會文學」完全取代、壓倒其他的文學。

在理論上考察，三種文學並存發展的格局，有其社會依據和人性心理依據。從社會需求的結構看，通俗文學是經濟背景上的文學(供求關係是其內在張力)，社會文學是政治背景上的文學(功利目的是其內在能源)，探索文學是文化背景上的文學(精神獨異性是其內在核心)。在革命、動亂或「浩劫」中，政治背景無疑是淹沒一切的。隨着社會安定經濟發展，「商品化」因素也會自然向文學滲透，文化參照系的重要影響更與現代化程度成正比增長，於是我們彷彿看到現代社會形態對文學的需求也越來越趨向多元:「娛樂、戰鬥或審美，三種文學都需要，缺一不可！」再從人的精神表現與審美需求的層次看，如果說通俗文學更多地依據人的官能美感，主要根植於人的感官慾念和「唯樂原則」，那麼社會文學就更多地依據人的功利美感，主要依託於人的政治觀念、道德規範、社會利害等理性意識，而探索文學則更多地依據純粹的審美觀照，主要維繫於人的「自我」，維繫於人的情感矛盾、靈肉衝突及心理困惑過程。美感性質決定審美途徑，前兩者分別導向不無生理意義的「感官宣泄」與指向理性的「羣體歸屬感」，後者則更偏重情感探索和心理淨化[6]，美感性質也決定了文學功能：通俗文學為人們提供一種生活意義上的休息和娛樂的機會，社會文學為人們提供一種政治意義上的戰鬥和工作的權利，探索文學則為人們提供一種「純文學」意義上的表現個人精神獨異性的可能。戰爭和動亂曾使人們或自覺或被迫地首先用文學來「戰鬥」和「工作」，戰鬥疲勞或文化匱乏時人也會拼命想通過文學獲得「休息」和「娛樂」，但也是隨着社會安定、經濟發展、文化進步、現代化程度逐步提高，我們仿佛聽到人們（是每一個人，而不是合在一起）對文學的需求也越來越趨於多元：「休息、工作或個性表現，我都需要，缺一不可！」三種文學多元並存格局的出現，為文學與政治那一向糾纏不清的矛盾關係提供了多種協調形態。因為在堅持各自的文學規範以後，實際上三種文學都有可能達到其自身追求與社會政治職責的相對統一：社會文學的理性批判鋒芒與理想教育力量均能直接影響社會思潮，進而給予社會變革以「助力」；通俗文學的娛樂「宣泄」功能也能間接調節社會心理，進而履行其疏導趣味、豐富生活、維護安定的社會政治責任；而探索文學越首先忠實於藝術才越有益於社會（猶如科學家只有忠實於科學而後才能造福人類）。所以在「功能」意義上，我們沒有理由斷言「遊戲形態」或貌似「象牙之塔」的作品必然比社會文學要缺乏社會價值。同樣，既然三種文學的存在不僅是基於不同社會羣體、不同文化層次的分別需求，更是依據着每一個人的不同審美需求，所以我們也沒有理由斷言「探索文學」在精神「層次」上必然比他種文學更高級、更重要、更神聖或更嚴肅（就像人，無法簡單判定究竟是自己的情感還是感官、無意識或是理性更高級、更重要、更神聖、更嚴肅一樣）。歸根到底，三種文學都將以不同形態助益人類精神生活：或給人提供直接精神享受，或加強人的精神力量，或提高人的精神境界。由於功能、使命不同，在三種文學各自的藝術原則、價值取向、批評尺度和美學規範之間強行判斷其優劣高下並無意義，我們甚至也很難用某一種文學的準則、尺度來「框範」、「裁剪」和「切割」別種文學。有時在這種文學中顯得極為重要的藝術手段，在他種文學中卻只是點綴甚至還會成為累贅（比如探索文學很樂意詳盡剖析叛徒的心理裂變過程，但社會文學中此類筆墨過多便會模糊「傾向性」甚至削弱「戰鬥力」）。有時一種美學規範中的精彩細節乃至道具，換一個價值座標後就會變得可笑（如果把通俗文學中常見的維納斯雕像、火燒霜淇淋之類與「尋根派」筆下的陶罐土風對換一下，恐怕兩者皆會失去讀者）。隔開一個領域作家們也會「旁觀者清」：沒有人會硬性比較李谷一和胡曉平誰的音色更美，或去簡單判定《義勇軍進行曲》《藍色的多瑙河》及《未完成交響曲》哪部作品更動聽。但為甚麼在文學界，人們還是忍不住要判定《高山下的花環》與《透明的紅蘿蔔》的藝術優劣，甚至還有人奇怪《花環》或「朦朧詩」怎麼沒能擋住《射雕英雄傳》和「瓊瑤熱」……既然三種文學在題材選擇、傾向表達、形式處理和技巧錘煉上皆應該而且必然有各自不同的追求，人們何以還要擔心《超國界行動》的政治影響或批評「謝晉模式」缺乏哲學深度或指責《黃土地》未能展示老區人民革命風貌呢？是的，在客觀上，三種文學都反映社會現實，在主觀上也勢必皆「以現實生活為最大的參照系」。然而重要的是，不同文學規範有着不同的「參照」方式，因而也就會「參照」出不同的「現實生活」。比如通俗文學是以娛樂功能體現其認識作用的，它只能以趣味結構的「白日夢」來折射社會心理；社會文學是以教育功能實現其認識作用的，它只能以「羣體」的「理性意向」來構築社會政治現實；而探索文學更堅持在「純粹」的審美觀照中認識世界，所以人們也勢必只有透過獨特的個人心理視角才能曲析辨察時代精神。能說哪種文學更「真實」嗎？或許文學本來就容納着不同的「真實」，就像社會能容納不同的文學一樣。

在三種文學多元並存的格局中，「分化」與「互滲」是既相對又互補的兩種發展趨向。在理論上講，「互相滲透」的內在依據就在於三種文學之間不僅有其「異」，也有其「同」。嚴格意義上，我們今天所面對的，其實是「三元一體」的文學格局——儘管三種文學的功能、目的不同且形態各異，但在本體屬性（即「文學性」）上卻是統一的。歸根到底，它們都是文學。正是這種本體意義上的「文學性」，使得社會文學雖全力干預政治卻終究不同於社論、工作報告，使得通俗文學雖表現「官能美感」卻總是微妙地有別於訴諸「直接生理快感」的遊藝娛樂和體育，也使得探索文學雖鑽研解剖、透析發現，但畢竟又不是科學、醫學或心理學（藝術的無窮奧秘恐怕也就在這鑽研與表現、解剖與宣泄、透析與懺悔、發現與淨化以及觀照與麻醉、介入與逃避、感悟與癡迷、昇華與褻瀆的複雜關係和統一過程之中）。文學的多元形態通常只有在特定的時空意義裏才能確定，如果跨越時空範圍，形態屬性就可能變化，比如《紅樓夢》曾作為通俗手抄本而流傳，甲殼蟲趣味也可能在第三世界變為「高雅」的「奢侈」的文藝……但只有「文學性」，是可以相對無視時空界限的。只有真正具有「文學意義」的作品才能成為經典名作，才能進入文學史。或者反過來說，「文學性」的縱向價值座標正維繫於歷時態的文學積累。在共時態社會文化結構中，「文學性」的標誌便是三種區別於遊戲、政治和科學的統一特徵（即文學區別於人類其他精神行為方式的獨特性），以想像、形象、情感、虛構等方式表現人的精神獨異性的探索文學，當然其「文學性」很強很「純」，但意在提供娛樂性趣味和旨在干預社會政治的創作，只要也是訴諸於想像、形象、情感、虛構等「非現實」方式，應該說同樣也是具有「文學性」的。就創作宗旨而言，探索文學似乎更接近於文學的本體屬性，但這只是一種理論邏輯上的可能。從功能和效益看，由於前面論及的我們的探索新潮的自身缺陷，也由於中國社會對文學的特殊制約，至少在新時期文學十年中，社會文學的實績是同樣令人矚目的。重要的是，「娛樂」、「批判」和「審美」一樣，均是文學的題中應有之義，所以三種文學傾向在分化發展的同時仍有「互相滲透」的可能性和必然性，自覺地運用武俠、市井小說樣式進行「國民性」的理性思考的《神鞭》《三寸金蓮》是一種「互滲」方法；自然而然以俗文字、俗畫面越過社會批判層次而從容步入哲理意境的《棋王》也是一種「互滲」途徑；同時貫穿通俗細節（窺婦人野地沐浴）與社會性主題（反思知識分子歷史命運）與畸形人性探索（性心理解析）的《男人的一半是女人》，又是一種「三合一」的「融合」形式；以具有「現場效果」的口述實錄文體來考察社會現象進而聲色不露給予理性和情感超越的《北京人》，同樣也有着三種文學形態的「融合」跡象。不過應該指出，作家們目下這種對不同文學傾向自覺或無意的「相容」綜合，和以往那種不覺察文學形態差異、不承認多元性的創作態度是有區別的。如果說後者是無視多元形態時「一統」，那前者便是在正視多種規範差異後的「統一」。

出現這種分化和統一的跡象，我以為是新時期的一種進步。誠然，文學史上不乏既有趣可讀又干預社會又獨特探索人的精神獨異性的經典名作，我們今天的文學，也最好能融娛樂效果與政治鋒芒與審美價值於一爐，但這種綜合和統一，只有建立在正視文學可以（甚至必然）具有不同功能、目的和使命的信念基礎上，只有建立在明辨三種文學的形態、規範、效果差異的前提之上，才能真正促進（而不是有礙）文學的發展。正是在這層意義上，我以為至少在目前，正視「分化」比強調「互滲」更為重要——只有毫無愧色地首先以趣味宣泄為創作宗旨，我們的推理小說、武俠片和青春喜劇才能不必總戴着「表現地下鬥爭」、「進行理想教育」等大帽子而情節僵硬畫面乾巴；只有在充滿文學自信地干預社會政治以後，我們的揭露、批判或歌頌型作品才不必東張西望——時而為了讀者裝點趣味時而又朝着評論家故作哲理沉思狀。如果《新星》對老農想賺錢修龍王廟之類的心理也依照「尋根派」筆法精細探究下去，那麼李向南還能風風火火迅速旋起改革熱風贏得一片掌聲嗎？同《李順大造屋》《喬廠長上任記》相比，《新星》《唐山大地震》及新近一大批出自青年人手筆的探討乞丐「羣落」、獨生子女、「文革」風雲、學大寨運動等敏感社會政治問題的報告文學和小說，一方面藝術上更加粗糙了，一方面批判鋒芒更加尖銳更加富有挑戰性了。這既說明文學新潮並未忘卻對社會的「干預」，同時也證實了社會文學特性的進一步獨立發展。同樣道理，也只有理直氣壯以文學自身為目的而「探索」，實驗性作品的「先鋒」意義才會真正實現。再古怪生澀的「先鋒」技巧，再朦朧奇特的「先鋒」意念及心態，只要是真正的反傳統反常規，自會有別種文學來加以推廣、發展和完善，來加以證實、闡發和完美表現，而「先鋒」文學只管自己往前走。在多元並存的文學格局中，一般說來，社會文學共時態影響最大，通俗文學擁有讀者最多，而「先鋒」文學推動文學發展的作用最明顯。只有真正確立功能分工意識（即多元意識），我們對新時期文學的複雜現狀及其走向才不致過分迷惑。既然三種文學同樣都面對社會需要，同樣都背倚人性，既然它們之間功能意義不同，各司其職，各盡其能，誰也沒有完全取代誰的能力和仰視或貶斥誰的權利，那麼在我們的評論中，更具體化形式化一點，比如我們的文學評獎，為甚麼不能也像電影評獎（或日本文學界的芥川獎、直木獎、菊池寬獎）那樣，有一個或側重社會影響或側重大眾趣味或側重藝術創新的多元的價值評判呢？—— 我用這樣一個隨想式的動議來匆忙帶住本文遠不充分的討論，當然我也知道，真正要實現這一動議，是很困難的。

1986年11月17日於上海重華新村

此文原是在北京中國社會科學院「新時期文學十年」研討會上的主題發言。發表於《文學評論》（北京）1987年第2期，頁10—24，54。收入《當代文學印象》，上海：上海三聯書店，1987年。

1 見白樺的詩作：《我歌唱如期歸來的秋天》。

2 「在我們這裏，文學到現在為止，還擁有一種百科全書的意義，而這卻是更有教養的民族所已經失去的。狄更斯所說的東西，在英國，除了他以及其他小說家以外，還有哲學家、法學家、政論家、經濟學家等在說。在我們這裏，除了小說家以外，就沒有人來談論組成他們短篇小說底內容的那些題目了。因此，即使狄更斯可能沒有感覺到自己作為一個小說家，有做一個時代追求底表達者的直接責任，從而這種追求可能在隨便哪一篇小說中都找不到表現 —— 但在我們的小說中，就不會有這種辯解。假如狄更斯和薩克萊還是認為小說家的直接責任就是要接觸到一切引起社會注意的問題，那麼我們的小說家和詩人對於這種責任的感覺，就應當更加強烈一千倍……對我們來說，這個時代還沒有過去（對我們來說，這個時代也還沒有完全過去 —— 筆者注）。」見 [俄] 車爾尼雪夫斯基：《俄國文學：果戈理時期概觀》，引自《車爾尼雪夫斯基論文學》（上卷），上海：新文藝出版社，1958 年。

3 某位著名的報告文學作家在上海看到千家萬戶都在觀看香港電視劇《上海灘》，發出了如此失望的感慨。

4 [英] 羅賓・喬治・科林伍德：《藝術原理》，北京：中國社會科學出版社，1985 年，頁 118。

5 [德] 歌德：《歌德的格言與感想集》，北京：中國社會科學出版社，1982 年，頁 71。

6 需要說明的是，一切美感都不能完全排除官能與理性的成分。因此在我看來，通俗文學的要點，就在於將官能美感作為審美目的，而不是把它僅作為導向理性美感的手段（社會文學）或伴隨整個審美過程的仲介（探索文學）；社會文學的要點也就在於將理性昇華作為審美目的，而不是像通俗文學那樣，把理性作為審美宣泄的輔助框架，或像探索文學那樣始終把理性視為純粹審美觀照中的一個有機但不能獨立的因素。

現代主義與中國新時期文學[1]

西方現代主義文藝及文化思潮，近十年來對「文化大革命」以後的中國（內地）文學界的影響，一方面表現為一連串熱鬧起伏的文藝論爭，另一方面則誘發了一種靜悄悄蹤跡難辨的文學技巧、情趣和觀念革命。前一種論爭，宣言醒目，口號刺耳，針鋒相對中每每還伴有或顯或隱的特定政治背景，所以比較引人注目。有關「現代派」的話題，遂成為新時期中國評論界的「熱點」之一。而那些學術水準相當參差不齊的論爭文章，也確實能作為一種跡象姿態和見證，頗能反映十年來中國文學如何「被迫應對」和「主動借用」西方現代主義的整個文化過程。圍繞後一種靜悄悄發展的現代主義創作傾向，評論界的態度在 1985 年前後有戲劇性的變化：在那之前，是力圖「批評現代主義」，在那以後，則是力圖作「現代主義的批評」，後者催生、助長、介入甚至直接構成了中國文學中現代主義傾向的發展。一些比較能擺脫「愛憎」情緒的專業性評論的出現，主要還是最近幾年的事。

雖然前後僅七八年，時序已經顯示它的意義：從 1982 年徐遲短文遭批判，馮驥才、李陀、劉心武在《上海文學》上放出幾隻引起爭議的「小風箏」，到 1985 年何新在《讀書》上發難譴責「當代文學中的荒謬感與多餘者」，從而又引發一場論爭，再到 1988 年《北京文學》闢專欄討論黃子平提出的「偽現代派」概念⋯⋯把這三次相對比較集中熱鬧的「現代主義」討論放在時序及「文革後」文化背景變遷的邏輯軌道上考察，看上去好像一直重複類似的有關「現代派」的話題，其實每次討論的文化意義均不相同，且呈現了一個極有意思的發展脈絡——開始是文藝政策和文化心理的調整，後來是借文學精神價值的討論來關注當代青年文化心態，再後來才出現對新時期文學自身的文化性質的質疑。倘用最簡單的方式來概括這三次論爭，那就是:「我們要不要現代派？」「我們文學中的現代派好不好？」「我們究竟有沒有真正的現代派？」

一、我們要不要「現代派」？

中國評論界通常所談論的「西方現代派」，與歐美文學史家所謂的「現代主義」(Modernism)在概念上有所不同。一是外延範圍明顯擴大，「中國人現在用『現代派』這個名詞，似乎指的是從十九世紀法國象徵派詩歌一直到目前流行在歐美的荒誕派、黑色幽默小說。」[2] 二是以「派」替代「主義」，隱隱有強調其同忽略其異的意思，「現代主義這個名詞涵義很多，它不可能只有一個『派』。」[3] 近十年來中國的作家、評論家，哪怕是「中國的現代派」，也很少考察比如美國黑色幽默小說與法國新小說派之間的質的差別，而更關心廣義的「現代派」與我們的關係。

其實世界上哪一種文化流派會和「我們」無關？認識研究和考慮關係協調理應是兩種工作。首先考慮研究事物與「我們」的利害關係的功利主義評論態度，實質上是種有意無意的防衛性姿態——儘管防衛手段可以是「以攻為守」大膽出擊，將薩特、伍爾芙統統批倒[4]，也可以是一廂情願誇大東方文化對西方現代派緣起的影響作用[5]。總體來說，1840 年以來整個中國文化一直處在被西方文化衝擊和「侵略」的位置上。現代主義進入「文革」後的中國文學，並不例外也取了文化上的進攻姿態（雖然這「進攻」是被中國當代的文化危機所「邀請」的，雖然進攻者「絕望」「荒誕」而防守方反而神情亢奮）。不論欣喜或恐慌，中國的評論家起初基本上是將「甚麼是現代派」與「我們要不要現代派」這兩個課題混在一起同時考察的，而且後一個課題緊逼着前一個課題，制約和影響了前一個課題的從容研討。

在徐遲的短文《現代化與現代派》[6] 發表以前，有關西方現代派的文章大都出自外國文學研究家之手，比較重要的有陳焜的專著《西方現代派文學研究》，湯永寬的《當代美國短篇小說集・序》，柳鳴九編的《薩特研究》，李文俊、董衡巽等人稍後編選的《福克納評論集》《海明威評論集》，以及袁可嘉 1979 年為上海文藝出版社出版的四冊八本《外國現代派作品選》所寫的前言。其中袁文最有代表性地體現了研究者們既想科學評析現代主義又要考慮現實文化對策的為難處境。寓評於介，態度平和。「前言」一開始就將眾多西方現代派作家按「左」、「中」、「右」匆忙排隊，詳細理解評析現代主義以後又尾隨一批「錯誤思想」的「帽子」——「諸如虛無主義、悲觀主義、個人中心、和平主義、色情主義等等」，以提醒「我們」「進口」時注意防毒，很難說這是袁可嘉行文立論的策略，還是他基本理論框架的必然局限。總的說來，袁文是從「我們」既有理論框架出發評析現代主義的佼佼者。整個「前言」把「甚麼是現代派」和「要不要現代派」兩個課題折中為「我們怎麼看待現代派」，雖有「我們」的立場在，但主要篇幅還是心平氣和用來「看」，用來分析具體現象、具體理論的。應該特別指出的是，有不少後來被稱為「中國的現代派」的青年詩人、作家，他們對現代主義的最初理解便來自於袁的「前言」。當然，這些年輕人大都本能地繞過了「左」、「中」、「右」排隊段落，而更注意袁文中的具體分析。

比起袁文來，徐遲名噪一時的《現代化與現代派》與其說是論文，不如說是隨感。可偏偏這樣一篇熱情天真夾點小策略的三千字短文，在發表後一二年間，接受了全國各地報紙雜誌幾百篇共計百餘萬字的批判文章，引發了從 1982 年到 1984 年前後持續近三年的第一次「現代派」論爭。同時被批判的還有謝冕、孫紹振和徐敬亞論述「朦朧詩」「崛起」的三篇文章，以及發表在《上海文學》(1982 年第 7 期)上的馮驥才、李陀和劉心武放的「三隻小風箏」[7]。我最近耐心地翻看了 1982—1984 年間幾十上百篇從各種角度批判現代派的文章，並從中選出較有學術性的錢中文、夏仲翼的兩篇論文及較有代表性的陳燊的文章。縱觀兩邊不同的意見，爭論的焦點直接是「我們要不要現代派」。至於「現代派是甚麼」和「應該怎麼看」等論題，都已成了爭論的手段和論據。徐遲說：中國以後「將出現我們現代派思想感情的文學藝術」，原因是「我們將實現社會主義的四個現代化」[8]。陳燊則認為中國文學「如果進一步深中現代派的流毒……我們無論在創作實踐或理論探索上，都將走入一條死胡同」。「死胡同」的論據便是在現代派與沒落資產階級之間劃上等號——「列寧明確地指出：『絕望是行將滅亡的階級所特有的……』，現代派表現的正是這種思想情緒」[9]。馮驥才熱情呼喚「中國文學需要『現代派』」的理由也是稱現代派為「時代的產物」——「本世紀來，社會發展，科學倡達，工業革命，生活內容的變化，影響到人們的意識、思維、審美，以及生存方式；也自然影響到文學藝術中來」[10]。在馮驥才看來，喬伊絲、福克納、伍爾芙等人的藝術實驗，「實際是文學上的一場革命」。「革命」兩字，豈能讓現代派用去？於是錢中文發問：「在我國，要現代主義文學，還是要社會主義文學？這是一些文章中提出來的一個重要問題。」[11] 這真是問題的提法決定了它的答案；如果順着錢中文的思路，在中國大陸沒有哪個論敵會不失敗。

今天重新回顧這次學術價值很低，政治色彩很濃，文化意義很深遠的文藝論爭，我在一片「需要」和「不要」的激動爭辯中，特別注意主語「我們」的複雜內涵。大家都說「我們」，似乎羣體意識很強，但「我們」究竟是甚麼？

「我們無產階級文學」「我們社會主義文學」「我們革命文學」——這基本是一種政治階級的角度。

「我們現代人的文學」或「我們現實主義文學」—— 這種出發點裏較多時代文化背景的因素（雖然依託不同）。

「我們中國的文學」「我們民族的文學」—— 這裏強調了漢民族文化的立場。

顯然，同一個「我們」的主語，至少包含政治、時代、民族三個層面的內涵指向。

余光中教授認為中國知識分子在承受現代主義思潮衝擊時，心理上的失落感要比西方人更嚴重。因為歐美是「機器喧囂蓋過了教堂的鐘聲」，十八、十九世紀「人的自信」、情感尊嚴和傳統中產階級道德價值系統今天受到了幾乎毀滅性的衝擊，這固然是令人遺憾的，但衝擊的力量，即二十世紀現代主義，也同樣是歐洲知識分子的精神成果，所以他們覺得是「我們今天的文明令人感慨但又無可挽回地在擊潰我們昔日的文明」，這裏的失落感，只是「時代」意義上的。而在中國則是「外國的黑煙竟攪亂了我們的田園農家樂」，是人家今天的文化在「衝擊我們舊日的文明」—— 這裏的失落感是時代和民族雙重意義的[12]。到了 1949 年以後尤其是「文化大革命」以後的大陸，我以為情況又有了新的變化：這時的西方現代主義影響，第一意味着時代的衝擊（二十世紀文明無可避免在衝擊十九世紀或傳統農業文明），第二意味着民族文化危機（西方文化對東方文化取「進攻」姿態），第三意味着政治的對抗（資本主義與社會主義的文化鬥爭）。所以這時中國知識分子和中國文學界的失落感、危機感和抗爭意識也同時有三層內涵：既是時代的，也是政治的，更是民族的。

所以徐遲、陳燊、李陀、錢中文等人論爭「要不要現代派」時，「我們」的主語裏也同時包含上述三種立場 —— 不過他們都各有側重，各有隱藏。這其間的側重隱顯，構成了極微妙的文化景觀。

因為是論爭，所以總有策略，講究「有利、有理、有節」。在「文革後」中國特定的人文環境裏，有幾條「勝負規則」必然有效：一是在政治概念上，「資產階級文學」總不是「社會主義文學」的對手（所以要「修正」社會主義文學必加「中國特色」、「中國化」）；二是由於「五四」以來進化論的影響，人們總覺得「新的」「現代的」「二十世紀的」等概念比「傳統」和「十八、十九世紀」更響亮；三是以民族文化為本位的意識總是非常重要，或表現為政治層面的「民族自尊」，或體現為「中學為體，西學為用」的心理願望，或反映了深層的民族文化失落感及復興使命。

明白了規則，我們就不難理解 1982—1984 年間「現代派」論爭的文化性質了。那些反對「現代派」的「我們」，主要持階級、黨派、政治的立場。但「無產階級情感」、「社會主義現實主義」下面其實隱含着自覺的十九世紀時代趣味和不自覺的傳統文化意識。實際上是從強調文學的社會教化作用的傳統出發，以托爾斯泰、羅曼・羅蘭來批判薩特、加繆。因為「過時的趣味」（時代局限）是個「軟檔」，所以才需充分發揮「階級」的政治優勢。而主張「中國需要『現代派』」的那些「我們」，則主要依據時代變遷、文明進化的有利出發點，儘量（同時也是策略地）強調現代派與二十世紀人類文明科技進步的必然聯繫，在政治層面則「取守勢」(現代派中也有些人參加革命；可以拋棄荒誕思想剝下其技巧為我所用，等等)。一重政治一倚時代，在這種微妙的文化對峙中，民族文化意識的作用就舉足輕重了。陳燊擔心中國文學如果「深中現代派流毒」，後果便是「離開人民和民族的土壤，否定古典文學的藝術成就，擯棄無產階級文學的創作經驗」，這三條後果恰恰從反面說明了現代主義影響進入「文革後」中國的實際意義，那就是促使新時期文學懷疑「講話」(甚至「左聯」)以來「無產階級文學」為政治辛苦服務的種種「經驗」(孫紹振：我們不屑於作時代精神的簡單傳聲筒)；懷疑巴爾扎克、契訶夫等十九世紀作家是否是我們唯一的藝術典範(李陀：《各種各樣的小說》)；也懷疑民族文化(甚至「五四」文化)規定於文學的感時憂國、理性教化的傳統角色(吳亮：作為一個現代人，對自我的關心，應當甚於對自然的興趣……世界的本質……是無從知曉的……)。這樣同時從政治功能、時代趣味和民族傳統三層意義上顯示「挑戰」姿態，無疑太困難了，僅僅依靠時代進步的理由還顯得不夠。李陀憑直覺很早就意識到了這一點，所以他在贊同馮驥才熱情呼喚現代派的同時特地將「我們」的「現代小說」與「洋人」的現代派劃了條界線，目的是希望「我們的現代主義」與民族文化更多結緣——於是這「我們」裏面除「現代人」的自豪外又多了「中國人」的文化危機感和使命感(藝術感覺很「現代」的中國知識分子，其民族文化危機感反而比酷愛屠格涅夫的「社會主義現實主義」理論家更強烈，這一現象頗耐人尋味)。殊途同歸，一些作家如賈平凹、阿城等，也在1982—1984年間試圖尋找西方現代派與中國傳統藝術神韻相通的可能性。李陀等人的考慮在有意無意間，其實不無現實功利因素：面對「文以載道」民族傳統與十九世紀歐洲俄羅斯文學趣味在「社會主義現實主義」旗幟下的神聖同盟，現代主義要想進入中國，除依據時代進步背景外，還應在「政治需要」和「民族文化需要」兩者中至少再找一位「盟友」。徐遲熱情提倡「社會主義現代化需要現代派」，正是現代主義在中國尋找政治依據的一次暫時失敗的理論嘗試；而陳思和頗有影響的《中國新文學發展中的現代主義》[13] 一文，則可視為替現代主義在中國尋找民族文化依據的一次「學術探險」。

陳文第一章集中記述了「五四」文化如何及時接受當時剛剛興起的西方現代主義思潮影響的一些史實（比如《民鐸》早在 1921 年便介紹柏格森哲學引進「意識流」概念，同年朱光潛便全面評述佛洛伊德學說，等等）。「五四」思潮中的現代主義因素向來為國內各種新文學史所避而不談，所以陳的歷史回顧使今天很多熱心現代派卻又不能理直氣壯的青年作家們深受鼓舞。正是為了替當代的勇敢探索者找幾位「拿得出」的榜樣，陳文不談「五四」文化中理性啟蒙主導傾向及浪漫思潮的關係，也淡化茅盾等人讚賞「新浪漫主義」的思想啟蒙理由和魯迅接受尼采影響的進化論框架，而是着重強調茅盾當初熱情提倡現代主義的言論並認為《阿 Q 正傳》也「反映了人與人之間的冷漠、隔閡、孤獨，以及彼此間的無法理解」，可以聯想到存在主義與加繆《局外人》。在第二章裏陳思和更大膽地描繪了一幅二十世紀初東西方文化的戲劇性對流圖：在中國人否定傳統接受西方近代文化影響的同時，東方神秘主義文化則促成了西方現代派的產生，「雙方都在拋棄傳統，又都在向被對方所拋棄的傳統靠攏。這種文化的對逆現象是歷史上空前絕後的。中國人獲得了西方科學精神與理性主義，促使他們從傳統文化的虛玄中掙扎出來，在舊文化的廢墟中謀求新生。西方人獲得了東方的神秘主義與物我合一的思想，有助於他們克服傳統文化的局限，進一步推動現代科學的發展」。前面說過，李陀等人不是正希望在現代派與民族文化之間找到聯繫嗎？陳文顯然提供了這種聯繫的歷史和理論依據。激動興奮之餘，人們也來不及細想「五四」文化所受西方影響與老莊玄學於現代派產生的若干啟發作用在規模、性質上能否並提，以及現代主義是否係西方文明自身的必然發展等問題。或許不是來不及，而是不願細想（近十年中國評論界，既匆忙缺乏耐心，又充滿情感願望）。學以致用，「現代派原來和我們的老莊有關，今天我們要用，有何不可？」這裏的「我們」，同時有了時代、民族兩層內涵，再面對「我們現實主義」，信心充足多了。在更深的文化意義上，虛構一幅東西文化對等交流「沒有赤字」的圖景，對熱心現代派的中國知識分子的深層文化失落感，也是一種微妙彌補。陳文為現實需要而談史立論，雖然在學術性方面有點冒險，卻成功地為現代主義進入當代中國文學暫時找到一塊理論上的「攤頭陣地」，放在文學論爭過程中看，其重要性尤其明顯。

二、我們文學中的現代派好不好？

何新發表在 1985 年第 11 期《讀書》頭條上的《當代文學中的荒謬感與多餘者》一文，使得似乎已平靜下來的現代主義討論重新熱鬧起來。與第一次論爭不同之處在於，這次不是「要不要」的問題（由於王蒙、宗璞、茹志鵑、李陀、北島、楊煉、舒婷、顧城、張辛欣、張承志、陳村、曹冠龍、韓少功、劉索拉、譚甫成、徐星等人有意無意的努力，現代主義因素已經實實在在而且引人注目地進入了新時期的詩歌、小說、戲劇創作），而是如何評價「我們」文學發展中的現代主義傾向問題了。倘說第一次論爭是文藝政策和文化心理的匆忙調整，那麼第二次討論便是從社會文化思潮角度對引進「異質」文學的後果作政治和倫理價值評判。話題圍繞作品中表現的某種青年文化心態而展開，指歸仍在文學扮演的社會和政治角色（我們的創作該不該表現那種「荒誕感覺」、「失望情緒」，應該如何批判、引導，等等）。出現何新那種奇特的混合多種文化尺度的論文或許是偶然的，但在 1985 年前後現代主義影響越來越細密滲透入中國文學之際，重新出現精神價值角度的批判，乃是必然現象。這也反證了現代派影響雖從技巧趣味突破，作用面卻主要在思想文化方面，直接後果便是文學的社會角色的改變。

從別的文章看，何新理應比陳燊等人更能領會西方現代主義的精神實質，「從總體來看，現代主義體現了十九世紀末以及二十世紀以來，西方工業科技文明的自我危機意識……是西方人對西方文明的一種危機意識，也是價值的危機意識。而在哲學和文學中的表現，就是生命的荒謬意識以及死亡的迫近意識」。[14] 何以這樣一種西方文明的自我危機意識會和徐星《無主題變奏》裏當代中國青年的戲謔冷嘲式憤世嫉俗情緒完全等同起來呢？看來也是現實政治需要牽的線吧。何文頗瀟灑地創造性地轉述了《無主題變奏》中的「一種對存在、對人生、對青春以至對自身的整體荒謬感」，並將它與存在主義「局外人」態度、十九世紀「多餘人」心態及非英雄化平庸文學趣味，還有莊周、劉伶、濟顛及拉摩之姪等古代「嬉皮士」精神聯繫起來，認為在二十世紀八十年代中葉的中國，這「不是一個孤立的文學現象」。為分析批評這種文學現象（其實也是青年思潮，也是文化政治現象），何新調動了多種文化武器，既以冉・阿讓、約翰・克利斯朵夫等十九世紀靈魂來批評寫「凡人瑣事」的非英雄化趣味傾向，認為當代文學「從文學形象的轉變來說，就是由神聖回歸平庸，由英雄主義回歸於虛無」，又以「愛國主義」的道義責任來批評「迷失自己」的當代青年的荒謬感：「我們可以理解他們。但是這種文學傾向不值得鼓勵，不值得提倡……今天的中國青年沒有玩世不恭的權利。試看我們面臨的是一個甚麼樣的歷史環境？十幾億人口，要吃飯，要生存，要發展，要繁榮！」還以金庸、梁羽生小說中的大俠精神來批評當代多餘人的憂鬱孤獨：「《無主題變奏》……它的氣質很高……那種內向的沉思和憂鬱，顯示了一種優雅的風度和旨趣。這種憂鬱症，在某種意義上也表現了一種病態的美感。……但是，我一點也不喜歡這位主人公……我寧可喜歡金庸作品中的大俠胡斐和袁承志，因為他們不僅武功高超，而且更重要的，是他們還具有一種捨生取義、兼濟天下的崇高精神。」也許每一局部的批判邏輯可以成立，但合在一起便混亂了：約翰・克利斯朵夫精神與「多餘人」奧涅金、畢巧林其實氣質相通，如果徐星、劉索拉等人筆下的主人公也有類似「多餘人」的玩世不恭姿態，他們是否也應屬「當代英雄」之列呢？（「文革」後「迷惘的一代」，不正是「我們這個時代的主角」嗎？）而被推崇的武俠「白日夢」與被批評的市民平庸趣味之間是否有聯繫呢？諸如「多餘人」與「局外人」基本文化性質差異等問題，當時便有不少商榷文章尖銳指出了。我以為更有意思的，乃是何文中三種基本文化武器（政治道義責任、十九世紀歐洲趣味和「武俠夢」裏凝結的複雜的傳統意識）的頗有代表性的不協調合作。在文化性質上，這也和「我們現實主義」論者一樣，以「載道」「教化」傳統與巴爾扎克模式合起來化為文學的當前政治功用。不同之處在於陳燊、錢中文等人至多只在政治責任感下面自豪而不自覺地顯示些十九世紀歐洲、俄羅斯趣味，至於深藏其間的傳統文化心理一般是羞於露面的，而何新卻真誠大膽得多，將金庸、梁羽生筆下的大俠與精神文明建設使命一起拿了出來。於是，現代主義進入當代中國文學的主要障礙，或者說必然要和現代主義在表層衝撞的所謂當代中國既有文化規範的主要元素，都顯得十分清楚了。何文的另一不同之處在於，他的幾種文化武器互相之間配合不太融洽，不僅大俠精神與約翰・克利斯朵夫氣質格格不入，那些對「嬉皮士」情調的精闢理解也無法和「這難道是當代中國人所應當追求和模仿的嗎」之類的政治使命感完全協調，有時讀來竟彷彿不似出自一人手筆。這是否也意味着「既有規範」在 1985 年已顯露了不可克服、無法掩飾的內在矛盾呢？

正如何新認為徐星《無主題變奏》中的迷惘情調荒誕感「不是一個孤立的文學現象」一樣，人們也並不認為何新多種文化武器並用的文章是一個孤立的批評現象。何文雖然為了論證現代主義對當代中國文學的嚴重（甚至有害）影響，故意簡單化地在「文革」後青年人的迷惘情緒和失落感與存在主義觀念之間劃上「危險的」（不同角度看，均很「危險」的）等號，但他抓住青年文化心態這個焦點，尖銳地從政治文化思潮角度提出問題，還是顯示了足夠的文化敏感。這敏感有意無意地代表了某些政治力量的長期習慣性過敏。可是對於抓文學典型進行政治文化批判的方法，評論界同人們是持有條件反射性警惕的，加上 1985 年特定政治文化背景的制約，何文並未引發一場持久的論爭。不過是年探索小說繁榮，新潮文學批評崛起，有關現代主義的精彩評論不少，人們偏偏特別注意（反感也是一種注意）何新的「隨想錄」，這也反證了「中國的現代派」自覺不自覺地意識到他們的「荒誕」工作，實際上是具有政治意義的。在我看來，進入「文革後」中國文學的現代主義影響，雖然高舉時代進步（二十世紀現代文化）的旗幟，雖然力圖尋找民族文化依據，但實際上它的文化意義，主要還是對現有政治文化環境的一種衝擊。這種政治文化意義上的衝擊作用具體表現在兩個方面：一是幫助中國「新時期文學」解脫政治宣傳功能的束縛，幫助文學向政治「申請自主權」，爭取文學的獨立性；二是幫助中國青年宣泄他們的精神文化危機感。顯然，後一種精神宣泄帶有爭取個性自由（乃至社會變革）的思想啟蒙意義，這種新的政治負載與前一種想丟棄政治包袱的「純文學」傾向構成矛盾，這種矛盾正意味着中國的現代派所面臨的兩難文化處境。也就是說中國的新潮文學，是以「純文學」傾向來顯示其非文學性的政治文化影響的。身處其間的人們，可能會比局外人更珍視 1985 年的轉折意義。這一年以「方法論研討」為突破口的種種文學觀念變化，如強調情人手帕落地與「降半旗」在題材意義上的平等價值，論證在「典型環境」、「典型性格」外也可有典型情緒、典型心態，從「非情節化」、「非故事化」走到強調生活的非因果關係乃至提出「非理性化」的合理性（另一悖論），以音樂感取代結構章法，在崇高、優美之外還執着於發現病態美……所有這些被總結為「向內轉」的文學觀念轉變，其實都是在強調文學的獨立性，以爭取與政治「離婚」。與此同時我們看「探索文學」的具體的「現代主義表現」，如玩世不恭狀的荒誕嘲弄，反禮教反傳統反規範反秩序的粗野口吻，隱晦醜惡的病態意象，滿含社會內容的個人迷惘失落情緒等，哪一種不是對現有政治環境及其文化背景的猛烈反叛和挑戰？哪一種不構成對「文化化了的僵化制度」和「制度化了的僵化文化」的雙重衝擊？反對者從倫理道義角度提出批評，贊成者也從精神價值（而不是純粹從文學性）角度提出辯護：「他們的玩世不恭不是怯懦，而是抗爭和進取，不會引人走向安靜的世外桃源，而是激發人的現實抗爭的精神。儘管他們時時因孤獨而陷於迷茫和悲觀，但這正是心靈覺醒的標誌。沒有孤獨就沒有勇於創新的天才，沒有痛苦就沒有真實的人生。」在辯論「玩世不恭」是否「怯懦」（好或不好）時，大家都肯定了現代主義影響已切實進入了我們的創作這一事實前提，大家也都忽略了在現代主義觀點看來「怯懦」並不等於「不好」這樣一個理論前提。或者說他們都認為，在「文革後」中國的特定環境裏，連現代主義也沒有「怯懦」的權利，連卡夫卡、福克納也必須「上戰場」（如宗璞寫《我是誰》，如殘雪的《蒼老的浮雲》）。徐星和劉索拉、張辛欣等人的作品，其實在文學性意義上差異很大，但人們多見其同不論其異，說明連文學評論家也主要將《無主題變奏》等放在政治文化思潮層面（而不是純文學層面）考察。現代主義影響對「傳統規範」（準確地說是當代中國的僵化文化規範）的「有」情衝擊，使絕大部分持社會改革立場的作家評論家感到興奮。不過這是一種充滿內在矛盾的興奮，也是一種不無痛苦的興奮。

內在矛盾是由於支持現代派的人們其實依據不同理由：同樣肯定「我們創作中的『現代派』傾向，並不怯懦頹唐」，有人是因為「不怯懦頹唐」的情感能起思想啟蒙作用而接納、歡迎「現代派傾向」，有人則是因為從趣味、觀念上認同「現代派」而策略性地強調其「不怯懦頹唐」的倫理道義價值。換言之，有人是因為相信卡夫卡對中國有用才歡迎他，有人是因為喜愛卡夫卡才說他對中國有用。面對文藝政策上的簡單拒絕（我們不要）和政治道義上的粗暴批判（不好，有害）時，不同理由的「現代派」支持者會自覺不自覺地攜手「作戰」，彼此作策略性讓步協調。但假如反對勢力逐漸消退，這種「統一戰線」立刻會呈現「內部矛盾」。1985 年以後，這種支持現代主義傾向的不同理由之間的論爭，逐漸成為有關現代主義的主要話題。

對新時期中國文學中現代主義傾向的發展，持不無痛苦的興奮態度，這是由於現實政治文化意義上的功利考慮（興奮）與民族文化危機導致的文化心理失落感（痛苦）複雜混合的結果。當時一些比較全面、比較冷靜評述現代主義影響的論文（如宋耀良的《意識流文學東方化過程》，如鄒平《新時期文學中的現代主義漸進》等），行文立論中都有那種「不無痛苦的興奮」。在興奮肯定現代主義影響幫助當代中國文學擺脫「文革」文化陰影的同時，論者總要有意無意想方設法消除彌補面對「異質」文化的失落感，方法多是第一發掘祖先聯繫（李商隱早用過「意識流」，老莊與現代派氣質相通），第二強調主動「引進」（是我們要「你們」來……），第三說明「引進」的多數是技巧手法（我們自己來「剝離」），第四則聲明進來後已被「同化」（已成為社會主義文學的有機部分）。無論是「祖宗淵源說」、「主動引進說」，還是「剝離技巧說」和「已被同化說」，種種理論聲明其實都說明了現代主義影響當代中國文化後，給中國文化人帶來的巨大的心理不平衡。「現代主義來中國，是因為對我們有用！」這裏的「我們」，時代、階級色彩均很淡，民族文化的本位立場才最重要。而這種凡事從「有用」出發的文化態度，也和民族傳統有關，並非「二十世紀文明」或「無產階級文化」的特點。「中國知識分子對於再生本民族文化的熱切的使命感……竟成了他們在吸收西方文化時的不自覺的標準尺碼。」這是陳思和論現代主義一文中最精彩的一段話，如果把「吸收」兩字改成「理解」和「評判」，這段話也頗能說明包括陳文在內的同一時期很多中國「現代主義評論」的基本特點。

三、我們究竟有沒有真正的現代派？

在論爭了數年「我們要不要現代派」和討論了數月「我們創作中的現代派好不好」以後，結果又重新回到「我們究竟有沒有現代派」的問題的起點，這看似是學術研究層次的倒退，其實倒是中國文化在進步：終於暫時稍稍離開自身情感願望，先來考察現象本身，先來考察「中國的現代派」的文化性質了。

頗有意思的是引入了「真與偽」這對概念。動因起初是「斥偽」。一旦反對現代派「登陸」的政治防線鬆動，新潮創作便勢如決堤，

1985 年後現代主義頓時成為時髦文化，確實精蕪雜存，瑕瑜互見。但要「斥偽」必同時「存真」，於是「甚麼是真正的或曰嚴格意義的現代主義」，這個問題便無法回避了。

然而中國的「先鋒派」作家和新潮批評家，他們對西方現代主義的理解和研究，並未隨着新時期文學中現代主義傾向的迅速發展而同步深入。到 1985 年後，朦朧詩人和「探索小說」作者們對西方現代派的理性認識，大致仍停留在幾年前陳焜、袁可嘉等學者的評介程度，但他們筆下的具體創作卻早已突破袁可嘉等人劃出的借鑒範圍。熱心支持現代主義進入中國的青年評論家們，對當前種種文學實驗的體味感悟，也比他們對西方現代派名作譯本的理解把握更實在、更細緻、更「投入」。於是我們看到被作家評論家所「斥」的，均是作為文學現象的實實在在的「偽」，為他們所嚮往尊崇的，卻往往是作為文學經典、理想的虛擬的「真」。

但虛懸甚麼樣的「真」，決定着人們對實際文學現象的「偽」持何種批評態度。

季紅真在 1987 年秋天寫了專文全面探討西方現代主義與中國近年文學的關係[15]，視野廣闊，思路清晰，雖然牽涉問題較多未能一一足夠深入，然而核心觀點是十分醒目的，那就是新時期文學儘管受到西方現代主義的廣泛甚至深刻的影響，但中國並沒有出現嚴格意義上的現代主義文學。季文從物質生活水準的限制、缺乏現代主義產生的哲學土壤以及文化心理機制的障礙等三個層面詳盡論證她的觀點，也花了不少篇幅指出中國文學中的現代主義傾向與「嚴格意義上的現代主義」之間的諸多實質性差異。在季紅真之前，已有很多論者再三指出過這種「中 / 外」現代派之間的差異。一般說來，對現代主義影響進入中國持保留和反對態度的論者，更願意強調（甚至誇張）北島、張辛欣、劉索拉們與薩特、加繆、「垮掉的一代」之間的精神聯繫，因為後者的「階級身份」比較確鑿，於是前者的「危險傾向」也較明顯。與此相反，從各種不同角度對現代主義影響進入中國持讚許、支持或通達容忍態度的人們，都有意無意想幫助北島、張辛欣、劉索拉們與「真正的現代派」劃清界線。這裏的原因，一是因為該界線有助於保障「中國的現代派」作家們的政治安全；二是因為該界線也有助於強調（或者說發現）中國的現代派探索的現實社會理由和民族文化依據。應該說，只要不帶太強政治偏見和「學術意氣」，中國文學中的現代派傾向與西方現代主義之間的差異，就像後者對前者的影響一樣容易發現：第一，同樣是「意識流」，王蒙、茹志鵑是剝下「人家的」技巧，由自己的理性剪切拼貼成一種現實政治的錯亂感，而沒有像普魯斯特、詹姆斯、喬伊絲那樣沿心理時間線索探究人的潛意識領域的興趣；第二，同樣是隱喻象徵，韓少功、殘雪的意象顯然更多政治批判、民族自審的社會內容，更少對人類命運的形而上的哲理思考；第三，同樣是「荒謬感」、玩世不恭或「黑色幽默」式的嘲弄姿態，劉索拉、徐星表達的其實是一種在社會中找不到理想位置的「多餘人」的迷惘憤世情緒，而不是冷漠旁觀人類危機的「局外人」姿態；第四，同樣寫「性意識」，中國作家更側重社會禮教壓抑下的性苦悶及性變態，而不是以性冷漠和性厭倦來洞察人的生存危機；第五，同樣是價值系統崩潰後的悲觀，「文革」後的人們是對當代中國「革命傳統」的崩潰表示失望，喪失信心，而不像戰後歐洲知識分子那樣在科技文明高度發展後反而對人類前途表示懷疑……諸如此類的差異，第六、第七，我們還可以不斷往下列舉，在具體作品中找些論據也不是難事。但問題在於，從甚麼角度來看待這些差異？這些差異的存在，能否說明中國並沒有「真正的」現代主義文學？

看來季紅真所說的「嚴格意義的現代主義」，意即西方意義的現代主義。別的很多論者所說「真正的現代派」，心目中也同樣依據他們所理解的西方現代主義。如果說 1985 年以前人們說「中國的現實文化土壤並不會產生西方意義的現代主義」，常常還帶着一種為中國文學辯護的慶幸語氣（我們永遠不會中毒），那麼 1985 年後的微妙變化就是同一個「我們沒有真正的現代派」的結論，評論家們好像更多是帶着遺憾甚至抱怨反省的語氣來談論（我們的現代派作品怎麼「不倫不類」），換言之，圍着同一條「真 / 偽」界線，以前人們慶幸「虧得我們不是真正的現代派」，後來則變為「我們為甚麼沒有真正的現代派？」當然，細心的人們不難發現，這裏「我們」的內涵，又有了微妙的變化。

黃子平發在《北京文學》1988 年第 2 期上的《關於「偽現代派」及其批評》一文，雖然不長卻很重要。這種重要性不在於提出令人誤解的「偽現代派」概念並又引發一場不太熱鬧的討論，而在於標誌中國評論界對現代主義問題的一種冷靜的專業研究態度的出現（而不再像過去那樣每種意見首先意味某種情感願望）。黃文頗有啟發性地將批評「偽現代派」的兩種意見放在一起，使我們看到中國的現代派在初步衝破政治阻礙以後，結果又受到來自不同方向的新的批評，或者也可以說這是新時期文學中的現代主義傾向，如何在不同的文化側面作自我反省。

有一種意見也是從西方的現代主義才是真正的現代派這一理論前提出發，認為現代派名作如貝克特《等待戈多》、戈爾丁《蠅王》是「將從生活中體驗到的苦難提升到一種形而上的、人類痛苦的高度去品味」。而中國的現代派「作家體驗到的東西大多是受到社會理性道德規範束縛的東西，表達出的觀念是社會層次、理性層次、道德層次的東西，可是又採用了現代派的藝術手法，就造成外在形式和內在觀念的分離。這方面『色厲內荏』的典型是王蒙等人的一些作品，在莫言的《爆炸》裏也很明顯」。總之，這種觀點是對王蒙、莫言等人沒有學貝克特、戈爾丁學得像而表示不滿。在黃子平看來，這些要求「純現代派」的作家、批評家，「是試圖『剝離』自身的體驗和文化，以遷就或達到」西方現代主義的「完整性」。這樣的概括方式，應該說也包含着「不滿」。

事實上，1985 年以後「探索文學」的作者們，一直不斷聽到類似的「還不夠現代派」的抱怨批評和激勵，這種來自同一陣線的抱怨和激勵又加強了「先鋒作家羣」持續不斷創新的緊迫感，以至於短短二三年，「新潮」幾乎氾濫。殊不知大家湊在一起搶話筒訴孤獨，實乃追求個性價值的社會羣體意向；凡新必好，越新越好的「創新慾望」也更多地聯繫着「進化論」觀念。中國的現代派「先鋒」，實際上每每以二十世紀藝術武器（荒誕、孤獨、黑色幽默……）來追求十九世紀的文化目的（自由與個人解放），這是他們始料未及且不願承認的情況，但也正是他們工作的價值所在。

另一種對「偽現代派」的批評，出發點完全和上一種批評論點不同。陳沖認為徐星等人創作中吟詠的痛苦「沒有實際生活中的對應物」，「西方的一些現代意識，是在高度工業化以後或後工業化社會中產生的，而我國還沒有實現完全的工業化，更不要說工業的現代化，工業文明則遠沒有取得對農業文明的優勢」，因此，陳沖覺得某些新潮創作中的「這類冒牌的『現代意識』不是從中國現實生活中產生的，而是從國外（主要是發達國家）的書本上橫移過來的。這是一種理念的甚至概念的橫移，把一些外國才會有的意識，硬套在中國現實頭上」（注：着重號係筆者所加）。問題的微妙性在於，「把一些外國才會有的意識，硬套在中國現實頭上」這一種文化現象是否發生在當代中國的現實中，對西方現代主義的「理念的甚至概念的橫移」（如果確有的話），這一種文化行為及其深層文化心理是否是從中國現實生活中產生的？是否也依據和表現了「文革」後中國人的某種精神狀態？看來，依照陳文的邏輯，並不能導致對「偽現代派」的否定。不過值得注意的是這一邏輯後面的出發點，既然「不是從中國現實生活中產生的」觀念情趣是「偽現代派」，那麼「真正的現代派」是否就是深刻表現當代中國人精神痛苦文化危機的作品呢？這顯然與很多評論者對「真正的」「嚴格意義的」現代主義的理解不同。應該指出，像陳沖這種批評「現代派觀念橫移」的意見也很有代表性，近幾年來這種「不夠中國化」的批評也加強了「先鋒作家羣」持續不斷「尋根」的緊迫感，有關「嬉皮士情調有貴族氣息」的議論也在某種程度上促使了現代主義懷疑精神與平民（有時也有貧民）反叛姿態在新潮創作中的結合。

還有一種對「偽現代派」的議論，來自於一貫對現代主義進入中國持保守態度的政治文化力量。這「一類人可以說是最堅定、最認真的現代派的反對派。他們始終認為只有現實主義（社會主義的現實主義或革命現實主義）才是中國文學的唯一正確的道路，因此他們始終堅持在兩條戰線上開展鬥爭：「一方面批判西方的現代派，一方面批評中國的現代派。然而這兩方面的批判和鬥爭在這幾年都遇到了麻煩。在前一方面，由於批判者對西方現代主義並不熟悉，敵情不明，所以很多批判沒有說服力，那些嚴峻的判斷和嚴厲的措辭都不服人；在後一方面，儘管嚴重的警告和苦口婆心的勸說這兩手不斷交替使用，但是自願做『現代派』的人卻越來越多，批評界還聲稱『中國的當代文學中已經存在着一個現代主義運動』。在這種情況下，聽說中國的現代派不過是『偽現代派』，他們自然大喜過望，鬧了半天你們全是冒牌貨！」[16] 這「大喜過望」其實是誤會了，倘若中國的現代派創作全是「冒牌貨」，與西方現代主義有實質差別，那矛盾性質豈不變化了（從「中/外」、「無/資」矛盾向中國文學內部矛盾轉化）？接下來再如何抵抗鬥爭呢？倘若「冒牌」一說美言為「現代主義思潮與『文革』後中國文化具體實踐相結合」，中國文學中的現代主義傾向豈不更加順理成章？看來，這是堅定的反對派在「幸災樂禍」情緒中自身文化立場的暫時迷失。

曾幾何時，勇於探索的中國作家都儘量否認或「低調處理」他們作品中「意識流」或「荒誕感」的「舶來身份」，但到了某些作家那裏，已經恐懼和抱怨中國現代派的「海外關係」不夠「正宗」了。形成有趣對照的是，當初被徐遲用來為現代主義進入中國作辯護的現代科技發展和時代進步理論，現在反而成了人們（如陳沖）批評現代派觀念橫移的邏輯依據了。短短幾年，政治文化背景變化迅速，受其制約的「我們」這一主體概念的文化內涵，也在不斷飄移之中：一貫對現代派持階級分析態度的「我們」，在逐漸顯露其對俄羅斯貴族及武俠英雄的文化興趣；留意考察中西現代派精神差異的「我們」，政治立場慢慢向時代文化角度轉移；一直注意時代制約作用的「我們」，則由「進化論」觀念向強調當代社會需要的政治文化立場過渡……不過紛亂變化中也有最重要的不變因素存在，那就是中國的現代派作家尋求民族文化依據的不懈努力，正視漢民族文化失落的心理危機感與企圖復興民族文化的傳統使命感，是「我們文學中的真正的現代派」所持的深層立場。這種民族文化本位立場既使現代主義切實扎根於「文革」以後混亂鬆動的中國現實文化土壤，又使這種中國的現代派文學確實有別於西方意義的現代主義。

中國文化的近代失落，與西方傳統文化為現代主義衝擊取代的情形很不相同。現代主義是西方文化自我否定自我發展的必然結果，其間某些局部雖有東方文化（包括中國老莊思想等）的刺激啟發，但倘無這種刺激啟發，西方現代主義以其主流而言，依然會有後來的發展和衰落。這與漢民族文化如不遭到「五四」前後西方文化衝擊便不會有今日之振興與失落的情況，不可同日而語。我不認為漢文化在「五四」時期已經斷裂，由於「異質」文化的「進入」，漢民族文化既獲新生又遭失落，外表面目全非，基本要素卻一直在持久延續。不管中國的知識分子是否願意正視，是否敢於承認，其實漢民族文化在二十世紀是被歐洲文化（包括十八、十九世紀人道主義、馬克思主義和現代主義）強迫改變其外貌（甚至在某些局部上也改變其性質）的。不過中國知識分子不自覺地從家族宗法制傳統文化心理出發，更願意把這種東西方文化碰撞解釋為中國文化積極、愉快地回歸或進入世界文化（大家庭）。

真正的文學大都是比較感情用事，比較「懷舊」，更願意「向後看」的一種文化活動。「五四」時期西方文化影響衝擊改變着中國人的語法結構、思維材料、生產工具及社會形態，既導致令人振奮的思想革命社會變化，也帶來令人傷感的文化失落心理危機。中國現代文學中一些政治目的明確的急功近利性作品，大都着重描寫前一種令人興奮的社會革命浪潮（如郭沫若《一隻手》、蔣光慈《短褲党》、周立波《暴風驟雨》等）；另一些文學性較強的作品，則大都在表現社會劇烈的變動的同時，透露並體味更深一層的文化失落的惆悵悲涼（如魯迅《野草》、曹禺《北京人》、郁達夫《過去》、老舍《四世同堂》、沈從文《邊城》、張愛玲《金鎖記》等）。雖然後一類創作藝術價值顯然更高更持久，但三十年代以後中國文學裏前一類作品卻越來越多，漸漸成為主要的發展方向。這裏除了三十年代普遍左傾的國際文化環境影響、抗日救亡運動的接踵而來以及 1949 年以後政府對文學宣傳作用政治功能的進一步要求等外在社會政治條件制約以外，漢民族文化在意識深層不甘心（甚至不承認）失落、焦灼希冀（最好能在一夜間）涅槃再生的民族心理願望，也是必須加以考慮的一個因素。二十世紀三四十年代民族危機更加深重，中國作家們的精神失落感反見平緩（深刻的迷惘轉化為明朗的憤懣），這是因為漢民族文化很快找到了（或自認為找到了）消化「異質文化」從而振興傳統的某種可能。「五四」的人們雖過激地全盤反傳統，精神實質仍是傳統的憂世救民使命感。眼見東方文化一味被外來文化強行碰撞，理智上可以贊同鼓掌，心理上着實承受不了。於是就像政治上迅速找到「我們馬克思主義」一樣，文學上很快便有了「我們現實主義」。「左聯」的貢獻就在於將十九世紀歐洲現實主義文學榜樣與重「載道」講「教化」、諷世救民、文政不分家且溫柔敦厚的民族文化傳統結合起來，並服務於當代社會革命的政治文化需要（首先是政治，然後才是文化需要）。「現實主義」這個外來的「異質」文化概念，從庫爾貝畫展宣言走到延安魯藝講堂，先後經過了「數典認祖」（我們從《國風》起，數千年一直有現實主義）、「主動邀請」（強調社會功利的別、車、杜理論和同情民眾苦難的俄羅斯東歐文學，優先「進來」）、「剝離技巧」（我們要巴爾扎克的創作方法，但不要他的「貴族世界觀」）以及「證實同化」（「我們也有《子夜》那樣真正的現實主義傑作」）等四道程序——這和幾十年後現代主義進入中國時的情況頗為相似。整個消解「異質」文化的過程不能說沒有痛苦曲折，但現實主義「我們化」的過程終於完成。不少作家至今仍留戀延安文藝的氣氛是有道理的，因為那確實是近百年來漢民族文化最少失落感最揚眉吐氣（哪怕是暫時而且虛幻地揚眉吐氣）的一個階段。直到「文革」以後人們才驚駭地發現，漢民族文化的真正復興其實未曾出現。

　　現代主義正是在「文革」後政治秩序和道德觀念價值系統全面鬆

動，懷疑情緒普遍存在，文化失落感亦到處彌漫的情況下，首先作為「我們現實主義」的文化對立面而進入中國的。這一背景制約了現代主義進入中國後所必然扮演的文化角色。第一，現代主義在創作觀念上，將首先衝擊「我們現實主義」的種種傳統(「十七年」傳統？)規範；第二，現代主義在思想趣味上，將極大刺激和影響以迷惘、失望、憤世嫉俗為基調的當代青年文化思潮；第三，在審美方式以及基本文化性質方面，現代主義將與已經失落又不能承受失落的漢民族文化傳統發生不可避免的碰撞，並在碰撞中謀求協調。

看來，新時期中國文學評論界先是出現「我們現實主義」與「人家現代主義」之爭，後有關於當代青年迷惘情緒「荒謬感」的討論，近來又出現對「真」「偽」現代派文化性質的質疑，這種種文學論爭的出現甚至先後次序，都不是偶然現象。

在創作實踐方面，我們也可以看到現代主義在「文革」後中國的三種功能、三重身份及其遞進發展過程：八十年代初王蒙、茹志鵑、宗璞等人較早的「意識流小說」實驗，雖然精神內涵仍是社會政治的理性思考，但大膽剝離「人家」的技巧，已構成對「我們現實主義」創作規範的挑戰。後來 1983 年到 1985 年間張辛欣、張承志、陳村、劉索拉、徐星等人作品中「糊塗亂抹」式的「偽嬉皮士情調」，主要表現的便是「文革」後中國青年的那一種迷惘焦灼憤世情緒。而那些真正引起海內外評論家關注，被認為是比較趨於成熟的中國的帶現代主義傾向的創作，確實包含了更深廣的文化意識，有對「文革」文化的傳統基因的審判(韓少功《爸爸爸》、王安憶《小鮑莊》)，有對民族文化失落的感慨(阿城《孩子王》)，也有民族文化屈辱感的宣泄(莫言《紅高粱演義》)以及現代人在傳統文化包圍下的屈辱感(殘雪《蒼老的浮雲》)，等等。

現代主義影響在與「我們現實主義」抗爭時，最不利的因素便是現代主義的「異質」文化屬性（好像總是「人家」的）。所以前面說過，中國的新潮作家評論家一直很注意尋找、發掘現代主義與民族傳統文化之間的「當代聯繫」。青年文學的迷惘情緒「荒謬感」之所以被批評遭排斥，理由也是這種「荒謬感」不來自當代中國青年現實生活或不符合當代中國青年的政治使命。所以要「荒謬」得既「現代」又滲透「文革」後的文化氣氛，正是「糊塗亂抹派」要做的工作。看來，能否將現代主義「我們化」，越來越被認為是問題的關鍵。能否在現代主義的形式中表現或改善民族文化的當代困境，也越來越被認為是中國的現代派文學所面臨的最艱巨任務。上述現代主義在當代中國的三重身份，大概第三種身份（刺激漢民族文化變化再生的「異質」文化身份）最為重要。由此推論，把「根」深扎在「黃土地」裏，也應是現代主義在中國最寬廣的道路。

實際上，近十年來關心「現代主義」的人們，無論持保留、反對態度或熱情支持乃至身體力行，也無論是作家、詩人或評論家及文藝政策制訂者，大家其實都從不同角度在共同參預「現代主義『我們』化」的文化過程。不過「現代主義進入中國後必須或必然會『我們化』」，這一共識的自覺出現比較遲。

但是，現代主義的「我們化」，也完全可以向不同方向發展。關鍵恐怕還是「我們」的內涵。如果能正視「我們」漢民族文化的當代困境，能正視承認並表現漢文化與西方現代主義在「文革後」條件下的接觸碰撞所必然帶來的新的失落、新的刺激、新的痛苦和新的蛻變，那麼這種現代主義的「我們化」是可能促進中國文學發展的。近年不少引人注目的新潮創作和對新潮作家作品的具體分析評論，都可看作是上述發展趨向已經出現的佐證。融現代主義精神、社會政治熱情與民族文化傳統三位一體的拉美「魔幻現實主義」的崛起（接下來還有東歐抗議文學），對「文革」後作家力圖寫出表現當代中國人深層精神危機的「真正」具有現代主義品格的作品，是一種及時的鼓舞。西方現代主義的經典性問題「我是誰？我從哪裏來？我到哪裏去？」到了殘雪的筆下，創造性地轉變為「我」被人們（羣體）的問號所包圍：「你是誰？你從哪裏來？你到哪裏去？……」被這種問號圍困而發瘋而異化，不就是「中國的」現代主義情緒嗎？季紅真將莫言小說的兩套語彙系統拆開分析，更使人們舉一反三地看到家族宗法文化背景的鄉土血緣稱謂與依託現代時空的文明概念術語組接以後出現的極為精彩、極為典型的文化裂變。再比如葉之蓁的《牛報》裏現代主義品味與鄉土氛圍的互滲，再比如阿城小說裏那帶道家氣味的現代荒謬感，等等。顯然我們已有不少證據，可說明現代主義深刻地進入「黃土地」，並不只是一種情感願望。

不只是情感願望，說明「情感願望」的成分依然存在。如果「我們」的內涵還只是狹義的與全世界資本主義文化抗爭的「我們無產階級文學」，那麼這時的「現代主義『我們化』」，便意味着將「異質」文化堅拒門外或「引進來殲滅」。這種文化鬥爭戰略其實說明了「我們」不敢正視自己文化的失落挫折，正體現了傳統文化的當代形式的虛弱。如果「我們」的內涵是更堅定更熱忱的民族文化本位立場，那麼更普遍存在的「情感願望」則是在對「革命現實主義」失望（「沒用」）以後，希冀新來的「異質」文化現代主義能幫助中國文化（最好也在一夜之間）涅槃再生，無論如何，這是一種更順應人心的情感願望。復興漢文化的使命確實重要，「我們」的當代需要也總是最迫切的任務。種種傳統文化心理機制又一直在人們（包括現今熱心現代主義的人們）的政治文化行為中有意無意地延續着。人們已找到過「李商隱詩中的意識流」，也曾「剝離」下「人家」的部分血肉為「我們」的「……體」所用。近年來又出現了不無「貧民搶糧心態」的「爭話筒訴悲觀」現象，又出現了由「進化論」驅動的創新機器（每週發現若干名作與學說業已「過時」），又出現了借現代主義技巧的象牙塔享受名士隱逸樂趣（內心卻等待「出山」），也出現了種種首先從「用」字出發，為了「需要」而研究探索的現代主義興趣……我在前面有過回顧，「我們」當初曾經那麼急切地消化改造了西方現實主義這種「異質」文化，要求立刻「為我所用」，結果十九世紀現實主義的精髓既未能在當代中國（從「左聯」到「文革」）扎根，而民族文化失落感也未真正消除。有不少人都認為現在又出現了第二次復興漢民族文化的良好契機，機會與二十年代頗相似。正當現代主義確實正越來越深刻地影響着「文革」後中國文學的發展之時，我想應冷靜觀察下去：看看這種「我們的現代主義」，是否又會變為一種新的「我們現實主義」？

我非常希望我的擔心是多餘的。

1989年1月3日—1月16日於香港大學

本文原為《中國新時期文學理論大系・現代主義與中國文學》分卷導言。「大系」後來沒有出版。文章發表於《文學評論》（北京）1989年第3期：頁10–24，75。收入《當代小說閱讀筆記》，上海：華東師範大學出版社，1997年。

1 本文原為《中國新時期文學理論大系・現代主義與中國文學》分卷導言。

2 施蟄存:《關於「現代派」一席談》,《文匯報》(上海),1983 年 10 月 18 日。

3 同上。

4 見陳燊:《也談現代派文學》,《文藝報》1983 年第 9 期。

5 見陳思和:《中國文學發展中的現代主義》,《上海文學》1985 年第 7 期。

6 《外國文學研究》1982 年第 1 期。

7 李陀等人的三封信,只有馮驥才一信在醒目的標題下對現代主義作了熱情的宣傳(有趣的是馮本人後來一系列作品都很少現代主義氣味),李陀的信從民族文化的角度對現代派持若干保留看法(這一姿態後來被證明是很重要的),劉心武的信則幾乎給現代派潑了冷水。這幾封信為《上海文學》採用後,北京《文藝報》負責人當時曾緊急致電上海,說是「上面」的意思,要求壓下這「幾隻風箏」,但稿件已送廠,沒有及時扣下。這以後一年內,《文藝報》和《上海文學・理論版》圍繞現代派問題形成論戰之勢。《文藝報》專門組織有很多中國現代文學研究專家參加的座談會,為證明現代派在中國行不通而回顧三十年代施蟄存、劉吶鷗、戴望舒、李金髮等人如何「失敗」。《上海文學》則接連發表巴金、夏衍的長文。其實巴金、夏衍也不會怎麼偏愛現代主義,他們主張的是一種「開放」的姿態。第一次「現代派」論爭大致到 1984 年「清除精神污染」全面展開時暫告段落。

8 徐遲:《現代化與現代派》,《外國文學研究》1982 年第 1 期。

9 陳燊:《也談現代派文學》,《文藝報》1983 年第 9 期。

10 馮驥才:《中國文學需要「現代派」》,《上海文學》1982 年第 8 期。

11 錢中文:《論當前文藝理論中的現代主義思潮:評〈崛起的詩羣〉兼論現實主義創作原則》,《文學評論》1984 年第 1 期。

12 見《中國現代文學大系・總序》,台北:巨人出版社,1972 年。

13 《上海文學》1985 年第 7 期。

14 何新:《當代文學中的荒謬感與多餘者》,《讀書》1985 年第 11 期。

15 季紅真:《中國近年小說與西方現代主義文學》,《文藝報》,1988 年 1 月 2 日、1 月 9 日。

16 李陀:《也談「偽現代派」及其批評》,《北京文學》1988 年第 4 期。

當代中國青年文學中的三個外來偶像

本文試圖討論三個互不相關（藝術價值很不相同，文學史意義也相去甚遠）的外國文學形象，如何對中國當代青年文學（乃至青年文化）產生特殊的影響——不僅直接制約中國青年作家的創作狀態，而且還靈魂附體似的在許多中國小說人物身上復活，而且還從不同方向吸引、熏陶和改造無數中國青年的文學乃至文化趣味。這三個文學形象分別是蘇聯作家尼・奧斯特洛夫斯基（1904—1936）的長篇小說《鋼鐵是怎樣煉成的》中的男主人公保爾・柯察金；法國作家司湯達（1783—1842）的小說《紅與黑》中的男主人公于連・索黑爾；美國作家塞林格（1919—2010）的小說《麥田裏的守望者》中的男主人公霍爾頓・考菲爾德。

需要說明，所謂「當代中國青年文學」的概念，泛指1949年以後（主要是「文革」以後）中國年輕作家的作品和表現青年人生活的作品，以及青年讀者特別感興趣的作品。

一

舊話重提。

現在三十歲至五十歲的受過教育的中國（特指中國大陸，下同）

人，很少有人沒讀過《鋼鐵是怎樣煉成的》。如果有數量統計，這部小說被閱讀的人次一定可與任何譯成漢語的外國小說相比。[1] 尤其在二十世紀五六十年代，保爾・柯察金這個經過特殊社會處理的文學人物，其榮耀類似於雷鋒、卓婭等經過特殊文學處理的社會人物，其知名度甚至超過哈姆雷特、羅亭或者卡拉瑪佐夫。不止一代的青年都伴着青春熱血，在日記本上虔誠地錄下保爾的名言：「當你回首往事的時候，既不因虛度年華而悔恨，也不因碌碌無為而羞愧，那麼……」一部在俄蘇文學史上幾乎無法列名的「準文學作品」，居然在另一文化傳統悠久的國度產生如此廣泛的影響，這裏是否也提出了一個比較文學的課題？究其原因，首先當然是特定社會政治條件導致特殊的文學接受。第一，當時的社會需要文學去影響廣大青年，「真人假事」式的現身說法又有特別強烈的宣傳效果；第二，來自「蘇聯老大哥」的榜樣當時顯然更有說服力，比「土產」的高玉寶、吳運鐸（《把一切獻給黨》）更具「正宗」的布爾什維克色彩。以上政治上的因素比較好解釋，但我更關心第三、第四個原因。第三，保爾・柯察金這個「少年布爾什維克」身上有着濃重的「小布爾喬亞」情調。在硝煙中，在監獄裏，在工地上，他不斷使自己堅強起來，但所有這些對「堅強」的刻意追求其實正是對纖敏情感柔弱氣質的默認與克服。革命意志稍一鬆懈，憂傷善感的情緒就會不自覺地流露，三次戀愛中的前兩次便是保爾「小布」氣味的集中體現。這種被稱為「小資產階級情調」的精神狀態，在五六十年代的中國是受政治原則社會輿論譴責的。但在我看來，或許正是在優秀共青團員與貴族女兒冬妮亞、與團幹部麗達戀愛時，正是在「布爾什維克精神」與所謂「小布爾喬亞氣味」融合時，中國的青年人才格外興奮，親切地視保爾為他們的偶像。「五四」以來的新文學，一直在尋求「革命」「救世」責任感與個人情感價值之間的平衡統一，但不是因為「革命」內容不斷更新（不斷趨「左」）而使得個性情感一再失落（如丁玲作品客觀揭示的那樣），就是由於「小資」本性難改個人情感氾濫而使「革命」「愛國」成了熱情的空話（比如郁達夫的部分作品），或者便是革命時想愛情、戀愛時又談革命兩者生硬結合導致兩敗俱傷（如蔣光慈作品）。求師於外國文學時，中國青年也一直未能擺脫上述困境：屠格涅夫、盧梭的抒情懺悔確實真率委婉淋漓盡致，但這種個性主義傷感似乎又於世（尤其於中國這個亂世）無補；《母親》《鐵流》的戰鬥姿態確實蕩氣迴腸，但蕩滌了書生氣洗淨了纖敏柔腸又使人們感到可敬而不可親……聯繫這些背景看，五六十年代中國既追求革命又熱愛青春的年輕人，向保爾・柯察金這個有「小布」氣味的「少共」形象表示認同，決非偶然現象。而且理解了這一點，再辨析保爾精神在「新時期文學」中的繼續存在，就會感到更有意思。第四，保爾在中國擁有眾多崇拜者，還因為他是一個來自社會下層的貧民造反者。「五四」以來文學中的革命者，多是背叛有產家庭的着長衫的書生，下層工農形象不是點綴便是由於概念化而蒼白無血肉。即使看歐洲、俄國文學，中國青年也發現反叛社會的都是乘馬車仰天長嘯的浪漫主義英雄或同情馬車夫的「貴族逆子」，而不是駕馬車麻木無語的車夫自己。相比之下，保爾的革命經歷，在紅軍身份和小布情調下面，更實質的內涵是從下層反叛既定社會秩序。起初似頑童搗亂，但不是因為好玩而是有切膚之痛。後來這種反叛取了羣體歸屬的方式，變為不斷吃苦、克己、忍耐，變為一種集體主義的犧牲行為（就像五六十年代中國青年人的社會命運一樣），但「少年反叛」的這一精神實質仍在——這恐怕也是為甚麼保爾的少年精神今天仍然會浮蕩在王蒙的《海的夢》中，仍然會攪動在張承志《金牧場》的「紅衛兵心態」裏。

指出保爾形象在「文革」後中國文學中的繼續存在是很有必要的。

「小布」情調與革命色彩相結合的最佳範例便是保爾·柯察金與共青團領導麗達的微妙的愛情。這一戀愛模式已經無形地滲透在許多中國小說人物的羅曼蒂克形態之中。從葉辛《蹉跎歲月》中柯碧舟對幹部家庭出身的杜見春的壓抑的愛，到孔捷生《大林莽》中男主人公簡和平對女指導員謝晴的複雜情感；從梁曉聲《這是一片神奇的土地》中「我」對李曉燕的困惑迷戀，到蔣子龍《赤橙黃綠青藍紫》中劉思佳與女領導解淨的微妙關係……我們看到，男主人公總是有思想有才能、心理感覺敏銳，但才能難以施展、社會處境較差，而女主人公則都是出身優越、處在領導位置、聰明強幹、表面十分嚴肅但內心絕不平靜。窺探、攪動和欣賞女領導內心的這種「不平靜」似乎是男主角們對自身價值與能力的某種證實。因為戀人同時是上司，所以在深層行為動機上，不得志的憂鬱的男主人公的這種戀愛也是其政治能力（抱負）的一種變態轉移（或者說潛意識裏也是對政治逆境的一種反叛和報復）。而這時，在心理意象上，戀人與其說像「妹妹」，不如說更似「姐姐」。溫暖多於蜜意，柔情多於風情，這種有「母愛化」傾向（而非典型「性愛」）的戀愛模式也從反面證實男主人公們歸根結底只是「少年」：甚至連他的愛也只是「挑戰」、「反叛」而非「佔有」、「控制」，更遑論他的其他社會政治行為？尼·奧斯特洛夫斯基在寫保爾和麗達之戀時着筆很有分寸，發乎情止於「革命之理」，因而使上述有政治內蘊和「母愛」心理傾向的愛情模式能為中國青年人所欣然接受而不察其「味」。能夠證實保爾影響至今且仍然廣泛但又不知不覺地存在的一個事實是，上面提及的梁曉聲等人的作品，近年來都曾產生很大社會影響，有的男主人公身上不自覺地流着保爾·柯察金的血液，卻在《中國青年》雜誌舉辦的有幾十萬人投票的「我最喜愛的青年形象」中名列前茅。

當然，「下層反叛角度」與「羣體歸屬感」的問題同樣值得討論。或者也可以說，許多中國的來自下層的造反者，身上都具有保爾式的叛逆與忠誠的結合、搗亂與信仰的統一。從社會下層角度出發的原本有人性依據的對舊有社會秩序的反叛，在自覺地尋求羣體歸屬的過程中，其反叛初戀與反叛結果有時會產生矛盾甚至自我否定。保爾的革命經歷對這種現象作了通達的理解：反叛者在羣體行動中不斷犧牲自己的青春、愛情、熱血和幸福，但只要這羣體行動的目的是高尚神聖的（這是第一層次的理解），或者只要這追求和犧牲的過程是真誠充實自覺自願的（這是第二層次的理解），那麼這種「犧牲」（乃至被革命隊伍自身的流彈所傷）也仍是有意義有價值的。保爾・柯察金的「我對青春無悔」的主題在五六十年代的中國青年聽來只有快樂高尚的貢獻感，而到了「文革」後的作家筆下才體現出嚴峻的犧牲意味，才有了兩個不同旋律的變奏。王蒙小說《布禮》中的鍾亦成（以及魯彥周、從維熙等人筆下的「右派英雄」）的遭遇，大致上就是保爾在五十年代中國所可能有的經歷，張承志、曉劍、嚴婷婷、梁曉聲等人謳歌的紅衛兵和知青征途大致上也就是保爾在六七十年代所必然要走的道路。而《布禮》和《金牧場》就意味着王蒙和張承志這兩代「青年」今天仍然有意無意地在重申在堅持保爾的信念：因為革命是神聖的（這主要是王蒙的理由），也因為青春是神聖的（這主要是張承志的理由），所以我雖然在革命征途上遍體鱗傷，今日卻依然對青春無悔！——如果無視上述保爾式主題的存在，那麼我們就無法理解「文革」後整個中國青年文學和文化思潮的基本發展線索，以及這種青年文學怎麼會走到你別無選擇只能「他媽的」跟着憤世玩世的地步。

二

《金牧場》裏的「紅衛兵心態」，便是蘇聯共青團員保爾・柯察金的革命精神與美國大學生霍爾頓・考菲爾德的反叛姿態相結合的產物。但在理解這種奇特結合之前，我們先要討論處在這兩者之間的一種精神狀態，一種被上述兩者共同排斥但實際上又都有文化聯繫的精神氣質。

我無力也不想討論于連形象在法國文學乃至世界文學史上的意義，我只關心中國青年所理解所接受所欣賞或者所厭惡的「于連」。照社會進化的秩序，于連在中國青年心目中應是保爾的革命對象。這不僅因為前者的奮鬥追求都是以個人幸福和個性價值為目的為旨歸，而後者則每每犧牲個人幸福歸屬羣體利益，而且還因為在許多中國文學青年的理解裏，于連・索黑爾為了實現自己有充分人性依據的個性理想，在反叛社會秩序的過程中往往「不擇手段」以惡抗惡（比方說以愛情為武器，或以欺騙來對付虛偽等），而在保爾・柯察金那裏，在假定羣體奮鬥目標神聖高尚的同時，也相信反叛社會的手段光明正大。「文革」前夕有部題為《大學春秋》的長篇小說，詳盡地描寫了當時中國的大學生怎樣以保爾式的革命意識來批判于連的資產階級個人主義。很可惜，1966 年以後中國紛亂的現實，給保爾式的英雄主義以絕大諷刺和打擊，與此同時又給于連式的「以惡抗惡」的個性主義抗爭以合適的溫牀。於是在「文革」後的青年文學中，我們不僅看到保爾精神與于連氣質的共存和互相批判，而且也發現後者居然漸佔上風。具體來說，就是對諸如高加林（路遙《人生》）、顧志達（陳建功《迷亂的星空》）、金國慶（王安憶《廣闊天地的一角》）、「孟加拉虎」（張辛欣《在同一地平線上》）、李喬林（徐明旭《調動》）、章永璘（張賢亮《男人的一半是女人》）之類的人物，人們的批判、譴責、厭惡越來越乏力，人們的同情、理解乃至讚賞越來越普遍。

可以說，這是當代中國青年文化思潮發展的第二階段，是以人道主義和個性解放觀念檢討反思集體主義犧牲精神的一個階段，是從信仰古典主義英雄走向模仿現代主義的一個中間階段。

自幼受保爾精神熏陶長大的紅衛兵一代，在「文革」混亂中看到于連式「以惡抗惡」行為在他人甚至自己身上出現，其心理感覺和理性態度是複雜的。一方面他們感到害怕，覺得以欺騙來抗拒侮辱或以戀愛謀求政治進步等都是不正當不可取的手法（哪怕目的合理）；另一方面他們又感到興奮，發現面對失卻理性的社會似乎只有這種以惡抗惡才能最有效地維護人的尊嚴，維護個性乃至生存的權利。同樣表現「前紅衛兵」與社會逆境抗衡，七十年代末有兩篇小說——陳建功的《迷亂的星空》和徐明旭的《調動》，分別代表了當代青年的上述兩種感覺。在陳建功提醒個人奮鬥者的道德意識的同時，徐明旭讓他的主人公為從貴州調回江南而用大量煙酒來協助官僚主義者「研究」工作，甚至不惜違心與局長老婆發生性關係以謀求幫助。以人格受損的代價贏來相對自由的生存權利，這種個人奮鬥得失何在？其實用不着社會輿論圍攻，李喬林自己也已像萊蒙托夫筆下的畢喬林一樣陷入精神痛苦了。類似的保爾精神與于連氣質的差異也同樣出現在「文革」前一代「中年作家」的作品下。如前所述，王蒙筆下的鍾亦成雖然飽受「極左路線」的傷害卻始終只是苦苦解釋、哀求，披肝瀝膽地爭取革命的權利，而從未想到要以「不正當」手段來抵抗「不公正」的命運；相比之下，張賢亮的主人公章永璘就很會「以惡抗惡」了，小到以幾何知識騙 100cc 稗子面或以小詭計糊弄老農多換糧食，大到為了自己合理的生存而背叛朋友（《土牢情話》）或為了自己的政治理想而傷害戀人的情感（《男人的一半是女人》）……儘管章永璘在以邪惡手法作正當反抗時心裏也不斷懺悔甚至以《資本論》來譴責自己，但這種真假混合的馬克思主義理性批判較之於他的「來自布爾喬亞血統」(其實是來自人道主義個性意識）的本能行動來說，即使不是點綴掩護，至少也軟弱無力得多。不管人們對張賢亮的觀念、格調如何議論紛紛，然而那「惡得實在」的章永璘確實顯得比「忠得可憐」的鍾亦成更有魅力。怎麼不是保爾批判于連，反而是個性奮鬥姿態竟比革命精神更得青年人認同？這是歷史在中國的倒退嗎？

有更多的作品，在同時容納保爾精神和于連氣質，且真實地鋪開兩者的矛盾。比如王安憶的知青小說《廣闊天地的一角》，既揭示了一個前紅衛兵在下鄉以後到處「鬼混」的圖景，又給予這種「鬼混」以同情、理解甚至欣賞。又如路遙轟動一時的《人生》，主人公高加林一度成為全國大學生討論的熱門話題。在拋棄善良溫順的鄉村情人另求活潑開朗的城市少女的「陳世美式」的道德「劣跡」後面，人們不難發現高加林為改變自身社會地位爭取個性自由而作的反叛傳統秩序的努力。一個有才能有天資有抱負的青年身處下層無法施展才華，難道不該想方設法向環境挑戰乃至反叛社會嗎？——「是的，當然應該！」絕大多數中國青年都會高聲作答；可是，這種挑戰和反叛就可以不管想甚麼方設甚麼法了嗎？——「唔，這個，這個……」大多數中國青年又支支吾吾無法作答了。顯而易見，處在這種困惑中的中國青年，很自然很容易會到于連、拉斯蒂涅(巴爾扎克《高老頭》)等人物身上尋找先例和榜樣。不過需要特別指出，高加林、李喬林們一般只學習于連乘夜幕偷握德·瑞那夫人的纖手的勇氣和設詭計估有瑪特兒的本領，而缺乏于連進神學院、開槍射殺情人乃至深沉懺悔的氣質和瘋狂。于連的文化背景裏有宗教感，而中國青年卻將于連氣質完全放在人與人的世俗社會關係中展開。所以個性價值與社會秩序的矛盾最後只能靠外力來解決，被簡單化、片面化地創造性地誤解了的于連，也就只能在中國忍受官僚主義和封建道德的圍攻。在這種圍攻中，高加林令人感慨地走向真實的失敗，李向南（柯雲路《新星》《夜與晝》）卻令人振奮地取得虛幻的勝利。鍾亦成和章永璘面對類似遭遇的不同心態反應，證明保爾精神與于連氣質（在象徵意義上，也可以是三十年代蘇聯文化與十九世紀西歐文化）是有差異有矛盾互相抵觸的，可李向南形象卻奇跡般地糅合了上述兩者，既堅持保爾的革命精神、忍耐性、刻苦能力、戰士風格及羣體歸屬原則，又發揮于連氣質，用權術從事改革，不擇手段，甚至利用愛情、裙帶關係達到政治目的。這個藝術上十分粗糙的形象通過小說和熒屏大受當代中國民眾（其中很多是青年）的歡迎，說明上述糅合是一種很值得分析的社會文化現象。我們至少可以從中思考以下幾點：第一：高喊「我不相信」誇張自身「信仰危機」的當代中國青年，有意無意在其入世姿態中依然滲透保爾・柯察金式的革命精神（否則我們無法解釋前紅衛兵和前知識青年們，何以至今仍留戀謳歌當初被烈火燃燒的青春，並像李向南那樣時刻準備做出新的犧牲）；第二，與此同時，這代青年又被迫正視自我與社會的對抗、個人與羣體的不統一，在維護、崇尚和擴張個性價值並向畸形社會現實和庸俗氛圍挑戰時，他們有意無意地又以于連・索黑爾（以及馬丁・伊登、牛虻）為榜樣，着重學習他的「以惡抗惡」姿態（而無視他的道德危機）；第三，下層反叛的社會角度使得原本矛盾衝突的保爾精神與于連氣質，在當代中國青年的心目中得以協調。同樣都以愛情表現政治姿態只是一個方面，更重要的是，這代青年企圖以于連的辦法來達到保爾的目的（比如李向南便有如此想法），而結果往往是在保爾的失敗中實現于連式的精神價值（改革奮鬥勝負未明，青年闖將內心已現危機，但奮鬥的過程是那麼充實而有意義，難怪李向南在被調職時那麼表情嚴肅神聖地聽《命運交響曲》)。

不過也有人懷疑這種奮鬥過程的意義。禮平在《晚霞消失的時候》裏將這種懷疑表現得過於抽象玄乎，真正訴諸感覺的倒是《在同一地平線上》女主人公對「孟加拉虎」的情緒觀照：一切世俗關係、人的智慧、尊嚴乃至情感都可以用作爭取個性價值的工具，那麼反過來講，個性價值的內涵又是甚麼呢？放棄溫情格局爭取事業拼搏的女人在理解和欣賞「孟加拉虎」的社會競爭姿態的同時，出自本能地在情感上有些猶豫、迷惘和失落：盲從羣體貢獻自我固然無意義，為擴張個性而不顧一切是否也會「迷失自我」？——顯然，這是一種對保爾精神和于連氣質同時都表示困惑的情緒，但又是一種與上述兩者皆有精神血緣的情緒。在 1985 年前後，這種情緒在中國青年文學中有了十分引人注目的發展。「瞧瞧那些偽君子，假模假式還學雷鋒？個人奮鬥？名利，又有甚麼意思？哎，生活就是沒意思，沒勁！沒勁！」這種融憤世玩世與厭世為一體的「流行病」風靡一時，其典型症狀就是模仿「麥田守望者」霍爾頓的語氣風度來一連串「他媽的」……

三

1985 年中國的青年文學開始走向相對成熟的階段，這是因為年輕一代的作家(特指在「文革」中當過紅衛兵或知青，並在「文革」後開始寫作的現在 30—40 歲的一代作家)的創作已開始支撐甚至「領導」整個當代中國文學的發展潮流，也是因為文學作品中的青年形象已不再只被當作「青年」來描寫而開始作為「人」被研究，還因為廣大青年讀者通過作品所感興趣的問題(比如「我是誰？」「文革從哪裏來？」「我們無法不承受的中國文化究竟是怎樣一種文化？」等)，也正是整個時代文化思潮中最重要的一些課題。在 1985 年顯示創作實績的青年作家中，韓少功、王安憶、阿城、李杭育、賈平凹等所從事的文化「尋根」工作最艱苦、最費力；史鐵生、朱曉平、陳建功、張煒、莫言等人對中國現實土壤的嚴峻正視最平實、最深沉；而劉索拉、徐星等人的「偽嬉皮士」憤世情緒詠歎最喧嘩、最刺耳觸目、令人爭議。其實青年文學的這三種趨向都是力圖否定權威、反叛傳統、打碎偶像，但第二種「冷峻正視」，是在定性定量的考察解析中不事聲張地漠視權威，承受傳統拆掉了偶像；第一種尋根「考古」，則好像在用現代方法（西方現代主義？）對已碎偶像的陶瓷或玉石碎片進行化驗；而本文重點討論的第三種「他媽的」式的牢騷詠歎調，看似橫掃權威，唾棄傳統，乒乒乓乓把偶像打翻在地，可實際上尋覓新的理想偶像的無意識動因比前兩種作品強烈急迫得多。因此可以說這第三種看到甚麼都忍不住要罵要發牢騷然後作玩世不恭狀的文字，也是當代中國青年文學中最富「青春」氣息的一派。甚至那種「他媽的」式的青春情緒宣泄模式，也來自一個新的偶像，即「麥田守望者」霍爾頓（而非加繆的「局外人」，更不是屠格涅夫的「多餘人」）。

霍爾頓也是個少年，是個青春熱量過人與平庸現實格格不入的少年。霍爾頓厭惡的主要理由是討厭「假模假式」，說明他實際上極其渴望「真」的東西，比如「真」的理想，「真」的愛，「真」的七情六慾。從作品外部特徵看，人們很容易將劉索拉、徐星、馬原、陳村、譚甫成等人的創作同西方現代主義文學比如卡夫卡、薩特、加繆等聯繫起來（更何況這些作家有時也流露出對上述現代派大師的敬意——有人據此斷言無法劃清他們之間的界線，殊不知即使作家主觀上有意模仿，也並不等於其作品必然就具有他想學到的那些精神特點）。首先，卡夫卡也好，薩特、加繆也好，他們憂慮的是人類課題，是人所營造的社會的根本出路以及人如何陷入哲學意義上的困境。而拼命渲染「荒誕」氣氛、孤獨感和失望情緒的劉索拉們，焦灼的卻實在是社會問題，是青年人精神追求的失落感以及人如何陷入文化意義上的危機。其次，西方現代主義作家大多是從知識分子角度理性地觀察透視人的「非理性」和人類的危機，卡夫卡可以一直做卑微的小職員，薩特可以是社會名流，他們筆下的「形而上」的絕望感與他們具體的生活處境關係並不太直接；而他們在中國的年輕追隨者們，卻是一羣可將生活牢騷和藝術感覺和思想方式用一句「他媽的」加以貫通的下層反叛者，孤傲、荒誕、無法擺脫的困惑和「無家可歸感」，與其說是形而上的觀念，不如說是依據於「青春熱血」的情緒本能和生活實感。理性的，與其說是精英文化，不如說是貧民造反的情緒。最為重要的是，卡夫卡、薩特關心人和他們所營造的社會之間的根本矛盾，而中國青年作家宣泄的是人被社會所壓抑的憤怒——在這個意義上，霍爾頓式精神上「無家可歸」的憤怒也是從于連個人奮鬥受挫的憤怒和保爾貧民反叛的憤怒發展過來的。

在 1985 年以前，中國小說中已有類似的「偽嬉皮士」情調出現。較深沉的玩世姿態如趙振開《波動》中的「流氓」，較有代表性的因過度憤世嫉俗而蒼白憔悴的表情在陳村、張辛欣等人作品中很常見，較淺露的作迷惘惶惑狀的理想尋找則更為普遍（連張抗抗、黃蓓佳、鐵凝等女青年有時也似乎很「失望」）。劉索拉、徐星超過同代人的地方，一是語調，二是結構。這是一種誇張嘲諷、故意粗俗但又忍不住炫耀高雅（比如莫札特）的情緒型敍述語調，一種有現代音樂節奏，快速跳躍，融憤世玩世厭惡於「他媽的」的惡作劇式的自白。語調當然不純是技巧，語調意味着一種觀世姿態和表達方式。在結構上，劉索拉等人的無中心人物、無秩序無主次情節、無故事、「無結構」的結構，與其他「前衛」作家的小說「非情節化」、「散文化」、詩化有所不同。阿城、賈平凹是漫不經心地說個故事，何立偉、馬原是精心構思地不說故事，而劉索拉等人則是漫不經心地不說故事——於是漫不經心的語調在這種「無結構」的結構裏便更加突出，有時似乎情緒性的樂感成了一切，而「他媽的」（或隱蔽的「他媽的」式的牢騷）便成了節拍。很明顯，這種語調、這種結構，都受到了《麥田裏的守望者》的啟發鼓舞。說得更準確些，語調後面的觀世姿態，在結構中理解社會的方法，都是這部分中國青年已經有的，《麥田裏的守望者》只是告訴他們：可以這樣寫小說，美國大學生也曾這樣對待生活！《你別無選擇》發表前，《麥田裏的守望者》的中譯本已在文科大學生中廣為流傳，當然，劉索拉等人的創造性模仿，又使霍爾頓的風度帶上了中國色彩而進一步普及。對假模假式的假雷鋒罵一句「他媽的」，這是真誠的憤慨；在不無痛苦又不無困惑的個人奮鬥中喊一聲「他媽的」，可以故作玩世不恭；睡覺吃飯甚麼也不幹時也來一句「他媽的」，則可以自嘲，拉開與生活的距離，間接又透出入世而不能的焦灼感……難怪有些大學生讀了《麥田裏的守望者》後只覺得特別痛快，還不是因為霍爾頓把中國青年面對社會要放的屁要打的嗝都放出來打出來了嗎？

具體分析一下霍爾頓式的情緒宣泄在中國的現實內涵：一是對假模假式的「羣體革命精神」的反感。顯然，牢騷太盛時，對保爾・柯察金也有反感。二是對個人奮鬥追求名利以及庸俗化手段（鑽營門路、搞情感關係、趨時逐利等）也表示不屑一顧。顯然，這裏又有對于連氣質的某種厭煩。這兩重否定自然使得劉索拉、徐星等人作品裏的主人公在滿腹牢騷中有了一種精神優越感。甚麼都不要，甚麼都不幹，因此對甚麼都不在乎，因此可以嘲笑一切——且慢，這些青年人當真甚麼都不要？當真甚麼也不幹？「……從頭到尾，我沒有一件事是認真幹的。輕而易舉、不倫不類。像一隻病鳥，一忽飛高，一忽飛低，衝着太陽打嗝，衝着星星放屁，全是為了開心。」(《尋找歌王》)就是在這種趨於極端的玩世不恭之中，第一，他還是確認了事本來是應該認真幹的這樣一個前提；第二，他清醒意識到自己是「病鳥」。孟野、森森、蠻子等人何曾放棄過理想的光柱，看他們談起巴赫、莫札特時的表情便可見他們的放浪形骸在精神實質上實在只是浪漫主義的憧憬，同這種個性解放的文化依據相聯繫，難怪厭世的歌手為了達到高尚的目的(比如說明尋找歌王的英雄開個人音樂會)也會「不擇手段」唱通俗歌曲賺錢，而且也會在不擇手段追求高尚目的時心裏充滿痛苦——在中國表面上處身「荒誕」世界格外孤獨的「局外人」，內心其實湧動着十九世紀的人文主義激情。

四

1+1+1，不僅僅等於3。

現在我們可以有幾點簡短的歸納了。

保爾・柯察金雖說是社會主義意識形態下產生的文學形象，但在文化意義上，這個人物的行為特徵和作家的藝術處理方法，大致屬於歐洲十七世紀布瓦洛時代的古典主義英雄類型，是一個情感服從理智且情理平衡、個性歸屬羣體且心理平衡的典型形象。于連・索黑爾在歐洲文學史上自然是個反古典主義規範而出現的浪漫主義英雄，是一個尊崇個人情感價值，奮力與世抗爭且充滿心理矛盾的典型的十九世紀人物。而霍爾頓則是第二次世界大戰以後在美國影響極大的一個憤世玩世遁世的激烈反叛傳統的青年形象，身上自然帶有二十世紀現代主義的若干文化特徵：對社會乃至人類秩序的相對懷疑，理性支配不了情感，情感也控制不了潛意識，內心充滿緊張的孤獨和惶惑，焦灼地執着信念卻又被稱為「垮掉的一代」……在整個世界文化發展中，從古典主義英雄規範，到浪漫主義個性擴張，再到現代主義的懷疑（乃至否定）自我，其間經歷了三百年之久。而保爾、于連和霍爾頓在不同階段分別成為中國青年的偶像和榜樣，前後近三十年。這是歷史的一種重演和濃縮嗎？

將三個中國青年心目中的外來形象排在一起，我們可發現若干有意思的共同點，也可梳理出一些青年文化思潮變化的軌跡。

最明顯的共同點是反叛社會，反叛傳統。甚至其他一些最為中國青年所熟悉所喜愛的外國文學形象如馬丁・伊登（傑克・倫敦）、牛虻（伏尼契）、《懺悔錄》中的盧梭、羅亭（屠格涅夫）、約翰・克利斯朵夫（羅曼・羅蘭）等，也都具備這一精神特徵。蘇聯「社會主義現實主義」文學和中國 1949 年至 1976 年間的文學中，大多數主人公均模仿古典主義英雄類型，其間保爾・柯察金之所以是佼佼者，是因為他的性格較有真血肉，也因為他「造反起家」。在五十年代建設時期的中國青年仍崇拜「亂世英雄」（又如林道靜、成崗等），這說明「五四」文學傳統即使在五十年代仍未完全中斷。當然我們看到青年人喜歡、認可和參與的反叛方法在不斷變化。開始是希望大家（羣體）一起反抗，一起勝利，後來被迫以寡敵眾，以惡抗惡，為個性自由而搞政治手腕，再到厭棄爭奪，不屑於談政治，以孤獨以超脫為榮——殊不知故意不屑於談政治本身也是一個新的反叛社會的政治姿態，很多人同時湊在一起以孤獨為榮，這裏不又出現了精神上的羣體歸屬嗎？

第二個問題是「下層視角」。相比之下，保爾・柯察金是貧民造反，雖然在羣體中行動，但貧民造反心態在反叛社會、破壞秩序時有很大盲目性（我們看到，無數保爾合在一起的羣體很可能是盲目的，譬如紅衛兵）；而于連則是平民向貴族挑戰，是下層平民要改變秩序以使自己進入乃至改變上層，是要奪取寶石玫瑰而不是像貧民那樣只知砸碎踐踏；霍爾頓是個中產階級弟子，因此他的反叛更少物質因素，視角也不完全由下而上，而是在平視中用精神超越社會各個文化層面。劉索拉及許多中國青年作家筆下的人物都常愛談貝多芬、巴赫、維納斯之類，看上去幾乎有點「貴族氣息」，但實際上莫札特、巴赫等「洋傳統」，是既被借來反中國土傳統土貴族（即某種壓抑的文化氛圍），又被用以抵制土暴發戶式的庸俗市儈。就像霍爾頓也要借老莊等東方傳統來反西方世俗一樣。在以上社會視角變化中我們注意到，同樣強調反叛精神，「階級」、「階層」的意識一方面逐漸淡化，另一方面也還是存在，但更趨複雜化，更具文化意味（現在創作界、評論界常有人談論所謂「貴族化傾向」的問題，殊不知從「平民精神」或「貧民精神」出發，對「貴族化」的理解是不一樣的，這方面的論爭今後還會繼續展開）。

第三個應討論的現象是三個外來形象幾乎都有濃重的「學生腔」。保爾雖是貧民出身的戰士，但他的戀愛模式與人生格言裏皆有很濃的「小布」味；于連出身平民，但以聰明有才能自恃，知識是他的財富，也是他叛世的武器；霍爾頓雖然痛恨僵化墨守成規的教育甚至「蹺課」、「休學」，但精神超越中仍有文化的優越感存在，要守衛在麥田旁幫助迷途的孩子們，「世人皆醉我獨醒」……

總之，將以上三個共同點聯繫起來，我們就看到了一個幾十年來在中國青年（不止一代青年）文化—心理結構中的不變偶像：來自下層的有知識有才華且多愁善感的反叛者。

可惜三個外來形象不肯安分地讓我們如此排隊：歷史遠不如我們所歸納的那樣有秩序。在本文的考察中，我們已經看到了三個外來偶像代表着他們各自所象徵的文學趣味、價值觀念及文化潮流，在中國青年文學幾十年的發展中逐一替代、否定和轉移——在「文革」後變化尤其迅速，于連氣質很快壓倒保爾精神而為很多中國青年認同，不久模仿「現代派」的前衛分子又對于連式的苦鬥表示厭煩……不過更為有趣的是，這三個外來偶像（或者說是三種文學和文化趣味，三種社會價值觀念系統）在「新時期」不僅轉移替代，而且還引人注目令人費解地共存並結合。從中國青年文學（及中國青年精神狀態）的最新發展動向來看，有兩種結合方式（本來幾十年來就有很多種結合方式）尤其值得注意，那就是大眾擁戴的青年改革家李向南形象與《金牧場》中張承志的寂寞孤獨尋找。前者令人聯想到青年人最普遍的社會意向，聯想到從上到下無數改革實踐者；而後者使人看到部分青年學生目前情緒的深處，是一種保爾精神與霍爾頓風度的結合。

看起來，保爾、于連和霍爾頓（以及這三個名字所象徵所意味的三種不同文化）在中國當代青年文學中，還會有相當長的一個歷史階段要長期共存、長期鬥爭，且互相滲透、互相瓦解。

1987 年 11 月於香港大學

《中國當代青年文學中的三個外國文學形象》原發表於《文藝研究》（北京）1988 年第 3 期，頁 55–63。收入《當代小說閱讀筆記》，上海：上海三聯書店，1987 年。

---

1 據《中國大百科全書・外國文學分卷》（北京：中國大百科全書出版社，1982 年）記載，《鋼鐵是怎樣煉成的》「早在 1942 年就由梅益翻譯成中文出版，保爾・柯察金的形象鼓舞了我國青年讀者」。但後來流行的北京青年出版社的版本卻是 1952 年初版的。迄今此書已印行 96 萬餘冊，包括最近一次重印 5 萬冊（1994 年 4 月）。譯者梅益後來便成為《中國大百科全書》主編。頗值得注意的是，這本宣傳蘇聯英雄的小說，卻主要是從 Alee Brown 的英譯本（*The Making of a Hero*, International Publishers, New York, 1937）轉譯而來的。

當代小說中的現代史

論《紅旗譜》《靈旗》《大年》和《白鹿原》

首先解釋題目。這裏所謂的「當代小說」，指的是 1949 年以後中國大陸的小說。而「現代史」，則始於 1911 年，止於 1949 年。所以，本文將討論的，其實是「共和國小說中的民國史」。

《紅旗譜》是一部在二十世紀五十年代末和六十年代十分暢銷[1]的「革命歷史小說」[2]。《靈旗》是空軍政治部創作員喬良寫於 1986 年的中篇，描述紅軍在長征途中受挫及鄉丁村民為何互相殘殺的故事。《大年》的作者格非被視為八十年代後期崛起的先鋒派作家，小說寫的也是三四十年代的農村階級鬥爭。《白鹿原》則是近年來國內最重要，而且也頗引起爭議的一部長篇，1993 年 6 月由人民文學出版社出版後，不僅「正式」發行了幾十萬冊，街頭巷尾還出現了很多「盜印本」。批評家雷達曾將 1993 年的長篇小說出版盛況與 1959 年相比，認為是 1949 年以來國內長篇小說出版、發行、熱銷最集中的兩個時期。前一時期的代表，自然是「三紅」(《紅日》《紅岩》《紅旗譜》)，而後一時期中最著名的，除了《廢都》，便是《白鹿原》了。

將以上四部中、長篇小說聯繫起來考察，我們可以看到：第一，這幾部作品都在描述農村鄉民生活與國共幾十年紛爭之關係，但其間的「歷史畫面」和「革命景象」卻很不相同；第二，這種「革命歷史故事」在當代小說中不斷被修訂、改寫的現象，不僅說明作家們政治理念、歷史眼光的某種改變，更顯示出當代小說在敍事方式、敍述結構上的微妙而又重要的轉變。如何把握小說與歷史、敍述與事實、文學與事件的關係，從《紅旗譜》，經過《靈旗》《大年》，再到《白鹿原》，這裏有一條否定和再否定的變化曲線。

一、《紅旗譜》:「兩家農民三代人與一家地主兩代人」

五六十年代的「革命歷史小說」對當時主流意識形態的建設和維修曾有過很大的貢獻。這是因為新政權的法理基礎，在相當程度上是建立在一種對近代史的詮釋之上：1840 年以來，「歷史證明」，除了共產黨以外，沒有其他的政治文化力量能夠拯救中國於苦難衰亡……而民眾接受這一歷史詮釋，主要並不是靠讀歷史研究的書籍，[3] 更多的，是通過《毛選》及其注釋，以及革命歷史題材的文藝作品。近年來國內出版的幾種當代文學史，多把「三紅」譽為「十七年文學」之精華。[4]「三紅」其實都寫國共之爭。《紅日》寫的是共產黨對國民黨的軍事勝利(「三野」如何在山東孟良崮殲滅國軍精鋭七十四師)，《紅岩》寫的是共產黨人和國民黨人道德意志品格上的優劣高下(獄中環境最能考驗人的品格情操)，而《紅旗譜》則寫北方鄉村裏的一些家仇族恨如何演化為貧富階級對抗，進而匯入國共政治鬥爭。毛澤東説過:「中國的革命實質上是農民革命。」[5] 如果説「三紅」是從軍事、道德及農民社會基礎等三個不同角度共同創造了一個中國共產黨人如何奪取政權的「革命歷史故事」，那麼《紅旗譜》就是這一「故事」中最基礎也是最重要的組成部分。所以直至今日，《紅旗譜》依然擁有讀者[6]，影響依然深遠。

《紅旗譜》的革命歷史故事模式大致由六個要素所組成：三類不同

身份的人（鄉紳、貧農及教書人）如何在三種不同的政治文化勢力（國民黨、共產黨以及以村、族長為代表，以村社祠堂為象徵的鄉村民間宗法組織）之間做選擇或被制約。關鍵當然不在這六種要素本身（其他現當代小說凡寫中國現代農村社會，總會涉及以上三種人和三種勢力），而在於這六種要素之間的排列組合關係。《紅旗譜》據說是「通過對冀中平原鎖井鎮兩家農民三代人和一家地主兩代人的尖銳矛盾和鬥爭過程的描寫，對大革命前後中國北方農村和城市的階級鬥爭和革命活動，進行了歷史性的藝術概括」。[7] 這種「歷史性的藝術概括」，簡而言之便是：貧農、讀書人與共產黨聯手，對抗地主、國民黨及村社宗法組織的同盟。

「兩家農民」的第一代，朱老鞏和嚴老祥，曾在清末年間為保護村民的公地（及其象徵物古銅鐘）而與當地富豪馮蘭池交惡。朱老鞏死後其子朱老忠被迫闖關東。二十五年以後朱老忠回鄉，與嚴家第二代嚴志和聯手對抗村、族長馮蘭池及其子 —— 國民黨軍校畢業的馮貴堂。馮家父子，有錢有地，又佔據祠堂，且有官府支援，這就使得朱、嚴兩家的第三代運濤、江濤、大貴、二貴等，必須通過學校教員賈湘農的介紹，接近和參加了共產黨。《紅旗譜》第一部結束時，鄉紳、官府勾結的「割頭稅」雖被反掉，朱、嚴兩家幾個參加革命的兒子卻也入獄或被抓丁。鬥爭勝負仍未見出，國民黨加地主加「祠堂文化」對抗共產黨加教書人加貧農的兩條陣線卻已分明。

對以上公式，應作幾點說明和補充。一是小說中的國共之爭，依據於鄉間貧富對立；而貧富對立，又始終和不同族姓之間的衝突有關。於是家仇族恨演變為政治鬥爭後，便出現了朱家嚴家皆赤、馮家皆白的局面。二是小說中的讀書人原有兩個。不過比起地下党賈湘農來，鄉紳家庭背景的嚴知孝就「軟弱無能」得多了。三是小說中的地主馮蘭池雖有村長之名亦有拆祠堂改學校之權，卻在村民中缺乏道德威望。反而是「肯為朋友兩肋插刀」的朱老忠，時時關照鄉親們的疾苦冷暖，頗做了些原本應是族長該做之事。於是，家族宗法制的形式（祠堂、廟宇、村長族長的名義），與其內容（忠、孝、節、義）在《紅旗譜》裏被分離了。前者（宗法形式）依附官府，後者（傳統美德）屬於共產黨。

《紅旗譜》中的很多人物，過去都曾在梁斌早期的中、短篇及劇本裏出現過。可以說這些人物形象，也經過了作者的反復改造，才能勝任他們在革命歷史故事中的角色。作者自己說：「我在醞釀、創作《紅旗譜》和《播火記》的整個過程中，反復學習了毛主席的《湖南農民運動考察報告》《中國革命戰爭的戰略問題》《新民主主義論》《論持久戰》《論聯合政府》等著作，認真學習了黨的各個歷史時期的政策和檔案。」[8]《紅旗譜》從 1942 年開始醞釀，到 1953 年重列提綱，再到 1954 年動筆，1956 年改寫，1958 年出版，前後歷時十幾年，說明作者家鄉那一堆鄉仇族恨的素材被整理改造的過程也不容易。從作者的回憶看，改寫過程中主題倒變化不大，最重要的改變卻是故事的敍述方法。小說初稿是先寫朱、嚴兩家的第三代運濤、大貴等已加入共產黨游擊隊，然後再倒敍他們的父輩、祖父輩當年如何同鄉紳馮蘭池結仇。整個清末民初鄉村的家仇族恨史，是從一個後來的革命者的視角去講述的 —— 這倒很像小說寫作的實際情況。然而作者最後終於砍去了所有的倒敍。這一改動才使《紅旗譜》真正符合了複製革命歷史故事的意識形態需求。

《紅旗譜》的敍述方式有三個特點：一是敍述者在空間上完全不受限制，自由出入各色人物的內心，全知全能；二是敍述者在時間上完全受限制，只能隨事件的發展作順時態敍事；三是敍述者在小說中是隱形的。這裏的第一點很清楚，不必多議。第二和第三點則比較值得注意。那種常以「那時候」「當時」起首的敘事，由於在今日之言語與昨日之事件之間留出了心理時間的空隙，便使得整個敘述獲得了一種類似「球賽重播」的事後審視角度。但《紅旗譜》在敘事層面上完全沒有給讀者這樣一個事後審視的角度，反而是儘量製造「現場直播」感。梁斌知道他的小說「是寫給有文化的農民和幹部看的」，與其讓這些農民幹部去回顧曲折的革命史，還不如讓他們「身臨其境」地去現場體會革命的必然性。所以，《紅旗譜》中所有情節均順時態發展，敘述者、人物及讀者，都嚴格受到敘述中的時間的限制。加上敘述者從不顯形，而是繼承《左傳》遺風，只是隱蔽地選擇、擺弄、安排着種種歷史事件的必然性與偶然性，而讓小說中的人物和廣大讀者充分享受着參與和創造「歷史」的艱辛與快感。不僅是《紅旗譜》，當時絕大多數的革命歷史故事，如《紅日》《鐵道游擊隊》《青春之歌》《林海雪原》等，也都採用了順時態隱形敘述的方法，這決非偶然。《紅旗譜》的這種講述革命歷史故事的方法，包括其三對三兩條陣線的故事框架，後來延續了幾十年，直到二十世紀八十年代中期才為《靈旗》《紅高粱》等作品打破。

二、《靈旗》：一條漢子的五十年

在討論《靈旗》之前，有必要先看看莫言著名的《紅高粱》。

《紅高粱》發表後，雷達在北京《文藝報》刊文稱讚說是「救活了革命歷史題材」。言下之意，革命歷史題材當時已奄奄一息。「槍桿子裏面出政權」，革命歷史題材的重心總在軍隊。所以《靈旗》和《紅高粱》分別出自空軍和總政專業創作員之手，亦非偶然。不過喬良和莫言都出生於 1949 年以後，並沒經歷過內戰。他們用來「救活」革命歷史題材的「藥方」主要有兩個：一是將順時態的故事發展置於一種「後設敘述」之中；二是在《紅旗譜》模式的六要素——「國」「共」「祠堂」和「富」「貧」「士」之外，再加上第七個：「匪」。

我們可以以《紅高粱》為例來界定一下所謂「後設敘述」這個概念。在《紅高粱》裏，有兩種「後設敘述」：一是敘述時間上的「後設」，即在講述往事歷史時處處有意凸顯今天（或「後來」）的敘事角度，或乾脆打斷故事的順時態進程，突然插入一段加西亞・瑪律克斯式的句型：「多年以後，當主人公回想起那一瞬間……」[9]，這種提前出現的結局就逼使讀者的興趣從故事「後來怎麼發展」轉到「怎麼會發展到這樣」；二是敘述態度上的「後設」，即在敘述者敘述故事的同時或前後，另有一個敘述的聲音在旁邊解釋和評判敘述者的敘述行為。在《紅高粱》裏，這兩個敘述者都是「我」，於是我們一面看到「我」在講述「我父親」當年目睹的高粱地伏擊戰，一面又看到「我」怎麼去家鄉查縣誌訪老人找尋史料，以及為甚麼「我願扒出我的被醬油醃透了的心」去祭奠先人英靈。

從敘述時間的角度考察，《紅高粱》其實有兩個層次的敘事視角：一是當年在高粱地「現場」目睹事件「實況」的「我父親」和「我奶奶」的視角，二是今日講起「我父親」、「我奶奶」和余司令的故事的小說敘述者「我」的視角。前者是小說中人物的視角，是受該人物眼見耳聞心思情感限制的視角。作者要「我父親」在現場作證，也要「我奶奶」的臨場反應，但又總要用第二個層次的敘述視角，即全知全解的「我」的現代語言來打斷當年的故事，提前（或者說從「事後」角度）告訴讀者哪一個時刻決定一個人物的命運。比如小說中余占鼇和戴鳳蓮還僅僅初次見面，作者已在交代結局：「余占鼇就是因為握了一下我奶奶的腳，喚醒了他心中偉大的創造新生活的靈感，從此徹底改變了他的一生，也徹底改變了我奶奶的一生。」[10] 所以，在這裏，「我」的敍述相對於「我父親」「我奶奶」的視角來說，就有一種「後設」的關係：「父親就這樣奔向了聳立在故鄉通紅的高粱地裏屬於他的那塊無字的青石墓碑。」[11]

敍述者視角高於、「後」於人物敍述視角的情況其實並不罕見（雖然在《紅旗譜》及其他五十年代的小說裏並不存在），《紅高粱》的特點在於其人物視角的名稱，不是某個昔日的人名，而是一個「後」人對長輩的稱謂。為甚麼不簡單地用人名稱呼而要叫「我奶奶」「我父親」呢？作者在這裏的「別有用心」可以解釋為着意突出敍述者「我」的無處不在，也強調正是「我」輩與長輩們的關係、差異、對照，構成了小說的英雄主義主題。像「奶奶一把撕開胸衣，露出粉團一樣的胸脯……」這類有損「性感」的性愛描寫，迫使讀者與「故事」拉開心理距離。季紅真曾經很精闢地分析過《紅高粱》的典型句型，如「我奶奶是個性解放的先驅」其實由兩套不同語言符號系統所組成：「我奶奶」代表家族鄉土宗法文化血源，「個性解放」則是現代城市語言和西化的觀念。當然，再分析一下，「我奶奶」這個稱謂亦由後設敍述者「我」和歷史當事人「奶奶」所組成。於是，兩套語言文化符號系統之奇特「並置」，不僅顯示城鄉之異、今昔之別，也是基於敍述與被敍述之間的話語關係：正因為有「我」的觀照在，「奶奶」才成其為「個性解放」的英雄；而「我」們這些「不肖子孫」卻只會講述，遠不如「奶奶」那樣是真的英雄。

以上討論的是「時間」上的「後設」。同樣值得注意的是在小說的第一章，以及首尾部分顯示的另一種後設敍述，即空間上和敍述態度上的「後設」——一個「我」在講過去的故事，另一個「我」在一旁解釋「我」講故事的行為本身：講述的動機、態度、方法和操作過程。「我」為甚麼要寫家族史，為甚麼要翻縣誌，採訪老鄉，在有限的史料中想像和創造先人的偉績：

> 高密東北鄉無疑是地球上最美麗最醜陋、最超脫最世俗、最聖潔最齷齪、最英雄好漢最王八蛋、最能喝酒最能愛的地方。……一隊隊暗紅色的人在高粱棵子裏穿梭拉網，幾十年如一日。他們殺人越貨，精忠報國，他們演出過一幕幕英勇悲壯的舞劇，使我們這些活着的不肖子孫相形見絀，在進步的同時，我真切感到種的退化。[12]

虛擬作者身份的「我」的偏激感慨和敍述者「我」所講的故事之間，有一種張力的關係。一方面「我」罵自己不肖，自慚形穢，一方面「我」又歌頌英雄，並相信自己的故事有神力能「召喚英魂」。與其認為莫言真的持有退化的歷史觀，我們不如把他對昔日「土匪」在革命歷史中的作用的重新評價，與他關於「不肖子孫」的自責聯繫起來考察。革命者，不是應該一代更比一代強嗎？甚麼原因，造成了「種的退化」？

《靈旗》比《紅高粱》更能說明「後設敍述」如何改寫着革命歷史故事。《靈旗》中共有三個敍述者：一是隱形的全知全能的敍述視角；二是主人公青果老爹（五十年前被稱作「那漢子」），大部分故事敍述都受這個主人公的感知視角限制；三是小說裏又有一個關於講故事的故事。故事敍述人是二拐子，當年目睹「紅軍死得好慘」受了刺激，幾十年來一直坐在樹下同鄉親們講故事。講故事的背景是這樣被佈置的：

> 他們搬個樹墩或者墊塊石頭坐在樹下，從老輩人嘴裏把許許多多真真假假奇裏古怪添油加醋的故事聽過來，又許許多多真真假假奇裏古怪添油加醋地傳下去。有些故事很古老，比老皂角還老。像牛郎織女。像孟姜女哭長城。有些故事不太古老，甚至比老皂角還年輕。像太平天國。像紅軍過廣西。[13]

既然，小說在暗示不同時期，同一故事會有不同講法，二拐子自身經歷便是一例：

> 現在那傷兵腦殼開花的地方真長出一棵夾竹桃，並且正在爆開一樹新花苞。香氣不濃。是二拐子種的。他半夜上山把那紅軍埋了，又在上面播了一枝夾竹桃。他想不起當時為哪樣要這麼做。大概只想做個記號。這棵樹眼下被人叫做紅軍樹。成了一方小小的聖地。二拐子為這事被當成殺害紅軍傷患的兇手關過，審查過。後來又成了不畏白色恐怖，掩埋紅軍遺體的英雄。有些地方還請他去做報告。他不會做，只管講他那些講了不知多少遍的紅軍勾魂鬼的故事，照樣話尾拖着哨音，聽得人毛骨悚然。於是又有人說他宣揚迷信，誣衊紅軍，從此也就不再有哪個地方請他去講。他依舊回到老皂角下來找他的聽眾。[14]

雖然在故事的不同講法後面，青果老爹還是相信有一個「事實真相」存在，但回到當年臨場看「真相」，與幾十年後再回首，歷史風貌似已不同。所以小說堅持將主人公一分為二，想方設法將當年「那漢子」的行動與今日青果老爹的思想混在一起。五十年歷史，不僅在章節、段落間穿插，不僅在行與行之間並置，甚至可以合成一個句式，比如「給那漢子開門的是現今已死去四十多年的杜小爪子……」，這種敘述者時間支點在同一句子裏的移動，既保持了「現場效果」，又透出「事後」角度。主人公「那漢子」曾當過白軍、紅軍、鹽販子和「獨行俠」。他曾眼見紅軍在湘江一役如何潰敗血流成河，他曾目睹紅軍傷兵如何被民團以及趁火打劫的鄉民們殘殺。於是「那漢子」便暗殺了很多「作孽」的富紳鄉丁，手段奇特，血濺了他滿頭滿腦。從當年角度替「那漢子」的行為解釋，所有這些血腥都是「歷史前進」的代價。然而，幾十年後青果老爹仍然面對窮山惡水世道不公：「除了電燈，界首鎮五十年裏沒多大變化。關帝廟還是關帝廟，只是更加殘破。三官堂還是三官堂，只是另起了個名稱叫紅軍堂。……五十年前是這樣，五十年後又是這樣。」那麼，這麼多血到底流到哪裏去了呢？！一個當年被他懲罰過的地痞因吃喝嫖賭用光家產，「土改」時反成貧農，「文革」時更是耀武揚威；另一個被惡霸欺侮的女人因「那漢子」幫助保留了幾畝水田，後來倒被劃成「地主婆」吃盡苦頭……所以最後，「青果老爹理不清這滄桑人事中的善惡忠邪，是非曲直，前因後果」。有這麼一個很「糊塗」的「事後」角度在，原本應該清清楚楚由「紅旗」來「譜」成的故事，現在也要撐起「靈旗」作題而且面目全非了。

敘述模式、審視角度的改變自然導致了小說中的「農村社會結構圖」的改變。從《紅旗譜》到《靈旗》，「敵對陣營」大致不變，地主廖百鈞仍然身兼本鄉鄉長和民團大隊長。可「我方陣容」卻有了重大變化。《紅高粱》和《靈旗》中的貧僱農主人公雖然也曾遇到過帶書生氣的共產黨員，但最終卻都是在成為土匪以後才「精忠報國」，盡顯其男子漢英雄本色。《紅高粱》是有一個秀氣、有文化的任副官，「我父親」猜他「八成是個共產黨」。任副官樂於教「兄弟們」革命歌曲，也很成功地訓練了余司令土匪大隊的紀律性（迫使余占鼇槍斃了強姦婦女的余的叔叔）。反諷的是，這樣一位兼有書生氣和英雄氣的任副官，最後被自己的勃朗寧手槍走火打死。這一象徵性的細節在《靈旗》裏演成了黨內路線鬥爭。「那漢子」參加紅軍是受到了一個「笑眯眯」的黨代表的鼓勵。儘管一路打敗仗，「那漢子」還是「信任這笑」，從不抱怨。可是這黨代表不久便死了，「是被自己人當作敵人活活打死的」。

於是，「那漢子」逃離了紅軍，開始用「土匪」的方式鋤奸鏟惡去了。小說裏的民間「土匪」，似乎比內鬥的紅軍和兇殘的白軍，更能體現和伸張正義。我們不會忘記，《紅高粱》裏冷支隊長帶領的正規抗日軍隊，也是在余司令率「匪」獨力殲滅日軍戰車以後才趕到戰場的。和《紅旗譜》及很多其他五六十年代革命歷史故事將「土匪」等同於國民黨惡霸地主，或設計收編改造不同，在八十年代中期，「土匪」儼然成了革命歷史故事中的高大主人公。

「土匪」角色能「救活」革命歷史題材的原因至少有兩個。第一是土匪強盜精忠報國的故事，上接《水滸》英雄傳統，下合民眾廣泛的俠義趣味，既有行為的傳奇性，又確保能維護道德正義。這樣一種「土匪英雄文學」其實遠比「社會主義現實主義」的革命歷史故事擁有更深厚的「羣眾基礎」。（即使在《紅旗譜》中，最令人難忘的形象，也是較帶匪氣的朱老鞏和朱老忠。）陳思和近來有文，頗有見地地指出何以楊子榮的土匪形象甚至在樣板戲裏也是最受歡迎的。[15]「文革」後意識形態宣傳的規範略一鬆動，《紅高粱》等便迅速搶走了一般革命歷史題材小說的讀者了。第二，土匪英雄角色，既不必像党的幹部等正面形象那麼言行有規範，也不會如知識分子般文質彬彬，所以他們的「為所欲為」，正為幫助當代中國的先鋒派作家們去宣泄對荒誕、對血腥、粗鄙等「醜怪美」的現代主義審美慾望。於是，我們看到羅漢大爺被活活剝皮，余司令在《紅高粱》續編中對酒撒尿，《靈旗》中的廖百鈞也被碎屍十餘塊，而「那漢子」甚至當眾生吞了一條毒蛇「竹葉青」。

不過，雖然《紅旗譜》與《紅高粱》《靈旗》之間有那麼多不同，但有一個細節卻是共通的，那就是參加共產黨或當土匪的貧僱農，與身兼族長、鄉長、民團大隊長的土豪，總是共愛着同一個女子。這個女子在《紅旗譜》中叫春蘭，馮蘭池曾想買她做妾，未成；後來運濤和她定情，大貴也想娶她。在《紅高粱》中，「我奶奶」先嫁了有錢的痲風病人，後隨土匪司令。在《靈旗》裏，「青果老爹」一生都戀着的杜九翠，正是民團大隊長廖百鈞的第四房太太。在種種不同的革命歷史小說的農村社會結構圖中，這個女性角色並不屬於國、共、「祠堂」、貧、富、士、匪等七要素中的任何一個，卻又牽連和捲曲着以上所有的人和勢力，成為種種流血、恩怨、爭鬥、妥協的焦點。這個細節，在本文將要討論的《大年》和《白鹿原》中，還有着更令人眼花繚亂的變奏發展。

三、《大年》：一個女人與三種政治力量

這個女人在《大年》中是鄉紳丁伯高的二姨太。「二姨太是一個美麗的女人。」圍着她的男人有三個。一個是她丈夫丁老太爺。「玫剛剛嫁過來的時候還時常梳着女學生模樣的短髮，看上去還像個孩子」（一些年輕的探索作家常喜歡描寫學生出身的姨太太，蘇童《妻妾成羣》裏有更出名的例子），兩年後，「她頎長的身材，長髮中散發出來的松脂一般的少婦氣息使他沉醉」。直到丁伯高被共產黨組織的農民游擊隊抄家抓走時，他還記着玫的松脂氣息並詢問她的下落。第二個男人叫豹子，窮人，慣偷。臘月初二曾潛入丁家大院盜糧被擒，剝光衣服被吊打時被二姨太看到了他的裸體，「他的目光接觸到她的脖

頸上的肌膚，腑臟裏聚集了一種模糊的慾望……她走開的時候，這個妖豔的狐狸精的模樣在豹子眼前並未消失……」被丁伯高釋放後，豹子通過教書人的介紹投了新四軍，臘月三十晚上豹子率眾攻入丁家大院並在年初一親手槍斃了丁老太爺。可豹子仍然找不到二姨太玫。第三個男人便是唐濟堯，身份頗似《紅旗譜》中的賈湘農，教書人，還會行醫，實際上卻是地下黨。唐濟堯答應丁伯高去疏通新四軍方面的關係，但要丁家多捐給新四軍些糧款。他還負責替二姨太玫搭脈開方。唐濟堯介紹豹子參加了新四軍，並暗中指示豹子等人打劫丁家大院。但最後也是唐濟堯代表新四軍暗殺了豹子，並貼出一張佈告，全文都值得轉錄：

徐福貴，乳名豹子。民國十五年生。屬牛。民國三十四年二月參加新四軍。據查實徐福貴犯有下述罪行：

一、民國三十四年二月十五日（大年三十）子時率暴民洗劫開明紳士丁伯高家院，並於次日傍晚將丁槍殺。

二、慣偷。

三、公然抗拒新四軍挺進中隊趙副專員讓其於民國三十四年二月十五日（大年三十）去江北集訓的密令。

鑒於所列罪行，徐福貴已於民國三十四年二月十七日被處決。此佈。[16]

小說的結尾比佈告更出人意料：許多天以後，原先躲藏在尼姑庵裏的二姨太玫和地下党唐濟堯一起失蹤了。

如果說《紅旗譜》是敍述歷史以教育青年人相信革命的必然性和合理性，那麼《靈旗》就是回顧歷史以使人們反思革命的代價與得失，而《大年》則是以故事形式解析勝利的革命者如何「創造」歷史的過程。如果說梁斌相信「小說」可以「敘述」「歷史」，那麼喬良則是以他的「敘述」來懷疑「小說」是否可以反映「歷史」，而格非就是用「小說」的形式在研究「歷史」與「敘述」之間的關係。

《大年》發表於 1988 年，比《靈旗》和《紅高粱》遲了兩年。在這兩年之中，中國當代小說在敘事模式上已有了重要的改變。馬原、蘇童、余華、格非、殘雪、孫甘露、葉兆言等一批「尋根」後新起的先鋒作家，紛紛從各種角度試驗不同的小說形式。其中尤其是馬原，他的《虛構》和《錯誤》，着力探索語言、文學敘述與事件秩序的關係。《大年》可以說也屬於這一批實驗作品之列。關於這些實驗小說在藝術上的得失，批評界至今仍有爭議。但在我看來有一點可以肯定，沒有《靈旗》《大年》之類作品在敘述模式轉變上所作的努力，「革命歷史題材」的文學是很難從《紅旗譜》發展到《白鹿原》的。

《大年》的敘述結構看上去比《紅高粱》《靈旗》簡單一些，其實不然。在空間上，敘述者也是有限制地全知全能，儘量客觀描述，一點也不展開兩個關鍵人物 —— 唐濟堯與玫的心理活動。幾個至關緊要的細節，如唐濟堯如何做手腳利用豹子文盲而讓他誤得軍令，以及唐與玫何時傳情等，都寫得很略，留下空白讓讀者去連接。但對於「時間」，敘述者卻精心佈置。前後才一個月，並無太大時空跳躍餘地，每一章必以具體日期開始，基本順時序，但臘月初七豹子投軍卻排在臘月二十四之後。臘月二十二豹子母親見做賊的兒子回家，想到兩日後要僱人殺他（老母知道自己快要餓死，不願讓敗家子在她死後再作孽），「她覺得時間彷彿突然出了問題，後天，臘月二十四正悄悄向今夜延伸」。比起《紅旗譜》的「敘述隨時間而延伸」，《靈旗》和《大年》都追求一種「時間隨敘述而捲縮伸展」的效果。換言之，前者敘述「歷史」的發展，而後兩者則讓「歷史」在敍述中發展。

比起《靈旗》來，《大年》在排列組合民國時期農村社會結構方面，對「紅旗譜」模式做出了更進一步的修改和挑戰。首先，在「敵方陣營」中，國民黨的勢力被隱去了，丁伯高是富有鄉紳但卻不是惡霸（他曾開倉濟貧，捐給新四軍糧款，還放了慣偷豹子，等等）。這樣一來，丁老太爺之被「革」命，僅僅只是因為他有錢。所以新四軍最後的佈告，也要為他平反稱他為「開明紳士」了。於是，革命的「對象」在《大年》裏是沒有了。其次，再看「革命的陣容」，豹子倒是一個人身兼貧、士、黨、匪四個角色，他是赤貧，又是膽小的土匪，慣偷，又通過教書人找到了黨投了新四軍，最後被處決時在文告上又成為「匪」。小說的敍述者在豹子身上用筆最多，大概是因為農民是中國革命的主力的緣故。豹子的生平不僅搞亂了朱老忠他們的階級陣線，而且對余占鼇式的土匪英雄角色也構成一種反諷。第三，唐濟堯這個角色，更值得琢磨。看上去，整個《大年》裏的革命是由他一手策劃的；更關鍵的是，「革命的歷史」，大概也是由他執筆形成文字的。然而，接下來的問題是，這一切都只是因為他在盡一個知識分子和職業革命者之職責嗎？還是因為他想得到二姨太玫因而設計先後除去兩個情敵？或者，他本人也一直受到玫的控制？你想他最後失蹤，是否也是逃離革命呢？⋯⋯如果說《紅高粱》和《靈旗》是在改寫《紅旗譜》的革命歷史故事模式，那麼《大年》則是顛覆了這一模式。不過《大年》篇幅短，材料單薄，沒有充分展開農村畫面，加上又是「探索小說」，讀者有限。所以，《大年》在解構現代史方面的一些突破，在國內評論界並沒有引起足夠重視。

四、《白鹿原》：兩家地主兩代人與一家僱農兩代人

這個女子在《白鹿原》裏叫田小娥，一出場時被喚作「小女人」，因為她本是財主郭舉人家的二房。《白鹿原》裏第二、三、四號主角，後來都和這「小女人」「有染」。其中黑娃是長工、農運積極分子、土匪頭目和地下党，鹿子霖是當地富紳兼鄉、保長，而白孝文則是族長白嘉軒之子，後來做了國民黨的縣保安團長和共產黨的縣長。長工狂戀地主小老婆的情節，很像余占鼇和「我奶奶」的故事。惡霸趁人之危欺侮貧家女，也可以從馮蘭池當年垂涎春蘭的細節裏找到藍本。可是接下去鹿子霖指使小娥引誘孝文以打擊白族長一家的道德名聲，以及小娥皮肉身心吃盡苦頭仍能應付不同男人且不揭穿鹿鄉長的陰謀，這卻是在當代中國小說中前所未見的細節。對這個女人身體各部位及各種牀上姿勢的詳盡描寫，當然是《白鹿原》頗受爭議也十分暢銷的原因之一，但我覺得對這女子內心描寫的空白，或許更值得注意。無論國共、貧富、老幼、官匪，無論是禮教世家之子或粗獷鄉野小痞子，各式各樣的男人，各種各樣的政治、文化力量，都只是圍着她的身體轉，而誰（包括作家）也不在乎她的想法。從女性主義文學批評角度看，《白鹿原》好像並沒有比《紅旗譜》「進步」多少。但小說裏另有一個男人，卻一直鄙視「那爛貨」並一貫反對黑娃的造反、鹿子霖的荒淫和白孝文的墮落，他便是黑娃的東家、鹿子霖的「老友」兼對手和孝文的父親——白嘉軒。從白嘉軒的主角身份看，《白鹿原》所詮釋的現代史，卻是和《紅旗譜》大不相同了。

《靈旗》和《大年》都在懷疑革命歷史故事的既有寫作模式，也在懷疑小說究竟能否敍述歷史。所以喬良和格非筆下的革命歷史小說，是破壞而非創造，是顛覆而非建設。但陳忠實的《白鹿原》卻和幾十

年前的《紅旗譜》一樣，是有意寫史詩的。在扉頁上，作者引了巴爾扎克的一段話：「小說被認為是一個民族的秘史。」這段引言表示了作者的三重信念：一、小說是可以用來寫「史」的；二、這「史」必須是寫全民族的；三、這不是「正史」，而是「秘史」。從《紅旗譜》被譽為「壯麗的史詩」，到《靈旗》對紅軍的非英雄化處理，再到《大年》的「反史詩」，現在又有《白鹿原》式的「民族的秘史」，這裏有從長篇到中篇到「小中篇」再到長篇的體裁變化；有從順時態到倒敘穿插，再到順時描述「敘述」的後設性，再到順時態加後設角度的敘述方式的改變。這裏當然也有「中國農村社會結構」在小說敘述中從清楚完整到殘缺破碎再到重新整合的「正反正」的過程。

在敘述方式上，《白鹿原》大部分像《紅旗譜》，小部分似《靈旗》。但這小部分「多年以後……」式的後設敘述，根本性地改變了那大部分順時態「現場直播」的性質。小說開始部分，頗似韓少功、鄭萬隆或劉恒的「尋根」作品，那些粗鄙荒蠻的鄉風土俗，都不僅是作為歷史意義上的原始落後來描寫，更多的還是被渲染成鄉野大地的神秘性和生命力。但「尋根」作品中的民俗圖景、山野秩序往往是被抽掉時間因素的（《爸爸爸》是沒有年代的，每個意象都聯繫着遠古；《伏羲伏羲》的時間背景是可以隨意更換的，小說寫到「文革」，電影拍回二十年代，故事結構相同）。所以，樹和井、雞巴寨和丙崽、祠堂和械鬥、撒尿與吞蛇等，就被凝固成一個抽象的「鄉土山林」的空間，來對照和對抗「虛假」的城市文明（或正統的北方儒教秩序，或「被醬油醃透了的」現代人的心）。而《白鹿原》恰恰是重新把這被尋根派發現的荒蠻鄉土放回到十二分具體的《紅旗譜》式的歷史日程表中。於是，種種鄉規土俗英雄王八蛋，都必須一一面對辛亥革命、北伐、農民運動、清黨、剿共、抗日、內戰等具體事件去表態，去參與，去出生入死。

所有這些事件又都和種鴉片、大旱求雨、流行瘟疫等混在一起，逃也無處逃，躲也躲不了。《白鹿原》重新採用全知全能的順時態敘述，使得上述事件逐一展開，十分從容。每章結尾時，還有些「章回體」的痕跡，都賣個關子留個懸念。在被「尋」過「根」的鄉野土壤上，人物後來的命運自然就和五十年代「農村神話」裏的不同了。最大的不同就是主人公們，會在不同政治社會勢力之間「幾變其色」。如族長之幼女白靈，家教甚嚴，她卻在和鹿子霖次子鹿兆海熱戀時，因擲幣而加入了共產黨。後來她又愛上情人的哥哥鹿兆鵬。順時態的敘述，將該人物性格轉變寫得極合情理。然而，正當小說詳盡描述白靈如何為革命奮不顧身工作之時，突然跳出一段「後話」，說二十年後白嘉軒被人民政府授予「烈屬」稱號時方知其女早死。然後又後設地介紹作家鹿鳴如何在八十年代考證出白靈原是屈死於內部肅反。小說立刻又轉回三十年代，這時讀者再看白靈的革命活動，自然在傾慕佩服之餘，又別有一番感慨了。類似的「後設敘述」，瓦解了順時態描寫的「戲劇」效果，卻又共同合成了一種新的「歷史」意義。

《白鹿原》中的「農村社會結構」，雖然也還是國、共、「祠堂」、貧、富、士、匪七種要素，但其排列組合關係卻比以往所有的革命歷史小說都更複雜。我們要分三個層次才能把它理得清楚一些。

首先是白嘉軒這一代人。前面討論過，《紅旗譜》寫了「兩家農民三代人與一家地主兩代人」之間持久幾十年的爭鬥。但因為朱、嚴兩家農民三代人之間都並無矛盾衝突，所以實際上是朱、嚴兩家聯合對抗馮家，再導致貧富之對立再捲入國共之爭。在《白鹿原》中，唯一得到重力描寫的窮人是黑娃的父親鹿三，可鹿三幾十年做白族長的僱農，忠心耿耿，備受關照，毫無對立之意。倒是兩家地主白嘉軒與鹿子霖之間幾十年來的明爭暗鬥，構成了小說情節發展的主線。據說白鹿村原名侯家村，因種「土」(鴉片)而繁榮，視傳說中的「白鹿」為吉祥物。老族長便將老大一系全改姓白，老二一系均改姓鹿，於是後世兩族合一祠堂。小說裏屬於老一輩的重要角色還有中醫冷先生與「關中學者」朱先生。冷先生同時與兩家交好，人情練達。朱先生則超然於國共紛爭之外但料事如神。白、鹿兩家幾十年恩怨，在小說裏被寫成「仁義」與「不仁義」之爭。前者的陣容包括一生關心鄉民福祉又維護道德的族長白嘉軒，一生善良苦幹忠誠勤懇的老農鹿三及一生高風亮節世事洞明的士大夫朱先生(富紳 + 家法 + 貧農 + 士大夫 = 仁義？)；而後者的主要代表是能幹、荒淫、詭計多端又不屈不撓的鄉長鹿子霖(富紳 + 國民黨)。值得注意的是，在這老一代人的仁與不仁之紛爭中，貧富對立似不重要，共產黨和土匪的力量也沒出現。

其次是白鹿兩家的兒女一代。在《紅旗譜》模式裏，農家子女都參加革命，地主兒子必依靠官府。《白鹿原》的故事則要複雜得多。惡霸鄉長鹿子霖的長子鹿兆鵬是中學教員兼共產黨領導；次子鹿兆海擲幣加入國民黨後在抗戰中光榮「犧牲」。白嘉軒的長子白孝文因與田小娥通姦而失卻族長繼承權，但他發奮圖強，逐漸執掌了國民黨的縣武裝力量保安團；其妹白靈擲幣投共，先後愛上鹿家兩兄弟，亦為其共產主義理想而奮不顧身。窮人子弟黑娃，先與地主小老婆結婚，再率眾造反搗毀祠堂，當了土匪後再為地下黨工作……綜觀這三家子女之間的複雜關係，國共之爭仍是主線(「匪」的力量，仍在國共拉攏控制之下，雖不乏俠義豪氣，卻缺少英雄表現)。而國共之爭在這一代人中，第一與貧富出身沒有必然關係，第二和「仁義」與否也無法直接掛鉤，第三在政治上的「投資」和「回報」，常不成正比：白靈、黑娃皆不顧危險為共產黨工作，最後卻都死於「整肅」和「鎮反」；白孝文為「党國」效力多年，1949 年後仍能做「人民政府」的縣長……從這些形象的淵源看，鹿兆鵬是另一個賈湘農，白靈則很像林道靜（《青春之歌》），黑娃一半脫胎於余占鼇，只有白孝文這個人物，和他父親的形象一樣，是《白鹿原》對革命歷史題材的新貢獻。

現在我們可以把上下兩代人的家族、政治恩怨放在一起，來看《白鹿原》中的農村社會結構。在《紅旗譜》裏，我們見過鮮明對立的兩條陣線：財主和家族勢力依靠國民黨，以對抗貧農、讀書人和共產黨。在《靈旗》裏，前一條陣線大致依舊，不過宗族祠堂似不重要，但貧苦農民卻不是靠「投共」而是靠當土匪才能「伸張正義」。到了《大年》，一個極重要的變化是，上述社會結構中的兩條陣線分化成了三種力量：丁伯高代表財主和鄉村宗族勢力，豹子代表「投共」的貧民和匪盜，唐濟堯則代表讀書人和共產黨。前兩者在第三者的隱蔽操縱下互相爭鬥，兩敗俱傷（死？），成文的歷史卻是由第三者執筆的。而國民黨的勢力，在《大年》裏是隱而不見的。無論《白鹿原》的人物如何眾多繁複，情節如何曲折變幻，但歸根到底，國、共、「祠堂」、貧、富、士、匪七家，最後也分化組合成三種勢力圈子：第一是財主鄉紳與國民黨官府聯手（鄉長鹿子霖、保安團長白孝文）；第二是貧農、土匪、讀書人和共產黨的統一戰線（黑娃、鹿兆鵬、白靈）；第三則是共同維護鄉村宗法組織及文化的財主、僱農及讀書人（族長白嘉軒、貧農鹿三和「關中名儒」朱先生）。這是在當代革命歷史小說中，鄉村宗法組織和傳統儒教倫理第一次被描寫為獨立的，似乎可以與國共雙方並列抗衡的社會文化力量（也給相信傳統中國「皇權不下縣」的學者們提供了士紳治理基層社會的文學版案例證明）。而且，依照《白鹿原》的描述，國府的鄉村政權總是忙於以苛捐雜稅盤剝百姓，「剿共」的手段也十分殘酷；共產黨人雖奮不顧身改天換地，結果又常常傷於內鬥。倒是以白慶村祠堂為象徵的村社宗族倫理秩序，歷經劫難而生命力猶在，始終維繫着普通鄉民們的人心與福祉。當然，小說中對這種「祠堂文化」的非人道的地方也有所揭示，比如白嘉軒對兒女婚姻的粗暴態度，對孝文與小娥通姦的嚴厲懲罰（責令次子孝武在祠堂前當眾棒打長子孝文）……但更多的時候，讀者看到的是白族長如何修復被農民造反所打碎了的祠堂碑石，如何幫助鄉親逃避抵制官府的苛捐雜稅，如何組織鄉民抵禦旱災和瘟疫……白嘉軒的腰骨是被黑娃打折的，但後來他卻跑去縣城替被捕的「共匪」黑娃說情。白嘉軒曾將兒子孝文趕出家門，後來在「浪子回頭」後又接納孝文重回祠堂拜祖宗。寬恕之道，使白族長在幾十年的國共紛爭中，飽經磨難，卻又始終立於不敗之地。名儒朱先生的形象，可以說比白族長更為理想化（或者說是理念化）。這位能夠以禮義之辭勸退幾萬軍閥大兵的學者，既超脫於種種國共紛爭之外，又始終得到各派勢力的尊敬。直到「文革」時才被掘墳，但他死前居然早已料知。所以墓中無棺木，僅有一磚，上刻：「天作孽，猶可違；人作孽，不可活。」紅衛兵將磚頭摔壞，後見一行字：「折騰到何日為止。」

「祠堂文化」，在革命歷史故事的傳統中，或者劃歸富人和官府，比如《紅旗譜》；或者乾脆被忽略，比如《靈旗》，《大年》開始重視倫理道統的作用，所以丁伯高常做善事，豹子母親更為了維護家門清白而不惜僱人殺子。但只有到了《白鹿原》，宗族祠堂才被描寫為「民族的秘史」的核心所在。這種對鄉村宗族祠堂的重新定位，導致了《白鹿原》對現代史的重新詮釋。在某種意義上，《白鹿原》便是一部民間村社家法組織及文化如何被幾十年的政治紛爭所侵擾的歷史。

歷史流程是時間性的，社會結構卻是空間性的。革命歷史故事的關鍵，總是如何將流動的時間凝固在一個平面可視的結構關係裏，以見出其「發展規律」和「必然趨勢」。所以《紅旗譜》儘管也寫運濤、大貴等入獄投軍的曲折革命經歷，但作品裏朱馮兩家對峙關係始終不變，以確保「兩條陣線」對立結構的穩定性。即使因此而損失時間的流動性和變遷感也在所不惜。《靈旗》和《大年》則較關注時間的流動性（儘管《大年》只寫了一個月間發生的事情），身處對峙結構的某一方，廖百鈞和丁伯高都在歷史的「中途」死去，留下一個失卻平衡的鄉村空間，所以讀者便看不到所謂「歷史進程」的完整模式（喬良和格非大概很樂於見到這一模式的殘缺）。但《白鹿原》也是要尋找「歷史規律」（尤其是「秘密」的「規律」）的。所以，小說一方面讓白孝文、黑娃、白靈等國共人士在幾十年間不斷變換角色，於是也打破了常見的故事模式；但另一方面，白嘉軒做族長，朱先生開書院，幾十年間性情毫無改變，鹿子霖及其他縣城黨官，也頗不合常理地一輩子做同樣的官，因為正是他們社會位置及其互相關係的穩定性支撐着《白鹿原》的空間結構。那些偶然跳躍出來的有關「肅反」、「文革」的後設敍述，夾在順時態的「歷史發展」中，也正是這一空間結構的重要（甚至是關鍵）的組成部分。所以，總括來說，《白鹿原》能夠重寫革命歷史故事，既是基於對民間村社家法組織及文化的新的歷史觀照和道德信念，也是由於其順時態與「後設」相結合的敍述結構，能夠將跨度很大、變化萬千的時間流程空間化，將幾十年民國史和「文革」一起，納入一個「祠堂文化」與國共政治鬥爭長期抗衡的時空架構。

五、結論

第一，《靈旗》和《大年》要解構和打破《紅旗譜》的模式，打破之後並沒有一個明確的新模式、新理念、新歷史價值系統的建立。「先鋒小說家」們甚至根本懷疑用文本描述事件，用小說敍述歷史的可靠性和可能性。但《白鹿原》卻是一部「建設性」的革命歷史小說，而「建設」的支點就是在現代史中為所謂「祠堂文化」（民間村社家法組織及文化）重新定位。

第二，《白鹿原》能夠重新詮釋革命史，關鍵在於其後設的歷史敍述結構。而這種敍述方式，是從《靈旗》《大年》對《紅旗譜》革命歷史故事敍述模式的破壞和顛覆發展過來的。如果沒有「尋根派」對鄉俗土風的現代觀照和「後尋根派」對敍述方式的種種實驗，《白鹿原》的出現是不可想像的。因此，在某種意義上，《白鹿原》就是以《靈旗》《大年》方式所寫的《紅旗譜》。

1994 年 3 月 27 日於香港嶺南學院

發表於《上海文學》1994 年第 10 期；收入《當代小說閱讀筆記》，上海：華東師範大學出版社，1997 年。

1 《紅旗譜》在 1957 年 11 月由北京的中國青年出版社初版，到次年 8 月第 3 次印刷，已發行 25.2 萬冊，這以後，直到 1978 年，又前後印刷、再版 18 次。郭沫若曾為該書封面題詞。據作者在 1978 年的「再版後記」裏說，作品出版後「那幾年裏，每天接到讀者來信」。根據讀者們提出的意見，作者又將小說反復修改，1966 年前已有三個不同的改本，滿足當時讀者不斷發展着的解釋革命歷史的需求。

2 「革命歷史小說」這個概念通常泛指 1949 年到 1966 年這十七年間描述黨奪取政權的歷史過程的作品。黃子平近年來，則將此概念一分為三並分析「革命」與「歷史」與「小說」三者之間的複雜關係。可參見黃子平：《革命・歷史・小說》，香港：牛津大學出版社，1996 年。

3 新中國最出色的歷史學家之一范文瀾，倒是一直致力於以學術形式肯定上述的歷史結論，但他只寫了《中國近代史》和半部《中國通史》。

4 比如汪名凡主編：《中國當代小說史》，南寧：廣西人民出版社，1991 年。

5 毛澤東：《新民主主義論》，引自《毛澤東選集》第 4 卷，北京：人民出版社，1991 年，頁 652。

6 《紅旗譜》的第二部《播火記》在 1962 年出版，銷量雖不及第一部，到 1979 年為止卻也先後印了 16 萬冊。而 1983 年出版的第三部《烽煙圖》，只印了 5 萬冊。

7 雷敢、齊振平主編：《中國當代文學》，西安：陝西師範大學出版社，1990 年，頁 61。

8 梁斌：《談創作準備》，引自《筆耕餘錄》，北京：中國青年出版社，1984 年，頁 311。

9 「多年以後，奧瑞里亞諾・布思迪亞上校面對行刑隊，想起那個遙遠的下午，他的父親帶他第一次找到冰塊。」這是加西亞・瑪律克斯的小說《一百年的孤寂》(後譯成《百年孤獨》) 的第一句。李歐梵教授 1985 年初在《知識分子》雜誌上刊文推薦瑪律克斯 (及米蘭・昆德拉) 時，特別在篇首引用了這一個句子。(見李歐梵：《世界文學的兩個見證：南美和東歐文學對中國現代文學的啟發》，引自《中西文學的徊想》，香港：三聯書店，1986 年，頁 105)「多年以後」，瑪律克斯和米蘭・昆德拉都成了中國當代作家 (尤其是先鋒派作家) 們所樂於認同的作家，「過去將來完成式」的句式雖無法改變尋根派的文筆，卻的確影響了他們的敍述結構。

10 莫言：《紅高粱》，轉引自冬曉、黃子平、李陀、李子雲編：《中國小說：一九八六》，香港：三聯書店，1988 年，頁 142。

11 同上，頁 104。

12 莫言：《紅高粱》，轉引自冬曉、黃子平、李陀、李子雲編：《中國小說：一九八六》，香港：三聯書店，1988 年，頁 104。

13 喬良：《靈旗》，轉引自《中國小說：一九八六》，頁 180。

14 同上，頁 200。

15 陳思和：《民間的沉浮》，《今天》1994 年第 1 期。

16 格非：《大年》，轉引自黃子平、李陀編：《中國小說：一九八八》，香港：三聯書店，1990 年，頁 35。

一個故事的三種講法

重讀《日出》《啼笑因緣》《沉香屑・第一爐香》

一

曹禺的《日出》、張恨水的《啼笑因緣》和張愛玲的《沉香屑・第一爐香》，是三部文學史意義很不相同的作品。但這三部作品的基本情節卻頗為相似：都描寫了一個女人如何貪圖金錢虛榮而沉淪墮落的故事。女主人公（陳白露、沈鳳喜、葛薇龍）都是年輕貌美，都有學生背景，她們都放棄和背叛了自己的情感原則，或成為交際花，或嫁給年老的軍閥。當然，三部作品對這同一個故事有着不同的寫法。如果我們把女學生的墮落視為一個過程，那麼其中的轉捩點便是她初次為了金錢而屈從一個她所不喜愛的男人的那個時刻。從這個轉捩點着眼來考察三部作品，我們不難發現其間敍述結構上的差異：《日出》是「略前詳後」，《啼笑因緣》是「詳前詳後」，而《第一爐香》則是「詳前略後」。同一個情節模式，因敍述重點和角度不同，其主旨和意義也相去甚遠。

陳白露在《日出》裏一出場，已是交際花身份住在豪華的酒店裏。「她穿着極薄的晚禮服……一種嘲諷的笑總掛在嘴角。神色不時地露出倦怠和厭惡。」[1] 總之，我們初次見到陳白露，她已處在墮落日久、日漸步向最後毀滅的階段。整出戲（第一、二、四幕）都在寫她不甘心墮落但又無力自拔。但是墮落以前的陳白露呢？《日出》交代得異常簡略。我們只知道她原來叫竹均：「出身，書香門第……教育，愛華女校的高才生，……父親死了，家裏更窮了，做過電影明星，當過紅舞女……一個人闖出來，自從離開了家鄉，不用親戚朋友一點幫忙……」[2] 除了這段跳躍式的身世概括以外，陳白露在第四幕裏還告訴方達生她以前有過一次因平淡而失敗的婚姻。丈夫是個詩人，後來似乎追求革命去了。但這種《傷逝》式的婚姻悲劇還是不能解釋陳白露最初的墮落。她當初是怎麼「離開了家鄉」，「一個人闖出來」，怎樣從竹均變成白露的過程細節，《日出》是完全淡寫了。這樣「略前詳後」的效果便是：第一，讀者（觀眾）不知道女主人公當初失足時是否曾有以及有多少選擇的餘地；第二，讀者（觀眾）只看見女主人公今日墮落之苦且依然純真，天良未泯，可以假設她身處污泥當是被迫無辜；第三，既然女主人公只是受害者，那麼誰應對這美女自殺的悲劇負責呢？顯然就是那「損不足以奉有餘」[3] 的社會。雖然這意識形態的觀點其實是從茅盾和左聯等激進的主流作家那裏傳來的，但具體在《日出》裏，這觀念必須構築在「略前詳後」的敍述中。

《啼笑因緣》中女人墮落的故事是平鋪直敍「詳前詳後」的，第十三回鳳喜接受劉將軍存摺的那一瞬間，不僅是這個女人一生的轉捩點，也是整部小說情節上的支點。作家花了幾乎相等的篇幅，分別敍述「墮落」之前的種種預兆、準備，以及「墮落」之後的種種後果與不幸。沈鳳喜原是貧家女，一家人在北平天橋賣唱為生，後被一個南方書生樊家樹看中，開始入學堂。不久樊回杭州探望病中的母親，鳳喜卻因為一個現已嫁給軍官做姨太太的前歌女的介紹，遇到了軍閥劉將軍。故事就開始進入了情節的另一個方面，劉將軍先是請鳳喜打麻將並故意讓她贏錢，然後又用汽車接送請她聽戲並贈予項鏈再塞給她錢。所有這些細節都有詳盡鋪陳。《啼笑因緣》當時在全中國最大的報紙之一上海《新聞報》上連載[4]，張恨水當然要儘量延長小市民讀者對富貴夢的期待，同時又時刻提醒人們：此乃「不道德的交易」。鳳喜當時也是既驚喜又慌張，既惶恐又內疚。她的家太窮，枕下的幾百塊錢又太燙人了，叫她怎能入睡？夢中卻見到恩人和情人樊家樹，於是次日決定退禮還錢。不想劉將軍接着便出硬牌，派大兵和警員到沈家騷擾，並將鳳喜搶進劉府唱大鼓書。在劉府，將軍先是發怒，強迫鳳喜為妾。在鳳喜昏厥又醒來後，他又安排女僕伺候，並提出要娶鳳喜為太太——

> 劉將軍笑道：「……這兩本賬簿，還有賬簿上擺着的銀行摺子和圖章，是我送你小小的一份人情，請你親手收下。」鳳喜向後退了一退，用手推着道：「我沒有這大的福氣。」劉將軍向下一跪，將賬簿高舉起來道：「你若今天不接過去，我就跪一宿不起來。」鳳喜靠了沙發的圓靠，倒愣住了。停了一停，因道：「有話你只管起來說，你一個將軍，這成甚麼樣子？」劉將軍道：「你不接過去，我是不起來的。」鳳喜道：「唉！真是膩死我了！我就接過來。」說着不覺嫣然一笑。[5]

在這女主人公「墮落」的關鍵時刻，張恨水特意安排幾個樊家樹的俠義朋友在窗外觀察動靜準備隨時救鳳喜，這個過分戲劇化的細節意在說明即使在最危急時刻，鳳喜仍可說「不」字且有路可逃（雖然她自己當時並不知道）。換言之，作者怎麼也不給墮落的女人一個「別無選擇」、「完全被迫」的理由。於是在小說的後半部分，不管鳳喜如何在將軍府捱罵被打受虐待乃至羞愧成疾、瘋瘋癲癲，人們始終不會毫無保留地同情她。社會固然害了她，但她也不是完全無辜。小市民讀者在滿足了金錢虛榮冒險夢後，是一定要懲罰夢中的「失足者」以讓醒者（自己）安心的：虧得我沒有去做……所以張恨水後來說：「至於鳳喜，自以把她寫死了乾淨；然而她不過是一個絕頂聰明，而又意志薄弱的女子，何必置之死地而後快！可是要把她寫得和樊家樹墜歡重拾，我作書的，又未免『教人以偷』了。總之，她有了這樣的打擊，瘋魔是免不了的。」[6]

《第一爐香》葛薇龍的故事是「詳前略後」的，墮落前的每個環節步驟、每次猶疑選擇都有詳述細描。張愛玲似乎也像她所喜歡的張恨水一樣，認真追究女主人公對自己的沉淪該負多少責任。但葛薇龍其實更似陳白露：她們都是知識分子家庭出身的真正的女學生（而非剛套上學生服的街頭賣唱少女）。《第一爐香》好像正結束在《日出》的第一幕上，是否葛薇龍的故事正在補述陳白露那空白的「過去」？當然，補述的結果會使人們對陳白露這個女人及其與社會之關係有不同的理解。

薇龍也是因為「家裏窮」而不得不向生活腐化的姑母求助。她第一次涉足姑母梁太太在香港半山的豪宅後，驚羨之餘便有恐懼之感：「回頭看姑媽的家，依稀還見那黃地紅邊的窗欞，綠玻璃窗裏映着海色。那巍巍的白房子，蓋着綠色的琉璃瓦，很有點像古代的皇陵……」[7] 但薇龍到底年輕自信：「只要我行得正，立得正，不怕她不以禮相待。」這是薇龍進梁家前的第一次選擇。

姑母原是香港富豪梁季騰的四姨太，好不容易熬成富孀卻已徐娘半老。收留薇龍是為了用這女孩吸引男人。薇龍住進梁家當晚便在臥房裏發現一大櫥「金翠輝煌」的衣服：「她到底不脫孩子氣，忍不住鎖上了房門，偷偷的一件一件試穿着，卻都合身，她突然省悟……一個女學生哪裏用得了這麼多？」這個省悟使薇龍「膝蓋一軟」，「低聲道：『這跟長三堂子裏買進一個人，有甚麼分別？』」顯然薇龍在那個時刻，已預感到她日後在梁家的角色。是夜她和鳳喜一樣昏沉不能入睡，夢中也有音樂伴着試衣：「柔滑的軟緞，像『藍色多瑙河』，涼陰陰地匝着人，流遍了全身。」於是，薇龍入睡前對自己說了兩遍：「看看也好！」[8] 這是她的第二次選擇。

鳳喜貪錢其實是理性的 —— 貧窮的家人一直在教她錢的重要性，她還理智地計劃嫁軍閥後熬十年再出頭的前景。但在睡夢中她會良心發現，在情感上愧對書生情人。而薇龍在理智上一直清醒地看到墮落的危險，反而在夢中，綢緞可以變成音樂匝着她。相比之下，理性的墮落較難原諒，情感的迷失較難逃避。

「看看也好」的結果就是薇龍生活方式的改變。她小心翼翼地看着姑母的眼色應酬男人，被姑母搶去追求者時又心有不甘。不過這些都還只是墮落的準備階段。最難堪的選擇是在被姑母的老相好 —— 汕頭搪瓷大王司徒協突然套上一隻手鐲以後。這個細節張愛玲寫得驚心動魄。暴風狂雨之夜，三人同坐一車，梁太太笑着給薇龍看司徒協剛送的一隻三寸來闊的金剛石手鐲 ——

> 車廂裏沒有點燈，可是那鐲子的燦爍精光，卻把梁太太的紅指甲都照亮了……薇龍托着梁太太的手，只管嘖嘖稱賞，不想喀啦一聲，說時遲，那時快，司徒協已經探過手來給她戴上了同樣的一隻金剛石鐲子。那過程的迅疾便和偵探出其不意地給犯人套上手銬一般。薇龍嚇了一跳，一時說不出話，只管把手去解那鐲子，偏偏黑暗中摸不到那門筍的機括。她急了，便使勁去抹那鐲子……[9]

在梁太太勸說下，薇龍一時無法退回這鐲子。她當然清楚這鐲子的意義：「一晃就是三個月，穿也穿了，吃也吃了，玩也玩了，交際場中，也小小的有了點名了。普通一般女孩子們所憧憬着的一切，都嘗試到了。天下有這麼便宜的事麼？」薇龍知道：「唯一的推卻的方法是離開了這兒。」薇龍也知道：「三個月的工夫，她對於這裏的生活已經上了癮了。她要離開這兒，只能找一個闊人，嫁了他。」從薇龍開始，後來張愛玲筆下有過很多這樣的女人，將嫁人作為「職業」和「事業」。作家不僅加以嘲諷，也試圖給予理解。要嫁人，「找一個有錢的，同時又合意的丈夫，幾乎是不可能的事。單找一個有錢的罷，梁太太就是個榜樣」。不能說薇龍沒做掙扎，她至少拒絕了梁太太（也是鳳喜）的道路，她寧可在「愛」字上冒險，正是司徒協那副手鐲，逼得薇龍迅速改變了對喬琪的態度，從謹慎暗戀，到期待婚嫁。這是第三次，也是非常關鍵的一次選擇。

但薇龍很快（約會當晚）發現了喬琪的為人。愛的理想雖崩潰，征服慾卻仍在繼續膨脹。她想回上海，又生了場病。梁太太已將她的生活要求提得那麼高，喬琪又已將她的情感自信心壓到那麼低。回去？還是留下？這是第四次。也是最後一次選擇。為了抓住（嫁給）喬琪，薇龍最終還是需要（而且不斷需要）司徒協的「手鐲」。從此以後，「薇龍這個人就等於賣了給梁太太和喬琪喬，整天忙着，不是替喬琪弄錢，就是替梁太太弄人」。小說到此為止，再沒有繼續寫交際花薇龍的生活之苦及可能有的悲慘結局[10]。

陳白露墮落的前因不明，鳳喜則只是貪錢，而張愛玲卻為葛薇龍的沉淪設計了如此充足的理由，四次選擇，前三個都不無合理之處，自然而然，卻導向了第四步的荒唐。同一個故事，《日出》着重寫純潔女人的無辜與厄運，所以符合（而且代表了）要求社會變革的二十世紀三十年代主流意識形態。《啼笑因緣》突出下層女子的道德缺點，所以既滿足也勸誡了小市民的虛榮夢（作品裏的絕大多數人，都有資格關心、幫助、拯救和評判鳳喜）。《第一爐香》解析的是女人（乃至人性中）更普遍的弱點，所以在抽象層面，顯示了人受虛榮、情感支配無法解脫；在歷史層面，則表達了對都會小市民（尤其是女人）生態心態的理解和同情。薇龍的前三次選擇，是否也可能是一般人的選擇呢？小說不是多次強調葛薇龍是個「普通」的女孩子嗎？而且，值得特別留意的是，她是「一個極普通的上海女孩子」。

二

三部作品都和二十世紀三四十年代的上海有關。但又都不完全在寫上海。

《日出》通常會給人一個描寫三十年代上海十里洋場的印象。這裏有兩個原因：第一是因為《日出》第一幕最初（1936 年 6 月）在上海《文季月刊》[11] 上發表時，方達生提到過要離開上海「這個地方」。第二是因為這齣戲最早（1937 年 2 月）是由歐陽予倩執導在上海卡爾登大戲院公演的[12]，戲中佈置與戲院外南京路（公共租界「大馬路」）街景頗相似。然而實際上，《日出》並非寫於上海，曹禺以前也沒有在上海長期住過，只在 1934 年夏來上海作過一次短暫旅行（他花了很多時間流連往返「大世界」和四馬路，觀察、同情街邊的妓女，臨離滬時對女友說「我要寫一部戲，抒發一下」）[13]。曹禺晚年追憶說，當時在上海自殺的「阮玲玉是觸發寫《日出》的一個因素」[14]。《日出》在《文季月刊》連載後，於同年 11 月由上海文化生活出版社出單行本。可是單行本裏已無「上海」字樣，《日出》成了一出可以在任何中國沿海商埠發生的故事。我們當然可以從技術原因上去解釋這一改動，據田本相和俞健萌、曹樹鈞的兩本《曹禺傳》，《日出》是 1936 年夏曹禺在靳以的不斷催稿聲中趕寫而成的，寫一幕發表一幕。所以很有可能在寫第一幕時，曹禺為揭露那「損不足以奉有餘」的社會形態，選擇了十里洋場——他認為是當時中國最黑暗腐化的地方下筆。可是他對上海了解有限，寫作過程中不得不用一些北方的細節（比如窗外工人唱的北方調子，第三幕裏的北方窰子等），因此全劇完成後，作者要把背景弄「虛」一點，像上海，又不一定是。

歐陽予倩等人在初排《日出》時，大概也感到了第三幕的北方風味與全劇的氣氛背景不協調，所以就索性刪去了第三幕。為此曹禺十分激動和不滿，不惜「頂撞」中國話劇運動的前輩，在北京的《大公報》上刊出萬字長文《我如何寫〈日出〉》（即《日出・跋》），強調第三幕的重要性——

> 《日出》不演則已，演了，第三幕無論如何應該有。挖了它，等於挖去《日出》的心臟，任它慘亡……[15]

言重至此，原因何在？細讀《日出》，我們看到大凡與都市生活有關的道具、佈景、台詞、動作，都是腐化墮落和醜惡的象徵。比如第一幕介紹陳白露所住的旅館休息廳，「屋內一切陳設俱是畸形的……牆上掛着幾張很荒唐的裸體畫片……圓形小几嵌着一層一層玻璃，放些……西洋人形、米老鼠之類」。而且這一切均見不得陽光：「窗前的黃幔幕垂下來，屋內的陳設看不十分清晰，一切醜惡和淩亂還藏在黑暗裏。」這一個背景，貫穿了第一、二、四幕，即上海初演《日出》的全場。這洋場背景，便是陳白露墮落的原因。倘要表現主人公善良可愛依然純真，那就只有靠自然的霜花，以及窗外清涼的風或隱隱存在的「日出」。作品反復強調「這個地方」墮落，並美化鄉村和自然作為反襯，雖然曹禺揭示「社會悲劇」的意識形態框架頗似《子夜》，但這種以鄉村、大自然為「武器」批判現代西化都市文明的態度卻很合沈從文的口味（難怪《日出》在《大公報》得獎時能同時得到茅盾和沈從文的欣賞）[16]。批判十里洋場需要支點，單靠霜花空氣等畢竟太抽象空洞，這就是為甚麼曹禺一定要第三幕的原因。第三幕寫的是一個北方妓院，嵌在《日出》的洋場背景，在情節上直觀展示了陳白露生活的恐怖性，在氣氛上更構成了一種北方樸素道德（「翠喜有一顆金子般的心」—— 曹禺）與南方世（市）風淫靡淪喪的對照。不僅在道具、佈景、色彩上是個對比，甚至台詞語言上，翠喜的北方俚語也構成對張喬治、潘月亭洋腔洋調的一種平衡。同樣是舞女、美酒、香水、摩天樓，同時代的劉吶鷗、穆時英是欣賞玩味，甚至茅盾，在批判中亦不無迷戀。曹禺到底不是「海派」，所以他一定需要翠喜、小東西才能完成《日出》的內在平衡。

倘說《日出》是京派文人寫上海又批判上海，那麼《啼笑因緣》便是鴛鴦蝴蝶派大師為了上海讀者而寫北平了。《啼笑因緣》在某種意義上是由作家、編輯、評論家和讀者「共創」的 —— 這是一個通俗文學如何尊重讀者的典型例子。1929 年 5 月，上海《新聞報》副刊《快活林》主編嚴獨鶴赴京認識了張恨水，當場約稿，第一個要求便是「上海市民要看武俠」。這便是小說中三個女主角之一關秀姑的來由。而作為情節主線的鳳喜的故事，其實來自當時一段社會新聞。一位張恨水喜歡的地方戲演員高翠蘭被當地一個軍閥旅長搶走了，社會輿論紛紛譴責該旅長橫蠻，但張恨水私下卻表示：如果高翠蘭一點都看不上旅長，旅長何以動念搶她？不久人們果然看到兩人愉快地拍結婚照。[17]

顯然這段素材的人性和社會意義太曲折複雜，所以張恨水將它改造成常見的「逼良為娼」模式。不過其中鳳喜墮落的最關鍵處，如前所引，已經滲入了高翠蘭（準確地說，是張恨水所理解的高翠蘭）的影子。正是這稍稍超出讀者期待的微妙改動，使《啼笑因緣》中鳳喜的遭遇，有別於「貞女不屈維繫世風」和「女人無辜社會有罪」的新舊俗套。不過，嚴獨鶴再三叮囑說「上海人要看噱頭」，單是俠女加「逼良為娼」還是不夠。在與上海來的朋友左笑鴻反復商量後，張恨水設計了何麗娜這第三個女主角。何乃富家小姐，擅長交際，喜歡跳舞，自己開車，每天需要昂貴的鮮花，但又知書達禮、人情練達、性格溫和。在癡情於樊家樹後更願意戒虛榮耐清苦。小說描寫何麗娜與沈鳳喜相貌酷似，這一特意安排的細節構成了不少情節上的巧合和誤會，更象徵着小市民女人的兩面性格：同樣是美麗和虛榮，可以走向貪財進而道德迷失，也可以有節制地享受都市物質生活和現代男歡女愛而不失道德分寸。在懲罰了沈鳳喜的金錢夢後，何麗娜的生活方式及風度便不失為上海市民讀者的一種理想了。《啼笑因緣》也是邊連載邊創作的，從嚴獨鶴那裏回饋而來的上海讀者的意見，也「參預」着張恨水的寫作過程。等到 1930 年秋他去上海和三友出版社及明星電影公司簽合同時，市民仍每天排隊買《新聞報》以期望先睹小說情節的發展，看樊家樹到底在三個女子之間如何做選擇。最後，俠女雖忠勇卻被敬而遠之；鳳喜雖嬌美終因失足而發瘋；唯有漂亮富有又善解人意的何麗娜，與男主人公越來越接近……我有時想，假如《啼笑因緣》當初是在北京的報上連載，結局是否會有所不同？

同《啼笑因緣》為了上海讀者而寫北平的情況相似，《第一爐香》也是為了上海人而寫香港。張愛玲自己說過：「我為上海人寫了一本香港傳奇……寫它的時候，無時無刻不想到上海人，因為我是試着用上海人的觀點來察看香港的。只有上海人能夠懂得我的文不達意的地方。」[18]

我理解這裏所謂「上海人的觀點」，至少包括道德口味、異國情調和都市意象三個層次。

《第一爐香》的「上海人」的道德口味，是比較靈活通達但又不失原則的。一方面，女人喜歡好衣服順理成章，為了求學費也不妨小做犧牲；但另一方面，「上海」在《第一爐香》裏又是道德尺度和「家」的象徵。葛薇龍一覺得有墮落的危險，便立刻想到回上海，「在老家生了病，房裏不會像這麼堆滿了朋友送的花，可是在她的回憶中，比花還美麗的，有一種玻璃球，是父親書桌上用來鎮紙的，家裏人給她捏着，冰那火燙的手。……那球抓在手裏很沉。想起它，便使她想起人生中一切厚實的，靠得住的東西……」在這個時刻，上海成了厚實、可靠和溫暖的象徵——中國現代文學作品裏，像這樣的時刻並不多見。

「上海人的觀點」的第二層意義便是異國情調。由於當時的上海是比香港更發達更現代化的大都市，所以讀者尋找的「異國情調」，首先並不是西洋景摩天樓和現代氛圍，而是奇特的中西文化混雜，具體地說，便是受殖民統治的香港的東方情調。在上海女孩子薇龍眼裏，梁家豪宅的客廳「裏面是立體化的西式佈置」，可「爐台上陳列着翡翠鼻煙壺與象牙觀音像，沙發前圍着斑竹小屏風」，小說還特別描寫女主人公身上那「別致的校服翠藍竹布衫，長齊膝蓋，下面是窄窄褲腳管，還是清朝末年的款式」，言下之意，頗有不滿：「把女學生打扮得像賽金花模樣，那也是香港當局取悅於歐美遊客的種種設施之一。」更明顯的找尋「異國情調」的例子是梁太太的園會。雖然一派英國作風，《夏日最後的玫瑰》伴唱，草地上卻「遍植五尺來高福字大燈籠，黃昏時點上了火，影影綽綽的，正像好萊塢拍攝《清宮秘史》時不可少的道具」。這裏的「異國情調」至少是雙重的：西方人在香港找到「偽東方」，上海人在香港看到「偽西方」。

「上海人的觀點」背後是都市文化，在《第一爐香》裏表現為一種混淆人工與自然界線、將生活戲劇化的「都市意象」。張愛玲關於都市文化有一個觀點：「像我們這樣生長在都市文化中的人，總是先看海的圖畫，後看見海；先讀到愛情小說，後知道愛；我們對於生活的體驗往往是第二輪的，借助於人為的戲劇，因此在生活與生活的戲劇化之間很難劃界。」[19] 這種「生活的戲劇化」正是張愛玲小說意象的重要特點之一。在《第一爐香》裏，上海眼光看香港，當然注意山水景色。但葛薇龍也是先看慣了海的圖畫，現在才看到海。當她面對山水風景情緒激動時，大自然就會扭曲成人工製品：

> （太陽偏西後的半山），大紅大紫，金絲交錯，熱鬧非凡，倒像雪茄煙盒上的商標畫。[20]（着重號係筆者所加，下同）
>
> 梁家那白屋子黏黏地融化在白霧裏，只看見綠玻璃窗裏晃動着燈光，綠幽幽的，一方一方，像薄荷酒裏的冰塊[21]。

通常的文學比喻，都是從人的主體方位出發，由我及他，由近及遠，由室內到室外，由人工到自然。簡單如「女人像花（一樣美麗）」，繁複如「丁香空結雨中愁」（李後主）。可是在葛薇龍（張愛玲）眼裏——

> 月亮才上來，黃黃的，像玉色緞子上，刺繡時彈落了一點香灰，燒糊了一小片。[22]

中午的太陽輝煌地照着，天卻是金屬品的冷冷的白色，像刀子一般割痛了眼睛。[23]

天完全黑了，整個的世界像一張灰色的聖誕卡片，一切都是影影綽綽的……[24]

所有這些意象都是「逆向」營造的：半山、白霧、月亮、天空及世界成了本體，雪茄煙盒商標、薄荷酒裏的冰塊、緞子上的香灰、金屬品以及聖誕卡成了喻體。從《第一爐香》開始，《傳奇》裏到處都是這類將自然人工化，將環境物品化，將世界裝飾化的絕妙意象。精緻如《金鎖記》開篇：「三十年前的月亮……像朵雲軒信箋上落了一滴淚珠，陳舊而迷糊。」[25] 尖刻如七巧形容其媳婦的厚嘴唇：「切切倒有一大碟子。」[26] 傳神如佟振保迷惘地看街景：「風吹着的兩片落葉踏拉踏拉彷彿沒人穿的破鞋，自己走上一程子……」[27] 雋永如《茉莉香片》裏的核心意象：「她是繡在屏風上的鳥 —— 悒鬱的紫色緞子屏風上，織金雲朵裏的一隻白鳥。」[28]「女人」像「鳥」—— 看上去回到了常見的普通的象徵秩序，然而這「鳥」，又是人造的，張愛玲這麼喜歡用人工世界形容自然世界且刻意混淆兩者界線，既體現她本人對室內物品的細緻持久的特別興趣，也顯示了她對都市環境城市情調的美學理解，更滲透了「歸根究底，甚麼是真的？甚麼是假的？」[29] 的哲理疑惑。所有這些張愛玲式的獨特意象，不僅要在燈紅酒綠的背景裏才能創造，而且也要在嘈雜市聲的氛圍裏才能欣賞。這是否可以說明為甚麼張愛玲一離開四十年代的上海，其作品就失卻了那令人壓抑的魅力？同時也可能解釋為甚麼在比較物化的都市，如上海、香港、台北，她的作品特別流行。而且 —— 幸與不幸 —— 隨着中國越來越都市化，環境越來越「物化」，張愛玲早期的小說，也許會有更多的讀者。

三

「五四」文學中的愛情故事有若干模式。一是「書生拯救風塵女子」，如郁達夫的《迷羊》、曹禺的《日出》；二是「書生『創造』新女性」，如魯迅的《傷逝》、葉聖陶的《倪煥之》、茅盾的《創造》以及鴛鴦蝴蝶派的《啼笑因緣》；三是「書生為純潔女人所救（情慾淨化）」，如郁達夫的《春風沉醉的晚上》《遲桂花》，施蟄存的《梅雨之夕》等。

書生與風塵女子的模式在中國文學中歷史悠久，在「文革」後仍有可觀的發展。但在二十世紀二三十年代，這些書生男主角的拯救努力多以失敗告終。《迷羊》的女主角最後不告而辭，說是為了男主人公的身體，其實是男主人公無法改變她的命運。方達生想感化、拯救陳白露的慾望和責任毫不遜色於自《李娃傳》以來的他的許多前人。然而他也救不了白露，只是提醒她發現自身的痛苦。在《日出》裏，方的功能主要是一個代表「五四」知識分子的視角（陳白露花錢租最好的房間，只是為了讓方達生「看看這個地方」）。在《雷雨》和巴金的《家》裏，也都有類似想救下層女子（四鳳、鳴鳳）而不成的熱血新潮的青年。不過周沖、覺慧見證的是舊傳統的衰落，方達生批判的是現代西化都市的腐敗。當真從男女情愛角度看，這些書生主人公其實都不太了解他們所要救的女人。

第二類模式中的男主人公，與第一類相似，也是自上而下俯視他們所愛的女人——區別是，第一種女人已淪落風塵，第二種女人可從舊家庭或不自主婚姻中逃脫出來。女人在這裏，主要不是性愛對象，而是啟蒙、教育、感化的對象。子君在熱戀中睜大美麗的眼睛聽涓生講易蔔生、泰戈爾和雪萊，涓生便覺得中國的女性是有希望的。茅盾筆下的君實為了培養和「創造」理想的女性伴侶，便給嫻嫻安排各種應讀的西方學說課程。倪煥之所愛的女人，根本就是他的學生。這種啟蒙教育式的「愛」，頗能象徵「五四」知識分子想像中的他們與民眾的關係。然而這類書生「創造」新女性的故事從《傷逝》開始也大都以失敗告終。經濟的困頓、生活的平淡，使子君醉心於油雞和阿隨，使倪煥之的女學生在婚後變得平庸俗氣。陳白露從前那段失敗的婚姻，是「傷逝」意念的一次文本移植。在茅盾的《創造》裏，女主人公更沿着男人啟蒙的方向走向激進，進而超越並拋離了丈夫兼導師。《啼笑因緣》是寫給不同類型的讀者看的，可是男主人公卻也頗具「五四」啟蒙精神（張恨水是民國鴛鴦蝴蝶派作家中最焦急追趕時代潮流的一個，他的《啼笑因緣·自序》便以白話寫成）。貧窮的賣唱女沈鳳喜與富家小姐何麗娜面容相似，都很嬌美，何以樊家樹會先愛上前者呢？（張恨水的第二個太太就是他從孤兒院裏救出來的，後來生活並不愉快，第三房倒是名門閨秀。）這裏是否也有一個「五四男人」的心理習慣：一定要拯救、感化、啟蒙、教育並「創造」自己所愛的女人呢？或者反過來說，同情、可憐、感化、啟蒙、教育、創造、拯救……這些就是「愛」的方式和內容。有意思的是，樊家樹的啟蒙也和涓生、倪煥之、君實一樣失敗。而失敗的原因更平庸些：樊家樹一開始就用錢來幫助鳳喜（及其全家），後來鳳喜便去追求更多的錢了。

在郁達夫、施蟄存等作家筆下有另一類書生，他們陷在自身的精神苦悶中，突然遇上一個玉潔冰清的女人。這類男主人公的苦悶，可以是憂國憂民而不得後的抑鬱，可以是懷才不遇或家庭煩擾，也可以是自己都不覺察的情慾苦悶。他們也會以同情、幫助的姿態去接近那些女人（了解女工工作情況、借傘遮雨過街……），接近時他們也會有衝動，但最後，也許那些女人太純潔太自然或太有分寸，他們都能夠克制乃至淨化自己的情慾苦悶，達到一種新的心理平衡。顯然，女人在這種偶遇中心裏想些甚麼對主人公來說似乎不很重要。是否她在期待，是否她很害怕，是否她別有所圖，讀者也不清楚。小說的中心始終是男主人公的情慾，感覺與潛意識之間的波瀾。這時書生面對女人，猶如面對山水，一切都是主觀情緒的對象化。

所以，以上三種愛情小說模式有兩個基本的共同點：第一是男主人公身份固定：一定是知識分子，一定是青年，一定接受了「五四」新潮，一定性格柔弱多愁善感；第二是女主人公的品格固定：無論是已出入風月場中（《日出》）還是反叛傳統家庭（《傷逝》），無論是煙廠女工（《春風沉醉的晚上》）還是名門閨秀（《遲桂花》），這些女人都必定是面貌玉潔性情冰清，否則，她們怎麼值得被救？怎麼可能被「創造」？怎麼能夠幫助男主人公達到情慾淨化的境界？

在回顧「五四」愛情小說的這一背景後，我們才會看到張愛玲筆下的女性世界的文學史意義。葛薇龍的故事，有意無意地改寫了陳白露的「前半生」，這會使所有的方達生們感到困惑和掃興：難道竹均當年變成白露，在某種程度上可能是自願的選擇？難道她除了自殺或回鄉以外，還可能有別的很多出路，比如找到平庸的幸福（如白流蘇）或挽留那「千瘡百孔的感情」（如《留情》裏的敦鳳）？難道「五四」知識分子所要拯救所要創造的玉潔冰清的女人，心裏想的卻是那麼現實的問題：衣服上的花邊、鏡子裏的倩影、畢業後的工資、嫁甚麼樣的人、如何找房子、如何找女傭……更重要的是，難道白露、薇龍的墮落，不僅僅是由於社會制度的罪惡，也不僅僅是因為主人公一時的道德錯誤，而是基於某種更普遍的人性弱點（虛榮），這樣說來，即使社會制度天翻地覆，白露與薇龍的故事仍會延續？

「五四」愛情小說中的女性形象，或是被拯救被啟蒙的對象，或是協助男主人公平衡精神危機的媒介，她們自身的心理慾望反而很少得到重視。在這個意義上，張愛玲改寫女人墮落的故事，可以說是對四十年代已成為文壇主流的「五四」意識形態的一種挑戰。在回答傅雷的批評時，張愛玲表白過何以她不能和當時大多數的作家保持一致：

> 我發現弄文學的人向來是注重人生飛揚的一面，而忽視人生安穩的一面。其實，後者正是前者的底子。又如，他們多是注重人生的鬥爭，而忽略和諧的一面。其實，人是為了要求和諧的一面才鬥爭的。
>
> 強調人生飛揚的一面，多少有點超人的氣質。超人是生在一個時代裏的。而人生安穩的一面則有着永恆的意味，雖然這種安穩常是不安全的，而且每隔多少時候就要破壞一次，但仍然是永恆的。它存在於一切時代。它是人的神性，也可以說是婦人性。[30]

在張愛玲看來，「五四文學主流」[31] 是歌頌超人的，而她則更關心常人。不同於「五四」小說表現「飛揚」而美化（也虛化）女性形象，也有別於莎菲女士式的表現女性的飛揚，張愛玲把她的女主人公（薇龍、流蘇、敦鳳、七巧）放回更現實的日常生活層次，讓她們終日沉迷或算計衣服、房子、錢、首飾……同時也將筆觸探至「婦人性」與人性的普遍弱點：情慾、嫉妒、虛榮、瘋狂……用《張愛玲傳》的作者余斌的一句話概括就是：「在《傳奇》中，普遍的人性凝定在普通人的身上。」[32]

關於張愛玲的作品涉及「人性的普遍弱點」，海內外學者已有不少研究。[33] 但對於張愛玲筆下這「普通人」的身份，論者不多。其實張愛玲所寫的就是「大都市裏的小市民」。大概沒有哪個嚴肅的現代作家

（甚至張恨水）會像張愛玲這樣主動站出來「標榜」自己是「小市民」：

眠思夢想地計劃着一件衣裳，臨到買的時候還得再三考慮着，那考慮的過程，於痛苦中也有着喜悅。錢太多了，就用不着考慮了；完全沒有錢，也用不着考慮了。我這種拘拘束束的苦樂是屬於小資產階級的。每一次看到「小市民」的字樣我就局促地想到自己，彷彿胸前佩着這樣的紅綢字條。[34]

這裏的「紅綢字條」，是個反諷的象徵。局促感則來自主流意識形態的壓力。「小資產階級」是個外來的政治概念。整個社會都在忙於看「完全沒有錢」的人與「錢太多了」的人作鬥爭，張愛玲卻注意到了介乎兩者之間的人們的重要性。「五四」文學寫得最多最出色的，是知識分子（革命先鋒）和農民（革命主力）。小市民們向來只有張恨水等才會念及。偏偏張愛玲覺得「張恨水的理想可以代表一般人的理想」。張愛玲執着於寫小市民，不僅是批判她（他）們的虛榮軟弱，更是認同、肯定她（他）們的日常生活慾望的合理性。（背後其實還有對社會、國家的發展趨勢的思考？不妨讀讀在《傳奇》這本小說集中押後的唯一一篇散文《中國的日夜》。）張愛玲對所謂大歷史是有自己的看法的，她對「五四」啟蒙的方式和後果一直頗有微詞。在散文《談音樂》裏，張愛玲又一次以實擬虛，以五四運動來形容她所不喜歡、敬而遠之的交響音樂，結果卻輕描淡寫地道出了李澤厚、林毓生幾十年以後才討論的「五四」啟蒙的缺陷問題：

大規模的交響樂……浩浩蕩蕩五四運動一般地沖了來，把每一個人的聲音都變了它的聲音，前後左右呼嘯嘁嚓的都是自己的聲音，人一開口就震驚於自己的聲音的深宏遠大，又像在初睡醒的時候聽見人向你說話，不大知道是自己說的還是人家說的，感到模糊的恐怖。[35]

其實在五四初期中國也還是有多種聲音的，只是在經過三十年代的日趨左傾且越來越「主流」化以後，「五四」才使張愛玲感到被聲音（話語）包圍的壓力。這種壓力伴隨在種種現代中文的語言敍述模式中，遠不是淪陷區等特殊環境所能完全切斷隔開的。夏志清認為張愛玲的風格是在「不受左派理論的影響」的特殊環境下「安心培養」出來的，其創作「絕對不受左派小說模式的影響」（She is absolutely uninfluenced by the leftist modes of Chinese fiction…）[36]。但如果我們不僅僅將「影響」狹義地理解為「模仿」「跟隨」「受指導」，同時也包括「刺激」「干擾」「制約」「對話」「挑戰」等因素，夏志清這一後來為很多人複述的觀點其實不無可商榷之處。《傳奇》一書，十之八九是寫男女情愛兩性戰爭。在四十年代動筆寫這類故事，張愛玲無法不正視已經深入人心的同類故事的「五四」主流寫法（如《日出》）以及鴛鴦蝴蝶派（如《啼笑因緣》）。任何新的創作，都必須面對已有作品的「壓力」。在某種意義上，創作，便是作家與作家之間就某個共同關心的故事而展開的「對話」。當張愛玲借用張恨水的某些方法來改寫《日出》模式時（其結果便是發表在鴛鴦蝴蝶派雜誌《紫羅蘭》上的《第一爐香》立刻被主流作家柯靈等看中），張愛玲有意無意將自己置身於與「五四」主流文學（以及三十年代左翼模式）的緊張對話關係之中。這種挑戰多於承襲的緊張的對話關係，也許正是張氏作品的文學史價值所在。

張愛玲筆下的女人，如前所述，打破了「五四」作家所創造的等待被啟蒙被拯救的「娜拉出走」模式。相比之下，張愛玲作品裏的男人，卻更多一些「五四風采」。余斌在他的《張愛玲傳》中認為張愛玲擅寫舊式好男人：

> 「只要他在舊文化的背景下出現，只要他在某種程度上負荷着所謂傳統的分量，張愛玲的筆觸立時顯得沉穩有力，不浮不亂。只要將佟振保、米晶堯與喬琪、范柳原作比較，就可以證明上面的判斷。」
>
> 喬和范「在各自的故事中都是所謂男主人公，出現的機會也不少，但作者始終不能……進入他們的內心世界。當她希望在浪子的特點以外從他們身上找到一點更為結實的東西以豐富人物形象時，人物形象反而模糊了 —— 他們始終是影影綽綽的影子。」[37]

其實，范柳原和喬琪喬還是不同的。嚴格區分，張愛玲筆下的男人至少有三類（尚不包括那些沒有直接捲入愛情遊戲的角色，如《茉莉香片》中的弟弟等）。一類是「好人」型，如《紅玫瑰與白玫瑰》裏的佟振保，《封鎖》裏的呂宗楨等，他們既陷於情慾衝動又困於道德顧忌，稍有機會便進攻女性，卻終念及「朋友妻不可欺」而放棄做「真人」，只能在特殊時空下一窺自己的慾望（如在「封鎖」期間與同車少女談婚論嫁，解禁後仍然用報紙包着包子回家）。第二類男人是「浪子」，如《金鎖記》裏的季澤和《第一爐香》裏的喬琪喬。他們進攻女性技巧高超，不乏溫情，但缺乏責任感且無廉恥。沒有任何民族—國家語言的託詞，喬琪喬只許諾薇龍「純粹的快樂」。而薇龍被吸引，也既非憐愛書生亦非貪圖富貴，而只是純粹「想去吻他的腦後的短頭髮」。這「一種近於母性愛的反應」，很像莎菲當年為小孩要糖果般渴望一吻淩吉士，非文化、政治、經濟理由所能解釋，這真的無藥可救。

但假如薇龍像七巧對季澤那樣，抑制、消滅自己的慾望呢？張愛玲告訴我們那後果會更慘，終生身心失調且會加害他人。值得注意的是第三類男人，「才子」加「公子」型。范柳原大概是「才子」與「公子」雙重身份的典型代表。在張愛玲小說裏，一個再三出現的佈局是有華僑身份留學歸來的新潮男人與中國舊式家庭的小姐談戀愛。范柳原、童世舫(《金鎖記》)等也都像「五四」文人般認真地企圖感化、啟蒙他們所愛的外貌雖「玉潔」內心並不一定「冰清」的女人。這種有錢的「五四」書生與美貌的小市民女人之間常常不能溝通卻又十分融洽的纏綿對話，是張愛玲非常樂意描寫且駕輕就熟的。在象徵層面上，這種對話更帶出意味深長的問號：這是經受西方文化洗禮後的留學生在幫助、拯救困於中式傳統的弱女子呢，還是洋裝的花花公子趁火打劫欺負中國的處女(長安)和寡婦(流蘇)？這是人文主義的(性)啟蒙呢，還是殖民主義的(性)侵略？

范柳原也喜歡讀詩，但不是《沉淪》主角喜歡的華爾華茲，而是背誦《詩經》。他也渴望自然山水、破垣斷壁乃至「地老天荒」，也想通過女人尋找中國夢。童世舫亦不無「五四」書生氣，滿心期望幫長安離開舊式家庭。不過張愛玲的男主人公通常不像郁達夫或其他「五四」作家筆下的書生們那樣「窮」——這是一個極重要極關鍵的改動。書生不窮，所以范柳原他們就不再持有激進革命的政治立場(莎菲當年就因淩吉士喜歡打網球、辯論會、留學哈佛等中產階級趣味，而唾棄了這位曾引起她情慾的南洋華僑)。書生不窮，他的「反常」的情慾苦悶，如出入風月場、偷窺、婚外情、變態趣味等，也就較難被解釋成「反叛社會的畸形方式」或「憂國憂民曲折表現」了。「五四」主流文學倘描寫男人的性進攻姿態，一般是負面處理且視乎身份的。如是下層民眾，行為多愚笨可笑，如阿Q向吳媽求愛，《春蠶》裏多多頭捏女人大腿，或《蕭蕭》裏花狗的行徑。如是官紳老闆，則多是淫蕩罪惡，如吳蓀甫強姦女傭，趙伯韜玩弄馮眉卿之女，又如克安、克定、潘月亭、胡四、張喬治等。但如果主人公是窮書生且憂國憂民，那他的性苦悶就值得同情渲染了。男性對女性的性的進攻姿態，需要借助民族—國家語言和啟蒙救國使命，才能「理直氣壯」起來，這並不是郁達夫等少數作家作品裏的罕見情況——覺慧對鳴鳳、倪煥之對他的女學生、蕭澗秋（柔石《早春二月》）對寡婦、涓生對子君……《日出》其實是最好的例子：全劇中幾乎所有男人，如果進攻白露都是一種淫蕩，只有方達生是個例外。

就像方達生在白露華麗的客廳裏想尋找純真樸素自然的「竹均夢」一樣，范柳原在上海舞會上與白流蘇一見鍾情，也把流蘇想像成純樸的中國女人。他「理解」同情流蘇在舊式家庭和傳統禮教下的困境，企圖救流蘇離開上海，再希望流蘇離開香港去馬來亞叢林，以便真正回歸自然……然而與所有這些或真心或扮演的書生夢才子氣無關，流蘇關心的是范公子的錢。最後由於戰爭的契機兩人結婚，但這是否意味着流蘇被范啟蒙改造成他夢想的純真樸素的中國女人呢？很成問題。范最後浪漫地「執子之手」，假如某日他真的窮極潦倒，上海美女白流蘇是否還會繼續在斷牆前聽他背《詩經》？在現實社會中，在象徵意義上，是否范白之戀才更像啟蒙者與市民之間的關係？

所以，因為張愛玲筆下的女人已經不同，她的男主角們，即使想學「五四」書生風度，也成了真情的演戲。在《日出》裏，觀眾可循方達生的目光看陳白露及十里洋場。在《啼笑因緣》裏，讀者可隨樊家樹的品味去選不同女性。但在張愛玲那裏，男主人公（儘管留學歸來見多識廣）對那些和他們「拖手」接吻做愛的女人的了解，還不如我們讀者多。男人在張愛玲作品裏，只是解釋對象，而非解釋視角。

但這不完全因為張愛玲是女作家。因為女作家（如丁玲）常把女主人公當作視角去選不同男人（背後通常是不同生活道路）。張愛玲筆下的來自舊家庭的小市民女人，也很少會成為讀者可以認同的觀察與敘述視角。

這就是為甚麼在炎櫻設計張愛玲激賞的《傳奇》增訂本封面上，居高臨下倚窗觀望室內中國舊式家庭風景的那個外來者，既非小說中屢屢闖入舊家庭的留洋男人，亦非作品裏想走出或已走出舊家庭的女主角，而是一個不成比例線條突兀面目空白的「抽象人」（留着通常是女性的髮型）。

本文的第一節，在比較《日出》《啼笑因緣》和《第一爐香》的敘述結構時，討論了同一故事所傳達的不同道德主題及意識形態內涵。第二節考察三篇作品的製作、流通和接受過程，又涉及了京、滬、港三種不同地域文化在中國現代文學中的不同色彩和角色。本節的主要話題是性別，男女之性與男女之爭，但性別問題迅速轉入有關「五四」的討論。「五四書生」，既是啟蒙者（人文），又有着男人的軀體（「精」神）。大概性別問題，從來就是一個文化政治問題。

英文初稿 1991 年寫於 UCLA；中文稿 1994 年寫於香港嶺南學院

發表於《文藝理論研究》1995 年第 6 期；收入《當代小說閱讀筆記》，上海：華東師範大學出版社，1997 年；亦收入《吶喊與流言》，上海：上海文藝出版社，2004 年。

1 曹禺：《日出》，上海：文化生活出版社，1936年。

2 曹禺：《日出》，引自《中國新文學大系1927—1937•戲劇集二》，上海：上海文藝出版社，頁174。

3 曹禺後來解釋過：「日出希望獻與觀眾的應是一個鮮血滴滴的印象，深深刻在人心裏也應為這『損不足以奉有餘』的社會形態。」見曹禺：《日出・跋》，引自《日出》，香港：東亞書局，1966年。

4 張恨水是當時唯一能同時在《新聞報》和《申報》上開專欄連載小說的作家。《啼笑因緣》和魯迅《申報・自由談》的稿酬是當時最高的（千字十元銀洋）。參見袁進：《鴛鴦蝴蝶派》，上海：上海書店，1994年。

5 張恨水：《啼笑因緣》，太原：北嶽文藝出版社，1994年，頁209。

6 張恨水：《作完〈啼笑因緣〉後的說話》，寫於1930年，引自《啼笑因緣》，太原：北嶽文藝出版社，1994年，頁12。

7 張愛玲：《沉香屑・第一爐香》，引自《回顧展II》，香港：皇冠出版社，1991年，頁191。

8 陳炳良教授在他的《〈第一爐香〉的主題與主角》一文中早就特別注意並反復引用「看看也好」這句獨白，因為它說明薇龍對「誘惑沒有加以抗拒」。見《張愛玲短篇小說論集》，台北：遠景出版公司，1983年，頁81。

9 張愛玲：《沉香屑・第一爐香》，引自《回顧展II》，香港：皇冠出版社，1991年，頁292。

10 女人為了金錢而跟隨男人，其結局在張愛玲筆下並不總是悲劇。張愛玲後來寫了《傾城之戀》式的「庸俗的幸福」，也寫了《留情》那樣的「千瘡百孔」的「愛」。當然，也有《金鎖記》式的徹底的瘋狂。傅雷（化名迅雨）的《論張愛玲的小說》，從「五四」反禮教的主流意識形態和傳統士大夫道德準則出發，只欣賞《金鎖記》的悲劇，而不能接受一個「墮落」女人所可能有的其他結局。

11 《中國新文學大系・戲劇集二》在收錄《日出》時注明作品原載《文學季刊》1936年第6、7、8、9月號，即第1卷第1、2、3、4期。其實這時《文學季刊》已改名《文季月刊》，由巴金、靳以主編。《文學季刊》在北京出版時曾發表過曹禺的《雷雨》。

12 卡爾登大戲院後改名為長江劇院，現已拆除。

13 見俞健萌、曹樹鈞：《曹禺》，北京：中國青年出版社，1990年，頁119。

14 「曹禺與田本相談話記錄」，1982年5月26日，見田本相：《曹禺傳》，北京：十月文藝出版社，1988年，頁176。

15 曹禺：《日出・跋》，引自《日出》，香港：東亞書局，1966年。

16 其實他們欣賞《日出》的理由是不同的。茅盾最注意作品的「中心軸 —— 就是金錢的勢力……這是半殖民地金融資本的縮影。將這樣的社會題材搬上舞台，以我所見，《日出》是第一回」。言下之意，在小說裏已有人寫過。沈從文關心的是技巧：稱道「全部劇本的組織，與人物恰如其分的刻畫」。引自田本相：《曹禺傳》，北京：十月文藝出版社，1988年，頁200。

17 見張明明：《回憶我的父親》，香港：廣角鏡出版社，1979年，頁23。

18 張愛玲：《到底是上海人》，《雜誌》月刊第11卷第5期，1943年8月。

19 張愛玲：《童言無忌》，《天地》月刊第7—8期，1944年5月。

20 張愛玲：《沉香屑・第一爐香》，引自《回顧展 II》，香港：皇冠出版社，1991 年，頁 271。

21 同上，頁 273

22 張愛玲：《沉香屑・第一爐香》，引自《回顧展 II》，香港：皇冠出版社，1991 年，頁 286。

23 同上，頁 307。

24 同上，頁 308。

25 張愛玲：《金鎖記》，引自《傾城之戀》，香港：皇冠出版社，1993 年，頁 140。

26 同上，頁 169。

27 張愛玲：《紅玫瑰與白玫瑰》，引自《傾城之戀》，香港：皇冠出版社，1993 年，頁 79。

28 張愛玲：《茉莉香片》，引自《回顧展 II》，香港：皇冠出版社，1991 年，頁 244。

29 張愛玲：《金鎖記》，引自《傾城之戀》，香港：皇冠出版社，1993 年，頁 164。

30 張愛玲：《自己的文章》，引自《流言》，香港：皇冠出版社，1991 年，頁 17—18。

31 「五四文學主流」在這裏是一個不確定的寬泛的概念，大致包括 20 年代啟蒙憂國的浪漫思潮及三十年代以後日趨激進的革命文學。很難劃分哪些作家作品屬於「主流」之列 —— 在張愛玲那裏，「五四」文學也永遠是一個模糊的存在。

32 余斌：《張愛玲傳》，海口：海南國際新聞出版中心，1993 年，頁 110。

33 如陳炳良曾指出：「表面看來，《第一爐香》是個貪圖享受、自甘墮落的故事。但作者似乎還隱藏有一個更有意義的主題在故事後面，那就是道德主題……作者就是要指出人的道德力量始終有限；同時，是相當脆弱的。」(《張愛玲短篇小說論集》，頁 91) 又如余斌也認為：「人的不能掌握自己的命運，這是張愛玲小說的潛在主題。」(《張愛玲傳》，頁 112)

34 張愛玲：《童言無忌》，引自《流言》。《童言無忌》這個題目說明張愛玲在表達自己的人文見解時有所顧忌，有一種去與「大人們」辯論的姿態。

35 張愛玲：《談音樂》，《苦竹》第 1 期，1944 年 11 月。

36 C.T. HSIA: *A History of Modern Chinese Fiction*, New Haven and London, Yale University Press, 1971, P.397.

37 余斌：《張愛玲傳》，海口：海南國際新聞出版中心，1993 年。

當代小說探索
與西方現代派文學影響

中國當代小說近年來出現了幾次與西方現代主義影響有關的文學探索。我覺得這種探索和影響，在不同時期有不同的表現形態：最初是中山裝式的「意識流」，後來有不少人穿上T恤衫、牛仔褲，背着吉他吟唱「孤獨」「荒誕」的主題，而最近，則出現了一批身着長衫腳踩泥土的「尋根者」……

每一次都是一個階段，但有交替有重合；連起來是一種過程，但遠沒有完成。

要說明「中山裝」的含義並不困難：儘管王蒙、茹志鵑，還有宗璞等作家率先在創作中借鑒了所謂「意識流」文體，大膽地採用了諸如時空切割、視角跳躍、潛意識獨白及強烈的扭曲變形等現代小說技巧，但實質上，貫穿他們作品的藝術中軸，還是對社會政治歷史的一種理性思考。他們絕沒有像詹姆斯·喬伊絲那樣全力探索人的非理性，他們也根本不願像普魯斯特那樣一味內省一味捕捉人的「黑暗的感覺」。他們所關注所探求所要表現的，說到底，還是幹部作風、幹羣關係、知識分子遭遇和中國革命性質等一系列現實的社會課題。透過朦朧的「夜的眼」和令人撲朔迷離的「雜色」，我們看到的不是一種「風雲三十年、故國八千里」的憂國憂民的灼熱表情嗎？在蝴蝶、蝸牛之類變態扭曲的意象線條下面，「我是誰呢？」還不是痛苦反省着的幹部和因反省而痛苦的知識分子？塊狀結構的散亂時空，是由理性剪切拼貼的（如《剪輯錯了的故事》《布禮》），增強人對現實的錯亂感顛倒感，目的仍然為了總結歷史教訓；網狀地飄忽彌漫的心緒，是由情感（而非潛意識）線索來串接統攝的（如《風箏飄帶》《海的夢》），種種眼花繚亂的聲、光、色、味效果，仍在提醒青年人：青春！理想！生活！信念！……曾有許多人一度對王蒙的「意識流」感到驚慌、詫異和迷亂，這大概是因為人們當時既不認識「意識流」也來不及細看王蒙吧。其實只要稍稍留神注意一下：張思遠化蝶與陳奐生上城，截然不同的角度、手法和色調，但藝術觸角、理性之光不都指向同一個焦點，即幹羣關係乃至革命性質的焦點嗎？漸漸地，人們終於或放心或不滿地發現，王蒙等人其實只是在技巧、手法的意義上接觸和借鑒某些西方現代派手法，至於「意識流」的心理學內涵和哲學依據，至於喬伊絲技法與佛洛德方法與柏格森觀念的血緣關係，背着沉重理性負荷和現實使命的中國作家一時是無暇、無法也不願去顧及的。時至今日，隨着「意識流熱」的過去，應該說現在人們已經有條件有可能把問題看得更清楚了（據我所知，理論界對這次文學探索的學術分析，迄今仍然不多）。我想，我們既應指出種種西方現代文學影響的痕跡，更應注意「中山裝」的革命精神實質，及其與新時期「反思」文學主題（更深一層，還有與「五四」文學「療救社會」的精神、與中國文人感時憂國的傳統）之間的聯繫；我們既不可忽略那些探索作品在形神之間若干美學意義上的裂縫、缺陷（後來許多青年作家都試圖消除這種裂縫），但我們更應看到王蒙等人的藝術實踐，是對中國當代小說的一種創新，一種美學格式、美學規範和美學視野的開拓（沒有他們篳路藍縷，無論張承志、張辛欣還是阿城，後來者的路將要更艱難得多）。

然而張辛欣們畢竟換了裝束。張承志即使還套着中山裝，至少風紀釦不扣了，有時甚至迎風開襟，凹凸出強健的肌肉甚至胸毛。《春之聲》被責難和掌聲同時包圍以後，小說界很快出現一大批年輕的模仿者，更有一大批年輕的挑戰者。挑戰的姿態自然導致超越的趨勢。同樣是意識的流動，他們更鬆弛，也更飄忽（如張辛欣《我們這個年紀的夢》）；同樣是「黑色幽默」，他們更尖刻，更不肯寬容（如曹冠龍《煤的狂想曲》）；同樣追求象徵效果，他們的意象更博大，也更虛空（如周立武《巨獸》）；同樣裁剪時空，他們把情節揉得更碎，拼貼得也更隨意更自然（如劉索拉《藍天綠海》）……總之，在「引進」和改造西方現代小說技巧時，挑戰者們表現得更勇敢，同時也更匆忙。這種勇敢與匆忙，便使得第二次外來影響，不僅僅限於「技巧」的層次，而是同時還有某些情調的感染和觀念的「橫移」。為這種現代情調和觀念而自我感動，探索者們便有意無意地以驚世駭俗的面目出現：於是，人們彷彿看到，他們一個個穿着牛仔褲、T 恤衫，以各自獨特的方式背着吉他，眉頭緊緊皺着，頭髮長而且亂，腳步也搖搖晃晃。關鍵是思想和美學的規範剛被打破，敏感的青年突然以藝術的目光正視自己帶血絲的情感，這使他們過度地焦灼、驚慌和茫然。他們的歌聲因過於真誠而嘶啞，天真和激動伴隨着刺耳的噪音；他們的面容因過於憤世嫉俗而憔悴，灰暗蒼白中又透出孤傲狷介。一旦遇到長輩的不滿和路人的側目，漲紅了的眼睛會立刻更加充血，煩躁與傷感也會更加故意趨向極端……

當然，這樣一些作品，在創作界從來不佔主流。但一出現，就立刻會引來爭議，泛起波瀾。妨礙這種探索深入發展的種種因素中，有苛求、責難和誤解，也有冷漠和盲目趨時的掌聲。在一段休止符號以後，我們注意到，這一創作傾向近來已有新的發展跡象，但大致仍然沿着數年前的軌跡 —— 色彩很「跳」的如劉索拉的小說《你別無選擇》

《藍天綠海》，文體流動，高於音樂感，其韻律，其情調，頗帶現代氣息；模樣「古怪」者如譚甫成的《荒原》，既具體又抽象地表現人、狗、自然三者關係，荒誕色彩中似乎更多一些哲理探索的意味。

相對而言，我以為劉索拉比譚甫成更成功一些。或許是情調、情緒的彈性更大，「橫移」中也更能滲透主體力量吧。藝術，總要根植於個性化的主體。在外來影響面前，其實我們所能借鑒的，至多只是宣泄情感與喚醒靈魂的方式，而不可能是情感和靈魂本身。東西方文學，各自受制約於不同的社會心理和文化背景，因此某些情緒和觀念，表層次地橫向流通，有時就會產生「落差」導致畸變。有個朋友談起過這樣的看法，她認為「嬉皮士」情調，在美國是相當平民化的情緒，一旦「進口」，似乎就可能顯得有某種「貴族氣息」，似乎非高等學府中人（最好還是攻美術習音樂的大學生）便難以享受孤獨的痛苦，而現代青年仿佛非放浪形骸、狂傲頹蕩不足以表達其心靈的嚴肅。

「孤獨」，根植於個性意識的覺醒和強化，但如果大家一起都來追求孤獨境界，內在動因裏是否又有着羣體意識？幾個青年人津津有味十分投機地湊在一起大談「人心不能相通」、「他人便是地獄」，在這幅場景裏，歸屬感與孤獨感是否在互相嘲諷？

然而，儘管如此，我還是很理解當代創作中某些看似偏激的孤傲情緒和荒誕色彩。因為我覺得，許多刺目的古怪油彩和帶有噪音的嘶啞歌聲，都不過是一種嚴肅追求的變態的表象而已，不過是一種反叛傳統的極端表現而已。在追求過程中被失落感籠罩時，張辛欣、劉索拉們的確也曾茫然四顧，憂鬱迷惘，仿佛在懷疑社會懷疑自我，然而事實上，她們從未動搖過對人的力量的信心和對人的尊嚴的崇尚——這就劃出了她們與卡夫卡、加繆的界線，也一下子溝通了她們的人道主義追求與新時期文學主流的聯繫。如果過於「恐新」，那就難免要將探索之作中的「怪誕」色調誤解成「反社會」姿態；倘若一味「迷新」，那就會一味捧上廉價的讚歎而事實上並不知其「妙」何在。這裏，責難與盛讚，皆源於恐慌。殊不知在盲目的恐慌中，「自己」才真的「失落」了呢——而劉索拉們卻恰恰是在提醒每個人，不要忘了自己的追求。

正當「牛仔褲、T 恤衫、百事可樂」類的作品在創作界引起軒然大波熱鬧非凡之時，另一種文學動向悄悄出現了：1983 年夏，《鍾山》發表了賈平凹的《商州初錄》。這篇重要作品直到一年多以後才得到強有力的呼應和聲援，那就是阿城的《棋王》（緊接着還有《樹王》《孩子王》），批評家們這才驚呼：「我久沒有看到這樣的文字了！」「這是怎樣一種小說啊？」此後，又有了王安憶的《小鮑莊》、韓少功的《爸爸爸》、鄭萬隆的《異鄉異聞》……於是，所謂「尋根熱」，已經或者說正在構成一種新的文學現象。這又是一次引人注目（恐怕也會引起爭議）的文學探索，而且又與外來影響不無關聯。和前兩次很不相同的是：探索者們，這次是穿着長衫腳踏黃土，或沉重或飄然，向人們走來的……

如果我們把文學世界看成是一個共時的系統，那麼每一種新的文學現象的出現，都可能（哪怕是極輕微地）鬆動和改變已有作品的位置，並導致對那些作品的重新審視。可以說，正是靠了阿城等人的幫助，我們才有可能將王蒙、張辛欣等人的探索描述成一個階段；反之，我們也只有在回顧當代小說所受到的一系列「現代主義」影響以後，才能更清楚地把握「尋根熱」的精神實質及其來龍去脈。

不滿，挑戰每每根植於對前行者的不滿。穿牛仔褲的人不滿中山裝的拘謹：「傳統負荷太沉重了」；着長衫者又不滿牛仔衣的飄忽：「我們對傳統重視不夠，甚至存在着斷層！」看似正反正，其實是否定之否定，沿着螺旋的軌跡。「尋根」者們，不僅一點也沒有拒絕橫向借鑒的意思，而且說來有趣，就連「尋根」這思路本身，也不無外來影響的痕跡。正是加西亞·瑪律克斯，在方法論上給困惑而又執着的探索者們以極重要的啟示：拉美文學，不是既接受歐洲現代主義影響，又深深根植於民族文化土壤嗎？將原始神話、社會激情與現代意識融為一體的「魔幻現實主義」不是又反過來影響世界文壇嗎？看來，文學要走向精深，面向世界，老是僵硬實用固然不行，一味橫向模仿也並非上策——許多中國青年作家，幾乎是不約而同地領悟到了這一點，於是，他們便不同方位地依據不同條件，紛紛開拓自己腳下的文化岩層。於是，莽林山寨、野樹枯藤、湘水黃土、大阪草甸，種種可驚可歌的鄉風土俗、民謠情歌，種種可歎可泣的祭祠械鬥、原始道德，還有泥土上含淚的波紋，還有石塊上鐵青的刀痕……一時間都進入了（但遠沒有充滿）文學的視野。這是復古嗎？瞧阿城，一口一個「半文化」，國粹派？還有韓少功，當初「飛過藍天」，何等英姿勃發，如今一味掘「根」……當我們理解了尋「根」者們的探索動因以後，類似的疑惑和責難自然會消除。尋「根」文學與外來影響之關係，不僅限於技巧借鑒，也不只是情調感染或觀念橫移，更重要的是藝術思維方式的某種啟發。「那麼，這就是現代派？」這種評判似是而非。的確，阿城參加過「星星」畫展，賈平凹也曾聲稱想尋找中國傳統美學與西方現代派之間的相通之處，可是，正如我在前面已經辨析過的那樣，在精神實質上，他們還是想強化個性意識而不是悲觀地懷疑人性，他們還是想承擔歷史負荷而不是與世疏離。有時甚至「拉開距離」的口號本身還是一種積極的「介入」呢！我想，只要雙腳堅實地站在自己的土壤上，就很難簡單複製西方意義上的「現代派」文學。可是，文學「如果陷在民俗學、歷史學、考古學裏面，會不會削弱其現實社會責任呢」？我相信，這種善意的擔心也會逐漸消除。因為，第一，作家們不是鑽進傳統，而是想開拓傳統，即使他們的筆已觸探到某些民俗學、民族史甚至直接撫摸陶器瓦罐，但進行觀照的理性之光、情感火焰依然來自受現實社會制約且跳動着當代時代脈搏的創作主體。我們看到，無論是阿城故事裏的遙遠山村，還是被王安憶解析的小鮑莊，或者賈平凹津津樂道的商州府，畫面中，時代氛圍似淡還濃；情致裏，當代意識更是強而有力。第二，說到底，尋「根」的探索也只是一種創作傾向而已，小說界的主流，還是關注改革的社會文學。如果社會文學也能增強一點民族文化意識和歷史感，探索文學則更主動地緊扣當代現實生活的變化發展節奏，那麼兩種文學傾向的相互滲透甚至融合也並不是沒有可能的。

從探索、實驗的角度看，我覺得尋「根」文學正在做以下三方面的努力。

首先還是在形式、技巧上尋找創新的突破口，而且他們從最根本的層次，即語言層次來研究技巧。中國新文學要發展，不能不進一步鑽研漢語言。一味模仿翻譯腔，一味擺弄長句頻繁分段或者只用句號甚至加黑體字廢棄標點符號，其結果可能是既傷了漢字的風骨又得不到福克納、海明威的神韻。正是以此為戒，賈平凹、阿城等人才有意回過頭去看漢文學散文傳統。結果，《商州初錄》幾乎創造了一種文體，《棋王》則鍛造了一種語言。前者似明清筆記又具有現代小說的屬性，不拘一格，自然灑脫；後者似清茶色淡味澀，質白裏藏着奇峭。後來阿城在《遍地風流》又對小說語言進一步作了立體雕刻。在既講故事又追求非情節化，既不動聲色又強化主觀色彩，既隨心所欲擺弄文體又高度重視結構等方面，他們的嘗試也都很引人注目。

其次，在尋找自己的文學形式的同時，探索者們的另一個美學追求，就是繼承魯迅批判「國民性」的傳統，進而企圖觸探普通國人心理深層的帶有民族或地域特點的「集體無意識」。作家們直覺地感到，國人（特別是農民）的心理行為方式，除受政治立場、社會利害和道德觀念制約外（這種制約當然也極重要），內心深處，似乎總還有某種既簡單又複雜的心理定式或精神習慣存在。難道這就是國人的魂？這裏有多少儒家禮教傳統？與神話等民族原始記憶關係如何？「國民性」具有文化形態嗎？又怎樣根植於生存本能？——作家們既不敢輕易下結論，也不敢無視這些嚴峻的課題。於是，他們便勇敢地（也可能是有些匆忙地）從各個角度進行探索：韓少功還是一貫的理性批判姿態，挖出了阿Q的惡性變種「丙崽」；鄭萬隆則激情洋溢，在北屋山民身上發現了強悍的血液；王安憶在冷峻解析小鮑莊村民心態時，更注意種種自然和社會的洪水下面的令人無法漠然的穩態潛流……觀察點越往下沉，觀照主體越需要能源，於是最後，作家們必然還要自己尋找哲學。這是尋「根」探索的第三個，同時恐怕也是最困難的一個層次。有人說《棋王》有道家氣味，但我更同意汪曾祺的說法，主人公「是悲壯的樂觀主義者」；漫步商州的賈平凹似乎比低吟「晚唱」時更達觀樂天了，可他對儒學文化仍有其獨特的審視；莫言說《透明的紅蘿蔔》裏有甚麼？是永恆的理想憧憬？還是永恆的生命力？永恆的慾望？而王安憶的客觀主義姿態究竟又有多少相對論的因素存在呢？……是的，作家們的理念也很朦朧，見解也不盡一致，但有一點卻是相通的，那就是大家都感到滲入文學中的哲學因素，不應是西方現代哲學的照搬，也必須有別於老莊或孔孟。現代意識只能根植於「我們的」現代生活。在這種意義上，我以為，哲學探索的慾望和哲理追求的過程恐怕比某種理念體系理論模型更為重要。這不是文學的觀念化，而是文學走向自身，走向精深博大。哲理追求的自覺意識，也決定了這批探索者今後的道路，更為寬廣，也更加崎嶇。

現代主義影響，實在是個缺乏外延的複雜概念。我們已經看到，中國作家往往是在其間各取所需各得所趣，並加以生發扭曲、改造乃至變形。我們無法否定上述幾次文學探索都和外來影響的刺激和衝擊有關，我們也必須指出這種影響和探索並沒有在中國導致一種西方意義的「現代派文學」。這在客觀上是由社會政治文化背景所決定的，主觀上也取決於作家們的嚴肅努力 —— 儘管借鑒了技巧，但「反思」的理性內核仍在；儘管感染了情調甚至橫移了觀念，但現代主義雜色下面還是人文主義底蘊和反封建反禮教反傳統的批判鋒芒；儘管想強化現代意識，但同時又深深根植於民族文化岩層。是的，歸根結底，我們的探索，是在中國的土壤上進行的。而且我們很幸運：率先正視西方現代主義影響的第一批探索者，恰恰是（恰恰嗎？）中國思想較敏銳（如王蒙）、情感較深沉（如茹志鵑）、功根較厚實（如宗璞）的作家，這就使「橫向借鑒」從一開始就是「積極消化」而非「被動同化」。儘管在紛雜的外來影響面前，我們的理論認識並不是沒有曲折反復，創作實踐也出現過迷亂、失誤，但總的來說，我們的文學探索在一步步走向自信，而不是陷入盲從；一層層走向深刻，而不是淺薄飄浮；一次次走向成熟，而不是一味天真。這裏，當然，最重要的還是自信。自信是有力量的標誌，也只有自信，才能大膽，才能發展。

1985 年 9 月於上海華東師範大學

本文原是在北京一個座談會的發言。修改後發表在上海《文匯報》(1986 年 3 月 31 日)，題為《近年小說探索與西方文學影響》；收入《當代文學印象》，上海：上海三聯書店，1987 年。

西方現代派
對我國當代文學的三次衝擊[1]

我覺得新時期以來，西方現代主義文學，或者說某種現代主義思潮對中國文學有三次比較明顯的衝擊。在這三次衝擊中，中國的文學變得越來越自信，越來越成熟，或者說越來越堅強。

第一次衝擊，我覺得它是穿着中山裝出現的，是對西方現代小說技巧的借鑒，包括視角轉換，所謂的「意識流」，比如茹志鵑的《剪輯錯了的故事》、王蒙同志在一個階段的系列作品，如果說有受西方現代派文學影響的話，它也是穿着中山裝出現的，骨子裏是對社會政治歷史的嚴峻思考。按照過去的傳統觀念，這是現實主義的，因為說到底，它思考的問題是幹羣關係，是中國革命性質、是一種非常理性的東西，絕不是甚麼人是孤獨的，世界是荒誕的、人無所適從等等。可以說，他們對西方現代派文學，純粹是技巧的借鑒。當時有些人誇大這種借鑒的意義，認為這就是中國的現代派文學，這完全是一種誤解。也有人貶低其意義，認為只學了些皮毛，過不多久就會被掩蓋。我覺得它有一個歷史功勛。記得電影《小街》上映時，很多人說看不懂，可現在沒有人談看不懂了，這已成為常識。我覺得有些技巧，對改變我們的審美習慣有積極作用，在小說美學上有階段性的意義。

第二次衝擊，我比喻為穿着牛仔褲、T 恤衫，背着吉它出現的。這次衝擊遭到的反對最大，給人的印象也最深。如果說前一次還是手法、技巧的借鑒的話，那麼這一次就包含了兩個層次；一是情緒和手法的契合，比方說張辛欣的一些作品。我認為張辛欣作品在運用這些手法時，比前一階段把現代手法用之於理性思考的作家更成熟了。按照傳統的說法，內容與形式更融洽了。這種情緒雖說骨子裏還不是現代派的，但表面上那種過分的憤世嫉俗、過度的憔悴心理、與現代手法的契合，有些幾乎是很自然的。二是觀念橫移。藝術觀念橫移的突出現象是，我們有很多作品基本形式是，在一個正常的生活圖景、現實主義圖景中打入一個荒誕的因子，或者說提供了一個不可能的前提，借助這個荒誕因子、不可能的前提，考察由這個不可能而帶來的生活變態。這樣的作品一時間內相當多。李陀的一些作品就是象徵的，是一種可以解釋的象徵；還有鄭萬隆的一些小說，如《有人敲門》，實際是寫「文化大革命」給人帶來的陰影。這個事情是實際上不可能發生的，他借助這個戲劇因子或結構因子，把正常的生活圖景扭曲過來，使人們能夠體會到這個正常生活中包含的內在的荒誕性。這是荒誕性觀念的橫移。但他對生活的理解卻是縱的，是現實主義的，大家都能理解的。這種作品讀者不多，給人帶來的困難是：人們往往覺得一開頭不知所云，但又覺得裏面深藏着甚麼，必須耐着性子往下讀，然後恍然大悟（我最近看到的劉索拉的兩部作品，譚甫成的作品等）。把劉索拉和張辛欣的作品對比一下，我覺得是兩碼事。王安憶給我講過一個非常值得思考的說法。安憶說，嬉皮士情調在西方是非常平民化的情調，可一旦進入中國，在探索性的文學裏，變成了貴族化的傾向。孤獨、被拋棄的情緒，是西方失業的大學生流落街頭，帶着錄音機時普遍的情緒。在我國，這種情緒是受過高等教育的，而且學理工的還不行，非得是學美術、音樂的大學生才有可能享受這種孤獨境界。安憶是以否定的意思談的。她很好意地說，這種情緒只有年輕才可以原諒。

第三次衝擊，我比喻為穿長袍的現象。當一部分作家非常急切、非常認真，有的非常成功地橫移某些觀念的時候，另一些作家表現了不滿足。有些人從文體上感到不滿，也有些人從情緒上感到不滿，你寫的情緒是外國人的情緒，不是一個中國人的。也有的人從更深的層次上感到不滿，就是說的思考，對文學回到自身做了自己的選擇。

本文為 1985 年 9 月在北京青年評論家座談會上的即興發言記錄

發表於《文藝情況》(1985.10.28)，總第 114 、 115 期

1 前文《當代小說探索與西方現代派文學影響》是根據此發言整理成文。之所以將此篇會上發言收入本書，是因為我以為隨意而談的口語化表述，或許更能體現批評的印象形態。

當代小說與青年思潮

從當代小說看中國青年思潮，我們不可忘卻：這只是通過文藝折射映照的青年問題，並不一定等同於中國青年心態思潮本身，也不可能看到種種青年思潮的全部。猶如從窗戶看風景，雖然興趣在於風景，但必須考慮到「視窗」這個因素的存在。視窗不同的朝向高低，窗台不同的方位樣式，乃至窗框的顏色、窗簾的調子、窗玻璃的透明度等，都會影響我們觀看風景的角度、感覺和印象。以至於有時我們即使面對同一片景色，從不同視窗望去，也會看到不同的風光。

近十年來的中國小說，至少提供了三種不同的視窗，使我們有可能從不同方位視角來考察中國青年思潮。第一種是自上而下俯視型的視窗，也就是把青年心態作為一種社會問題來研究並希望作品效果能教育青年人的小說，這種「俯視」教育型的青年題材小說大都出自中年作家如劉心武、張潔、蔣子龍、航鷹、王蒙、張賢亮之手，其基本主題是：救救孩子！這「救救孩子」的願望最初表現為居高臨下的教導——「醒來吧，弟弟」，十年後變為語氣親切拍肩握手的「早安，朋友」，其間的發展線索十分有趣。第二種視窗猶如在林間小木屋裏看風景，是青年一代心態情感的自我表現，是內在的情緒型的發泄和感覺化的透視，較有代表性的有北島、張承志、張辛欣、劉索拉等人的創作，雖然由於「人在此林中」視角所限，觀察不可能很全面和很理性，但這種內在感覺的真切直接、細膩豐富，卻是觀察青年問題的最重要的依據。第三種視窗好像有點自下而上從林間望天空的樣子，這就是青年人所寫的「審父」、「評兄」、「尋根」的作品。從青年人對前輩、對社會、對歷史、對文化傳統的看法中，人們也可以反見出另一層面上的青年心態青年問題。他們為甚麼「尋根」？「尋根」是否也是一種「夢」？他們何以要嚴厲地「審父」，是想做「父親」還是逃避做「父親」？

一、從《醒來吧，弟弟》到《早安，朋友》

《醒來吧，弟弟》是劉心武在 1979 年頗為轟動的一篇小說的標題。小說中的哥哥「我」是個雖經劫難但信念不變、理智清明的知識分子，主人公「弟弟」則是在「文革」後滿腹牢騷、精神頹喪好像有點玩世不恭的前紅衛兵。「醒來」的意思當然是要弟弟擺脫迷惘情緒投身火熱的「四化」建設。小說雖然平平，題目卻委實精彩，我曾在一項有關「文革後中國小說」的研究中指出:「醒來吧，弟弟」，不僅是貫穿劉心武作品的基本主題，也是新時期很多中年作家的創作母題。當作家真誠懇切呼喚「醒來吧，弟弟」時，第一他有意無意假定自己「醒着」，假定自己比青年高明；第二他覺得高明的自己有責任解救昏睡迷惘麻木的青年。劉心武以兄長勸導式的、頗有家庭氣息的倫理姿態，其實表達了二十世紀七十年代末八十年代初人們對青年問題的一個政治看法，那就是「弟弟們」似乎不再那麼相信團徽、火炬和革命熱情了。簡而言之，那就是青年人中間出現了「信仰危機」。作為社會文化現象，「文革」後中國青年中產生「信仰危機」確是事實，問題在於怎樣分析其性質和原因。有人認為「信仰危機」是精神墮落，是因為學馬列不夠，受「西風」腐蝕，因此他們批判薩特存在主義；也有人將「信仰危機」歸結為「文革」陰影，因為當初太盲從，所以發現受騙上當後便甚麼也不信了（比如劉心武分析「弟弟」今天的頹唐時，就描寫他當初在身體上別像章，至今胸口仍留疤痕）。一度，有許多人都像劉心武那樣看待青年狀況，認為他們過去只是「信」錯了對象所以出現悲劇，今後社會改革開放前景光明，顯然青年人應該可以建立新的革命信念。

於是又有一些作家，試圖從生活價值觀念的變化中去尋找「信仰危機」的根源及出路。張潔寫了《誰生活得更美好》，告訴青年人投機鑽營非正道，勤懇安分努力工作才算幸福。說教既正確又陳舊（張潔在「救人」時很「僵化」，只有在陷入情海，努力「自救」時才顯得可愛並有深度），但卻表現了作家對青年心態的一種觀察，認為青年人的「煩躁點」，已從甚麼是革命甚麼是神聖，轉向甚麼生活有意思、甚麼東西有價值。王蒙對青年人這種由信仰危機向價值觀念變化的心態轉移，反應也很敏感。他的《風箏飄帶》頗為細膩地描述了一對熱戀中的有為青年，如何在現存社會架構中找不到一點物質空間，因而只能無可奈何地由幻想支撐精神空間。王蒙總是通達徹悟的，他非常理解青年人何以蔑視「信仰」，何以懷疑秩序；王蒙又總是聰明理智的，他十分巧妙地誘導着青年人不發牢騷、少發牢騷，或者以「信念」為牢騷、以牢騷為「信念」。稍後蔣子龍筆下初次出現了作玩世不恭狀的正面青年形象，搗亂有方「入世不恭」的所謂「劉思佳性格」大受青年人歡迎，說明青年人心態已從「信仰危機」無罪，走到逆反有理，逆反時髦。當然，中年作家設計的劉思佳逆反模式是有「底線」的——最終還是接受女幹部精神感召，還是必須以救火行為來證明自己積極「入世」。更有一些作家比如航鷹等，在八十年代初，替青年人設計了多種心靈美方案，試圖用瞎女愛上拐子的倫理甜藥來敷「文革」之創傷，雖接連得作協獎但讀者並不很多。最有名的「關心青年」的小說大概要數張賢亮寫中學生性心理（早戀、自慰等）的《早安，朋友》了。和張氏其他作品比，《早安，朋友》不僅技巧粗糙而且有嘩眾取寵之嫌，但它卻頗能代表中年作家研討青年問題的一種新姿態。從 1979 年的《醒來吧，弟弟》到 1987 年的《早安，朋友》，一方面我們從中可以見到中年作家們教育青年的苦心和熱情是一如既往的，但研究方法、教育口吻卻已由老師式的訓導逐步轉向朋友式的勸告；另一方面我們亦從中看到青年人對信仰、觀念、秩序的懷疑逆反心理也貫穿十年，不過開始（1976—1980）他們主要懷疑政治信念，後來（1980—1986）漸漸有了價值觀念的既積極又盲目的轉變，近來則愈來愈表現為一種道德觀念的迷亂。

二、從「我不相信」到「你別無選擇」

「哥哥」們如此熱情地要喚醒青年人，那麼「弟弟」們怎麼想怎麼說呢？

弟弟們卻不禁要問：究竟誰昏睡誰醒着？究竟誰能救誰？

如果說「醒來吧，弟弟」代表了中年作家對青年問題的一種焦慮心情，那麼「我不相信」便是代表青年一代表白自己心境的一句典型口號。

我不相信甚麼呢？在情緒的意義上，「我不相信天是藍的，我不相信雷有回聲，我不相信……」（北島《回答》），顯然，這是一種故趨極端的反應，一種故意不信常識的挑戰姿態，顯示了日前受騙受傷多深。當時有一個淺俗的比喻是：純真少女受欺騙被姦污後，就再不容易相信愛情甚至會害怕所有異性……

在理性的意義上，北島一代不相信自己在昏睡而劉心武們「醒着」，不相信「醒」與「睡」、「積極」與「消沉」、「樂觀」與「迷惘」這些概念之間的固定內涵和必然聯繫，也不相信「文革」只是「噩夢」只是「彎路」的說法。「彎路」者，前面是正道而今又上正道之謂也。可「我不相信」能漸漸走向「文革」的五十年代道路是「正道」(如果五十年代完全是「正道」，那麼今後又會走向何方？)最重要的分歧在這裏，青年人懷疑逆反精神的核心也在這裏。對中年人、老年人或者更年輕的人來說，「文革」是黑白顛倒、是非混淆、善惡不分、正邪錯亂的一場「噩夢」，但對於「文革」中懂事成長浴血受傷的一代(也可以說不止一代)人來說，黑白是非、善惡正邪似乎從來就是錯亂甚至根本無所謂顛倒。從社會政治反思角度看，這種懷疑精神有其深刻性，更能感性地梳理出「文革」與「十七年」與「1942 年」的邏輯關係。從道德文化素質角度看，這種懷疑精神又存在着滑向徹底無信仰的盲目逆反狀態的危險性。麻煩的是，上述深刻性與盲目性每每是絞合在一起的。

當然，「我不相信」只是個籠統的象徵性的口號，不同的青年作家所不相信所抗拒的，是不同的東西，他們的渴求也不一樣。從時間和發展階段看，他們先是抗議不公正的社會待遇而渴求「愛」；而後是不滿陳規陋習、僵化俗套而渴求理想，渴求理解；再後來則不相信以「愛」、「關心」的名義的種種精神干涉，而渴求自由，渴求個性生存空間。

大致上，我覺得這也的確是青年讀者十年來所不斷爭取的三個目標：「愛」、「理解」和「自由」。

傷痕文學階段，文學作品中，以及社會上的知青輿論，看上去似乎充斥着怨恨、牢騷、委屈和眼淚，充滿了對知青社會厄運的控訴不滿，但實質上這種青年心態是「孩子型」的，是孩子責怪父母沒有給他（她）們足夠溫暖的一種哭訴。骨子裏，青年人還是無意間將黨、政府認同為父母家長的。他們所不相信的，只是來自上面的種種許諾，他們所渴求的，也主要是（來自上面的）「愛」和「關心」。由於這種渴求近年來仍得不到滿足，委屈情緒正在轉化成搗亂情緒，但這種搗亂，仍然是孩子式的。也就是說，青年人只是把自己看作是青年 —— 一個在傳統家庭化政治架構中有待於被人們關心愛護的弱者羣體。

等到知青「回城熱」過去，不公正處境相對改善，其中優秀分子又進入大學，青年人的逆反心態才開始擺脫「孩子式」的哭訴方式而呈現青春熱情。他們所反感抗拒的已不再是錯誤政策和鄉村「土皇帝」，而是陳舊的生活方式、保守的社會觀念。這大致相當於中年作家觀察的「價值觀念轉變」階段。對城市庸俗氣息厭煩時，張承志、梁曉聲會重新懷念下鄉生活，重新尋找青春理想；被世俗傳統氛圍激怒時，陳村、徐星等也會故作頹廢古怪舉動以顯示青年意志的存在。於是，黑駿馬、北大荒、「藍旗」（陳村小說篇名，意即破的知青卡其服）重新被青年人議論，牛仔褲、搖滾樂、迪斯可也和大字報一樣成為青年人的精神武器。當然，他們因此受到了兄長、父輩及整個社會的誤解、批評和指責。殊不知青年人這時故趨異端的行為其實也正是在請求社會的理解，否則他們如此高聲談寂寞抱着話筒訴孤獨做甚麼呢？張辛欣 1981 年受批判的傑作《在同一地平線上》可以看作是那種既反叛又渴求理解的青年心態的典型體現 —— 女主人公既抗拒又理解她愛人的「生存競爭」價值觀；她亦希望她所愛的人能理解她為甚麼會代表社會抗拒他，她也希望社會能理解她為甚麼會同情她所抗拒的觀念。然而在小說中，男主人公終於不理解她，在評論界，當時人們又批判該作品有「反社會傾向」—— 真正的「理解」兩字何其難啊。

在青年人的種種社會要求中，渴求精神理解是比糾正社會厄運更普遍更持久也更難實現的願望。至今仍有很多熱情的學生和很多熱情的作品，在為這「理解」兩字苦苦奮鬥！然而也有一些較「先鋒」的作家和青年逐漸發現：為甚麼我們正當的行為卻要苦苦請求別人的「理解」，而別人不管做對做錯卻從來不要我們的「理解」呢？——這一思路的出現，實際上便意味着青年人精神要求與改善社會命運要求兩者開始契合，意味着青年人開始發現社會物質空間與社會精神空間之間的重要聯繫。沿這一思路發展下去的青年逆反心態必然會引出「自由」的要求。迄今為止，正面談論「自由」主題的小說還不是很多，但從反面表達「自由」要求的作品倒是已經有了十分引人注目的成績，最有代表性的作家便是殘雪。殘雪小說古怪晦澀，充滿神經質的被迫害狂的病態跡象，充滿了一個人對被窺視被「愛護」的恐懼。象徵私人精神空間的抽屜，總是被陌生的手翻亂，白色的牆上會突然出現一雙眼睛。中國的青年人從來就在家庭溫暖、政府關心、兄長幫助、鄰人注目下生活，來自四面八方的「愛」和「關心」常常和精神干涉、情感控制混在一起。殘雪接過了劉心武在《黑牆》、張潔在《方舟》裏所觸及過的私人空間主題，進一步在感官本能層面予以極徹底極殘酷的發揮。殘雪小說表現了某種精神上的被強姦感，表現了世俗倫理關係對個性人格自由的毀滅。殘雪這種揭露，雖然還是從青年人心態出發的，事實上卻觸及了基本的人性課題和每個中國人的文化處境問題。這也可以看作是青年心態無意間的一種自身超越。

雖然劉索拉小說實際上也在渴求「理解」（比方說渴求莫札特理解），但《你別無選擇》這個標題卻具有更抽象的涵蓋力。是的，青年人委屈哭訴社會不「愛」他們，青年人既孤傲狂放追求理想又可憐兮兮求人「理解」，青年人還極敏感地捍衛他們私人的精神抽屜……

歷史、現實種種條件制約着他們只能這樣去想去做，他們也是「別無選擇」。

三、從「尋夢」到「尋根」

畢竟中國青年有着關心國家大事的傳統，他們不甘於只是被人們當作社會問題來研究，他們也不滿足於只是求人理解，只是被人關心或干涉，他們也要研究社會（改革），要評判父兄（紅衛兵心態），還要審視歷史和傳統（尋根）。

柯雲路政治通俗小說中的社會改革方案，張承志《金牧場》中的紅衛兵情緒以及阿城、韓少功等人的尋根文學，構成了當代青年心態思潮的另一個重要部分，表達了青年人對社會、對歷史、對文化傳統的看法。

《新星》及《夜與晝》的一度叫座頗耐人深思。高幹子弟前紅衛兵李向南擔任縣委書記後，一半憑權勢手腕一半仗公理民心，大刀闊斧推行社會政治改革，雖然勝負未定但「李青天」形象曾迷住全國幾億電視觀眾。在李向南這個當代青年身上，既有傳統士大夫為民請命感時憂國的政治熱忱，又有從于連（司湯達《紅與黑》主角）、拉斯蒂涅（巴爾扎克《高老頭》主角）、畢巧林（萊蒙托夫《當代英雄》）那裏學來的以惡抗惡、不擇手段的道德「劣跡」，後者恰恰是「我不相信」一代在道德上與中國傳統文化最斷裂的地方。眼看為民請命與不擇手段在李向南身上的融洽契合（或許同時也在許多別的青年改革家體改委成員身上融合，也在很多新興的個體戶及洋插隊國際大串聯的前知青前紅衛兵身上融合），我的感受是極複雜的：在社會政治意義上，我希望他們成功；在文化意義上，我卻憂慮他們的「先鋒作用」。如果缺乏制度制約又喪失道德信念，甚麼也不相信的一代人是有滑向只信錢只信權的可能的。這種「甚麼也不信」比起昔日盲目的信仰究竟進步了多少——這個問題的嚴重性，現在已經開始顯露。

同《新星》中「紅衛兵手段」所奪取的改革戰果相比，張承志對理想意義的紅衛兵心態的堅忍執着，確實顯得太寂寞太艱苦。我在別處會有專文探討張承志這種紅衛兵理想主義與民族集體無意識中的戀母愛國情結的微妙關係，在這裏我只想說一句：張承志的默默尋找，是中國當代青年文化心態中的一個獨異的亮點，雖然張承志不斷放逐自己，一直逃避着「做父親」(文化意義上)的責任，且常有情緒上的自戀狂。

最足以體現當代青年社會觀、歷史感和文化姿態的深度的，當然還是「尋根」文學。關於「尋根」傾向，已有不少議論，也有很多誤解。最皮相的批評是以為尋根即復古即倒退即膽怯即軟弱，其實文化尋根——評審「五四」以來父兄等做了些甚麼，審視我們的祖先留下些甚麼——是「文革」後中國青年最有進攻性和挑戰性的文化姿態。賈平凹憑藉商州鄉間健朗的儒風，阿城玩味棋道、漢字與老莊精神的關係，他們事實上也都觸及了中年作家們深感憂慮的青年人道德危機的課題，不過他們將這種道德迷失放在現實歷史根源(即「文革」傷害中國文化)上考察。韓少功、王安憶其實也有殘雪式的興趣，不過《爸爸》是將中國世俗倫理政治關係原始化、意象化了，《小鮑莊》則將殘雪病態反感的「仁義」兩字溫和地甚至似乎讚美地予以冷峻解剖。當然，「尋根派」談論「五四文化斷層」、楚文化課題及國民劣根性等，既包含大膽的歷史文化見解，更體現現實的逆反情緒衝動。尤其鄭萬隆、李杭育等人對地域文化的熱情，更明顯是為了反對僵化的正統文化規範。無奈何之下他們才輕描這僵化規範的現實制度基礎，而去重撻其歷史文化基因。評兄審父、談儒說道，歸根結底，我們看到的還是那一種青年人的逆反心理。只是「反」得似乎更深了，更玄乎了，也更心平氣和了。

1988年8月於香港大學

收入《當代小說閱讀筆記》，上海：華東師範大學出版社，1997年。

兩岸鄉土文學中的一個共同主題

《到黑夜我想你沒辦法》(副標題「溫家窰風景」)的作者是名不見經傳的山西民警曹乃謙，小說最初發表在《北京文學》(1988 年第 6 期)時附有汪曾祺的《〈到黑夜我想你沒辦法〉讀後》。汪曾祺是圈子裏的權威人士，讀作品很細，很講品味，但一向很少寫評論。他為曹乃謙新作寫讀後感並讚其「小說的形式已經不是一般意義上的樸素，一般意義上的單純」，這自然使人格外注意《溫家窰風景》，那裏有怎樣一種「風景」呢？

> 一大早就聽得院外前毛驢在「嗚嗚」的吼嗓子。黑旦說:「狗日的親家來搬了。」女人說:「甭叫他進，等我穿好褲。」黑旦說:「球，橫豎也是那個了。」女人的臉刷地紅了，說:「要不你跟親家就說我有病不能去，反正我不是真的來了？」黑旦說:「那能行？中國人說話得算話。」(《親家》)

按照汪曾祺的說法，這叫「用老百姓的話說老百姓的事」。這裏所謂「親家」，不是兒女親家，而是指每年十二個月中要佔有黑旦女人一個月的那個男人。這鄉土「風景」背後自然有個「協議」，小說裏粗粗帶過:「『球。去吧去吧。人家少要一千塊，就頂是把個女兒白給了咱兒。球。去吧去吧。橫豎一年才一個月，中國人說話得算話。』黑旦就走就想。」小說並不想討論這種鄉俗陋規的由來，作家只是極其冷靜彷彿無動於衷地細寫女人離開黑旦時的情景，還有黑旦與那「親家」的「交接」對話：

> 喝着酒，黑旦説親家：「她這兩天正好來了，要不等回去再走。」
>
> 「行。」
>
> 「不過，借隊上的毛驢保險要扣工分。要不你們走就走吧，反正是等她完了再做那個啥。」
>
> 「行。」

曹乃謙說他寫小說時其實心裏很激動，但落成文字，對這樣荒謬的生活「既未作為奇風異俗來着意渲染，沒有作輕浮的調侃，也沒有粉飾，只是恰如其分地作如實的敍述，而如實的敍述中抑制着悲痛」。這正是汪曾祺熱情推薦這篇小說的主要理由。曹乃謙那冷冷的筆法，使他的小說畫面「土」得既親切又殘酷。

曹乃謙的寫法是「簡單」出「新」，但我注意到他的主題卻是一個幾十年來在大陸和台灣鄉土文學中屢屢出現久不過時的「老風景」，那就是男人眼睜睜看着自己的女人被欺侮。而這種「眼睜睜看着」時的心情便構成了很多名作的主旋律——時而紅着眼發怒發瘋去拼命，時而漲紅臉忍氣禁聲，時而假閉眼吞下牙齒，時而作通達狀或麻木不仁，甚至像黑旦那樣還有公事公辦的「移交手續」。另一位也是近年嶄露頭角目前被譽為中國「新現實主義」鄉土作家的李銳，在其名篇《厚土》裏，還描寫了一個曾和有夫之婦偷情的男人，將自己的老婆交給他情人的丈夫作為道歉。這自然不是「嬉皮士野營」式的追求性愛快樂，而是鄉土氛圍裏的一種自以為講道德的倫理姿態。就像黑旦口口聲聲「中國人說話得算話」一樣，正直的蠢態後面頗有某些民族情緒在打死結。

我着實有了興趣：為甚麼這種「鄉土風景」總不過時？為甚麼這個「男人羞辱感」的主題在「五四」以來的中國文學裏久盛不衰而且不斷出新？

《中國新文學大系 1917—1927・小說一集》裏收有二十世紀二十年代文學研究會作家許傑的短篇《賭徒吉順》，寫鄉下人吉順賭錢後將女人也輸掉了，履行債約時自然痛苦萬分。稍後左翼作家柔石發表了名篇《為奴隸的母親》，寫一個窮極潦倒的男人典妻的故事，小說裏也有一段女人離開夫家時的情景細描，那女人總的意思是：「我實在不願離開呢！讓我餓死在這裏吧！」柔石為了突出表現社會不合理，就濃墨渲染了被典女子的符合常情的心理反應。三十年代，羅淑寫了《生人妻》，蔣牧良寫了《夜工》，他們也都盡全力來探討中國男人眼見自己女人跟別人「做那個啥」時的情緒感受。《夜工》這個題目極為精彩，女人為維持生計謊稱出去做夜工，養活着男人，可這真是夜工呵，只有黑夜才能做的「工」。而且當時大多數左翼作家認為因為「黑夜」才有這種骯髒的「夜工」（不知他們如果讀到曹乃謙《到黑夜我想你沒辦法》，會作何感想）。與《生人妻》《夜工》差不多時代出現的沈從文的《丈夫》，則將這一男人受侮的主題作了更淋漓盡致的發揮——

> 事情非常簡單，一個不亟亟於生養孩子的婦人，到了城市，能夠每月把從城市裏兩個晚上所得的錢，送給那留在鄉下誠實耐勞種田為生的丈夫處去，在那方面就可以過好日子，名分不失，

利益存在，所以許多年青的丈夫，在娶妻以後，把妻送出來，自己留在家中安分過日子，竟是極其平常的事了。(着重號係筆者所加)

在這裏我們可以看到曹乃謙筆法的較早的榜樣。不過沈從文是透徹分析，曹乃謙後來則直接冷述情景，且連那顯示有違人性常情的「竟」也不用了。

《丈夫》精細描述鄉下男人怎樣目睹自己女人在船上「極其平常」地侍候別的男人賺大把的錢。整個目睹過程波瀾起伏，開始是虛怯、傻笑，後來生氣了，得到女人安撫後一度曾忘卻羞辱唱起小調，但粗野兵士上船後情景終愈來愈令「丈夫」慘不忍睹，他裝呆、痲木、沉默，在拿到女人給他的錢時終於「把兩隻大而粗的手掌搗到臉孔，像小孩子那樣莫名其妙地哭了」。沈從文從頭至尾筆調一直很平靜，但內在怒火卻逐步升溫，致使小說最後有個「出氣」的收束：那女人跟她丈夫一起回鄉下去了。

為甚麼李銳、曹乃謙連這個「出氣」口也不留給黑旦他們呢？是時代的變化還是藝術的變化？

我們再看海峽對面台灣「鄉土文學」中的這種「風景」。令人驚奇的是，幾個最重要的「鄉土派」作家如黃春明、王禎和還有陳映真，他們最有影響的作品如《莎喲娜拉・再見》《嫁妝一牛車》及《夜行貨車》等，竟然也都圍繞着這同一個主題，竟然也一直不厭其煩地精細描述乃至分析男人們眼看自己(或自己家鄉的)女人被人欺侮時的心理狀態。《莎喲娜拉・再見》中的黃君，為保住職位工資，忍受屈辱陪日本商人去嫖宿他家鄉的妓女。小說為甚麼要強調背景是主人公的家鄉，且讓溫泉旅館的人認出黃君過去的教師(士大夫)身份呢？在我看來，這顯然是要加重黃君陪日本人嫖台灣妓女這一羞恥行為的民族文化內涵：作為讀書人，助人淫亂已屬不該，助外人姦我鄉親姐妹更是罪加一等。中國文人向來有將全體異性同胞視為姐妹（或母親）的文化心理習慣。不知道一個法國男子看見一個法國女人因為貪錢跟一個美國男人去開房間，他是否會產生中國男人（尤其是中國文人）的那種民族義憤？骨子裏，中國人確實有種將國將民族視為「家」的集體無意識存在，這一方面表現在男人潦倒落拓後總期待着天涯之內無論甚麼女人（哪怕是風塵女子，哪怕是醜女）的母愛式的家庭溫柔（才子落難風塵女子相救模式數千年長盛不衰，可為例證）；另一方面則表現為男人們自覺對所有異性同胞負有家庭倫理式的保護責任（「敵人在姦淫我們的姐妹呀！」無論國民黨還是共產黨的軍隊，都用這樣的口號來激勵士兵勇敢向前衝）。郁達夫留日返國途中，在船上看見一個中國女孩和洋人親熱，他便神經質地大悲大怒。這種「愛國情緒」一直延伸到黃春明乃至陳映真的作品裏。陳映真小說裏的台北高樓風景自然與沈從文、曹乃謙提供的鄉村野俗畫面截然不同，但男主人公的那種羞辱感又何其相似甚至相通！

> 他面露怒容。他感到一股曖昧得很的怒氣，使他的握着煙斗的手，輕微地顫動起來。然而，那畢竟不是居家的時候，對妻兒的那種恣縱的、無忌憚的、有威權的怒氣。一個引他為心腹知己的，暱稱他 OLD BOY 的美國老闆，自己「青雲直上」的際遇，幾百萬美元在他的手上流轉，自己所設計的、被太平洋總部特別表揚而在整個亞太地區的馬拉穆分公司中廣為推行的兩種財務報表格式，在花園高級社區新置的六十四坪洋房……在這一切玫瑰色的天地中，劉小玲，他的兩年來秘密的情婦，受人調戲，坐在他的面前。他的怒氣，於是竟不顧着他的羞辱和威脅的雄性的自尊心，

> 逕自迅速地柔軟下來，彷彿流在沙漠上的水流，無可如何地、無助地消失在傲慢的沙地中。這才真正使他對自己感到因羞恥而來的忿懣。(《夜行貨車》)

當然也有中國男人不像這個「他」(林榮平)那樣軟弱，陳映真在同一篇小說裏又塑造了一個理想化的敢於以辭職抗議侮辱中國女子的美國老闆的青年人(詹奕宏)。很多評論都說陳映真是現實主義作家，而我卻在他作品裏常看到精神實質上的浪漫情緒。相比之下恐怕還是前面那個羞辱的林榮平，寫得更真實更成功更立體些。

王禎和名作《嫁妝一牛車》也寫類似的男人羞辱感，不過筆法比較細密，「鄉土味」更地道些，完全可與李銳、曹乃謙新作構成跨越時空的呼應。小說裏的萬發聽說妻子阿好與姓簡的鄰居偷情的消息後——

> 他惑慌得了不得，也難怪，以前就沒有機緣碰上這樣——這樣——的事！之後，心中有一種奇異的驚喜氾濫着，總讒嗟阿好醜得不便再醜的醜，垮陋了他一生的命；居然現在還有人與她暗暗偷偷地交好——而且是比她年少的，到底阿好還是醜得不簡單咧！復之後，微妙地恨憎着姓簡的來了，且也同時醒記上那股他得天獨厚的腋狐味：姓簡的太挫傷了他業已無力了的雄心啊！再之後，臉上騰閃殺氣來，拿賊見贓，捉姦成雙，姓簡的你等着吧！復再之後，錯聽了吧！也或許根本沒有這樣的一宗情事！也許真是錯聽了；阿好和姓簡的一些忌嫌都不避，談笑自若，在他跟前。也或許他們作假着確不知道有流言如是，驟然間兩地隔斷，停有關係，更會引人心疑到必定首尾莫有乾淨的。心內山起山落得此

等，萬發對簡姓鹿港人並無甚麼火爆的抗議，乃至革命發起。僅是再不願往簡的宿寮內聊閑天、雅天着。(《嫁妝一牛車》)

相比之下，台灣鄉土作家的筆法更實更細，大陸新鄉土派作者的畫面則更虛更空。他們大致上都沿着沈從文而不是柔石等左翼作家的思路來理解來分析男人的這種羞辱感，即不僅僅從社會不合理、階級對立及金錢罪惡的角度來理解「丈夫們」面臨的羞辱，更將這種男人羞辱感放在傳統倫理秩序感裏精細（而且殘酷）地解剖，更將這種男人羞辱感放在民族情緒的象徵意義上給予誇張放大處理：1840 年以來，中國人不是眼睜睜地看着自己母親肉體般的土地、姐妹情誼般的文化不斷遭欺侮被羞辱，不斷受苦受難，不斷失落，而我們又常常無力相救嗎？……或許作家們並未賦予他們筆下的意象以這樣明晰的理性內涵，但為甚麼幾十年來兩岸的讀者會對這種表現「男人羞辱感」主題的作品屢看不厭，持久充滿共鳴呢？這不正表明這些作品有意無意地體現了某種民族文化失落過程中的憤慨的羣體情緒嗎？

我在課堂上提過一個問題，假定要寫一篇小說，內容是兩男一女，女人本來和 A 男在一起，後來因各種原因被 B 男「搶」了過去，請問同學們會選哪個人物做小說的敘事角度。同學們說，如果從女性角度出發，當然比較側重女性命運和心理；從 B 男角度則是于連式的十九世紀資產階級進攻姿態，從 B 男角度則更多被欺負的民族——國家記憶。

結果，多數女生選女性角度，而大部分內地和香港的男生，選擇從 B 男角度敘述。

真不知溫家窰之類的「風景」幾時才會從中國的文學中逐漸淡去。

也真不知「丈夫」們的羞辱感在今後兩岸文學中會得到怎樣進一步的變化發展。

1988 年 12 月於香港嶺南學院

收入《當代小說閱讀筆記》，上海：華東師範大學出版，1997 年。

第二輯 作家

巴金與「青年革命心態」[1]

在我看來，巴金首先是作為一個人，一個正直的中國知識分子的代表，然後才作為一個作家，而受到今天人們廣泛的尊敬。他在文學史上的重要性，與其說基於藝術形式的獨創性，不如說是因為他的作品具有某種時代文化思潮上的代表性。收在《春天裏的秋天》中的四個中篇，雖然並不都是巴金的代表作，卻也仍然顯示那種「代表性」—— 那種後來歷久不衰，幾經變化，至今仍制約中國局勢的「青年革命心態」在二十世紀三十年代的雛形；那種後來被「革命成果」所出賣的「革命浪漫激情」的早期純真風貌；以及那種給予現代中文以很大影響的「青年抒情文體」。

所謂「青年革命心態」有幾個要點：第一，總是認為周圍的現實不合理，認定既有社會秩序不公平，並確信青年人有責任也有能力以行動改變社會秩序；第二，個人的道德目標、人生意義直接維繫於這種改變社會的理想，而專業知識和職業道德（手術刀、實驗室、畫布、鋤頭……），都只是服務於革命的武器和工具；第三，家族宗法倫理意義上的反家長心態，與社會政治層面的反政府行動，兩者混為一體，情感姿態與社會行動互相滲透。這種表現為失望、委屈、懷疑、憤怒、抱怨、控訴、抗議和仇恨的「青年革命心態」幾乎貫穿在整個二十世紀中國文化思潮的變遷中。無論是三十年代青年人的左傾激進和稍後的抗戰熱忱，還是五十年代的「青春萬歲夢」和六十年代紅衛兵狂熱，抑或「文革」後「我不相信」一代的反叛情緒⋯⋯各時期青年人控訴、反叛的內容和對象很不相同甚至截然相反，但那種激烈反叛的心理及語言方式卻是一貫的，「青年革命心態」的諸要點是始終存在的。倘從這個角度讀巴金，我們會發現他的作品，不僅記錄了，而且也參與了這種「青年革命心態」的形成過程。

除《春天裏的秋天》外，本卷中的其餘幾篇小說，都以「革命」為主題。《砂丁》和《雪》在為礦工生活寫實的表像下，有一個舶來的意識形態骨架：工人不堪忍受資本家壓迫，終於反抗⋯⋯《利娜》則直接由俄國民意党人的書信改寫而成。我最初接觸這些作品是在巴金蹲牛棚捱批鬥的「文革」時期，當時年幼無知的我委實困惑了：何以「革命」要批判曾寫了這樣革命作品的作家呢？或者問題現在也可以倒過來問：今天最為沉痛有力的批判「文革」的巴金，當初的作品怎麼也是如此左傾激進？對這個問題的學術的回答[2]，大概可以成為對中國現代史的一種研究，並非這篇短序所能完成。我在這裏，只想強調兩點：第一，巴金的《雪》《利娜》裏的革命「夢」，實在並不同於當時及後來社會上所出現的革命運動。巴金早年相信無政府主義，受克魯泡特金、愛瑪、高德曼等人的影響很深。在他前期作品中，主人公常常是激烈、虛無、狂熱的革命英雄。俄國民粹主義的影子清晰可見：「我們也在學習十九世紀七十年代俄國青年『到民間去』的榜樣⋯⋯我的初衷是：離開家庭，到社會中去，到人民中間去，做一個為人民『謀幸福』的革命者。」[3] 在批判「資本制度搶劫、掠奪全體人民」(《從資本主義到安那其主義》)，贊同「農民起來打倒土豪劣紳」(《無政府主義與實際同題》)以及譴責統治集團等方面，巴金的革命心態似乎很接近當時由蘇聯、日本輸入中國的馬克思主義理論。但是，有一個核心觀念的差異，卻使巴金的「革命夢」，注定要被後來的「革命現實」所批判。「在他看來，社會主義必須是自由的。」(《麪包與自由・前記》)——這是巴金轉述的克魯泡特金的觀點，也可看作他自己的信念。巴金還引用過這樣的見解：「無論是個人壓迫百萬人的政府，或是百萬人壓制一個人的政府，無政府主義反對多數壓制與反對少數壓制是一樣的。」[4] 從這一立場出發，巴金向來就對「革命」的專制保持戒心：「無產階級專政也不過如他所說的有產階級專政一樣，只不過是少數人的專政罷了。」[5] 巴金的這些觀點使他後來飽受批判，至今仍有研究者認為這是巴金的「思想混亂」，局限了他的藝術深度。在我看來，恰恰是巴金的這種懷疑，使他儘管迷戀革命，一度也左傾激進到天真的程度(如《雪》《利娜》)，但終於不失一個作家的獨立性。在 1949 年以後，巴金是中國大陸唯一一個不支取政府薪金只靠稿酬生活的專業作家。在「文革」後，巴金能以超越同輩名人的言行文章，重新得到青年人的擁戴，繼續站在「新時期」文化思潮的前列，除了他個人的道德力量外，一生堅持獨立性也起了很大影響。在這層意義上，所謂安那其思想在巴金整個文學生涯中，也未嘗不是一種積極的因素。

第二，我想指出巴金作品中的「革命」，與一般左聯文學也不相同。本卷中的各篇，均寫於三十年代初，當時上海文壇左傾躁動氛圍的影響還是明顯的。不過巴金寫「革命」，更多地依託一己熱情，且強調真誠，所以似乎並不像別的作家那樣，痛苦地壓抑自身纖敏感性而引進理念營造革命神話。我在別處說過，大多數的中國現代作家都曾在文學的獨立性與社會作用之間，有過兩難的選擇。民族危機、愛國情緒及感時憂國傳統使他們大都願意用自己的創作去療救社會、「經世致用」；但當時被認為最能救世的左傾革命思潮，卻又明明隱含着反藝術、反自由的基因。這就使得作家們在寫了篇美文後便覺得對不起「革命」，在營造了「革命故事」後又覺得對不起藝術。我們看到殷夫告別悒憂的抒情轉寫街頭標語口號詩，丁玲剪斷莎菲女士的愁思，義無反顧地「飛蛾撲火」，甚至連浪漫文人郁達夫也吃力地趕時髦，寫了《她是一個弱女子》這樣的作品。但所有這些過於痛苦的轉變大都不能為眾多青年所模仿。後來真正影響深遠（姑且不談這影響的正、負面意義）的，是能在困境之中尋找平衡的兩種辦法，分別以茅盾和巴金為代表。茅盾的辦法是革命主題先行，藝術感覺後補，用技巧維持文學與政治之間的張力，一面自覺表現革命理念，一面精雕藝術格局，細刻感性材料。他的左傾政見其實比巴金明晰堅定，但字裏行間處處五光十色、香粉汗跡。茅盾這種平衡文學與政治關係的技巧，後來在王蒙那裏得到發揚。而巴金的平衡辦法則是強調一己情感的真誠，來統一文學熱情與政治熱情。他先確定個人的道德目標就是改造社會，然後以文學熱情為個人與社會間的橋梁（這是巴金作品影響「青年革命心態」的關鍵之一，「青年革命心態」雖然是一種社會文化思潮，卻每每帶有文學熱情的形態，也每每訴諸抒情或煽情的文學語言）。巴金相信個人痛苦一旦化成「血與淚」的文字，便既能救人救世，也能救自己。巴金基本上是無視語言和形式這雙重阻礙，他追求的是「把寫作和生活融合在一起，把作家和人融合在一起……作品的最高境界是二者的一致，是作家把心交給讀者」[6]。這與其說是文學見解，不如說是一種道德化的信念。和職業革命家茅盾後來卻以小說格局影響現代文學發展的情況相反，著作等身的巴金其實對現代小說很少形式上的貢獻，主要影響還是那一種文學態度，那一種文化心態。在以筆當槍，不說假話，確認使命感即藝術性，相信一己真誠比語言、形式更為重要等方面，巴金的傳統在「文革」以後也後繼有人。

話說回來，雖然巴金相信情感的真誠可以同時維繫文學的獨立價值與社會作用，但實際上這兩者的矛盾在他的創作中依然存在。只是比較一下本卷中的《春天裏的秋天》和《雪》，就能說明問題。同樣出於真誠的同情，在捉摸少男少女的微妙戀情以及痛惜她們的青春如何被摧殘時，巴金的筆能細膩靈動，遊刃有餘，通篇佈局與章句續斷也是揮灑自如；但在描述他本不熟悉的礦工苦難並套之以階級鬥爭觀點時，巴金的文字就顯得吃力、單薄與不自然。巴金並沒有像丁玲等人那樣在轉換題材時同時改變自己的文風。巴金還是堅持自己的文體，於是在諸如《雪》之類的作品裏，我們會看到抒情傷感語彙與錫礦風雪畫面之間的裂痕，只有在寫到職員曹蘊平夫婦時，文筆才比較順暢些。在巴金出色的作品如《家》《春天裏的秋天》裏，讀者通常不太會去特別留意他的語言，一般人都認為巴金的文字特點是自然，清麗明快，樸素流暢。他自覺追求「無技巧」的藝術境界，他的語言看似透明，好像使人直接感受他的真誠，他的心。巴金這種文體，對後來幾代青年人的寫作（不僅是創作，也包括一般寫作，如書信，日記……）都有很多影響。但是，如果我們真從語言角度去拆章析句，我們會發現他的語言絕不「透明」，反而相當感情化和色彩化，像「我懷着一顆秋天的痛苦的心……我差不多要哭了」、「我的用血和淚寫成的書」、「我要拿起我的筆做武器」之類的情感誇飾直白句，可以說是比比皆是。為甚麼這樣一種情感化、色彩化的語言，會使當時及後來的青年人覺得是「自然」和「透明」呢？這是一個極有意思的問題。本來在現代中文口語及國人日常生活中，「血和淚」、「我痛苦的心」之類的字句是很少被使用的，但一旦要寫作了，要將個人的情緒化為某種形式了（即使只是寫書信、日記），青年人每每不自覺地便會使用那些誇飾情感的語彙，來形容，來誇張，來確定他的心理狀態。個人心緒通過誇飾情感的文字融入社會思潮，社會思潮又以這種抒情語言形式來規範引導個人心緒——這裏有一個雙向同時的互動過程。為甚麼最能影響一般青年人寫作習慣的是巴金的抒情體而不是魯迅、沈從文、老舍的語言呢？因為魯迅等人的語言，基本上是一種與個人情感拉開距離的藝術形式，而巴金則強調寫作如同生活，抒情文字直接構成個人與社會之間的橋梁。在巴金等人（當然不止他一人）的抒情文體、語言方式的影響之下，一個略有青春期煩悶的學生，一旦使用這種情感化、色彩化的語言來描述他的私人心境，這種描述行為立刻成為一種社會抗議行動，「我痛苦……我控訴……我……」，而這種社會思潮化了的情感誇飾反過來又不自覺地刺激青年的煩悶，而一己心境得以誇飾地宣泄時，該青年也真的相信他在以他的血和淚，向黑暗抗爭……所有其他複雜的人生情緒，諸如微妙的性愛、無意識的變態、宗教感情、無可言說的夢境，乃至生理特點、個人癖好等，統統都被融入「革命心態」的洪流，化為一系列抒情化、文學化的社會政治概念而宣泄。從歷史角度來看，這一種情感化、色彩化的語言形態是在激進的反傳統、反專制的三十年代文化心態下形成的，但同時它又成為這一種文化心態能夠延續和發展的基本載體。所以我覺得巴金的文體，比他的思想，對「青年革命心態」的影響更深廣。時至今日，巴金式的「青年抒情文體」，在中國大陸，仍然有着很強的生命力。

1991 年 1 月 15 日於洛杉磯

收入《當代小說閱讀筆記》，上海：華東師範大學出版社，1997 年。

1 本文是為台北遠流出版公司 1993 年版《巴金小說全集》第 2 卷《春天裏的秋天》所寫的引言。這是巴金的作品第一次完整地在台灣出版。編者特邀王德威博士為「全集」撰寫「總序」，並邀請來自中國大陸、中國台灣和北美的多位學者（如黃子平、劉禾等）分別為《巴金小說全集》各卷撰寫引言。

2 國內一些論者否認「文革」與三十年代左翼文化在觀念、心態及語言形式上的聯繫，這基本是一種政治文化策略，而非學術的態度。

3 巴金：《巴金選集・後記》，北京：人民文學出版社，1979 年。

4 轉引自陳思和、李輝：《巴金論稿》，北京：人民文學出版社，1986 年，頁 56。

5 李芾甘：《馬克思主義的破產》，上海：自由書店，1928 年。

6 巴金：《文學生活五十年》，引自《巴金論創作》，上海：上海文藝出版社，1983 年，頁 10。

張承志和張辛欣的夢[1]

我常在想：張承志寫作時，筆尖是否會吱吱作響，甚至劃破他的稿紙？—— 他太強悍了，也太用力了。他的優點和缺點都在這裏。就筆觸的力度而言，或許只有張辛欣可以與之相比較。

力度，當然與深度有關。我這裏特別要談的是，《綠夜》。

不，《綠夜》不只是寫知青運動，不只是在控訴女知青受侮辱的浪潮以後重新揭示廣闊天地的美好，也不只是對勞動人民崇高品質的歌頌。這個短篇內涵，在我看來，更狹窄，又更寬廣。它寫的只是夢，確切一點，是「夢醒了以後……」。

夢醒了以後無路可走，是痛苦的；但陷在夢中「長眠不醒」卻更不幸；而假如生活中沒有夢，多少也有點缺憾。夢，有時是休息，身心太疲勞了，創傷隱隱作痛，於是，需要溫柔的紫色的憧憬來安撫；夢，有時是宣泄，在生活中掙扎着，打着昏迷的滾，忍不住要發出焦灼的，也明知是空惘的呼喊；夢，有時，夢又成為工作性的負載。這時的夢，就是理想，就是藝術，就是能源中不可或缺的一部分。我們知道：電機如果沒有負載，它就只能空轉！

作為本質上的理想主義者，張承志和張辛欣的夢，更多的屬於第三種情況。

張承志的長句寫得和陳村的短句一樣漂亮，有時像鏈條似的甩出來，既堆砌辭藻又充滿意象；他喜歡塗抹有重量的色塊，一唱三歎中警句迭出，精巧拆散的情節和稍微有點做作的音樂旋律巧妙穿插，情緒的流動也較自然……所有這些自覺的「形式感」使得他的作品，雖然擁擠着過多的思想卻並不顯得乾燥。是的，《綠夜》的核心是思索，是面對世界又面對自我的象徵性思索。應當承認，它比同類思索，至少深了一個層次。

要澄清這一點，便需要回顧。

「夢醒了以後……」，這個主題幾年來曾反復出現。但反復不等於重複。隨着生活的進程，「夢」在發展，認識也在深化 —— 沿着否定之否定的螺旋形軌道。

當大串連的狂熱在荒寂的山溝裏冷卻下來，而縮小三大差別的使命感又受到螞蝗、野狗的挑戰時，這代青年人方才想到要看看高遠的天，看看悲涼的地，方才想到要看看真實的自己，於是，他們從雲端墜入深谷……這是第一個夢的破滅，是純真的理想為嚴酷的現實所嘲弄。夢醒以後的具體結論是：回城，向現實去索取……在文學中，則是一片受騙以後的牢騷、抱怨、詛咒和哀歎。（何必苛求呢？失望者難免偏激。至少，比起許多「油漆的光彩」來，這種「膚色的灰白」還是有生命的，而生命又是不會安於灰白的。）

然而，幾乎就在「本次列車」抵達終點的同時，城市現代生活的魅力又開始減退。一方面，物質生活絕不完美。菜場。閣樓。加工組。電車。生存空間太狹小，到處擁擠着雜訊。這代人既無專長又已不算年輕，他們又一次發現了自己的可憐。另一方面，即使拿着本甚麼「兇殺案」靠在沙發上，身邊的組合音箱放着「奧斯卡之神」，心裏就真的平靜了嗎？不！血，分明還在湧。情不自禁地，他們又想起橡膠林、北大荒、草原……這是第二個夢的破碎，是內在的理想不滿足於平庸的現實。夢醒以後，人們又企圖尋找精神的火花（支柱？寄託？），表現在文學裏，就是近年來的「回鄉熱」：回去看看也好，再次出征也好，宗旨是一個：重新評價昨天，重新認識自己！

應該承認，能不陷在沙發裏滿足第二個夢，便已不是平庸者了；能「自尋煩惱」，通過反思昨天而追求新的境界，那幾乎可以說是勇敢的了。然而，就在人們競相詛咒庸俗、蔑視實惠，並且紛紛揚起風帆準備駛向「新岸」時，突然出現了一個張承志，他悄悄地走在大家前面，一下子把人們還在朦朧尋覓的第三個夢給打破了！隨後，我們聽到了拙重低沉的畫外音：「夢的破滅不是壞事……」

這就是《綠夜》。

發表在同期《十月》（1982 年第 2 期）上的還有一篇《南方的岸》，完全可以和《綠夜》連起來讀。當然，《南方的岸》在前，《綠夜》在後。（精彩的是，甚至版面上也如此安排！）對於孔捷生細筆濃墨所描繪的知青生活及回城後的煩躁感，張承志只用粗線條幾筆帶過，他所感興趣的（同時，也是許多嚴肅的讀者所憂慮的），卻是易傑重新「出征」以後那幾乎不可避免的新的失望。抒情主人公「他」，離開草原已經八年了。「他」對城市生活的概括是：「冬天運蜂窩煤、儲存大白菜，夏天嗡嗡而來的成團蚊蠅，簡易樓下日夜轟鳴的加工廠，買豆腐時排的長隊。」疲憊與煩悶中，「他」總在懷念青春，回味昨天，幻想綠色，渴求夢境……現在，「他」回來了，穿着風衣，站在草原上，「左右前後，天地之間都是這綠的流動。它飽含着苦澀、親切和捉摸不定的一股憂鬱。」小奧雲娜，在張承志筆下，與其說是人物，不如說是意象，是綠色的靈性，是土地的精英，是主人公情感觀照下的客體的純真。正唯其純真，奧雲娜才標誌着「他」的夢；正唯其是客體，奧雲娜才驚破了「他」的夢。如今，蒙古少女已不再是「他」的「天使」，不再是

「他」的「詩」了，她沒有羊角似的翹翹辮，沒有兩隻甜酒渦，「她皮膚粗糙，眼神冷淡」，「蓬鬆的長髮低垂在沾滿油污、奶漬和稀牛糞的藍布袍上」。在古老的勞動節奏裏，她那麼坦然，甚至有點麻木，連半醉的瘸子的調戲也不會讓她生氣……於是，主人公「慌了」，失望了。於是，「生活露出平凡單調的骨架。草原褪盡了如夢的輕紗」。這種情緒轉折，相當纖細，又驚心動魄！儘管主人公已經意識到「他尋找的已不復存在」，震動之餘，「他」還是留了下來，在草原上住了一些時日，注視着奧雲娜，也反省自己。終於，在古老神聖的生活旋律中，在廣袤的綠色和如水的星夜裏，「他平靜了，感悟了」，得出了「表弟錯了。侉乙己錯了。他自己也錯了。只有奧雲娜是對的」的結論。最後，當「他」告別草原時，「他」感到自己的心「從來沒有這樣濕潤、溫柔、豐富和充滿着活力」。

儘管小說後半部分奧雲娜的形象被作家主觀意念擠壓得過分變形，儘管許多哲理思索因為來不及充分情緒化而失之太露；儘管「燈光」那段象徵很一般而高亢的尾音也有點「虛」，但是，毫無疑問，《綠夜》的態度是足夠嚴肅的。它不僅無情地打破了易傑們的新夢（在《黑駿馬》裏，作家又表現了他那理性主義的冷峻）；它又以「知其不可為而為之」的信念將空惘的思緒拉回到堅實的土壤上（在《大阪》裏，作家又發展了他那英雄主義的灼熱）。在這裏，張承志的思索，超越了許多同代人。

但張承志絕不是孤獨寂寞的。也是 1982 年，我看到了一篇題材、風格與《綠夜》迥異而主題、基調卻和《綠夜》頗為相似的作品，那就是張辛欣的《我們這個年紀的夢》（《收穫》1982 年第 4 期）。

張辛欣也和張承志一樣，愛說夢，愛談論生活。但張承志感興趣的是哲理，情願站在草原呼嘯的野風中苦苦思索；張辛欣更崇拜感覺，寧可在異性焦灼的眼神裏去體味，去感悟。儘管方式不同，結論卻能趨於一致，反響又相去甚遠，這是很耐人尋味的。

我讀過張辛欣的三篇小說。我覺得，她走了三步。

《我在哪裏錯過了你？》是個紫色的夢，充盈着溫馨的氣息。它的基調是憧憬，是少女對尊嚴、對藝術、對美、對愛情的憧憬。儘管張辛欣一落筆就帶着某種女性作家罕見的剛強，儘管她決不回避生活的枯燥面，但畢竟，她也有着純真的夢。而她的呼喚愛人，其實就是呼喚生活。男主人公顯然被理想化了：「石雕般」的身軀，「堅毅、飽滿」的臉，硬漢性格，大海般的氣質，熱愛事業，對藝術又非凡的敏銳……所有這些過分完美的線條，只能反證女主人公理想的浪漫性質。勃蘭兌斯說得對：「憧憬是浪漫主義渴望的形式，是它的全部詩歌之母。……甚麼叫憧憬呢？它是缺乏和希求的結合物，但沒有獲取這種缺乏對象的意志或決心，也沒有支配這個對象的辦法。」既然如此，這憧憬在現實面前，當然是無力的，當然會「錯過」，會失落……

《在同一地平線上》是張辛欣的第二步，其基調是掙扎（順便說一句，這篇小說大概要使評論家們忙上一二十年）。張辛欣突然回到地面，甚至步入沼澤。她憤憤地揉碎了紫色的雲，嘴唇咬住披散下來的頭髮。張辛欣是堅強的：她已經不再呼喚她的「白馬王子」，而且拒絕將生活空虛地理想化；但張辛欣又不夠堅強：在生活的重荷下，她搏擊着，抗爭着，卻常常忍不住要喊叫，嘴邊泛出嘶啞的呼喚，心底漾過溫柔的呻吟。「孟加拉虎」，確是張辛欣的傑作。由於視角的關係，她創造了他，卻無力評判他，只能在怨恨中含着同情，在崇拜裏夾着憂慮。其實，張辛欣未嘗不清楚，一味在雲端裏憧憬愛情固然天真，把生活統統歸結為灰色的角逐卻也失之偏激，同樣令人失望。看來，這代人注定要從理想跌到現實，再因不滿現實而重新尋覓理想。檢點着收穫，清理着失敗，帶着身上的光斑和創傷，張辛欣開始了新的思索。於是，她也做了第三個夢。

照例有個女主人公，纖敏，要強，愛幻想。她也做着「我們這個年紀的夢」。不過身份、情緒都比以前更普通了。排字工。八平方米的家。領着孩子跑菜場買魚。為了瑣事同鄰居慪氣。就是那個喜歡象棋和「姿先生」的丈夫，還是在一番艱難尋找後才輕易獲得的呢。生活，是單調的，具體的。噪聲和灰塵，裹着她的意識。為了不甘於麻木，為了擺脫煩躁，她便到夢中尋覓，去追憶虛幻的「青梅竹馬」。那個神秘山洞中的可愛的男孩，就是張辛欣的小奧雲娜。他與陽光、海浪、紅領巾、夏令營渾然一體，構成一種意象，構成一個旋律，恰與平淡的生活主調形成對比而交替出現而反復變奏……終於，兩個旋律相撞了：女主人公驚愕地發現，兒時的「戀人」，竟然就是眼前那庸俗的鄰居！——請注意，這個轉折是全部情節的關鍵，是整篇小說的支點。它也證實了張辛欣在走向成熟。女主人公的夢被驚破了，這就必然促使她回首重新看待自己的生活，小說的結尾意味深長：「於是，她去淘米、洗菜、點上煤氣、做一天三頓飯裏最鄭重其事的晚飯。」這就是說，第一，「她」在震動之餘，已經開始正視生活；第二，如果念念不忘詩意的話，那麼，「她」也會懂得，應該到眼前這具體的豐富的生活秩序中去發現……這裏，潛在的畫外音不又是「夢的破滅並不是壞事」嗎？

不，這絕不是消極。嚴肅的藝術之所以製造幻影，總還是為了更加逼近現實。這篇小說的結構太精緻了，初看好像一味談夢，重讀，或重新思索，才發現無處不在正視生活。帶着不切實際的幻想，人就會回避和厭惡現實，只有清醒地嚴肅地生活才會感到美其實無處不在。朱曉這個人物，直到女主角夢醒以後才重新為人注意。「這個編童話的人在操持人間煙火」，他的存在，使我們更有理由期望，女主人公最後去淘米、洗菜，絕非只是陷入平庸。在心理與感情的失落中，難免有些茫然。但畢竟，生活是無法逆轉的。路，應該，而且只能在腳下……其實，張承志以色彩象徵以警句宣言的這些思想，張辛欣也表述了，不過是通過各種細節和感覺的暗示而已。同樣的哲理，如果說張承志企圖把它情緒化、音樂化，那麼張辛欣就是在探求心理化、感覺化。同樣的結論，張承志是皺着眉頭振振有詞，講出了色調和旋律，張辛欣卻在哀樂之間喃喃自語，帶出了呼吸和體溫。張承志比張辛欣更明朗更堅定，但他在力透紙背時往往有些太「做」；張辛欣比張承志更含蓄更委婉，但她付出了可能被人誤解的代價。

為甚麼表弟錯了？因為他太現實，甚至否認理想的價值，宣稱「我們沒有昨天」；為甚麼傍乙己錯了？因為他太庸俗，只知道錢，市儈得讓人作嘔；為甚麼「他」也錯了？因為他太崇尚理想，對現實的嚴峻估計不足。張辛欣筆下的人物，線條沒有這樣分明。就對生活的從容、坦然的態度而言，或許只有朱曉更接近於奧雲娜。大為呢？實際得有些平庸，但為人善良；倪鵬呢？挪開女主人公的有色眼鏡，他的庸俗也不難理解；兒子呢？認真地做夢，不顯得可笑；至於「她」，也認真地做夢，就有些可悲了。從感覺出發，張辛欣無法過濾心理的複雜性。而且，她沒有邊塞風光可以象徵，沒有異族情調可以渲染。直接面對身邊的人們，要進行同樣深度的思索，她的困難顯然更多一些，結論也勢必難以簡潔明朗。當然，張承志的寫草原，也並非獵奇。他確實想以原始古樸的靈性來對照城市節奏的虛脫，確實想以大自然的野風來蔑視包括自身在內的現代人的浮躁。但他的這種沉思，過於嚴厲（尤其在《黑駿馬》裏）。激動讀者的，與其說是他的晦澀的結論，不如說是他那嚴肅的神態。不妨抽開象徵中的「距離感」試試看，為甚麼奧雲娜是對的？因為「她毫不聲張地比誰都更早地走進了生活」。那麼，假如讓奧雲娜也進入城市呢？一邊買橡皮魚，一邊寫童話，洗衣燒飯，將斗室整修一新，「住一輩子呢！還指望搬到哪兒去？幹嗎不好好弄弄？」—— 寫出這種貌似平庸的坦然，張辛欣很少有可能得到讚賞，卻需要有直面現實的極大勇氣！

對於形式，他們都不敢輕視。獨特的思索，當然離不開獨特的方式。他們既不慌亂也不聲張地運用着某些現代技巧來整理情感：張承志注重「流動」，意象、理念、動作、色彩接踵而來，擠成一條凝重深沉的河流；張辛欣講究組合，塊面與塊面之間由心理的邏輯加以銜接。他們的語言絕不「淡雅」，張承志澀在思辨色彩，張辛欣濃在生活氣息。他們都不重視情節，卻沒有怠慢結構，更注意節奏。儘管他們都有些蔑視書生氣，但他們自己，卻都又忍不住要發出書生式的議論感慨。問題是，他們的主觀色彩都太強，以至於作品總離不開抒情主人公的支撐。那無所不在的自我，一面用激情塗改天地間的顏色，一面又冷峻地剝下現實中的油漆。一層，又一層，不管是別人還是自己漆上去的……不能說他們的抒情缺乏節制，但要臻於皎然所謂的「力全而不管澀，氣足而不怒張」(《詩式》) 的境界，恐怕還都要作艱苦的努力。

也許近年來創作界清麗、柔美之風過盛，張承志和張辛欣的強悍氣度便格外觸人眼目。相比之下，張承志是沉思，是主動的進擊，是意志的強悍。其實他也有天真的抒情。對於理想，他更篤信，更拗執，更癡狂，這就使他不會像張辛欣那樣憤世嫉俗而傷於尖刻失之偏激。張辛欣是宣泄，是本能的自衛，是氣質的強悍。當然，她也有溫柔的童心。在藝術感覺上，她更纖微，更細膩，更敏銳，這就使她不必像張承志那樣為刻意求精求深而傷神。在她那裏，最嚴峻的思索也許是飄忽的歎息，最振奮的情緒可能是瞬息的痙攣。當然，她的腳步，比張承志搖晃得更厲害些。但對於生活，他們都是極其執着的。這就保證了他們在幻夢與破夢的過程中，不斷地調整着主客體的關係。

是的，青年人總愛籠統地談論生活，真正生活得很多的人，卻往往反而沉默了。正因為如此，做夢，也是他們「這個年紀」的特權。應當尊重他們的這種權利，應當理解他們的天真、激憤、愚傻和茫然，應當珍惜那些濃綠或淡紫的稚拙。因為：儘管世界總是由成熟的東西來支撐的，但世界又總是由稚拙的東西來改變的 —— 難道不是這樣嗎？

1983 年 7 月於上海華東師範大學

發表於《當代文藝探索》1985 年第 2 期，收入《當代文學印象》，上海：上海三聯書店，1987 年。

1 此文是我研究生畢業後不久所寫的初次涉及當代文學的讀書筆記。原定發表在《文藝理論研究》。雜誌已經印好，編輯部接上級指示，在「清除精神污染」時段不宜討論張辛欣的作品。此文馬上從雜誌上撤下（具體來說，就是很多研究生幫忙把已經印好的頭條文章從雜誌上撕下）。當時參與撤稿活動的研究生張帆（即後來擔任中國文藝理論學會會長的南帆）悄悄保留了一份文稿，第二年發表在福建《當代文藝探索》上。我很幸運，這類經歷不多。

在批評圍困下的《男人的一半是女人》

兼論作品的多層次意蘊和多層次評論

在當代文學發展中，張賢亮是個非常重要的作家，他的作品已構成一種令人無法忽視的文學現象。

本文不想考察讀者們對張賢亮創作的不同鑒賞和不同反響誰對誰錯、哪些深刻或何處迷誤，也無意判斷批評家們對張賢亮創作的不同意見和不同評判孰是孰非、是否「過高」或「偏低」。我關心的，只是這樣一個問題——究竟是因為張賢亮作品本身重要，才引起複雜的社會反響並導致批評界爭鳴呢，還是因為各種不同的社會反響和不同批評意見的存在，才使《綠化樹》和《男人的一半是女人》成為重要作品？

很難說這究竟是個批評實踐問題，還是一個批評理論問題。

前幾年的一些作品，比如關於《天雲山傳奇》(魯彥周)、《太陽和人》(白樺)的爭鳴，論爭能夠「針鋒相對」地展開，在同一層次同一範疇進行討論必然是先決條件。而人們在評論張賢亮近作時，情況發生了很大變化。僅見於報刊的對《男人的一半是女人》的評論，已形成很複雜的狀態。一方面意見特別紛雜，似乎說甚麼的都有：或稱道作品在「性文學」禁區荒漠上的開拓；或指責主人公是個「偽君子」；或批評作家太「左」，認為不應該歌頌苦難美化災禍；或責難作品太「右」，引出騸馬的幾句牢騷認為有攻擊党的知識分子政策的嫌疑；

或曰作家不夠真誠，處處有道德辯解和「懺悔」的痕跡；或曰作家寫「性」可以，但不夠「美」，格調不夠高；或指出作家企圖追求「殘酷的深度」，矯飾只是出於技巧和策略的考慮；或斷言作家動機與作品效果間距離很大，但究竟前者高於後者呢，還是後者超越前者呢？究竟是「動機不錯，效果有問題呢」，還是「作家無意間達到了某種藝術深度」？人們的看法又不一致……可是，另一方面，在意見紛雜的同時，這許多分歧極大、各執其理的評論，卻並沒有像以往那樣，逐漸形成截然相反的兩種觀點，構成針鋒相對的爭鳴。每一種看法，骨子裏自然也有褒貶，但似乎是甲肯定作品中的 B，乙否定作品中的 A，大家均面對小說發言，不同的批評意見卻無法交鋒，難以正面碰撞。於是，這些包圍作品的爭鳴，同社會上同文藝界原有的羣體意義的觀念分歧也就缺乏了直接的必然的聯繫。當白樺等人的作品引起爭議時，我們依據某個批評家一貫的社會政治姿態和文藝觀點、藝術趣味，總能大致推想出他這一次的基本態度，假如作品比較尖銳地觸及時弊，某人一向力主文藝應當歌頌光明，他很自然又會對作品中觸目驚心的醜惡線條持保留態度；某人歷來思想解放且膽子特別大，他當然又會無條件拍手叫好，大喊「快哉！」；而向來為人謙和持論嚴謹的批評家，很可能又會「一分為二」：動機是好的，但社會效果，不無可議之處……張賢亮到《綠化樹》為止的作品，也都曾得到過類似的評論，但《男人的一半是女人》問世後，人們饒有興味地發現，具體的不同的批評意見與「左」或「右」、「解放」或「保守」、「老年」或「青年」等「類」的批評羣體之間的必然聯繫被打亂了。人們不無驚訝地看到：一向立論嚴謹歷來注重文學社會效果的老評論家，卻對張賢亮的「性描寫」表示理解乃至支持，而不少銳意更新觀念激烈捲起新潮的青年評論工作者，居然對《男人的一半是女人》中的道德傾向皺起了眉頭；當然，更多的年輕讀者在鼓掌，有的為政治鋒芒，有的為道德勇氣，有的為感官效果，更多的權威評論家與作家（尤其是女作家）則對作品保持緊張的嚴肅的困惑和憤怒的沉默；在憤怒責難作品的批評家中，既有正直忠勇的思想解放的闖將，也不乏自覺以警惕「反黨小說」為己任的戰士，他們之間本來應當面紅耳赤、劍拔弩張的，現在，卻都同時對着《綠化樹》及其續篇宣戰；而張賢亮如果想躲到他的欣賞者那裏多聽些讚揚的話，那麼他也很快會發現，不僅各種讚揚裏有各種各樣的保留和「歪曲」，而且欣賞者們的不同欣賞理由一旦展開，彼此間恐怕也會打架……是啊，一部文學作品，怎麼會引起這樣「混亂」的爭鳴呢？在這種複雜碰撞、意向交錯的批評中，張賢亮小說本身的意義又在哪裏呢？

假如有人說：作品的本體意義，就在這複雜紛亂的爭鳴反響之中——人們，包括作家本人，當作何想？

作品爭鳴，從「雙向對峙（及協和）」到「多向交錯與紛雜」，未必是壞事。這裏面，既有文學實踐和批評實踐的某種發展，也有文學觀念和批評觀念的微妙變化。

觀點能夠條理清晰地對立，論辯能夠針鋒相對地展開，這說明爭鳴雙方（或三方）有意無意地，是在同一層次上進行考察和批評，而那些論辯狀態紛雜朦朧，論辯結果既難分勝負對錯也沒有明確結論的作品爭鳴，則每每意味批評家們同時在不同層次上把握和評判作品。這種現象當然並非始於張賢亮的作品，但在《男人的一半是女人》的反響中表現得比較明顯。對《太陽和人》，甚至對精神內涵極紛雜的《在同一地平線上》（張辛欣），爭鳴和批評主要是在社會政治歷史反思和社會人生態度的層次上展開的。還有《愛，是不能忘記的》（張潔），爭論也主要是在道德倫理範疇內進行的。所有這些現象，一方面固然是因為作家在作品中着力突出某一層次的意蘊和鋒芒；另一方面，更重要的，也由於讀者和批評家們的興趣十分集中，幾乎都會不約而同地首先或主要把握作品中最觸目顯眼的那一個意蘊層次。這些現象，既不能說明作品的單薄，也不能說明批評的軟弱。反過來，它恐怕恰恰證明了在新時期文學發展中的特定階段上，時代和現實，使得人們（作家、讀者和批評家）的意向都如此集中。不過，只注意某一個層次（哪怕是最重要的層次）的批評爭鳴，如果再摻入非文學的因素一定要明究是非黑白，那麼在「積極」與「消極」、「道德」與「不道德」、「革命」與「……」之間的選擇，是會使作家和批評家同時陷入尷尬處境的。於是，折衷意見必然產生：「動機是積極的，但社會效果卻有消極成分。」這種結論，從社會政治層次講是明智的；但從美學從藝術規律從文學本體意義來講，卻又是很勉強的。

前幾年也有不少作品，顯然具有多層次的意蘊結構，但在第一層次的批評興趣面前，作品的立體感並未得到足夠的正視。對於趙振開（北島）的《波動》，我們除了辨認它是否有薩特印記以外，難道不能在諸如技巧創新、小說詩化、青年人失落感的描寫等層次上引起思索嗎？再如張承志的《黑駿馬》，充滿了綠色草原的靈性，是主人公心中的神聖所在，這裏有沒有某種異態的戀母心緒？所有這一類的批評探索，都需要一個多方位的視野和一個多層次的貫通，而最後，恐怕很難達到一個是非分明「不偏高不過低」的結論。

在這個意義上，《男人的一半是女人》出現在中國文學批評有所變化和轉機的時候，說明張賢亮實在還是幸運的（將來寫文學史，也許會將 1985 年視為 1949 年以後中國文學極有成就的一年）。《靈與肉》，前幾年曾贏得單一層次（社會政治歷史反思的層次）的溢美（我在很嚴格的意義上使用這個詞），實際上那也正是一篇經不起多角度多層次深究細探的小說。而近來《綠化樹》和《男人的一半是女人》能被各種各樣複雜奇特的批評所包圍，反過來也證實了這兩部近作，恐怕確有其內在結構的複雜性意蘊層次的豐富性可以召喚、導致、經受和容納那種種或憤怒或陶醉或苛刻或奇特的批評；或者，不妨把話顛倒過來說：也許正是人們多視角多側面多向多維多元的鑒賞、把握、解剖和評判，才充實着乃至支撐着作品意蘊和意義的多義結構和豐富層次。

理解了「多層次批評」這個關鍵，上述包圍《男人的一半是女人》的種種觀點，就可以得到一個初步的梳理了：嫌其「極左」，責其美化苦難玩味屈辱也好，攻其「太右」，斥其含沙射影以性無能隱喻知識分子命運也好，這兩種截然相反的批評均從社會政治角度立論——顯然，作品中確有無可否認的社會政治內涵；讚其大膽突入「性心理」荒漠也好，怒其厚顏無恥「是個偽君子」也好，這方面的討論屬於道德範疇——看來，作品確實鋒芒畢露地觸及了不少道德難題；是真誠坦率，還是做作矯飾？是嚴厲自剖乃至自折自虐，還是聰明地自誇自慰和自我辯護以求解脫呢？這似乎也是道德批評，但實際上主要是討論創作態度，指歸於藝術規律而非倫理法則；至於作品中的「性描寫」美不美？太露還是不夠細？哲理（及經典）與心理（乃至變態）的混合，效果如何？文筆格調是奇峭還是平庸，藝術趣味是殘酷的深刻的「新」還是矯揉造作的「醜」？……這些研討，都主要在美學層次上展開，有的還涉及趣味。談到趣味無爭辯，加上幾個層次的問題交錯混淆在一起同時鋪開，自然使人們感到這種批評爭鳴和作品反響的複雜，也使人們相信作品也的確複雜。

難道說，《男人的一半是女人》的複雜意蘊，是由多層次的批評所造成的美學錯覺？我以為，這句話只說對一半。需要糾正的至少有兩點：第一，造成的「文學現象」並非「美學錯覺」；第二，批評不僅是

「多層次」(多個參照系)而且仍然是「多向」(不同的價值判斷標準存在於每一個層次每一個參照系中)。

對文學作品的多層次考察，首先是一種「現象確認」，即「我認為作品在這一個層次或那一種意義上有甚麼意蘊」；而對文學作品的所謂多向評判，就是不同的人依據不同的標準對同一作品意蘊的不同價值判斷。嚴格說來，「現象確認」與「價值判斷」在文學批評中，總是同時展開同時進行的，但由於不同的批評實踐有不同的側重，所以我們可以人為地歸納哪些批評側重於考察作品意蘊「是甚麼」，而哪些批評更關心作品意向「好不好」。比方說，前面我們引述的關於《在同一地平線上》等作品的同一層次的激烈爭鳴，主要就是討論作品的意義「好不好」(積極還是消極)；而近年來對一些「探索性」作品的多層次探索，則主要是「現象確認」，從不同角度探究作品內涵「是甚麼」。為甚麼那些被人譏為「可讀性越來越少」的作品「可評性」卻「越來越多」呢？這其實同時說明了文學實踐從單一性社會政治主題向社會文化心理結構的多層次意蘊的開拓發展，和批評實踐的從單一性社會政治或倫理判斷向社會文化心理結構的多層次探究的轉折變化。

現在我們不難明白，為甚麼張賢亮的近作會在文學批評面前顯得特別複雜(或者說被文學批評搞得特別複雜)。因為圍繞着《男人的一半是女人》的批評，是「各種各樣的好話和壞話」，即既有多層次的意蘊探究「現象確認」，同時仍有針鋒相對、截然相反的價值判斷和是非界定。如前所述，幾乎在作品涉及批評指向的每一個層次上(社會政治歷史反思，道德倫理範疇內對人的自然屬性的思考；人生姿態、生活態度；美學格調與趣味與技巧的層次等等)，都同時有着來自兩個(或兩個以上的)方向的批評力量，在混淆，在交錯，在曲折碰撞。這種現象一方面證明了作品在它所涉及的諸多層次上都具有尖銳的挑戰性，尤其在「中國現代知識分子的歷史命運」與「性」這兩個極敏感課題上誘發和召喚了人們原有的困惑、激動和不同看法；另一方面也證明作品的挑戰性、尖銳性本身表現着某種朦朧形態，使得人們（讀者和評家）在來不及確定這「是甚麼」時已經被迫要表示「好」或「壞」。這種作品鋒芒的朦朧形態，從好處說，便是作品多層次意蘊內涵的開放結構；從壞處講，便是作品多層次意蘊內涵的混亂結構。開放也在這結構中，混亂也源於多層次，這個問題十分重要。我們不妨先從「壞」的地方看起。

在《靈與肉》和《綠化樹》中，張賢亮已經表現出政治姿態、人生姿態與美學姿態的某種混淆。比如對於主人公的苦難經歷，在政治姿態上，這當然是極「左」路線，畸形時代強加於知識分子的厄運，理當譴責唾棄無疑；但在人生姿態上，人經受了嚴酷的磨難但還是走過來了，再想想當初那些嚴厲自責的順態「懺悔」和以「毒」抗毒的逆態忍受，再想想厄運災禍如何變成了使人堅強成熟的考驗和煉獄，這時候的感慨裏就不會只是憤恨和不堪回首，而是滋味萬千的感悟了；而在美學姿態上，對苦難中心理變態的解析，對厄運的既荒唐又奇特的情緒體驗，還可能會成為苦澀的快感，成為對痛苦的觀照和玩味……本來，政治譴責、人生感悟和美學觀照是完全可能在作品中多層次呈現的。問題是張賢亮卻有意無意地把這幾個層次的不同姿態加以混淆，作家不但沒有運用敍事口吻色調變換等技巧來拉開二十年前的章永璘與今天的張賢亮之間的距離，而且反過來貼上許多議論和格言、引子，更增加了三種姿態之間的時空混亂感。在《男人的一半是女人》中，這種不同意蘊層次的混淆依然存在，這也正是「多層次批評」得以朦朧紛雜展開的主要原因之一。性功能障礙以及由此引起的人性屈辱，大概是這篇小說最誘惑人、最刺激人同時也最羞辱人、最令人討厭、遭人非議的場面了。對此，社會政治角度的反思，無論是實錄細描被迫害文人的生理精神痛苦，還是曲折隱喻一代知識分子被剝奪思想功能的悲慘命運，其姿態都是沉痛的，也是充滿憤慨的；但在道德倫理及人性價值意義的探索上，卻使作家不僅沒有對「性無能」的經歷不堪回首，而且反過來要加以渲染盡情表現，這時作家的興趣，已從導致人性扭曲的原因轉向人性扭曲的後果，把赤裸裸的人逼到畸形境地無情拷打後，心理畸變發展到生理畸變，「性」的課題便無可回避了 —— 我想表示遺憾的是作家不該只滿足於用畸形性心理來隱喻知識分子命運，其實深入解剖變態性心理，恐怕是個更「重大」的文學課題。在我看來，即使在大談男女之事時，作家的政治興趣也不是太淡而是太濃。作家的「性心理」分析不僅不是脫離社會內容「抽象渲染」，而是相反，社會政治內涵滲透得太直接太集中以至於人性解剖的深度受到了影響。當然，在美學姿態上，既然要解析畸形心理，難免要玩味觀照甚至作迷醉狀，既然要探究變態性格，也難免雕刻病態甚至欣賞病態。如果把這種姿態與上述社會政治層次的反思混淆起來，是啊，人們不困惑、不憤懣、不驚訝、不感歎才怪呢。同樣通過性變態寫動亂時代，寫深層社會文化心理，我更喜歡莫言筆下的癡情於菊花的小黑孩。但我必須承認，張賢亮所玩味觀照的「性飢渴」、「性焦灼」和「性屈辱」，對於近年來文學中反復詠歎的形而上的「愛」的旋律，以及對「第三者」的傳統義憤，都形成了更大的衝擊。「食色性也」，可張賢亮、陸文夫、阿城近來均有寫食（吃稗子面，吃遍蘇州名館，吃蛇肉）的精彩文字，卻少有人擊節或責難。唯獨寫「性」，激動與憤慨馬上會一齊湧來，同時膨脹了作品的容量。極有趣味的是，張賢亮大談男人的屈辱，特別為之難堪和氣惱的卻是女性作家。這是否意味着男人的尊嚴，本來就是女人造出來的？張賢亮或許最初通過「性」

寫「政治」，可政治姿態、道德姿態和美學姿態的混淆，卻使這篇作品在「感情道德探索」中的意義，至少不亞於其社會政治容量——這裏起作用的，是讀者和批評的力量嗎？多層次意蘊的混亂結構（或曰開放結構）在遭致紛雜非議同時又擴大了社會反響以後，是否可以被我們認為，這就是作品的本體意義？

可是，假如沒有目前這種批評局面呢？那麼作品中多層次的意蘊既無法產生多層次的美學和社會效應，而猛烈碰撞的批評還可能會將作品「壓扁」。

同我們的批評界一向慷慨贈送讚譽之詞的習慣相對而言，人們對張賢亮近作的評論看上去似乎都比較苛刻；有的是高標準苛求作品的精華，這是尺度苛刻；有的則以平庸背景襯托作品中的缺陷，此乃態度苛刻。不過透過一片苛求的批評，實際上我覺得評論界，尤其是青年評論界，對張賢亮作品已表示出相當的重視。在真正的文學批評中，解析，尤其是苛刻的解析，恐怕也比讚譽，尤其是寬容的讚譽要高一個層次。

當然，首先要有「東西」可供解析——人們會這樣說。「東西」，指的是作品的意蘊、容量和價值。但反過來說，這「東西」，作品的意蘊、容量和價值，或者再簡潔一些，即作品的意義，不就是各種各樣的讀者接收和紛雜交錯的批評所直接構成嗎？本文所討論的有關張賢亮近作的批評，不是已經從各個側面構成着和支撐着其作品的意向、意蘊和意義嗎？這樣看來，人們怎麼看怎麼評說《男人的一半是女人》，是個極不該忽視的問題。因為我們現在所面對所研討的小說，不就是人們觀照和批評中的《男人的一半是女人》嗎？

本文前面對各種批評意見的羅列和考察，都企圖證明，張賢亮近作在批評面前顯得特別複雜，和「張賢亮近作被批評搞得特別複雜」，這兩句話說的是一回事。

作品能在批評面前呈現複雜的立體層次，這是文學實踐的發展；批評能將作品「搞」得複雜起來，這是批評實踐的發展。兩者的同步則會構成兩種觀念：文學觀念（甚麼是作品本體意義？）和批評觀念（甚麼是批評的本體意義？）的同時變化。這種變化在 1985 年剛剛明顯起來。《男人的一半是女人》正好「撞在槍口上」── 它是否比《波動》比《愛，是不能忘記的》更不幸？抑或更幸運？

限於篇幅，我恐怕無法把這個很大的問題說得更清楚些，但我想，關於張賢亮的創作，我已經說得很多了。而關於本文所涉及的批評和作品本體意義的問題，我又說得很不夠。因為最近我和我的幾位同事正饒有趣味地在討論「批評觀念」的課題，所以在奉編輯之命而作的本文中，我也就自然而然將思路從前一問題（有關張賢亮創作的爭論）向後一課題（甚麼才是作品的本體意義所在）延伸了。我知道，談得有點匆忙。或許現在還不是討論這些問題的時候。就我個人而言，這方面的思考也只是剛剛開始。

1986 年 3 月於上海華東師範大學

發表於《社會科學》1986 年第 5 期，收入《當代文學印象》，上海：上海三聯書店，1987 年。

在陀思妥耶夫斯基
與張賢亮之間

兼談俄羅斯與中國近現代文學中的知識分子「懺悔」主題

將陀思妥耶夫斯基和張賢亮放在一起討論，顯然是個相當困難的課題。如果是「影響研究」，我們缺乏證據，後者讀了多少前者的作品;「平行研究」更不合適：兩位作家的文學史地位相差太遠。只有在中俄兩國文學中的懺悔主題方面，我們可以嘗試尋找這兩位作家在小說中對苦難的理想化。

他們的小說世界常常由苦役和土牢、由飢餓和體罰、由傷痛和血污所構成；他們都會在感官記憶中對傷痛對磨難進行精細的雕刻與玩味，並在道德記憶中對羞恥對屈辱給予超然的撫摸與觀照。其間，有一種痛苦裏的快感，一種攪拌恥辱的自尊，有一種對苦難的神聖化和理想化，甚至是對苦難的熱愛！

一、熱愛苦難？

陀思妥耶夫斯基筆下的《地下室手記》，是一篇比較複雜、晦澀的小說，在作品中作家既冷酷地拷打主人公，又十分偏愛主人公的痛苦，他迫使「地下人」無論如何也要正視自己的病態感覺，於是，出現了這樣一段獨白：

> 當地下人「夜裏回到自己的角落，便特別強烈地感到今天又做了卑鄙的事，而已經做過的事怎麼樣也無法挽回，因此內心隱隱地咬牙切齒地責備自己、折磨自己，最後折磨得使痛苦變成某種可恥的、該死的快感，而最後變成了斷然的、真正的享受！是的，變成了享受，變成了享受！」[1]

陀思妥耶夫斯基好像預先洞察了 1962 年 11 月 1 日晚上中國年輕的「右派分子」章永璘的心理活動：

> 夜，寂靜得使人以為世界已經離開了自己……
>
> 於是，我的另一面開始活動了。那被痛苦的、我不理解的現實所粉碎了的精神碎片，這時都聚集攏來，用如碎玻璃似的鋒利的碴子碾磨着我。深夜，是我最清醒的時刻。
>
> 白天，我被求生的本能所驅使，我諂媚，我討好，我妒嫉，我耍各式各樣的小聰明……但在黑夜，白天的種種卑賤和邪惡念頭卻使自己吃驚，就像朵連格萊看到被靈貓施了魔法的畫像，看到了我靈魂被蒙上的灰塵；回憶在我的眼前默默地展開它的畫卷，我審視這一天的生活，帶着對自己深深的厭惡。我顫栗；我詛咒自己。（《綠化樹》）

這厭惡、這詛咒，包含有二個層次：一是道德意義上的理性的自我批判自我超越，二是心理意義上的根植於病態性格的一種自虐熱忱的宣泄。在我看來，陀思妥耶夫斯基是想通過後者達到前者，而張賢亮則有意無意從前者走向後者。顯然，通過「懺悔」而尋找病態快感，陀思妥耶夫斯基要比張賢亮更真誠，而章永璘卻比「地下人」更「昏熱」。真誠，在於陀氏並不否認由痛苦求快感的自虐狂性質；而昏熱，則在於章永璘（注意：不是張賢亮）並沒有意識到他夜晚這種所謂理性批判，其實只是白日種種心理負重的一種變態宣泄，只是 25 歲青春血液摻雜聖水以後的一種病狀凝結。

蘇聯評論家葉爾米洛夫曾把「苦難的理想化、內心分裂的理想化」看成是陀思妥耶夫斯基身上的一種「陀思妥耶夫斯基氣質」。這種「陀思妥耶夫斯基氣質」不僅與許多俄羅斯作家在人性與基督與農民苦難之間的嚴厲自省有關，而且把這種傾向推向了既為眾人責難又為眾人欽佩的極端。而我們在張賢亮筆下，似乎也發現有一種「章永璘式的懺悔」。那就是在飽嘗苦役折磨後津津樂道多得 100cc 稗子面的幸福感；時而不無驕傲地表現自己對厄運的適應能力，時而又表情莊重地把自身的慾望、情熱和才智與布爾喬亞血統聯繫起來加以嚴厲的譴責。這種「章永璘式的懺悔」，似乎也把中國現代知識分子在勞動者面前的慚愧心情發展到自卑的程度，與新時期作家對「浩劫」對苦難的種種詛咒也有明顯不同。《綠化樹》裏有這樣一個細節：章永璘離開勞改農場後站在田野上，「太陽暖融融的……在天底下，裸露的田野黃得耀眼。這時，我身上酥酥地癢起來了。虱子感覺到了熱氣，開始從衣縫裏歡快地爬出來。虱子在不咬人的時候，倒不失為一種可愛的動物，它使我不感到那麼孤獨與貧窮——還有一種活生生的東西在撫摸我！我身上還養着點甚麼！」這真是簡練而又觸目的一筆，其間混雜了十分複雜的色彩。這裏有阿 Q 血緣的某些基因；有「士大夫」落拓放浪的遺風；還有「多餘人」纖敏善感的自嘲自虐，更有很抽象很嚴肅的理性命題像鞭子一樣懸在人——準確地說，就是知識分子——頭上，借用陀思妥耶夫斯基的「地下人」的提問方式，那就是：「唔，一個甚至在自我屈辱的感覺裏也企圖尋求樂趣的人，他難道可能、難道能夠多多少少尊重自己嗎？」是的，這種提問方式很殘酷。本文所涉及的這兩位作家，都以這種無情的方式，把人——各自的主人公和各自的讀者——推到甚至逼到那殘酷的世界和殘酷的人性選擇面前。當然，虱子只是意象，後面必然還有髒衣、劣食、土牢，還有苦役、刑罰、災難，還有寧夏的鹹水和西伯利亞的風……張賢亮和陀思妥耶夫斯基一樣，在創作中決沒有淡化苦難，也決沒有美化世界。他們的筆下都出現了一連串顛沛無告的人們的悲慘生活圖景，都出現了一幅幅有時簡直可以重疊（但又決不重複）的靈魂受傷、人性扭曲、軀體痙攣和心靈淌血的陰暗畫面——黑暗社會中的貧困使索尼亞・馬爾美拉多娃只能為了父親和一家老小的生活而出賣肉體，羞辱之中甚至連毀滅生命的權利也沒有（《罪與罰》）；畸形時代的貧困也使李秀芝背井離鄉流落異地，隨意嫁人任憑命運播弄（《靈與肉》。李秀芝後來的好運，是張賢亮賜給的）。在種種邪惡力量和梅思金公爵過於單純的靈魂的交叉包圍之下，嫺靜美麗的娜斯塔西雅・費里波夫娜再自恃再孤傲也難逃厄運難逃魔掌（《白癡》）；在條條粗魯繩索和情人過於脆弱的神經的合力絞殺下，純樸善良的喬安萍再掙扎再反抗也還是為愚昧野蠻的環境所吞噬（《土牢情話》）。高略德金的人格被人性的要求和罪惡的社會法則分劈成二重，要麼對醜類對虛偽保持憎惡但做奴隸，要麼巴交醜類學會虛偽而做「主人」，於是，道德遇到了「鐵器」的裁剪（《二重人格》）；魏天貴也被複雜的政治動亂變成了「半個鬼」：要麼維護「原則」而眼看農村破產鄉民遭罪，要麼忠實於土地而不擇手段，「以毒抗毒」，於是，善惡標準也受到了黃河之水的沖洗（《河的子孫》）。所謂「卡拉瑪佐夫氣質」裏充滿淫慾和邪惡，被世俗戕害又去刺殺世俗，結果流了一片混亂昏熱的血（《卡拉瑪佐夫兄弟》）；相比之下，在黃香久懷裏堅強起來的章永璘當然正直、健康得多，但他的衝動與克制裏，也隱隱躍動着痛苦而又惡毒的火苗，結果，又導致了一場癡迷沉醉的悲劇……顯然，我們越是將這兩個作家的作品進行比較，就越是會產生如下的印象，那就是儘管他們的筆都觸探到了社會中幾乎是最黑暗的角落，但他們對畸形性格病態靈魂的揭示實在是比他們對畸形現實病態社會的批判更加深刻，更加強而有力；儘管他們都通過自身遭遇記錄人民的苦難歷史，就像高爾基所說的：「他（指陀思妥耶夫斯基 —— 引者）在靈魂深處體現着人民對一切苦難的追憶，而且把這可怕的追憶反映出來」，[2] 但他們對苦難的既玩味又觀照既陶醉又超越的哲學和美學姿態，也分明比他們對人民苦難歷史的記錄要更引人注目，更令人驚訝、困惑和震驚。人們歷來很稱道《死屋手記》裏那種精細、冷峻的寫實筆觸，這篇作品裏確實較少「原罪感」和佈道的氣味，種種監獄裏的畫面和苦役勞動的細節，都組合成這樣一個主題：很難想像能把人的天性歪曲到甚麼地步？！但陀思妥耶夫斯基在《死屋手記》裏也還是傾注熱情於苦難，他認為人們拋開生活去坐牢，是因為生活有時比苦役更加可怕。苦役勞動居然比自由勞動還輕鬆些，人在苦役中的極端屈辱，跟人在「自由」時所遭遇到的比較起來，原來還不是最大極限的屈辱。在《唯物主義的啟示錄》前兩部中，我們不也聽到章永璘類似的感慨嗎？「回憶昨天勞動時的所見所聞，我發自內心地微笑了。」「在這個混亂的年代裏，勞改隊是天堂！」「每當勞改犯人聽到他用『婊子兒』來稱呼自己，都會感到一種家庭式的溫暖。」「我們又聽見了雞啼狗吠，我們渠這邊河棗花盛開之際，生產隊的蜜蜂嚶嚶地成羣飛來，似乎已經抹掉了橫在人與人之間的森嚴壁壘。有家的犯人彷彿又回到了家，無家的犯人也獲得了些許的自由感……在這樣的年代裏，有這樣一處美好的田園，又何必逃跑呢？」這種對苦役、對勞改生活的自得其樂，雖然其間包含有反襯的意思，但決不僅僅是對沙皇社會黑暗、對「文化大革命」混亂現實的烘托描寫，因為與「家庭感」、「天堂感」相呼應的，還有對屈辱的玩味，對煉獄的膜拜，還有對磨難的陶醉，對體罰的感恩：「我只要一投入勞動，鍬一拿到我的手，麻袋一沾上我的肩，稻捆一貼在我的背，我就會入迷，就會發瘋，如同《紅菱豔》中那位可愛的女主人公一穿上那雙魔鞋便會不停地跳啊，跳啊，直跳到死一樣！」(《男人的一半是女人》) 這種由體罰勞苦而生的快感，不管裏面有多少政治信條和階級覺悟的因素存在，但出自知識分子勞改犯之口，畢竟是表達了一種極複雜的對苦難的崇拜。於是，「地下人」的理論又一次得到驗證「……也可能人所愛的不只是一種幸福？也可能他同等程度地愛那苦難？苦難對於他，也許就像幸福那樣，程度相等地同樣有利？而人有時強烈地愛上苦難，愛到嚇人的程度，這一樣也是事實。這兒已經無須用世界歷史來說明了。只要是人而且即使只是稍稍生活過，你們就問問自己好了。就我個人的意見說，我認為僅僅只喜愛幸福，那簡直就是不怎麼體面的。……說實在的，我這兒可並非主張苦難，但也並非主張幸福。我主張……自己的個性……苦難是懷疑，是否定……我深信人不會拒絕真正的苦難，也就是說永遠不會拒絕破壞和混亂。苦難——須知那就是感覺的唯一原因呀。」

難道，這就是所謂「陀思妥耶夫斯基氣質」與「章永璘式的懺悔」最重要的相通之處嗎？

二、不同的「懺悔」形態

或許他們確有理由對苦難擁有更多的發言權？因為他們都曾有那一段特殊的經歷。

1849 年 12 月 22 日，沙皇政府準備在謝苗諾夫校場處死進步的彼特拉謝夫斯基小組的 21 名組員。費多奧・米哈伊洛維奇・陀思妥耶夫斯基也在其中。他的罪狀是在一次集會中宣讀了別林斯基致果戈理的那封有名的反農奴制的信。於是，他被剝奪了貴族身分，穿上了骯髒的白長褂。「有人把彼特拉謝夫斯基和另外兩個犯人蒙住了眼睛，綁到柱子上去槍斃。鼓聲響了，陀思妥耶夫斯基一邊數計着生命殘餘的幾分鐘，一邊向朋友們告別。一直到最後一刻，侍從武官才拍馬趕到，宣佈以苦役和流放代替死刑。」[3]

這真是偉大的偶然。如果尼古拉一世沒有下那份「赦免令」呢？如果侍從武官半路耽擱延誤了時間呢？那麼世界文學，就會因此而缺少一種色彩，缺少一種品質，缺少一種獨特的深度？

毫無疑問，與死神擦肩而過的這驚心動魄的一瞬間，不可能不對陀思妥耶夫斯基後來的創作產生影響。何況在這以後，還有長達九年的西伯利亞苦役和軍營生活。

陀思妥耶夫斯基在流放以前已經發表了不少著名小說，其中《窮人》和《女房東》分別得到了別林斯基的激賞和批評。張賢亮卻是在經受了近二十年的苦役、勞改和監禁生活以後才進入文壇。他和他筆下的石在、許靈均、章永璘一樣，在新中國成立時還是個少年。可以說是生在舊社會，長在紅旗下。1957 年罹難以後，大西北苦役和勞改生活，便與他自幼所習慣的都市「資產階級」生活方式以及由普希金、歌德、勃拉姆斯所組成的文化結構，形成了極強烈的反差。當他從厄運中掙扎過來並拿起了筆，那段特殊年代的苦難經歷當然會影響他的創作態度制約他的藝術基調甚至直接就構成他許多作品的內容。迄今為止，他的小說創作大致有三類，一類作品主要描寫農民艱難的生活和政治動亂對農村經濟和道德結構的衝擊，筆調顯得淒涼、凝重（如

《邢老漢和狗的故事》《河的子孫》）；另一類直接以改革者姿態展現當前的社會生活，雖有雄風卻每每失之空疏，痛快淋漓裏也有概念化痕跡（如《龍種》《男人的風格》）；第三類，數量最多，分量最重，評論界毀譽最不一致而我以為也是最足以體現張賢亮風格的，便是表現知識分子苦難歷程的作品。從《靈與肉》到《土牢情話》，從《綠化樹》到《男人的一半是女人》，作家不怕重複不厭其煩地一遍遍講述、展覽甚至有些誇耀個人那極慘酷的不幸遭遇、那在苦海鹹水裏游泳以後的遍體鱗傷，每一次換一個角度，或側重一個時期，時而在牧區監督勞動，時而被關在陰暗的土牢裏，時而從勞改農場放出，時而又在鄉村勞改期間結婚，並企圖外逃……有點像系列劇，男主人公貫穿始終，女主角卻每場都換。漸漸地，人們已經熟悉了那男主人公，也熟悉了包圍他的種種苦難。但人們依然並不厭倦甚至頗有興致地期待着，期待唯物主義者繼續往下「啟示」—— 不僅是期待新的或美麗或肉感的女主角登場，更是看那主人公的靈魂還能否繼續分裂、重新組合，往更深的，哪怕是慘不忍睹的層次突進……倘若離開那段經歷，我們就簡直無法想像作家怎麼能在不斷重複的陰暗背景下一次次審問人性，一次次撫摸、麻醉和刺傷人的血肉。也正是在那重疊接踵而來的有關土牢、苦役、審查、監禁的陰暗畫面中，才使我們更加意識到「死屋」在作家肉體上心靈上所留下的烙印，更加意識到「煉獄」中的一切，對作家來說，永遠是一種無法拋棄無法漠視的「負荷」！

是的，負荷。然而鎖鏈和勛帶都是負荷。我們無法否認苦役生活與苦難文學的關係，但這仍然不能完全說明「苦難理想化」的問題。只要稍作橫向比較就可以了。車爾尼雪夫斯基也曾被沙皇流放到西伯利亞，但他對苦難卻似乎只有憤懣而無詠歎。他在不自由和受迫害的環境裏所創作的《怎麼辦》，卻正是企圖說明自由、無神論的人類理性的偉大力量，證明理性能夠按照法則 —— 個人利益與社會利益一致結合的原則，來重建整個光明的世界。如果說《怎麼辦》中的社會理想有些天真，那麼陀思妥耶夫斯基在《地下室手記》裏對《怎麼辦》的譏諷及其理論支點和非理性潛台詞，卻又顯得過於殘酷了。與民主主義啟蒙學者對特定社會發展的熱烈的信心、歷史樂觀主義態度和精神的勇敢恰成對照，靈魂奧秘的探索家卻對世界對人性表現出無可奈何但又同樣是勇敢的悲觀和懷疑 —— 同樣是流放，怎麼會導致這樣不同的精神反應呢？可見問題的關鍵並不僅僅在於苦難經歷本身。我們找不到多少論據能證實有苦難經歷的藝術家必定會詠歎苦難。一生縱情尚美享樂頹廢的王爾德，一向追求朦朧尋覓憂鬱的戴望舒，在晚年被戴上鐵鐐以後不也都顯示過強硬的抗議姿態嗎？在中國新時期文壇中，和張賢亮一樣從 1957 年開始遭受苦難的作家人數不少，他們也都曾以不同方式控訴過苦難。比如勇敢開創「大牆文學」的從維熙，慷慨忠勇的政治激情使他完全無法（也不想）壓抑對極「左」路線下的監獄生活的憤懣，他冒着風險，激動和義憤使他在那麼惡劣、殘酷的處境中也照樣充滿勝利信心並勇敢反抗，於是，控訴中就帶着一股既高昂又虛脫的凜然正氣。又如歷經磨難的少年布爾什維克王蒙，回首昨天的苦難他不喊不叫，而是帶淚含笑的沉思。皮鞭在身旁冷嗖嗖地晃動可心裏還是在呼喚「布禮」，這既是揭露又是表白既是申訴又是宣誓。再如也在「反右擴大化」之列的高曉聲，看上去回避了對厄運的直接譴責和抱怨，但實際上只是換了角度且擴大了視野，他以李順大辛苦三十年造不成一間屋的事實，來自願為農民「訴一訴苦」，這其實是在更高的歷史平面上提出問題；他的冷峻，他的幽默和他的「木訥」，一點也不能說明他自己忘卻或者說在感謝苦難。還有茹志鵑，她雖然在「1957 年」倖免於難，但也自覺地背着那種負荷，《草原上的小路》悠遠淒涼，從受難者子女的患難友情着筆，看似訴「文革」之苦，實際歎「反右」之冤，儘管淡墨素筆，清冷雋永，內在鋒芒卻也相當尖銳……縱觀這片由種種申訴、控訴所合成的「傷痕文學」交響，我覺得其中人們的憤怒實際上有兩種。一種是因革命戰士遭到「假革命」的迫害而憤怒（從維熙、王蒙的憤怒態度不一，憤怒理由卻大致接近）；另一種因勞動人民受到「假革命運動」的損害而憤慨（高曉聲、張一弓、葉蔚林等人，主要側重這個角度）。張賢亮起步較晚，當他最初以《靈與肉》加入這片和聲時，他的聲音既溫和又刺耳，既做作又冷峻。溫和和刺耳主要表現在小說的基調上：即使歷經磨難也要耐心地虔誠地到痛苦中去尋找詩意去發掘缺陷美——這究竟是溫和、堅強、明朗的「向前看」的革命旋律呢？還是謳歌屈辱鼓吹逆來順受之「禮」的不和諧音呢？儘管表面上一片讚揚聲，人們心裏其實是有疑問的。做作和冷峻，主要表現在小說的姿態上，當作家把美學姿態與人生姿態與政治姿態混淆起來時，種種細節的做作便十分觸目了。正像有人所刻薄諷刺的那樣，李秀芝如果真的「子不嫌母醜，狗不嫌家貧」，那她何以不留在四川與家鄉人民一起改天換地，而要盲流西北呢？許靈均倘若真正愛國，那最明智的選擇是應該去把父親在聖弗蘭西斯科的上億美元的財產（如果真的有的話）繼承過來，而後作為外資引進中國才對呀！……這種批評固然有些牽強，但也不無令人思索之處。當主人公把他在草原上感悟出來的情緒帶進北京飯店華麗客房以後，作家在描寫苦難時顯得爐火純青的筆，也變得僵硬了，可見這不僅僅是技巧問題。關鍵是，作家既然承認許靈均這個「小資產階級知識分子」（請注意這個身分）的不幸遭遇是極「左」政治勢力所強加給他的，那麼接下去，作家怎麼來解釋許靈均的苦難和思想改造是有歷史意義的呢？許靈均這種把知識者改造成勞動者的煉獄歷程，客觀上是否同幾十年來中國知識分子的艱難道路有關？是否是三十年代以來中國知識分子對政治概念上的「勞苦人民」的越來越虔誠的崇拜和對自身越來越苛刻的譴責的某種必然發展？甚至這種崇拜和自責今天還要這樣發展下去？——《靈與肉》太做作了，正如黃子平所說，其間既無多少靈的味道，也找不到甚麼肉的氣息，它自然無法承受以上這些複雜課題；但《靈與肉》畢竟（哪怕是無意之間）接觸到了那個冷峻的歷史現實。在《靈與肉》的標題之下，作家後來倒是真正作了有分量的開拓，聲調也越來越從溫和走向悲涼。刻畫着知識分子改造歷程的苦難，而且是一種着眼於「病態」（或者本身也有些「病態」）的刻畫，這就是張賢亮與眾不同的角度了。正是在這個角度上，他的作品必然會銜接上丁玲的反省和郁達夫的懺悔，必然會遙望托爾斯泰的農民觀和陀思妥耶夫斯基的平民意識（自然，銜接和遙望的結果如何，那是另一回事）。從維熙的義憤是從辨明歷史教訓、澄清政治是非的目的出發，而張賢亮至少顯得他無意也無力總結曲折的政治歷史，所以他缺乏那種義憤；王蒙筆下的主人公在苦難洗禮之前和之中也一直是黨的兒女（儘管實際上也是知識分子），所以他的有克制的「不輕易恨」和「黑色幽默」式的笑容，與張賢亮讓人文主義者在愚昧野蠻氛圍裏忍讓、寬恕，具有完全不同的含義；很少有作家能像高曉聲那樣貼近真正的農民，所以他首先從生存、溫飽意義上看待農民的勤懶善惡，相比之下，張賢亮則主要是把農民作為知識分子在精神歷程中假想或實感的社會參照物，農家女的情熱、車把式的粗獷等等，大都只是主人公的心靈外化。比較關注知識分子命運的倒是諶容、張潔、宗璞和楊絳等女作家，不過諶容重社會問題，張潔重道德探索，她們都主要着眼現實：着眼知識分子長期改造後的後果（陸文婷的善良忍讓和《真真假假》中會議桌上的種種表情，都是這種「後果」的表現）；宗璞則由於溫柔敦厚氣度的限制，即使傷心了也喊聲「我是誰？」，但嗓音並不嘶啞，也決不忍心把苦難包上糖紙，決不忍心採用過於殘酷的藝術手段。只有楊絳的《幹校六記》，在表現知識分子苦難歷程時也是哀而不怨，怒而不傷，融憤火於寧靜悠遠之中，化濃烈為一片沉重的淡泊；但她筆下又決無張賢亮式的對「邪惡」的玩味與觀賞，人物也決不會像章永璘那樣連操守、信念、氣質及靈魂本身都被苦難肢解（或昇華）……

中國當代文學中種種對知識分子苦難歷程的不同視角不同姿態，在歷史和心理真實的意義上，説明了不同氣質不同文化構成的人，在同樣的苦難遭遇中會有怎樣一些不同的掙扎、麻醉和痛苦形式；在歷史和人生哲學的角度，也揭示出民族和社會的災難對各種精神支柱、各種心理結構、各種道德規範都帶來了怎樣不同層次、不同性質的衝擊、鍛壓和裂變，即使大病過後，也會留下怎樣一些彷彿迥然相異的後遺症……當然，這裏面控訴還是基調，抗議還是對苦難的最基本姿態。即便張賢亮一開始「故作溫和」，在這一點上，他也並不例外。對中國現代文學影響最大的十九世紀俄羅斯文學，作家們遭受社會屈辱以後，盡管普希金的慷慨激昂與契訶夫的深沉冷峻不同，儘管謝德林、涅克拉索夫的憤怒諷刺與屠格涅夫的溫和抗議迥異，儘管別林斯基的雄辯姿態與托爾斯泰的嚴厲自責也有極大的區別，但歸根結蒂，他們都在詛咒黑暗，毫不留情地詛咒專制、暴虐和野蠻的黑暗勢力。陀思妥耶夫斯基那「偉大的忍從」（魯迅語）本質上依然是詛咒黑暗，但當時，有一度，他被認為是脱離了進步文學的主流。為甚麼流放沒能使他更加奮起反而通過「徹悟」而改變革命姿態呢？為甚麼他會把苦役期間初次發作的羊癲病看成某種天啟，某種痛苦但又偉大的寧靜呢？

在尼古拉的苦役和兵役那樣的對他的人格的極度屈辱之下，具有莫大自尊心的陀思妥耶夫斯基要活下去，就是說，要保持對自己的尊敬和正視自己的可能，就只能在下面的兩個條件中選擇其一：或者仍舊繼續抗議，堅持先前的信念，驕傲地忍受一切屈辱，或者自欺欺人地為自己所受到的屈辱辯解，使屈辱甚至顯得好像是天賜的恩惠一般。[4]

葉爾米洛夫可能自己也覺得他對陀思妥耶夫斯基痛苦選擇的這種分析過於簡單化了，所以雖然他接下去認為陀氏是選擇了第二條路，但同時又承認:「陀思妥耶夫斯基在他的作品中深刻地揭露了順從勝於驕傲的心理。他顯示出，在這種順從的掩蓋之下，沸騰着多少被抑制的憤怒！多少雖然被趕到內心深處，但不管怎樣順從，還是不可忍受不可調和的怨憤和自尊！多少對復仇的渴望！」[5] 事實上，苦役對陀思妥耶夫斯基來說，不僅提供《死屋手記》的素材和其他種種黑暗的印象，不僅摧毀和破壞了他的理念和感情方式，而且也扭曲、鍛造了他的神經、他的感官和他的心理結構，這就使他後來的創作，一方面在社會政治姿態上倒退了(《地下室手記》《羣魔》等作品諷刺並反對當時俄國的進步文化力量)；一方面又在人性解剖的深度上取得了人們無法否認的進展(高爾基以為他的藝術表現力，只有莎士比亞堪與倫比，許多二十世紀現代主義作家也紛紛將陀翁視為前驅)。而這種倒退與進展，都耦合在他對苦難的獨特的「懺悔」中。他之玩味「天賜恩惠」的屈辱，既是在社會和倫理意義上忍耐和接受屈辱，又是在心理和美學意義上分解和粉碎這種屈辱。張賢亮顯然缺乏陀思妥耶夫斯基的道德熱忱和心理容量，在藝術的力度與才性上的比較更沒有意義，但他在中國似乎也特別為類似的選擇而苦惱：是驕傲地詛咒屈辱呢？

還是千方百計為屈辱辯解？或者更準確地說，命題在他那裏發生了如下的變化：是冷峻地承認屈辱並擔當與之搏鬥的使命呢？還是通過千方百計的辯解進而從屈辱中解脫自身？從《靈與肉》溫和的自得和做作的自愛，到《綠化樹》羞辱的自尊和艱難的自立，再到《男人的一半是女人》痛苦的自強和殘酷的自信，我們不是也看到了作家在社會學探索方面的某種失敗不斷為心理學解析方面的某些進展所彌補嗎？其實寬泛地講，面臨苦難考驗的人們，都無法回避上述選擇。不過俄羅斯和中國的知識分子，似乎在這種選擇上表現得尤為遲疑，尤為痛苦。十九世紀俄羅斯文學和中國現代文學中大量出現的知識分子「懺悔」主題，是由這兩國知識分子在近代社會歷程中特別艱難、特別忍辱負重的命運所決定的。在十八、十九世紀的歐洲文學中，知識分子的懺悔（或者抗議）都只是在人性和基督這兩種精神力量之間進行的，至於人民苦難、社會問題，藝術家們（尤其是浪漫主義者）幾乎是忽視和超越的。盧梭（或少年維特）熱戀時邊哭邊喊，眼中只有異性偶像的光彩，根本看不見彎着腰的馬車夫；于連「懺悔」時也只想着德・瑞那夫人的口「紅」和教堂中神聖的「黑」，至於看門的小廝僕人他也是不屑一顧的。這也就是說，當他們抗議時，人道主義便包含着社會進步力量，意味着歷史發展趨勢來向傳統向宗教向抽象道德宣戰；當他們懺悔時，人道化的基督精神和道德熱忱便與個性主義慾望在人的靈魂中展開角逐。所以在歐洲，人們的抗議每每大膽徹底（譬如拜倫、雨果），懺悔也常常包含人文主義的肯定，常常具有超越世俗的英雄氣慨（如「維特」、如盧梭的《懺悔錄》）。而在俄羅斯和中國，情況就有所不同了。農民苦難和民族苦難在現實視野在精神傳統甚至在原始記憶上就沉重地壓迫着作家們，使他們除了像拜倫像維特那樣覺得「我是一個人」、代表抽象的人們以外，自覺不自覺地還要認為自己第一是俄國人（或中國人），第二是知識分子，而非平民或農民，陀思妥耶夫斯基無論是流放前怎樣同情勞苦大眾，苦役後又怎樣以平民意識對西歐自由派表示反感，這裏均有一個對知識分子社會地位、責任、使命及其與農民的關係的反省問題。同樣在屠格涅夫、萊蒙托夫、岡察洛夫等人對「多餘人」形象的系統考察中，也可看出俄羅斯知識分子的種種自覺意識、自我認識慾望和自我價值判斷後面，都有一個社會大眾苦難的潛在參照系存在。所以，他們總是會在淑女長裙旁看見農奴乾枯的手臂，總是忘不了草原上的瘦馬和被叫做「木木」的小狗。……在中國文人心目中，「中國人」的概念倒是鴉片戰爭後才出現的，「士」的意識卻根深久遠得多。把「我是君子」作為前提，甚至比「我是人」這個命題更為重要。現代知識分子，一方面再閒適再悠雅，也不會忘了感時憂國，另一方面即使在苦難歷程中，也依然不失其「士」的迂腐、「士」的正直和「士」的狡猾；一方面總是同情地、焦灼地甚至痛苦地注視着眼前晃動着的人力車夫的身影，時時想解救他們，另一方面又每每將這種解救大眾的意識與解救大眾的能力與解救大眾的權力無形混同了，從「憂天下」走向「先天下」，再轉為無意間的「超」於或「高」於天下以後，因不能解救天下的理性負罪感以及混在這種負疚感中的心理優越感便同時產生了。俄羅斯作家也有他們的基督（一種有別於「西方基督」的更強調忍讓寬恕的東正教信條有時則幾乎表現為抽象的道德光環，一種唯靈的氛圍），他們的抗議和懺悔也是在人性（主要是西歐來的人文主義觀念）與基督之間進行的，但對人民苦難的焦灼不安，卻是一個可以在兩者之間任意加碼的決定性的精神力量：如果知識分子自身的人道主義態度貫穿在對農民苦難的同情和理解之中，那就構成了對抽象道德秩序（即便它有神的尊嚴）以及它所維護的沙皇專制統治的抗議；可是一旦作家們覺得西歐意義的人文主義並不能真正解救農民的苦難（進而拯救俄羅斯的苦難），那他們很自然就會以拯救苦難的責任、使命感來譴責來批判自身的諸如情慾要求之類的人文主義感情，這就形成了俄羅斯文學中大量出現的憂鬱悲涼的知識分子「懺悔」，而有些作家（如其中最偉大的托爾斯泰、陀思妥耶夫斯基）則會進而將基督與苦難、將道德熱忱與堅毅忍耐、將良知審判與美德規範混為一談，這就使得他們的「懺悔」尤為嚴厲、尤為沉重、尤帶宗教色彩。雖然許多俄羅斯知識分子詛咒貴族身分、釋放農奴或甘願為妓女贖罪，這裏彷彿有某種愧對世界的「原罪」意識。但實際上如前所述，懺悔中的原罪感表面上是愧對基督，本質上卻是愧對人民，或者說是愧對知識分子解救人民解救國家於苦難的社會責任和使命感。於是我們發現了，如果這種責任感和使命被熱情所誇大了，那麼知識分子的「原罪」也就加重了——許多中國知識分子不也是在灼熱的憂國憂民意識中而感到無地自容而深切「懺悔」的嗎？許多華夏的現代「士大夫」不也是在拯救民眾苦難的使命感受挫折遭失敗後嚴厲自責而甘願接受苦難洗禮嗎？魯迅極為精闢地指出過：「在中國，沒有俄國的基督。在中國，君臨的是『禮』，不是神。」本世紀的中國作家，他們的抗議，是人性與苦難聯合起來向專制統治的「禮」抗議；這時，外來的人道主義思潮與自身的人性要求統一了（請看《女神》），「士」的個人遭遇與勞苦大眾的苦難也相通了（請看《春風沉醉的晚上》）。於是，作家們理直氣壯地詛咒禮教和現實，從《祝福》到《芙蓉鎮》，這是中國現當代文學的基本主題之一；但和抗議同樣重要的「懺悔」主題，情況就更複雜一些了。最初是民眾苦難與啟蒙意識（社會責任感）混在一起，提醒知識分子觀照自身情感上的灰塵（如魯迅《一件小事》）；後來是民族苦難與階級意識（戰鬥慾望）混在一起，促使知識分子反省自身的人文主義觀念（即資產階級思想）；再後來是大眾利益（是否真是長遠利益還可以研究）和革命理論混在一起，迫使知識分子批判自身的「小資產階級思想感情」，在「文革」中則是概念上的「勞動人民」的階級感情與披着極「左」外衣的「禮」混在一起，逼使知識分子殘殺自身的「靈與肉」……一種分明有積極意義的理性批判怎麼會逐步演變成「消滅思想」的歷史悲劇，研究這個課題屬於政治學和思想史的範疇。我們在這過程中所注意的只是文學上的「懺悔」。這種「懺悔」在中國，實質上也還是知識分子的情感良知在人性與「禮」之間的動搖、痛苦和彷徨。人性裏有狹義的歐洲人文主義觀念，也有廣義的人道精神；「禮」當中則包含不同內容的道德和政治規範。和俄羅斯的情況十分相似，「苦難人民」這個砝碼加在哪一邊，哪一邊就獲勝。三十年代以來，知識分子「懺悔」的一個基本前提就是愧對苦難人民，但隨着這種根植於啟蒙意識的慚愧變成尊敬變成崇拜甚至再變成某種「恐懼」，「懺悔」也就由內心觀照上升為反省上升為自我批判再上升為精神自殺。不管章永璘嘴裏鼓吹甚麼，他自身的命運就是上述知識分子「懺悔」歷程進入後期一個悲慘階梯的真實心理寫照！也是個性主義在中國遭受屈辱的一個實證！從人道主義不能迅速拯救中國苦難這一點而言，現代知識分子的懺悔歷程不無歷史意義，個性主義在中國也確實屢屢受挫（比如在《傷逝》裏、在《青春之歌》裏）；但從傳統禮教演化成革命理論來對抗人道主義這一點來說，現代知識分子的懺悔歷程又不無悲劇意義，個性解放思想實在在中國也不該只有失敗（試比較《沉淪》和《男人的一半是女人》，即使是對情慾價值的肯定，也具有長期的反禮教的思想意義）。有評論家曾相當中肯地分析過張賢亮的文化構成，認為由黑格爾、雨果、歌德等所組合的十九世紀西方人文主義文化與中國五十年代後期在「左」的政治思潮影響下形成的當代文化，相互衝撞又相互補充，同時制約着他的創作。然而我們也發現，這兩種反差極大的文化背景，除了唯靈論思想方法的內在一致以外，在藝術中恰恰都是通過帶有俄羅斯氣味的知識分子的「懺悔」抒情而混同而融合的。「懺悔」在這裏作為中介，一方面以苦難的理想化接通西方文化中的基督精神及原罪感，一方面又以對農民的神聖化接通中國五十、六十年代「與工農兵相結合」的金光大道。然而這看上去和諧融會了一切，又由於人道主義精神與禮散傳統力量本質上的對立，而呈現具有嚴峻歷史內容的人的情感分裂，呈現具有深刻社會意義的人格分裂。由於「苦難大眾」這一第三砝碼的存在，中國現當代文學中的知識分子「懺悔」意識顯然迥異於西歐浪漫主義的那種基於個體靈肉衝突的形而上「懺悔」，而離俄羅斯形態的面對草原面對農奴的「懺悔」關係更近。但又由於「懺悔」過程中宗教因素更多地為世俗的現實的傳統的力量所取代，所以深究下去，中國現代知識分子的「懺悔」也還是不同於俄羅斯形態。或者說更像屠格涅夫的抒情式的悲天憫人，而很少真正轉向陀思妥耶夫斯基的「撕肝裂膽」。然而，陀思妥耶夫斯基正是在那悲痛的撕肝裂膽的懺悔中才成為「病態的天才」的。人們稱他為「人道的天才」，那是因為他儘管把人拷打和解剖到慘不忍睹的地步，但最後他卻比誰都更有權利宣佈：人，是不可能征服的！人們也稱他為「惡毒的天才」，那是因為他「是一個偉大的折磨者和具有病態良心的人」，「他非常深刻地感覺了、理解了，並且津津有味地描寫了被醜惡的歷史、艱苦而屈辱的生活所培養起來的俄國人身上的兩種病症：徹底絕望的虛無主義者的殘酷的淫虐狂，以及——和這相反——被壓潰的、被嚇壞的、能夠欣賞自己的苦難、幸災樂禍地在大家面前和自己面前津津樂道這種苦難的一種人的被虐待狂。」[6] 顯然，高爾基在這段評論中所不贊成的，並非對虐待狂、被虐待狂的描寫本身，而是那種津津有味、津津樂道的描寫態度。這種津津樂道的背面，恰恰是一種羞恥的無可奈何，一種變態的痛苦懺悔。即玩味人的邪惡淫慾，又時時懸着道德的鞭子；既喚醒人的良知，使人振奮，又慢慢用鋸子鋸人的自尊；既刻畫美德善良裏的種種卑鄙骯髒，又挖掘罪惡無恥中的種種激情和人性；既使人無法抵抗屈辱，又要為人在屈辱面前尋找心理出路……正是在這些方面，陀思妥耶夫斯基才顯示他的天才的「殘酷性」。由於歷史文化等種種原因，除魯迅、郁達夫等少數作家的有克制的試驗以外，大多數的二十年代中國文人是不會忍心像陀氏那樣「殘酷」地對待自己和自己的藝術的。然而現在我發現，張賢亮似乎也有意作類似的藝術嘗試。他是否也已具備了某種「殘酷的」藝術才能？在我看來，這也是一個極有意思的問題。

三、「殘酷」的才能

是的，殘酷——如果不在貶義上使用這個詞彙的話，我們至少可以從三個層次上來談這個問題。

第一，張賢亮的主人公所處的五六十年代的環境，的確大都是十分殘酷的。石在也好，章永璘也好，他們都必須忍受看上去簡直無盡期的黑暗的苦役，他們只能咬着牙，把沉重的體罰當作愉快的活動，白天用稗子面抵擋「帶着重量和體積橫衝直撞」的飢餓，晚上鑽進牆角網狀的破棉絮套中；他們還必須提心吊膽在十分險惡的政治環境中掙扎，不僅天天受訓斥，不僅常常捱批鬥，就是在睡覺，或者「談戀愛」時，也要膽戰心驚地提防被人迫害。張賢亮特別向讀者強調他的主人公是作為出身城市資產階級的年輕有才華的知識分子而經歷苦難旅程的，因為這種社會身分一方面能加重主人公在厄運中的靈肉兩層意義上的痛苦，並且能夠「懺悔」；另一方面也以這身分所包含着的閱歷、教養、文化結構和思想方式，與它所遭遇到的帶封建氣味的極左政治文化勢力構成強烈的對照。表面上是「無產階級專政」摧毀資產階級和布爾喬亞如何自我改造，其實從文化背景上深究，倒是在專制禮教與人文主義的對立中後者被迫自我摧殘。我們看得很清楚，上述這種以潛台詞形式貫穿作品的對照，比苦難比邪惡勢力更加殘酷。值得注意的是，陀思妥耶夫斯基在他記錄苦役的《死屋手記》裏，「我」只是一個參與者，其他人物仍有其相對獨立的意義；而在張賢亮筆下，「我」的主觀鏡頭掃描一切，我的心靈感覺籠罩一切。這樣，上述主人公的「痛苦和懺悔」情緒，就將過濾全部藝術畫面，而上述對照也以扭曲乃至顛倒的形式支撐作品的框架。後來，引起人們誤解和爭議的再現歷史心理真實與表達人生哲學見解兩者間某些美學效果的混淆，均與這種正劇抒情口吻、同這種心靈外化式的「寫實」方法有關。當然主人公處境和命運的殘酷，只是張賢亮作品的表面層次。因為有現實依據的支撐，不少作家也就寫到這一層，但所謂「殘酷的才能」並不到此為止。

第二，張賢亮主人公的行為，有時也有些殘酷。難道一個被殘酷現實害得滿身瘡痍、遍體流血的人，除了忍耐、屈辱和沉默以外，就沒有別的辦法了嗎？對這個問題，張賢亮有兩個回答。他一面用說教囑咐章永璘：你還可以主動去理解苦難，把它作為一種洗禮，一種鍛煉；……同時，他又用本能縱容章永璘：你還可以掙扎，運用你的聰明才智和計謀權術，不擇手段去減輕苦難去求得生存，哪怕你的行為狡猾卑鄙也沒關係……於是我們便看到，他的主人公，為了一點可憐的糧食，會絞盡腦汁尋找容器，或花言巧語糊弄老農；為了達到反抗的目的，會詭計多端既蒙騙「敵人」也欺騙情人；為了逃避勞改和體罰，就陽奉陰違，千方百計鑽空子「混」、「偷懶」；為了在苦難中求生，不惜諂媚、討好、爭鬥、算計，不惜使用種種卑鄙手法以對抗野蠻……顯然，這是以惡抗惡，是以殘酷的方式向殘酷的現實報復。儘管張賢亮的抒情中俄羅斯味很濃，但骨子裏他畢竟又不同於托爾斯泰，張賢亮顯然認為受難者有這種報復的權利，即使在《龍種》《男人的風格》等正視現實的作品裏，我們也可以看到，粗獷、勇敢的男主人公為了奪得改革的勝利，不惜以陽謀制服陰謀，不惜以毒辣摧毀邪惡（龍種在第一次黨委會議上既勇猛又狡猾的姿態分明與章永璘在困境中的某些既高尚又卑鄙的行動血脈相通）。類似的行為原則，雖然在現實生活中不能說沒有，但中國的知識分子能這樣做，肯這樣說的人，卻不多。郁達夫在黑暗壓抑中，即使想報復想卑鄙一下，也無力擊痛邪惡勢力，往往只能以自戕方式去青樓買醉，借商家女的舊針刺自己臉頰。王蒙的主人公似乎在政治上再不幸再悲慘也不會在生活中尋找報復途徑，這是由保爾·柯察金的血統所限定了的。同樣，章永璘的某些「殘酷」行為裏，也分明流動着于連和拉斯蒂涅的血液（還有某種「才子氣」，這個問題下面再談），這種以惡抗惡的社會姿態，與陀思妥耶夫斯基主人公的行為準則顯然是有差異的，因為這裏目的最主要，手段、過程都服從於目的。狡猾和欺騙都建築在求生、反抗的正當動機之上才可解釋（當然這也不是斯美爾佳科夫氣質）。不過，章永璘的愛情追求，倒是過程大於目的的，倒是不大在乎自己在行動中能得到甚麼而更關心在行動中自己是甚麼，因而在陳世美式的「沒良心」的不道德的外表和落難才子的傳統桃花運之中倒有了一點拉斯柯尼科夫的味道。顯然，這裏表現出張賢亮主人公行為中的另一種「殘酷」。

陀思妥耶夫斯基敢於讓捲起戲劇衝突的女主人公很晚才出場（如《卡拉瑪佐夫兄弟》中的格魯契卡，如《地下室手記》中的麗莎），而張賢亮則每每一開篇就要靠詠歎「她」來抓住讀者；陀思妥耶夫斯基能通過男人的感覺寫女性，而張賢亮則常常只能用顫抖的筆直接描畫美麗肉感又不無做作的線條——這裏顯然有着藝術能力的差別。但有一點卻是相似的，那就是他們都有本領而且喜歡變三流通俗小說的情節趣味為靈肉衝突的戰場和哲學懺悔的聖殿。研究家格羅斯曼很欽佩陀思妥耶夫斯基的這種藝術能力，稱道他「能把哲學上的懺悔和刑事冒險結合在一部藝術作品裏，把宗教悲劇和低級趣味的故事情節相掛鈎，通過種種冒險故事的情節突變獲得神秘劇的啟示……」在張賢亮那裏，我們不是也經常看到那種「才子落難風塵女子相救」的老而又老的情節框架同不無歷史感和哲學意味的知識分子的抒情懺悔的奇特融合嗎？甚至像男人在野地窺見女子裸浴這種已經被好萊塢用濫了的情節，居然也能被小說家作為心理分析的一環來表現。這只能說明，異性溫熱的肉體在這裏主要是作為解剖主人公天性和人格的手術刀而閃光。許靈均與李秀芝，石在與喬安萍，章永璘與馬纓花，章永璘與黃香久，每次落難知識分子與農家女的戀愛過程，大致總有追求、佔有和超越三步曲：先是主人公潦倒自卑、全身顫抖着追求愛情；繼而是他在異性情熱中恢復了自尊自信，逐步有了力量；最後則每每是在俯察兩性間的社會、文化、心理距離後，以各種方式（或誤解、或淨化、或折磨）進行超越走向離異……應該指出，這種看似「殘酷」的「始亂終棄」模式，主要不是討論道德問題，而是企圖在畸形環境中通過人性扭曲形態探究社會歷史課題，而「殘酷」的探究過程結果又給作品帶來了意外的人性解析的收獲。我們看到，男女愛情關係的每次變化，同時也必然是主人公性格的一次發展。甚至戀愛對象的性情也隨主人公的追求而轉移：當主人公精神高尚時，女主角也就善良賢慧（《靈與肉》）；當主人公精神脆弱時，女主角也就純樸熟厚（《土牢情話》)；當主人公想尋求自尊時，女主角便美麗而癡情(《綠化樹》)；當主人公要恢復自信時，女主角便充滿熱能(《男人的一半是女人》)……這裏與其說主人公在情愛中尋求伴侶，不如說他想在情愛中確認和證明自我。因此這種情愛方式及其所包含着合理性和殘酷性，不僅不同於封建才子的豔遇奇緣，而且也有別於維特型的勇敢的浪漫主義追求，倒是有些接近于拉斯柯爾尼科夫式「自我證明」。按照盧卡契的精闢分析，那就是「拿自己做試驗，作出一項行為而不甚關心行為本身，不甚關心它的內容，效果等等，所關心的卻是在行動中認識自己，從最深處，刨根問底地認識自己……」[7]拉斯柯爾尼科夫之殺死放高利貸的老太婆，照說也有其反抗社會的合理動機可以解釋，但他自己最激動的，卻是以犯罪「報答」罪惡社會這一行動的道德意義。至於這次行動能拯救多少苦難同胞他其實並不關心。他只是覺得，他平時那麼被壓抑的人性在最緊張的一瞬間得到了實現，隨之而來的法律、道德的譴責和良知、情感的反省使他既痛苦又興奮，因為正是在這過程中，他認識了、理解了、證明了自己！平時萎縮在囚衣下面的章永璘，也明確意識到他的人性，只有在情愛面前，才可能得到真正的表現。於是他不肯放棄甚至努力尋找每一次這樣的機會。當他在馬纓花熱情撫愛下心頭響起勃拉姆斯《搖籃曲》時，小布爾喬亞的做作情調後面其實是知識分子對母愛的變態渴望；當他赤裸裸甚至很粗魯地正視自己和黃香久的性苦悶、性飢渴時，作品倒是沿着郁達夫(而不是張資平)的方向，把中國現代文學對人的自然屬性的表現推進到一個新的層次；當他在熱情擁抱女性柔軟肉體的時候，他在呼喊甚麼？「我是一個有熱血有激情有慾望的人！」當他為擺脫女性懷抱而不惜既折磨愛人又作踐自己時，他又在呼喊甚麼？「我是一個理性的，有社會使命的人！」幾種聲音混在一起，便合成這樣的命題：「雖然我複雜、我不幸、我熱情、我卑鄙，但歸根結蒂，我是一個人！」請記住，這種畸形的呼喊回蕩在特定的充滿壓抑的野蠻氛圍裏，顯然具有某種人道主義的正義性；同時這種呼喊也伴隨着道德意義上的呻吟和血污，伴隨着種種虛偽和卑鄙的不調和音，因而又具有某種也屬於資產階級人道主義範疇的「殘酷性」。本來拉斯柯爾尼科夫身上不也流着拉斯蒂涅的血液嗎？這恐怕也是章永璘兩種殘酷行為內在統一的依據；但章永璘畢竟缺乏拉斯柯爾尼科夫那種虔誠到偏執程度的道德熱忱，和那種對自我對人性的不自覺但又極其深刻的懷疑。所以他的熱情呼喊比他的內省自責更強而有力，他的痛苦也無法滲透到更深的層次。骨子裏，章永璘實在是太自信了，一種以十九世紀人文主義為基點的自信。畢竟在「染缸」裏在紅旗下受過教育和洗禮，章永璘不會持有拉斯柯爾尼科夫（更不必說陀思妥耶夫斯基）的那種對世界對人性的懷疑態度。

在人物處境和人物行為的殘酷之外，第三我們還注意到，張賢亮對他的主人公的態度，有時也顯得相當殘酷。把人逼到極其荒誕的角落裏去審視其靈魂的各個內在層次，把人推到奇特的境地再無情拷問其情感的全部顫動過程，這又是典型的陀思妥耶夫斯基式的方法與才能。前面我已說過，當代中國作家（尤其是中年作家）中，很少有人肯這麼狠心地對待他的主人公。可我們看到，張賢亮在讓他的主人公經受苦役體罰時一定要先喚醒他身上的感官能力，使他對飢餓和勞累的感覺都十分敏銳；張賢亮在讓他的主人公遭受極左政治勢力迫害時一定要先刺激他的理性思維，使他對文化對屈辱感都作沉重的思考；張賢亮如果把他的主人公關進陰暗潮濕可怖的地牢，一定同時開個小天窗，讓他能看見藍天白雲，但採不到一片綠葉；張賢亮如果允許他的主人公白天耍了小聰明佔些小便宜，那晚上一定要讓他啃讀《資本論》，讓他好更痛苦地反思、自責；張賢亮為了使他的主人公「快樂」，甚至不惜讓他與情敵，與強壯的農民打架；張賢亮為了使他的主人公「幸福」，居然聲稱他在結婚以後才發現性功能不全……總之，所有這些人物處境的苛刻安排奇特情境的苛刻設置，都是為了使主人公難逃厄運。所有這些刻毒帶血的筆觸都是為了使主人公在苦難中不得喘息、不得解脫且不得麻木、不得昏睡。作家對待人物的這種「殘酷」態度，的確與他傾注熱情於苦難的藝術姿態、與他對苦難的玩味、詠歎和「熱愛」有關。但也恰恰正是這種近於「殘酷」的描寫，使我們對作家於苦難的獨特姿態又產生了一種極重要的認識。問題很清楚，如果作家的確相信苦難是有積極意義的煉獄，那他為甚麼不讓其主人公早些解脫，早日看到「正果」，而是一味讓其煎熬讓其「苦苦修行」呢？如果作家果真很贊成章永璘的思想改造，那他為甚麼又要讓老鼠把兩隻饃饃從《資本論》旁邊偷走呢？如果作家極其精細地雕刻和詠歎人的屈辱感但又時時確認它還是屈辱感，那他的這種詠歎不就構成一種不露聲色的反諷了嗎？如果作家真誠借助勞動人民的美德來批判知識分子，那為甚麼從李秀芝到馬纓花到黃香久，美德會越來越為人性為情慾所替代？究竟支撐主人公軀體、滋潤主人公靈魂的是甚麼東西呢？……看起來，張賢亮對苦難所持的姿態，不僅是獨特的，而且本身也極為複雜。他主觀上的批判客觀上卻像是玩味；主人公嘴裏的「懺悔」，嵌在作品和歷史的背景裏，又構成絕妙的反諷；他創造了深刻的有歷史感的心理真實，卻又給予荒唐的解釋，他的才能和藝術描寫的「殘酷」性，既導致了這種荒唐又與他的深度密切相關。是的，他太殘酷了，環境、人物甚至創作主體都因而為之扭曲，使人讀了作品以後也像遭受了屈辱一般；但反過來說，假如作家對人物的態度轉向溫和，幫他克制種種錯誤的邪念，讓他在厄運中高尚完美，或者不讓他在痛苦痙攣中自責懺悔，而讓他勇敢無畏，振振有詞地控訴並粉碎黑暗，這樣的藝術，又是否缺少一點甚麼東西？

是的，一種以痛苦懺悔形式出現的「殘酷的深刻」，陀思妥耶夫斯基在俄羅斯文學中已經達到；張賢亮在中國新時期文學中，好像也企圖這樣追求。

四、在東正教與儒家文化之間的鴻溝

然而，他們畢竟是不同的。辨析這種不同甚至比考察相似之處更有必要，更有意思。

首先，我們饒有興味地發現，同樣傾注熱情於苦難，陀思妥耶夫斯基的支點是非理性的，而張賢亮的態度卻是理性主義。前者從本能、從直覺、從宗教熱忱和原罪意識、從人對世界的神秘感、從人類命運出發；後者則從自覺、從思辨、從政治變化和歷史發展的過程、從人對世界的明確理解、從個人的遭遇出發。這裏，顯然各自都有着不同歷史文化背景的依託。我們很難用只言片語來概括陀思妥耶夫斯基的全部哲學觀念，在學說或者理念的意義上，它實在過於複雜、過於破碎、過於晦澀、過於自相矛盾。在陀思妥耶夫斯基對苦難的執迷態度裏，既有對社會的熱忱（他自己覺得他對社會、對俄羅斯的命運極其負責），又有對道德的執着（他還想為天下一切善惡秩序操心）；既有一種昏熱虛妄的宗教激情（注意，是激情而非嚴格意義上的信仰），又有一種痛苦的神秘感（也許把人性中種種隱秘看得太透，結論反而模糊，自己也因之倍受折磨）；既有對野蠻專制和農奴暴行的憤慨（儘管這種憤慨有時變態成詠歎，但憤慨的實質仍在），又有對歐洲人文主義，尤其是個性主義慾望的懷疑和恐懼（這種偏激的恐懼使他害怕革命，而這種偉大的懷疑則隱含着某種二十世紀現代意識的萌芽）……毫無疑問，張賢亮對苦難的理想化態度決沒有這麼複雜。黑格爾、馬克思以及整個十九世紀西方文化教給他的理性主義框架還是相當牢靠的，這使他一開始就能把苦難理解為歷史進程的一個環節、社會發展的一個過程。價值，也只能是過程意義上的價值；動力，也只能是作用於過程之中。這種理性認識總能幫助他排除苦難成因中的種種宿命的、神秘的、原罪的和道德的因素。所以他的主人公在作品中即使再發出宿命的神秘的感歎，再進行「原罪」的或道德意義的懺悔，其實，只是作家在歷史真實意義上表現知識分子的不幸和迷誤，而不是（至少主觀上不是）在人生態度上宣揚肯定這種不幸的迷誤。理性主義的優點是清醒、堅定，但有時也可能因為過於明晰而過於機械，反而走向非理性；直覺主義常常導致虛無與迷惘，但迷惘中也存在着悟性。「神秘」，按照歌德的說法，也就是「感情的辯證法」。張賢亮對苦難乃至對世界的看法，顯然要比陀思妥耶夫斯基更清醒更理智也更功利。儘管他在藝術中有意觸探人的非理性層次：比如寫飢餓感、寫性飢渴、寫人的反常心理、寫不自覺的內心分裂等等（在中國作家中，這種觸探已經很引人注目。張賢亮在中國當代文學中的地位價值，至今還沒有得到足夠認可），但作品裏的描寫態度，實質上是很理智的，是一種臨牀的觀照、解剖和明察。作品中的種種昏亂癡迷和反常變態的心理氣氛，其實只是作家在再現特定時代裏的病態的歷史真實。陀思妥耶夫斯基儘管很喜歡佈道、說教，作品裏也充滿玄乎的議論和理性的批判，但他的描寫本身，他那覆蓋一切籠罩一切的極端主觀主義姿態本身卻是非理性的，由直覺和神秘感引路並本能地顫抖痙攣的。在這個意義上，陀思妥耶夫斯基對苦難的熱愛更為虔誠，這「熱愛」對他的折磨也遠比張賢亮要深刻得多。

這裏不僅有氣質和心理容量上的差異，更有藝術態度、哲學姿態以及文化依託上的不同。準確地說，張賢亮實際上是對苦難「作熱愛狀」，本質上是隱晦的控訴、機智的批判。而陀思妥耶夫斯基才真正是「偉大的忍從」、「快要破裂的忍從」。[8] 張賢亮自認為背負着整整一代中國知識分子的苦難，也努力想辨察個人不幸遭遇的社會根源以及民族苦難的來龍去脈；陀思妥耶夫斯基則覺得自己背負着全人類的苦難，於是他無法把這苦難的責任扔給歷史，而只能給予哲學上的觀照和超度。張賢亮把人物扔在「煉獄」，讓他期待或爭取「解放」，自己的良心便有所解脫；可陀思妥耶夫斯基無論如何也要和人物一起忍受苦難煎熬，一起痙攣、一起呻吟……我們或許也可以說，張賢亮是為了幸福而「熱愛苦難」，他詠歎的是過程意義的苦難，他種下的綠化樹排成一條大道，有可能通向紅地毯；陀思妥耶夫斯基則是為了對人類的愛才熱愛苦難，這是過程同時也是目的，「這顆靈魂為人類的苦難痛苦，絕望……這顆靈魂愛上痛苦，因為除了痛苦，已經沒有東西可以使它活下去，也就是說，可以使它愛。」[9] 令人驚訝而且發人深思的是儘管陀思妥耶夫斯基生前宣揚的種種社會、政治、宗教和道德觀念在今天看來都充滿謬誤且已為許多人拒絕和拋棄，但他用昏熱癡迷和極其痛苦的態度所創造的藝術世界，卻越來越多為二十世紀的人們所接受，所理解，越來越顯示出一種獨特的深刻！盧卡契甚至認為，拉斯柯爾尼科夫於二十世紀的意義，可與維特於十九世紀的意義相提並論。這就是說，表面相似的「熱愛苦難」，陀思妥耶夫斯基是憑着非理性的熱忱在十九世紀預先揭示了種種現代人的精神危機，而張賢亮則是在當代中國的病態時代條件下重新呼喚十八、十九世紀理性主義信念。這是多麼奇特的「時空交錯」呵。

緊接着，我們還想指出這兩種「苦難神聖化」姿態後面不同的社會政治和民族心理的制約。我們討論過人道主義在俄羅斯和中國文學「懺悔」主題中的重要意義，與社會苦難與基督（或「禮」）形成三角矛盾關係的便是人道主義觀念。在陀思妥耶夫斯基和張賢亮對人道主義的不同態度後面，都存在着很重要的社會政治制約。陀思妥耶夫斯基很精彩地描述過西方人文主義思潮對古老俄羅斯的衝擊，並且極其深刻地刻畫了不少崇尚個性主義的人物；同時他又剖析了這種個性主義姿態中所包含的一些邪惡的、貪婪的、不擇手段的惡行。由於他不願以理性態度從歷史發展角度來理解這種包含邪惡成分的人道主義的價值，因而他也就無法從道德角度來原諒個性主義者的種種慾望和邪念。對沙俄原有的愚昧專制，他早已厭惡，但只是在對所謂新興力量即西歐自由派帶來的力量感到失望後，他才真正相信，人的苦難無法解脱。也正是出於對「斯美爾佳科夫氣質」的恐懼，他才幻想出佐爾馬長老之類的玄而又玄的神秘力量來引導人們「熱愛苦難」。於是，陀思妥耶夫斯基一方面因害怕個性主義進而害怕自由派政治理論，自己就被甩出了俄羅斯民主主義鬥爭的漩渦中心；同時他又因為從獨特角度深刻洞察了十九世紀西方文明的某種弱點，結果又超前了他的時代。顯然，這裏時代思潮和各種社會政治力量，都對作家「熱愛苦難」的獨特姿態產生極其複雜的制約和影響。這種情況在張賢亮那裏以不同方式而出現。張賢亮的文化構成的一半（或者説更重要的一半）是由歌德、雨果、貝多芬、勃拉姆斯……所組成的，在他身上，無論是唯靈論傾向還是對情慾價值的肯定，無論是對貝多芬精神的崇拜還是對拉斯蒂涅氣質的理解，都是和十九世紀西方人文主義相聯繫的。然而問題在於使張賢亮經受苦難歷程的社會，卻是一個已經超越（？）資本主義的社會，在理論上，他的文化構成的另一半，即革命理論的一半，應該戰勝或者至少也該批判繼承西方人文主義。正當章永璘不無艱難地實施這種思想改造時，人們很快又發現，所謂革命理論中，分明又混雜着許多應為人文主義擊潰的專制文化的殘餘。問題的複雜性，章永璘思想改造的艱巨性，正在這裏。於是我們看到，作家實際上是以人道主義在批判極左外衣下的專制禮教殘餘，但這種批判又是以極左理論對人道主義的壓抑的形式而曲折呈現。而且陀思妥耶夫斯基小說結構按照巴赫金的說法是「複調」的，各種觀念還能以各自獨立的聲音進行論戰，作家偏激的觀念姿態，並沒有扼殺藝術世界的豐富性；而張賢亮那種個人獨白式甚至抒情意味很濃的文體，更增加他隱晦表達思想見解的困難性，使人們有時幾乎弄不清章永璘到底是在宣揚屈辱的驕傲呢還是想抗議屈辱。陀思妥耶夫斯基因害怕個性主義的反抗形式而虔誠地熱愛苦難，張賢亮則為了揭露封建殘餘故意讓極左政治虐待人道主義，顯然同樣將苦難理想化，兩位作家的藝術結構不同，思想方式也各步其徑。再進一步，更值得我們注意的是，不同的思想方式下面，還有心理結構的差異。在陀思妥耶夫斯基和張賢亮筆下，人物看現實，都有一種旅人看車站的感覺。也就是說，懷疑一切固定性和可靠性，相信種種變化性和動盪性，充滿形形色色的期待和幻想，也留下一串串失望與惆悵。然而就是這種「車站感」裏也可見出深刻的，甚至是民族心理上的差別。陀思妥耶夫斯基的人物（注意：不是作家）也總希望厄運會過去，環境會改變，苦難，也許只是暫時的。但他並不以為自己特別苦難深重，也不認為自己（或知識分子）有單獨超脫的權利。這裏有宗教上的錯覺：「我是抽象的人」；也有平民意識在起作用：「我和最廣大的人們在一起」。而張賢亮在玩味苦難時，卻一直沒有擺脫某種「士大夫」意識，處境即便再險惡、懺悔再嚴厲，潛意識裏仍有一種與眾不同甚至超越平民的落拓感。苦難為甚麼是煉獄？潛台詞是：「天將降大任於斯人，必先苦其筋骨，勞其心志，餓其體膚……」天降大任，這就是關鍵！在陀思妥耶夫斯基那裏，這個命題將變為「天降大難於眾人」。於是，我們看到，差異在於張賢亮申訴的是知識分子，首先是「我」在社會上的不幸遭遇，而陀思妥耶夫斯基從知識分子的懺悔出發，卻為各種各樣的人甚至為世界上的一切悲慘現象感到痛苦。差異還在於：士大夫再潦倒，仍有其心理上的優越感，「君子落難」後，種種邪惡、放蕩行為也就比較可以諒解了。而作為一般意義上的人，則在任何情況下，也沒有犯罪的特權，道德面前，苦難面前，人人平等……在這種帶有民族心理意義的差異後面，我們是不是又可以進一步看到儒家文化與基督文化的某種鴻溝？在這篇冗長的理論印象記快要結束時，我們才剛剛觸及這一很重要的比較文學和比較文化課題。然而從另一角度看，我們以上的異同比較，不也處處在圍着這條極有意思的「文化鴻溝」轉嗎？

「我們這一代」——張賢亮說：「真他媽的不易！」如果陀思妥耶夫斯基聽見這種感歎後，他會怎麼回答呢？——「他媽的，做人嘛，本來就不易！」

是的，張賢亮畢竟不同於陀思妥耶夫斯基。在他們之間有歷史的不同，有文化的不同，當然，也有個人的不同。

1985年10月於上海華東師範大學

附記：夏志清在《現代中國文學感時憂國的精神》一文中批評「現代的中國作家，不像陀思妥耶夫斯基、康拉德、托爾斯泰和湯瑪斯・曼那樣，熱切地去探索現代文明的病源」，因為中國作家「非常關懷中國的問題，無情地刻畫國內的黑暗和腐敗」。夏志清稱讚陀思妥耶夫斯基等作家「把國家的病態，擬為現代世界的病態，而中國的作家，則視中國的困境為獨特的現象，不能與他國相提並論。」(《中國現代小說史》，台北：傳記文學社，1979 年，頁 535－536) 以上看法，或許有些苛求。但中國作家與陀思妥耶夫斯基等作家的寫作，有甚麼關鍵的區別，的確值得討論。這篇論文，完稿於 1985 年 10 月 20 日。原是提交 1985 年在深圳大學召開的中國比較文學研究會第一次會議的講座報告 (感謝樂黛雲教授邀請)。最初發表於《文藝理論研究》1986 年第 1 期，《評論選刊》1986 年第 5 期轉載，1986 年 12 月獲「上海市第二屆青年文學獎・理論批評獎」。後被選入《中國新文學大系 1976—2000》(文學理論卷)，上海文藝出版社，2009 年，頁 200－218。

1　伊信譯本，見《世界文學》1982 年第 4 期，頁 121。

2　《俄國文學史》，新文藝出版社，頁 431。

3　葉爾米諾夫：《陀思妥耶夫斯基論》，新文藝出版社，1957 年。

4　葉爾米諾夫：《陀思妥耶夫斯基論》，新文藝出版社，1957 年。

5　葉爾米諾夫：《陀思妥耶夫斯基論》，新文藝出版社，1957 年。

6　《論「卡拉瑪佐夫氣質」》，見《論文學》(續)，高爾基著，頁 177。

7　《盧卡契文學論文集》(二)，中國社會科學出版社，頁 435。

8　魯迅：《陀思妥耶夫斯基》，見《且介亭雜文二集》。

9　葉爾米洛夫：《陀思妥耶夫斯基論》，新文藝出版社，1957 年。

曹冠龍的尋找

曹冠龍的小說不多，但很嚴肅。幾年來，他在創作上的變化，既令人欣喜，又叫人驚訝，也使人困惑。他好像總是苦苦地皺着眉頭，摸索着，尋找着。他究竟在尋找甚麼？

不少人至今還認為曹冠龍的處女作《三個教授》[1]「最足以體現他的創作個性」。在當時眾多直接控訴「四人幫」罪惡的作品中，這組（這三篇）小說確實有理由被人記住。三個獨立成章的短篇，都寫了教授——同一時代裏三個不同的教授。作者當時對知識分子的觀察，主要還是從社會同情和政治義憤出發的。《鎖》裏的教授，摯愛科學幾近於癡狂，為搶救學術資料居然敢於深夜潛入專案組辦公室，為打開「皇后牌」門鎖，他居然事先研究設計了上萬種開鎖的程式。開鎖這個細節，同時寫出了教授的智慧和迂腐。《貓》裏的教授，安分守己謹小慎微，只因無意間傷害了家貓並將其屍體安放在垃圾箱裏，就難逃「文攻武衛」的法網而被迫跳樓身亡。在《火》裏，出現了另一種教授，他的無恥行徑，可以使人聯想起希姆萊屬下從事特殊試驗的醫生。為了取悅上司，替局長做「調換眼珠」的手術，他竟然到監獄裏物色活人做「供體」。明知那被叫作「玻璃」的犯人還很年輕，明知他的「罪行」只是讓郭建光和小衛生員來了點「眉目傳情」，可誰讓他天生一副好眼睛呢？於是，改善條件，加強營養，特殊照顧，緩和情緒⋯⋯最後，當然是宣判死刑。《火》的後半部，「玻璃」、局長和那團有象徵意義的「火」漸漸佔據了篇幅的中心，而那個賣身求榮的教授，不僅形象「慘白」，而且性格也有些「扁平」—— 他是否壞得過於簡單、壞得過於輕鬆了？即便是前面兩個教授的「摯愛科學」、「謹小慎微」等，主要也只是知識分子的職業特點或性格類型。因此，苛刻地講，曹冠龍筆下的教授，不是三個，而是三類。

儘管在性格刻畫上不算出色，但《三個教授》另有一種魅力，在於它奇特的情節、粗獷的筆調；在於怪異的想像、濃烈的色彩；在於它無法掩飾的充滿正義的感情姿態……一言以蔽之：在於作品中的浪漫主義色調！我們看到，在曹冠龍小說裏佔主導地位的情感，既非《傷痕》(盧新華)式的呻吟，也不是《回聲》(韓少功)式的反思，而是對「四人幫」的一種憤懣，一種無淚而迸血的抗議。有了情感這個關鍵性的溶劑，我們就沒有理由再簡單輕視理念和情節了。想想雨果在吉里亞特身上灌注了多少主觀理念，想想吉里亞特的行為如何離奇得有悖常理，然而，這個形象依然支撐着《海上勞工》並使之傳世。在曹冠龍那裏，也是岩漿般流動的情感，使理念獲得了某種具體性，同時又賦予奇特情節以合理性和象徵性。緊張的心理氣氛綳緊了情緒的弦，壓迫着讀者和他一起去認可、去發現、去正視那荒唐事件的真實性。這可是真實的荒唐呵。大膽而又不失其真的情節後面，分明蹲着歷史嚴酷的影子，又露出作者灼熱的怒容。我想，倘若有人要在當代青年作家羣裏尋找浪漫主義者，他不該忘卻曹冠龍。

然而曹冠龍自己，卻似乎並不陶醉於「浪漫」的境界。他在《三個教授》裏塑造了(或者說暴露了)自己的文學形象：粗獷，正直，嚴肅得有些書生氣，情感又灼熱得幾乎無法自制……但他顯然不很滿意這個形象。不久以後，他就開始謀求「變化」了，就開始苦苦「尋找」了。

考察曹冠龍的「尋找」與「變化」，是很有意思的。

「尋找」與「變化」的過程，也就是重新選擇和多方面探求的過程。這一時期，他寫了《母》[2]、《蛇》[3]和《麻雀》[4]。《母》好似一幅為訓練心理描寫技巧而作的素描，雖然線條細膩，筆觸委婉，頗見功力，但畢竟只是素描——母親喪子的悲哀建築在「車禍」這個偶然事件的基因之上，那情緒終究顯得太抽象、太單純，因而也有些空泛。《蛇》的畫面結構比那帶寓言意味的內容更引人注目。作品由兩條線索交織而成。一是現在，是緩慢推移的順時針：年輕的女教師如何對待性情乖僻的同學「蛇」；一是昨天，是大幅度跳躍的逆時針：女教師的父母如何為「蛇」的父親所害，而「蛇」的父親在少年時代又是由他們所拯救所培養的……有幾十年時間跨度的故事，被嚴密地揉碎了，情節打散得相當精巧（甚至過於精巧未免見斧鑿痕跡），但也顯示出他對社會問題思考上的弱點——「蛇」的父親，怎麼會從解放初的孤兒、紅領巾，發展為二十世紀五十年代末的憶苦思甜能手，又發展為「文革」中迫害恩人的「造反派」？這裏的原因，恐怕不是單純用道德品質上的「忘恩負義」就能概括的。曹冠龍自己也清楚：「五七年」和「六六年」的時代悲劇如果只是少數壞人的道德品質問題，那我們今天就太幸運了。同形式探索的艱難相比，曹冠龍在沉思歷史時，他的困難（包括主觀上的偏激的書生氣）顯然更嚴重一些。《蛇》之所以悲而不寒，澀而不暗，核心細節是最後女教師終於擯棄前仇，重新含着「愛」的淚來擁抱來溫暖那綽號叫「蛇」的同學。既然「蛇」的父親昨天的惡行是有其特定歷史原因的，那麼「蛇」的明天的希望也應有而且實際上也是有其社會發展的根據。作者自己也沒有足夠的信心來展示這一前景，因而小說定在「愛」弦上的尾音，聽來儘管柔美，卻總有些縹緲空虛之感。

在《麻雀》裏這種「愛」的理念顯得更加抽象化了——美麗、溫柔的女打字員，出於母愛（為了給嬰兒練眼神、長骨骼），捕捉了小麻雀，後來又把它油炸了；外形萎瑣的老麻雀，也是出於母愛（為了拯救自己的後代），狂暴地進行反抗，竟然像子彈似的從高空中「射」下來，實施「神風式襲擊」乃至身亡……但是他這種「愛」也絕非西方某些鼓吹「絕對不殺生」的泛愛主義。他同情麻雀，實在是為了說明即使是卑微弱小者，也有最樸素的慾望，也有最神聖的要求。殘忍到連動物都不如的「人心」，前些年人們見得還少嗎？曹冠龍，和其他許多青年作者一樣，是在「十年」動亂中才開始思索、開始動筆的——這一點很重要。眼見了大量黑白顛倒、人獸不分的畸形的社會現象，他，既沒有因熟視而轉向無睹流於冷漠，又未能輕易擁有更大的精神優勢予以明察、予以透視，於是，他一面表現出情感上強烈的正義傾向，一面也顯示出了思想上、觀察上的某種有欠全面但不無深刻的偏執。面對醜惡，他怎麼也學不會某些人的超脫、回避、容忍，但他又缺乏足夠的武器來剖視、摧毀這「邪惡」。這就決定了他的態度，是熱諷而非沉思。受到他的浪漫氣質和創作方法的制約，無論是面對歷史、考察現實，還是研究人，描寫動物，他都首先而且主要訴之以情感的態度。這種情感的態度，每每從同情、正義感出發，而表現為不無偏激的痛心疾首、憤世嫉俗。「潔癖」！有人說他是「潔癖」，這真是一語中的。在生活裏，在情感上，在藝術中，他都比旁人更不能容忍灰塵和陰暗。他缺乏王安憶那種在庸俗與紛雜中靜靜地雋永地尋覓「非粉飾性暖色」的耐心，也缺乏張承志那種在灰暗與污濁中不倦地燃燒理想火炬的虔誠。因而有時，使人感到「陰冷」。有人說他的作品有着「安特萊夫式的陰冷」。在我看來，這既是對曹冠龍創作的某種批評，但能與安特萊夫在一起，曹冠龍又怎麼會沒有理由感到榮幸呢？毫無疑問，他的極端地甚至有點狂暴地憎恨「冷」，同時也說明了他在極端地甚至有點痛苦地渴求「熱」。當然，由於情緒過於激憤，對社會問題來不及「靜靜地回思」，因此有時也會對生活中的灰塵、垃圾形成的歷史原因，以及與之相依存相制約的種種複雜因素缺乏全面的分析與表現，所以曹冠龍之鞭撻「灰暗」，至少在前期，還是尖銳有餘，激憤有餘，而力度不足。

《積土》[5]是曹冠龍創作探索中的又一個轉變。其實這轉變醞釀已久。他早已不滿足於感情的直接噴發。在《麻雀》裏，他就企圖隱匿自己，但沒有成功。在女打字員的「母愛」面前，那個「我」每每忍不住要站出來做個表情。可到了《積土》，他卻果真從畫面中退了出來。筆調也隨之變得機警、詼諧而不再激憤凝重。黑白的反差，發展為紛陳的雜色，在取代熱淚的「冷笑」後面，主題也呈現了多義性的傾向——積土，一個耐人尋味的意象。如果說回顧人行道上「積土」的形成，是檢點歷史，「三整頓」今日剷除「積土」，是解決社會問題，那麼，陶老頭利用工廠「廢品」建造「哥特式」廚房呢？在「積土」上種蓖麻小發橫財呢？報社記者的特寫呢？……這一連串令人笑不出聲的詼諧劇，無疑反射着更複雜的社會折光。對普通人生活願望的同情，還是支撐着他的筆，不過這同情穿上了戲謔的外衣，而不再訴諸直接的感慨和議論了。在《積土》以後，曹冠龍又刻畫了一連串「老頭」形象，如《浴室》[6]中的老山東以及《工會主席》[7]中的杜主席等。這些作品，雖然乍一看，諷刺過於尖刻，其實揶揄、調侃裏還是帶着某種善意的。就筆調而論，《大人們不知道的事情》[8]顯然有些例外。或許是面對着兒童的緣故，曹冠龍的語氣驟然溫和下來：女孩星星的半條腿被鋸了，她問父母，還能長出來嗎？父母搖搖頭。可她的小夥伴亮亮和黑子卻發現螃蟹斷了鉗還能長新的，於是，小朋友們興奮了，對，告訴星星去，「嘿，大人們也有不知道的事情嘛！」……天真的稚童，很輕鬆地背着那麼沉重的理性負載，他們的思維是荒唐的，他們的意願卻閃耀着動人的光彩，常識的謬誤顯示了情感的真誠。把這篇充盈暖色的希望的禮讚和曹冠龍的其他小說放在一起，人們不難從中窺見作者情感世界的不同側面。

到此為止，我們已看到一串紛雜的腳印，看到了曹冠龍多方面的探索和探索中的彷徨。出於對生活的虔誠，他反復肯定自己的信念；出於對藝術的虔誠，他常常懷疑自己的技巧。他很怕自我重複（不少作家都有此病），甚至並不珍惜自己已經形成的某些特色。幾乎每一篇，他都試圖把握新的格式，每一次，他都希望開掘新的層次，每一步，他都想要踩出新的痕跡。他念茲在茲地摸索着，不斷尋找屬於自己的題材、技巧和風格。如何看待曹冠龍小說所呈現的多種意義上的變化呢？在尋找的過程中，他顯然是有所得，也有所失的。

曹冠龍在題材上是四面出擊但涉足不深，觸及的面不可謂不寬，角度往往很冷僻。作為年紀不太輕的青年作家，他寫母愛多於寫戀愛，寫老人多於寫青年，寫男性多於寫少女。或許他今後，會更多地描寫都市裏街道和工廠的眾生相，但至少在目前，他還沒有自己穩固的基地。就變化傾向上看，在他筆下，環境背景越來越普通了（從學校、刑場到市井、浴室）；情節事件越來越細小了（從跳樓、車禍到理髮、掃垃圾）；人物身份越來越平凡了（從教授、局長到小販、兒童）；他們的性情也顯得平常，既無邪惡感，更少英雄氣……看來，這主要是由於他竭力想表現「善與善的衝突」。

寫善與善的衝突，並非無是非，而是強調寫出衝突雙方（乃至多方）各自內在的合理性，從而達到對生活的更複雜、更深刻、更全面的把握——正是在這方面，曹冠龍取得了最重要的進展。他的幾篇近作裏，依然有戲劇性的矛盾衝突，不過衝突的基因，卻已不只是壞人作惡（如《火》中的教授；當然，這也並非他一人作惡），也不再依賴偶然事件（如《母》中的車禍），更多地，他是突出普通人在日常環境裏所習見的矛盾關係，是由於不同人物各自的「位置」（身份、性格、利益、社會存在）不同，使得他們不自覺地相互產生不悅，形成衝突，導致風波。譬如《積土》種蓖麻的陶老頭與「三整頓」的人們，誰錯了？再如《浴室》裏那個老山東，更是個值得認識的人物——僅僅持管理浴室的鑰匙，他便如此威風，可他的心又很善良。既忠實職守又通情達理，有求必應，有恩必報，嘴硬心軟，極要面子。這當然不是個規範化的勞動者典型，他不想損害任何人，別人也無意傷害他。可煩惱還是來了。作者把這與「鑰匙」糾纏在一起，似乎顯得瑣碎而又耐人尋味的煩惱，安置在改革的現實背景下，更推深了作品的意旨。顯然，對於筆下的人物，對於包圍這些人物的生活本身，曹冠龍的感觸已日趨複雜。雖然在刻畫某種性格時，他不會像王安憶那樣心平氣和地去貼近角色，也不像高曉聲那樣站在高處去洞察，但他已經開始企圖把握那些描寫對象的複雜性了——這個跡象，可以表明作者對生活、對社會的理解上的某種深化。

在藝術表現上，在以「奇特、粗獷、濃烈」的特色引人注目時，曹冠龍自己卻開始有點憧憬「沖淡」和「單純」的意境了。雖然他最初是在傑克・倫敦的熱風薰染下動筆的，但他又覺得捕捉特殊總有點「作」，而平中見奇，「發纖濃於簡古，寄至味於淡泊」才真見功力。他欣賞旁人那種淡淡的清峻，更折服於有些大師那平靜的深邃。他想追求「單純」，想把握「平淡」。

然而在這一方面，他並不很成功。對作家來說，重要的不僅在於他想怎麼寫，更在於他能怎麼寫。就曹冠龍小說自身而言，好像（也只是好像）逐漸「淡」了下來，但放在青年作家羣裏看，他的作品依然以濃色和鋒芒見長。他自己儘可以多方面地探索，但事實上，各種主觀因素（姑且不談客觀條件）都在制約着他 —— 首先是他的氣質，使他本能地趨向於濃烈、奇峭的事物，他的「潔癖」使他在醜惡面前立刻會發抖，使他怎麼也學不會雍容、飄逸和沖淡。其次是他那無法以方圓容之的過人的想像力，慫恿着他總是不屑於精細描摹客體，一旦實描，反而枯燥（如發表在《雨花》1983 年第 4 期上的《牀》，作者盡力表現小人物在困境裏的天倫之愛，而讀者印象最深的，卻是一幅靜態的平民生活窘困圖，像插畫所概括的那樣）。最後，他的審美趣味，絕不滿足於平湖秋月、夜鶯玫瑰之類單純的優美，他讚賞奇峭與崇高，他正視畸形和醜怪。在冷色面前，他決不肯扭過頭去，或者用橙黃鏡片來過濾。有時他甚至缺乏必要的美學節制（例如，像高曉聲那樣，把醜惡包起來，戳一個洞，讓讀者用氣味來想像），甚至把「醜怪」納入審美範疇。於是，他的小說裏，萎瑣的麻雀在掙扎，蛇的軀體在扭動，怪蟲滿江氾濫，爬上橋墩，斷鉗的螃蟹吐着泡沫……所有這些意象，顯然都與「沖淡」無緣。事實上，曹冠龍的創作，從來都不是以「淡泊」取勝，也從來都不是「不假修飾」的。幸運的是，儘管他念茲在茲地企求「無技巧」的「淡」的境界，然而一旦落筆，又從不敢（或者說不能）真的怠慢技巧。他還是注重象徵（通過寓言或暗示，將理念物化、對象化、意象化）；還是講究情節（不是講故事，而是精選冷僻的角度，設計特殊情境，製造奇峭的氣氛）；還是要倚重諷刺、幽默的手法（既可顯示愛憎，又與描寫物件保持一定的距離感）。曹冠龍的小說，一向佈局嚴謹，文體精煉，構思奇特，色調很濃，而語言，更經過刻意的鍛造，有些漂亮得令人過目難忘的句子，就「像兩面銘刻着花紋、邊上還雕鑿着花邊的金幣」（我忍不住要借用勃蘭兌斯評論繆塞語言的這段話來形容）。儘管整體來看，他的筆風還是奇而不逸，峻而不厚，且時有不和諧音，但他的技巧，卻的確在日趨成熟。記得袁枚說過：「詩宜樸不宜巧，宜淡不宜濃。」然而這裏講的「樸」，乃「大巧之樸」，此處所謂「淡」，亦「濃後之淡」！從藝術效果看，濃和淡是辯證的；從創作主體看，作家又各有其不同的條件。我以為，對曹冠龍來說，或許濃極方有淡！所以，至少在今天，他儘可以不必惶然四顧旁人的佳徑，也儘可以不必老是翹首仰望最高境界（甚麼是最高？恐怕也不是絕對的）。他應當（也只能）從本身特點出發，既順乎性情，又大膽創新，堅持走自己的路。淡乎？濃乎？姑且聽其自然吧。

還有一點，既然風格追求與藝術方法有關，那麼，或間接或直接，它也就必然要受到作家把握生活的方式的制約。曹冠龍在觀察和把握生活時，很有自己的特點。他不善於冷靜地分析社會矛盾、全面地考察生活現象（他幾乎是本能地回避了鋪陳細描的寫實方法），他又不擅長於一己心境的解剖和宣泄（他逐漸拒絕了直抒胸臆的抒情），他的特點，是從極度敏感的愛憎出發，從旁人意想不到的角度立論，抓住生活中的某一側面、社會現象中的某一點，予以渲染，予以凸現，予以強化 —— 這種觀察和把握生活的獨特方式，足以說明為甚麼曹冠龍總是擅長於寫短篇，而作品又總是以奇、以濃、以精煉取勝；在另一方面，它也同時可以說明作者情感上的纖敏與思想上的偏執。情感的纖敏，乃真正的藝術家的優點，而思想的偏執，恐怕也是藝術家所常備甚至必備的缺點。（必備的缺點，還是缺點嗎？）作家面對紛亂、複雜的生活，他可以全力凸現其某一側面乃至某一點，但他在痛心疾首這一側面或這一點時，又不應該輕視、忽略這一側面、這一點與整體生活的縱的（歷史的）、橫的（社會的）各種複雜聯繫。即使只寫不健全性格的某一瞬間的心情或動作，也最好能在無形間顧及制約該性格的「全部社會關係」，也總要在單純中見出整體感 —— 恰恰在這一點上（如果我們持論較嚴的話），曹冠龍的筆力顯得較弱。講得具體些，譬如工會主席，他用剃頭進行憶苦思甜的行動確實有其可笑之處，但這可笑當中，是否又有某種合理的成分，導致這「可笑行為」的種種紛雜的社會和歷史的原因，作品雖不能寫，卻要有（這一點，說來有點玄，其實也不難做到，比方《浴室》裏的老山東，身上就有比杜主席厚重得多的歷史感）。如何既堅持自己觀察與把握生活的獨特角度並保持情感的纖敏和「濃度」，又進一步強化作品中的歷史感並探求「一粒沙裏看世界，半瓣花上見風情」的意境，這確是考驗着曹冠龍筆力（也包括思想能力）的一個關鍵性的課題。

總之，曹冠龍的小說，有很多缺陷，但絕不平庸。「世界上只有某些事物犯了平庸的毛病還可以勉強容忍……詩人若只能達到平庸，無論天、人或柱石都不能容忍。」（賀拉斯：《詩藝》）憑着他駕馭和控制情節的能力以及他的文字功夫，曹冠龍不難寫出點更迎合「流行」趣味的東西，但他顯然「有所不為」。誠如歌德所言，他是「要把自己所處在的以及別人所處在的那個文化修養階段上的，當時他自己認為是正確的和適當的東西帶給大眾」。儘管一發聲，一號叫，他的音色就異於他人，但曹冠龍卻一直在懷疑：這究竟是否是最佳音域？為此，他苦苦地尋找着 —— 就像前面所說的，他減退了熱情以求深刻，他抑制着激動而走向機警。他的意象更含蓄了，語言更精煉了，但氣勢、氣度卻不如從前強悍。簡言之：他是以削弱情感衝擊力為代價來追求深沉、冷峻和幽默 —— 在這裏，我不敢說這代價是否過於昂貴，因為我不認為《積土》《浴室》已是曹冠龍真正的代表作，已完全展示了他的潛力。事實上，他還在不斷發展，還在執着地摸索，他的路，還很長……在錘煉感情、精熟技巧、調音調色、探索風格等方面，他都還在不懈地嘗試，不懈地尋找。冠龍始終是嚴肅地握着筆，這就使人們有理由對他的創作前景，寄於較多的期望。

也許，曹冠龍總是找不到「自己」，那也沒有辦法。他還是只能這樣走下去……

1983年9月於上海重華新村

發表於《上海文學》1984年第12期，題爲《曹冠龍的小說創作》，1986年獲第二屆「上海文學特別獎」。收入《當代文學印象》，上海：上海三聯書店，1987年。

1 《安徽文學》1980年第1期。

2 《上海文學》1981年第5期。

3 《上海文學》1980年第12期。

4 《上海文學》1982年第1期。

5 《人民文學》1982年第5期。

6 《上海文學》1983年第6期。

7 《青春》1983年第9期。

8 《人民文學》1983年第5期。

劉心武的小說
與「新時期文學」

恐怕很少有人會將劉心武視為 1976 年以後中國最傑出最有藝術深度的作家，但同樣也很少有人會否認劉心武是這一時期中國最有社會影響最有代表性的作家之一。我想這種「代表性」主要體現在以下三層意義上：第一，他是新時期文學（1977—）的先鋒人物。1977 年 11 月號《人民文學》發表了劉心武短篇《班主任》，1985—1986 年，劉心武又以一系列社會小說新作推動了「紀實小說熱」。劉心武並不是僅僅活躍一陣熱鬧一時的作家，十多年來，他一直泛舟於新時期文學的主流之中甚至弄潮於風口浪尖（很晚才轉業為「紅學家」）。今天縱向考察劉心武的道路，同時也在梳理新時期文學的若干發展軌跡。第二，「理性啟蒙」是中國現、當代文學（包括「文革」後文學）的一個重要特徵。作家們大都入世傾向明顯，救世願望急切，大都一鋪開稿紙便自覺承擔起「社會改革家」或「靈魂工程師」的使命，即不僅自己正視人生解釋社會，而且還要幫讀者改革社會或教讀者怎樣生活。既當作家又任戰士的作家自然另有代表，而身兼作家和教師兩職於一身的情況，劉心武是一個典型。他有篇小說題為《醒來吧，弟弟》，這種誠懇焦灼而又居高臨下的呼籲，不僅可以涵蓋劉心武大部分創作，而且在某種程度上也正是相當部分新時期小說（尤其是中年作家表現青年人生活的作品）的一個共同主題。對此，本文有興趣的是：醒來吧，

弟弟 —— 那麼哥哥自己呢？第三，與上一課題密切相關，假如在呼喚弟弟甦醒振奮時，「哥哥」們自己也處在亢奮狀麻木狀的「神智不清」中，或貌似清醒「愛」人實則陷於別種意義的癡迷沉醉，那麼，「救人還是自救」的命題不就自然而然無可回避了嗎？五四以來的啓蒙傳統會不會碰到新的問題？雖然作品觸角藝術畫面事實上已經不自覺地碰到了上述命題，但作家主觀上卻依然救世救人的意願熱忱高於拯救自己的文化與心理危機感 —— 劉心武是如此，整個新時期中國文學，總體來說，也是這樣。這不又一次證實了劉心武在新時期文學中的「代表性」嗎？

一、與「傷痕文學」的關係

數天前，為了本文的寫作，我到系資料室借了本北京出版社出版的《劉心武短篇小說選》。重讀之時，我有兩點驚詫。一是因為紙張，這本 1980 年出版的書，紙張居然已經泛黃。撇開紙張品質與圖書保管設備等因素不談，那種物理形態的時間痕跡畢竟給人一種可以用手觸摸的「歷史感」(「歷史感」是劉心武很喜歡用的一個概念)。二是因為內容，和我自己感覺上的複雜矛盾 —— 當我不無失望(當然也不無諒解)地重新看到那些粗糙的文體、直露的說教、拘緊的「突破」以及跟在人生常識後面的驚歎號，和伴隨着真理 ABC 的激情心潮，我十分清晰而且興奮地感覺到了歷史的腳步和「昨天」的陳舊：僅僅十多年，僅僅劉心武的創作，已經濃縮了若干個文學發展階段、時期乃至時代。是的，回頭一望，方知我們已經走出多遠。可是，當我同時又懷着欽佩、感歎的心情發現劉心武夾在呼籲、說教和社會議論中的練達目光、深刻筆鋒，今天仍然使人感到震驚、新鮮和痛快時，我不禁對「歷史感」又有些迷惘和感慨了：是呵，十多年了，難道我們今天面對的，仍是謝惠敏僵魂或綠葉空間問題？我們的「新時期文學」，究竟走出了多遠？……

劉心武，1942 年出生於四川成都，但後來主要的生活、寫作背景都在北京城，只是成名後回家鄉出過一本小說集，詠歎一番嘉陵江。祖父是晚清舉人，曾留學早稻田，還參加過北伐，親戚中有不少早期留洋的知識分子。父親雖是職員，也喜愛京劇和文學，母親性情寬厚隨和，對劉心武影響似乎更大，亦知書達禮，談起《紅樓夢》中細節如數家珍……一般說來，像這樣一種嚴謹正派、規矩安分的書香門庭下的子女，在二十世紀五六十年代的紅旗背景下，大都一方面格外積極（唯恐被人視為落後）地追求政治進步（以入團、投身運動來顯示與小布爾喬亞血統決裂，同時謹慎地選擇與政治關係較遠的工程技術等「實業」報效國家），另一方面又自覺不自覺地保持着某種文化優越感，其核心是「正派和有知識」。「正派」的為人準則使他們後來歷經風浪卻始終看不起種種吞雲吐霧、聰明取巧、追風逐浪和花裏胡哨的人和事，「有知識」又使他們自覺有責任同情、幫助甚至解救那些缺乏教養、無知無慾或「誤入邪門」的下層民眾。劉心武同他那些以「實業」報國的兄弟姐妹的區別在於他最終要以文學報國，於是，上述家庭文化背景也就直接構成了他創作的基本文化框架，一種後來證明比政治敏感，教師職責和編輯習慣更不明顯但卻更為重要的背景制約。

在 1958 年第 2 期《讀書》上發表文評《談〈第四十一〉》時，劉心武還是個 16 歲的高中生。從那時起，直到 1977 年寫作《班主任》，前後二十年，劉心武在《北京晚報》《中國青年報》《光明日報》等報刊發表了很多小說、散文、雜文、小品及劇評，甚至在「文革」後期，也出版了描寫「紅小兵」在向陽院裏抓階級鬥爭的小說。所有這些鮮為人知而且對當時文學界缺乏影響的「創作」，於劉心武後來的文學選擇倒不能說沒有關係。

「文革」後劉心武真正進入文壇，其創作大致有三個階段，分別呼應着新時期社會文學主流發展的三個時期：開始是典型的「傷痕文學」，接着他寫了不少「教育」作用明顯的「心靈美文學」，後來則比較偏重於考察市民生態和心態。後兩個階段在時間上有重合，區別在於創作意向。如果說第一和第三階段劉心武的創作都自覺有力地推動了整個文學潮流的發展，那麼第二階段則有些相對被動地順從潮流的變化。

評價劉心武，首先須評價「傷痕文學」。關於「傷痕文學」，我在別處有專題討論，此處只簡陳幾點最基本的看法。我以為，第一，「傷痕文學」的歷史價值在於它是本世紀以來中國的文學與政治與民眾意願這三種力量最協調最有成效的一次統一行動（這裏所謂的「政治」，特指執政黨的方針策略與國家政府的政策措施）。二十世紀三十年代左翼文藝一度體現着主流作家們的政治熱情（天真？），但明顯與國民黨政權的「政治」對抗，且由於讀者圈、語言背景、社會環境等種種原因，當時再激進的革命文學成果也並未能夠完全與「引車賣漿者流」的普通生活意向直接融為一體。於是後來便有了「大眾化」的討論。也就是說，文學雖與左傾革命思潮結盟了，但與民眾仍有距離。1942年以後，在毛澤東《講話》的指揮下，趙樹理、李季等人的創作積極地為政治服務，而且確實在相當程度上道出了解放區翻身農民的樸素心聲，但另外卻仍有很多作家（尤其是「白區」作家）的情感意向不能一下子就和秧歌節奏合拍。結果是民眾意願與左傾革命浪潮混合，文學家們卻跟得很累。在「五七年」以後特別是「文革」當中，文學與執政的「政治」與真實的民眾意願之間一再出現裂痕，雖然「為政治服務」

的口號越喊越響，但實際上，文學或成為政策的解說宣傳（如大量歌頌「大躍進」、人民公社的「文學」），或為路線鬥爭的工具（如「幫派文藝」），或為民眾暗暗反抗的火炮（如「四五」詩抄）……只有到了「傷痕文學」時期，我們才看到了文學（作家獨立的情感選擇）與政治（執政集團的意志和需要）與民眾（社會普遍情緒）這三種因素真正自覺自願的（雖然也是十分暫時的）協調統一和融合。也可以說，這是文學真正自覺自願且卓有成效地在為「政治」服務了 —— 其戰果便是率先否定「文化大革命」，幫助人們不僅從政治上思想上，而且從情感上從感官上進入「新時期」。第二，「傷痕文學」雖多以哭喊、淚跡、血污、刀痕等感官效果出現，但實質上的核心卻是「理性啟蒙」而非絕望頹喪。對苦痛的撫摸對災難的控訴，目的大都在於爭是非辨黑白，故而種種陰影、感傷、歎息、呻吟，都不僅是人們對着自己傷痕累累的軀體在流淚，更是老師、家長們想以眼淚洗滌「孩子們」的傷口。第三，由於文學與政治混為一體且四處出擊侵（請）入了諸如教育、法律、道德、經濟等領域，所以「傷痕文學」具有明顯的非文學性。比文體粗糙、議論直露、技巧通俗等更重要的問題是，「傷痕文學」基本上是以五十年代的創作模式來批判「文革」（雖然事實上「傷痕文學」的藝術觸角結果還是超出了五十年代的文學框架）。

辨察了「傷痕文學」的要點之後，我們就不難理解何以這股文學潮流會選擇劉心武做它的先鋒。五十年代末開始練筆的劉心武不是一直在尋求既效力於主流政治同時又道出普通民眾心聲的機會嗎？當了十幾年中學教師的劉心武不是很擅長於耐心細緻熱情地對青年「啟蒙」嗎？重場面、有情節、主題鮮明且不時插入正面議論抒情的劉心武寫作風格，不是也很適應當時希望能「辨是非」、「受啟蒙」的讀者審美需求嗎？這其間最關鍵的一點是「教師身份」和「家長語氣」。中國人太習慣於把「國」與「家」相聯繫甚至相混同了，政治風雲仿佛非得糾纏着倫理矛盾才更「觸及人們的靈魂」。因此，老師家訪時「救救孩子」的誠懇呼籲遠比政治家雄辯路線是非更能令普通人感動和震動。其他一些轟動一時的「傷痕文學」之作如《於無聲處》《傷痕》等不也都是在父子、母女等家庭人倫關係之間展開政治角逐歷史悲劇的嗎？（沒有選擇家庭做「戰場」的小說如《楓》，雖然頗有深度，影響卻不如《傷痕》《班主任》。）而劉心武「家訪」的過人之處更在於他不僅教育小流氓，還對眾人眼中的「好孩子」、「好學生」也投去關懷的一瞥。《班主任》中對張老師的讚頌、對石紅的表揚對宋寶琦的教訓，均屬常識範圍且均未跳出「十七年」模式，唯獨花在謝惠敏形象上的甚至多少有點漫不經心的筆墨，卻終於第一次劃出了（但遠未劃清）「傷痕文學」與「文革」文學及「十七年文學」之間的界線。甚麼是「謝惠敏性格」的實質呢？僅僅是「思想僵化」，「中了『四人幫』的毒害而不自覺」嗎？為了保護農民的莊稼因而不准別的同學帶走一束麥子（哪怕是做科研標本）；對黃色書籍警惕性很高以致把《牛虻》也「錯劃」進去；艱苦樸素到了天熱也不肯穿裙子的地步……所有這些謝惠敏式的行為，如果放在五十年代「青春萬歲」的背景下或出現在六十年代中學生齊抄《雷鋒日記》的時候，可能都會得到稱讚——對「革命教育」這個問題的嚴重性和挑戰性，劉心武當時還沒有足夠重視，插在小說裏的議論還只是將謝的性格扭曲視為「四人幫」時期的特定產物，但形象本身的血肉感及細節把握的分寸感，事實上卻已經為無數熱情追求政治進步的五六十年代的青年樹了一面反思的鏡子，照出了他們成長道路上的某一側面：謝惠敏的錯誤究竟是錯聽了「四人幫」的話呢，還是錯在不該只聽別人的話而自己不思考？謝惠敏的悲劇究竟是工作不踏實、革命不堅決、為人不樸實呢，還是缺乏獨立的人生意識，把自己的思想乃至革命的權利都「上繳」了進而一切聽從別人的安排？——顯然，作家和讀者在這裏思考的，主要是政治問題（或者說是用文學體裁討論政治問題而不是以文學方式思考問題）。本來應該在報刊社論或課堂或家長會討論的問題，結果由文學率先提出來，難怪「傷痕文學」作為「撥亂反正」思想解放運動的先鋒會大受民眾（也受主張改革的政治力量）的歡迎。當時普通青工、回城青年自費訂閱嚴肅文學刊物的情況到處可見，《收穫》《人民文學》等刊物的銷量也因此高達上百萬份。這無疑是「傷痕文學」也是劉心武的光榮。這種光榮更促使作家充滿信心和責任感地繼續用文學體裁（而不完全是文學方式）來談論大家每天關心的社會、政治、道德、教育等問題。比如，揭批「四人幫」並譴責（而不是同情）在動亂中違背良心的教師（《沒有講完的課》）；呼籲學生不要陷入信仰危機而只講究衣着（《穿米黃色大衣的人》）；或者「大膽」地為青年人爭取「戀愛」的權利，以至於小說《愛情的位置》在北京電台廣播後，數以千計激動的讀者紛紛寫信感謝劉心武。他們當時大概激動得來不及注意劉心武在論證革命者也可以有愛情時的附加條件：戀愛對象需嫉惡如仇（敢於指責壞人），勤奮好學（乘車總讀外語），追求上進（排隊買《毛選》五卷），工作踏實（安心烙燒餅且技術高超）以及最後還要講孝道（耐心服侍病母）……劉心武在這一階段的作品幾乎每篇都能引起反響，但容量上均不及《班主任》；甚至可以說在初期「傷痕文學」中，也沒有哪個形象明顯超過謝惠敏性格無意間所達到的藝術（政治？）深度。

然而有趣的是，劉心武當時卻對「傷痕文學」這一概念（及流派）不感興趣甚至明確拒絕：「我認為這個稱呼是不科學的。《傷痕》也好，《班主任也好》，別的一些被歸併到這個稱呼下的作品也好，其實只在一點上是相同的，就是它們都比較真實地反映了革命人民同『四人幫』

的鬥爭，除此以外，無論思想深度、藝術手法、語言風格等方面，都各有千秋，並非純屬一個流派。」劉心武做這番「巧詞奪理」的辯解大致有兩個理由：一是他認為自己的創作並非只是撫擦傷痕流淚，而是企圖引導人們醫治創傷（事實上，後者正是「傷痕文學」之精髓，而前者只是誤解或指責）；二是他在「傷痕文學」極熱鬧之時便已覺察這只是一種為時不久的很快將被新潮淹沒的特殊文學現象。在無數掌聲、來信和訪問者的熱情包圍中，他卻不甘心自己只是一個「傷痕文學作家」。有次在廬山開會，當着青年作家的面，他戲稱自己是即將被淘汰的「鴨嘴獸」——有趣的是，唯獨有「鴨嘴獸」危機感的劉心武後來一直在文學主流中跨步而沒有成為「鴨嘴獸」，其他一些在 1978 年轟動一時的名字（如盧新華、王亞平等）倒真的很快從文學界消失了。

二、解釋生活與療救社會

「傷痕文學」這個概念在海內外理解並不相同。在香港、台灣，「傷痕文學」通常用來泛指「文革」以後大陸大部分揭露社會黑暗的作品，時間範圍從七十年代末一直到八十年代中期，直到「尋根文學」出現。而在大陸，「傷痕文學」的範圍狹窄、具體得多，一般用來特指 1978—1981 年間的部分文學作品。1981 年以後的暴露黑暗之作，通常有「反思文學」之稱。劉心武在前面謝絕的「傷痕文學」稱號，也基本是上述狹義的「傷痕文學」。

不甘心只寫「傷痕文學」，便意味着要轉變。1980 年胡耀邦主持劇本創作座談會前後，用文學哭天喊地或尖銳批評將軍的「社會效果」開始受到非議。「傷痕文學」分化，或轉向冷峻的歷史反思，或轉向明朗的歌頌與教育（當然也有作家如白樺等一直堅持以筆為槍「大膽干預」)。劉心武第二階段的創作大致跟隨上述第二種潮流，即在現實生活小景中注重教育啟蒙，努力開拓普通人的「心靈美」(用劉心武的術語便是《這裏有黃金》)，寫於 1980 年至 1983 年間，收在《大眼貓》(浙江人民出版社 1981 年版)、《到遠處去發信》(四川人民出版社 1984 年版)和《日程緊迫》(羣眾出版社 1985 年版)等幾本集子中的大部分作品均屬於這一類。偶然，劉心武也像蔣子龍那樣，將理想主義色彩慷慨地塗在鋒芒畢露勇往直前的改革者身上(比如《登麗美》，堪稱政治改革論文)，但更多情況下，他的讚歎的目光還是願意投向默默無聞、毫不起眼、樸素壯實、木訥憨厚的普通勞工(尤其是善良樸實的老頭)，如一輩子勤懇為人送信而自己從未收到過一封信的老郵遞員(《到遠處去發信》)，一輩子掃地但在社會風浪中最有「人情味」的石大爺(《如意》)，以及待人誠懇、安心平凡工作的司機(《一根很小很小的刺》)等。直到後來的《鐘鼓樓》，作者已經能夠冷峻地旁觀世態人情中種種既非善舉亦非劣跡的行為了，但在寫到老鞋匠時，讚歎之情依然忍不住有所流露且模糊了寫實筆觸的逼真度。在劉心武看來，彷彿世事變遷，眼花繚亂，各色人等上下起伏，唯有老郵遞員石大爺們的樸實目光才最可信賴……當然，青年中間也不是沒有「黃金般」的心靈，不過外表通常不時髦不漂亮甚至有生理缺陷。女的粗獷如「魯智深」(《蜜供》)，男的壯實但斷臂(《大塔》)。除了少數例外，大多數場合劉心武並不編排航鷹式的以尖銳戲劇性衝突展現「心靈美」的曲折劇情，而是更多地抓住平凡小景「俗」人常態。寫得精緻時頗有詩意(比如《公路旁的仙女》，別出心裁讓可愛女孩形象刺激、喚醒乘客們枯燥麻木的神經知覺)，寫得糟糕時則像容易得作文獎的中學生範文(比如教導青年怎樣區分「好人」與「壞人」的《月亮對着月亮》)。生活中既有「黃金」，顯然也總有「灰塵」乃至「垃圾」。品德對比法(而非性格對比法）總是「教育型」作品的常用手法。值得留意的是，劉心武筆下「玉朴」「佟嶽」「土豆」「魯姐」「大塔」之類的名字總有着厚實、淳樸、粗壯、樸素等外貌和行為特徵，而機智幹練、聰明善辯的青年則大多與取巧的劇本稿，與原裝錄音機、日本錶及米黃色風衣等道具有聯繫。劉心武筆下最精彩的段落常常都是以社會調查抽樣分析法寫伴隨着小市民情趣追求的種種很有中國文化特點的世俗煩躁，寫青年淺薄無知的開放慾望，既想得到別人幫助又渴求自由，既不願受社會約束又總覺得社會（乃至天下人）都欠我甚麼，因而總是抱怨，總是在系列美髮用品和無系列觀念新潮面前暈眩……面對這種種庸俗、市儈的市民情趣，開始劉心武總是按捺不住他的氣憤、輕蔑、嘲笑和震動（主人公「我」一看見「弟弟們」發牢騷、趕時髦、鑽後門或者搞「十元會」輪流做東下館子，便忍不住要「靈魂發抖」，「震驚得說不出話來」）。但後來劉心武漸漸地不那麼容易「氣憤」「震動」了。這裏不僅存在着藝術分寸感、情感含蓄（克制）程度的變化，更意味着對「淺薄青年」和「小市民心態」由鄙視向理解向同情的轉化——顯然，這種轉化也就標誌着劉心武創作在向第三階段轉化，由熱情地教育引導青年轉向冷峻地描畫世態，正視現實。

劉心武創作的第三階段的起點，不是將泛愛與私人空間問題相混淆的《我愛每一片綠葉》，也不是以人情美控訴動亂災難的《如意》，而是撕去種種溫情薄紗，真正把古老的北京人放在生態意義上考察的《立體交叉橋》。這部中篇的某些「自然主義」筆觸很有力度，甚至後來的《鐘鼓樓》也沒有超越。我個人就是在讀了《立體交叉橋》後才開始真正留意劉心武的創作的。除了蔡伯都和葛佑漢這一對構成道德色彩反差的形象比較失敗以外，其餘擁擠在「十六平方米」裏的侯家人，也包括喊電話的二壯父子，全都那麼合情合理地互相算計着、關心着、埋怨着、爭吵着，不再只具有「黃金」美德熱腸暖意，也不僅只是淺薄庸俗、無知無能。而且更重要的是這亂成一團的煩悶、苦惱和不幸，並不能簡單地歸咎於「信仰危機」或「四人幫毒害」或哪個卑鄙者搗鬼或港風北伐襲擾……由於作家破例地把傳統美德（石大爺式的人情美）放在現實生態條件下加以冷峻考察（而不是先入為主地歌頌），因此作品內涵有意無意攜帶的文化思考事實上遠遠撐破了「住宅問題」等外在主題框架。只可惜小說頗有氣勢地展開，卻匆匆收住（大概當時的劉心武還缺乏繼續往深處展開對侯家人倫關係的道德審判的筆力和魄力）。整個《立體交叉橋》，猶如一部精彩長篇的前兩章。待到數年後劉心武重新用《鐘鼓樓》來將其續完，筆力卻已經溫和軟弱多了。

有趣的是，《立體交叉橋》也寫於 1980 年，也就是說，寫於他的許多「心靈美」創作之前，只有聯繫着《立體交叉橋》當時所受到的諸如「藝術成熟了，但思想性退步了」、「格調、畫面太灰暗」等批評，我們才能理解劉心武後來的創作為甚麼會一直在兩種傾向之間搖晃。從《這裏有黃金》《沒工夫歎息》到《如意》，到《老人糾察線》《銀錠觀山》，是一條以「人情美」傳統溫和療法直接醫治社會創傷的線索；從《立體交叉橋》到《黑牆》到《鐘鼓樓》《五・一九長鏡頭》，是一條用「寫實」手術刀透察世態、解析「文革」後遺症的軌跡。在《班主任》中，這兩者曾愉快地重合在一起。歷史接合縫中文學與政治與大眾趣味的暫時的完全統一，使得劉心武（以及別的中國作家）產生了「寫實」即「救世」、「愛」人即「救」人的錯覺。但不久以後（具體在劉心武身上，便是 1981 年《立體交叉橋》受批評以後），作家便被迫正視用文學解釋生活（首先是解釋「文革」災難）與療救社會（首先要丟掉「文革」包袱即幫助社會忘卻「文革」）之間的某種矛盾。由於劉心武既不是只顧表現一己靈魂的「藝術教徒」，也不是追波逐浪的「宣傳幹事」，因此他所碰到的上述矛盾以及他的應對之方，也就頗為典型地體現着整個新時期「社會文學」的基本困境：冷峻直面不無渾濁的「災難後」的世態生態心態吧，作家常擔心（既擔心別人指摘，也擔心作品客觀效果）會影響青年人（而不是自己）的信仰、鬥志和幹勁，進而擔心會對不起青年（並對不起領導對不起社會）；熱情從事正面理想教育挖「黃金」不「歎息」吧，作家又擔心下筆膚淺粉飾現實因而對不起文學（對不起契訶夫）並對不起歷史對不起民眾。兩難之間怎麼辦呢？我們看到劉心武自覺不自覺的辦法是：一、虛一筆，實一句，亮一篇，深一部，兩面兼顧，「之」字路線，搖晃前進，誠如上述縱向考察所顯示的那樣，劉心武第二和第三階段的創作看似迴異，實則互補；二、痛揭矛盾後馬上跟着正議雄辯，「灰暗」畫面則輔以明亮鏡框，這樣在作品色彩上、作家心理上以及「社會效果」上都比較容易平衡。明乎此，我們便不會再驚訝何以精心講究開局的劉心武每每會以口號式作文筆法收尾了；三、用文前事後的補充（題記或創作談）來人為框範、壓縮、簡化乃至扭曲作品已達到的主題內涵的容量，或者引導（誘導？）人們的評論，或者自我眩惑地只重申理念而漠視自己已訴諸藝術的感覺（這種情況後來在張賢亮等人那裏也可見到，看來並非偶然現象。五十和六十年代的思想改造，有長期效應）；四、抓住帶有羣體心理歸屬感的「情緒重泄」這一兩圓相割的重合部，以「教師」、「靈魂工程師」身份和「疏導」角度來盡力尋求文學使命與政治職責的統一，即不僅改良教育方法，理解先於引導，在滿腹（乃至滿十六平方米、滿公共汽車、滿足球場）的牢騷怨氣排遣中暗伏勸誡尺規，而且改變教育姿態，從教導、幫助到同情、安慰再到「愛」（當然最後目的仍是「救救孩子」）……以上四項劉心武的——在某種程度上也是「新時期文學」的——積極協調文學目的功利性與文學過程自主性的途徑，第一項本文已考察，二、三兩項道白了很容易理解，不必多談，唯有第四項，即劉心武以「教師」身份來協調文學與政治矛盾的個人努力，值得我們做進一步的研討。

三、作家使命與教師職責

「文革」後也有不少別的作家很想在文學中從事「教師」工作，但由於種種原因（對藝術太虔誠或太不尊敬，於政治太執着或太超越等），效果似乎均不如劉心武。這顯然與十幾年中學教師生涯養成的職業習慣有關，與對讀者羣的主動確認和選擇（劉心武很明確很情願地以「二十來歲至三十來歲的青年人，其中包括城市青年工人、農村回鄉知識青年、部隊戰士、售貨員、服務員、待業青年、中學生等」[1]為對象而寫作）有關。此外更重要的，也和作家關注「民心」、「民氣」、人情關係的社會政治視角和強調「社會性」、「析情性」、「鑄靈性」的文學觀念有關。既然政治憂患感與藝術審美理想能在「人倫情感教育」上得到統一，那麼劉心武也就當然會充滿信心和熱情地「好為靈魂工程師」了——難怪在許多經過選擇寄託理想顯示趣味的發表在文學刊物封二封面上的多姿多彩的作家生活照當中，我僅見的劉心武的兩幅，都是和學習中的青少年在一起，低頭，側身，體察入微的態度，寬厚親切的表情，循循善誘的姿勢……

大致上，劉心武從以下三個方面展開其作家兼教師的工作：一是從青年教育角度解釋「文革」的前因後果；二是從「愛」的角度提出人的生存空間（及心靈空間）問題；三是面對被極「左」政治污染的世風，強調樸實真誠互相關心的「人情美」。

無論是無意間承襲「文革」及「十七年」創作模式還是不惜利用現

代主義來激烈反叛傳統，無論是正面解析控訴「文革」的災難性後果，還是慢慢反省「十七年」反思「五四」乃至用山寨野村意象濃縮數千年文化脈絡……整個「新時期中國文學」，其實都不可避免地帶有「文革後」的歷史特徵。就創作意向而言，直接正視現實矛盾，固然觸目皆是「文革」留下的外在傷痕（真正探察「內傷」的篇什至今不多），「向前看」艱難起飛，也需先醫治流血的翅膀擺脫「文革」的陰影，而一旦低頭透視「傷口」回首反思病因，則不僅昨日的痛楚驚悸記憶猶新，而且這痛楚災難當初甜蜜興奮的降臨過程更令人費解和害怕。所以對作家來說，「文革留下了甚麼」與「文革究竟是甚麼」與「文革到底是怎麼來的」這三個問題幾乎是不可分割的 —— 1976 年以後，很少有作家能回避這一嚴峻課題，能不對「文革」做出自己的解釋。劉心武自然也不例外。不過他從自己的生活和思路出發，對「文革」後果、前因的解釋大都以中學課堂為背景，以青年教育為線索，《母校留念》《如意》《銀河》以及更典型的《大眼貓》等作品都企圖正面解釋「文革」，解釋正直的青年如何在追求上進過程中誤入歧途。同陳建功透析工宣隊員韓得來畸形的社會價值感和高曉聲把握的總需要別人來關心來控制的陳奐生性格相比，同王蒙描述的幹部異化軌跡和張賢亮回味的知識分子捱耳光後的甜蜜感相比，劉心武通過鋼華、謝惠敏等形象所提出的「十七年教育路線」與「文革」的關係問題，無疑也具有同樣嚴峻的意義。只可惜劉心武對於從拾皮夾交民警到抄英雄日記到批「白專」到狂熱步行串連再到信仰危機這樣一條由「十七年」通向「文革」的精神軌跡的藝術梳理，過於概念化也過於倫理化，因此並不如王安憶、張承志等人後來的情感反省深刻。《如意》中「文革」風雲的細節不可謂不詳細不曲折，但被石大爺的雕像一反襯，便只突出了黑白分明的倫理色彩。這裏的關鍵恐怕是沒有把「我」真正放進去，沒有反省中學老師為甚麼在文革後期也寫向陽院故事？而排除個人情感危機以正確道理教別人，不正是教師的職業習慣嗎？這就叫觀照工具也會妨礙視線。同樣干預、設計人的靈魂，看來教師和作家還是會有分歧。

應該承認劉心武多次鄭重提出的「空間」問題確是個極為重要的文化（及政治）課題。正是在這個題目下，劉心武才有着真正超越旁人的收穫，但也陷入了自己都未覺察（或者是不肯承認）的困境。所謂「空間」概念，在他筆下至少涉及三個層次：一是「生存空間」，泛指住房困難、交通擁擠等物質生態條件造成的社會問題；二是「心靈空間」，這一劉心武特定用語大致包容胸懷、境界、美德、同情心、人情冷暖等道德內涵；三是「私人空間」，特指人我疆界，法律和人道主義意義上的個人生活和意志自由。開始，劉心武是從總結政策和工作方法的失誤入手而涉及敏感的「私人空間」問題的。在歷數普通教師魏錦星因個人生活癖好而受盡政治磨難以後，作者呼籲：「能不能給性格，特別是給比較特殊的個性，落實政策？……一個人在努力為祖國的繁榮富強而工作的前提下，能不能保留一點個人的東西，比方說，能不能有一點個人的秘密？」（《我愛每一片綠葉》）在感歎記載少女春夢的日記本在抄家時被公開展覽後，作者很糟糕地插入了一句正確的議論：「社會主義民主和法制的實施程度如何，對待私人日記的態度是否也是檢驗尺度之一呢？」（《蔚藍色的封皮》）應該看到，這種語氣委婉到近乎可憐的呼籲在當時，已不失為對「個性尊嚴」的極大膽辯解了。但我們又必須指出，這種為「個性尊嚴」的辯解呼籲，實際上還是從「愛」，從同情心、從悲天憫人角度提出來的。其實我之「愛」與「不愛」每片綠葉，與綠葉們能否健康生長並無必然關係（這正是「私人空間」概念的實質）。女售貨員之能記私人日記，並不是因為通過日記，她能在「心靈的溪流裏漲滿春水，把美好的東西浮起來，把醜惡的東西沉下去」，而是因為她本來該有記日記給自己看的自由。把個人精神的生存空間與道德意義的心靈空間問題混淆起來後，不僅上述「愛綠葉」的呼喊充滿了「給予感」(乃至「憐憫感」)，而且還隱含着一句危險的潛台詞：假如有哪片綠葉誰也不「愛」它呢……後來，隨着劉心武的文學探索逐漸深化逐漸轉向世態風情，他更多地直接從「生存空間」層次(住房、擠車、請客吃飯)提出問題，細節、方法都樸素多了，也再不用借助概念化的議論，可是將「私人空間」與「心靈空間」用一個「愛」字混淆的情況卻依然存在甚至還有發展。比如頗受好評的得獎長篇《鐘鼓樓》，用「發散型結構」在一個北京四合院十二小時的世俗風波中，交織了幾十個不同年齡、職業、性格的人物的昨天與今天，其寫實視野、場面把握、世態透察、人情分析，都可以說已達到劉心武小說(或許也是新時期社會風情小說)的天花板。但小說在極其精彩地描述了各色人等因生態條件而被迫擁擠在一起互相關心(乃至互相干涉)，結果導致每個人的精神世界都受到不同程度的壓縮、扭曲和損傷以後，作家卻還是只能在道德意義上開出「將心比心」、「互相同情」、「幼吾幼以及人之幼」的傳統藥方。劉心武同時從「生存」、「心靈」兩個向度提出「空間」問題，殊不知他極其艱難地從擁擠的社會生態空間爭取來一點「個性尊嚴」的權利，又悄悄地被「互相關心」形態的「愛」所融解了。結果，他自己也步入怪圈而不自覺：率先提出尊重「私人空間」的劉心武，去年不是在《收穫》上開闢了公開展覽(有時甚至是未經本人許可的披露)私人照片的個人專欄，用以撫今追昔教育青年嗎？

我一直不用「人道主義」這個概念來涵蓋或形容劉心武提倡的「愛」，因為我覺得後者主要不是歐洲十八、十九世紀那種有「個性主義」內涵的作為歷史觀的人道主義，而是更多地有着孟子血緣相信「仁者，人也」的作為道德觀的傳統「人情美」—— 前面已有論述，在劉心武小說中一直倍受尊敬的那一系列樸實老頭的形象，便是這種「人情美」的理想載體。而當作家擯棄生硬的政治思想教育同時又拙於從社會經濟發展角度談問題以後，他用以喚醒「弟弟」賴以對青年「啟蒙」的主要精神力量，也就是這種泛道德主義的強調人與人之間互相關心、互相幫助、互相依靠的樸素淳厚狀的傳統美德。甚至在寫於 1974 年「文革」期間的《睜大你的眼睛》裏，隱藏的階級敵人的破壞活動也是反道德行為：教唆兒童投機行騙，將一毛錢的戲票以三毛賣出。當然，與「壞人」作鬥爭的老人小將們則全是善良忠厚樸實正派（而不僅僅是鬥爭覺悟高）。將劉心武寫於「文革」前、「文革」中與「新時期」的政治傾向迥異自然深淺也不同的作品相比較，我們不得不驚訝那由市儈鑽營厚顏無恥者（舊商人、風派、新暴發戶）與淺薄虛榮市民情趣追求者（生動煩躁的青年形象）與忠厚木訥默默無聞的樸實老人們（郵遞員、石大爺等）所共同組成的三角倫理框架的長期穩定性。與這種最基本的道德色彩對比模式相比，「評法批儒」、「愛情的位置」、錄音機、小坤錶乃至改革方案和「立體交叉橋」，實在都只是很外在的可以變換的道具、佈景而已。對「人情美」的執着，使得劉心武各個階段的不同創作，都有一個「匡正世風」的目的感；而「匡正世風」也恰恰有賴於這「人情美」為依據為指歸。從東方式的「人情美」道德規範出發，劉心武筆下既少有保爾・柯察金式的英雄，也不欣賞于連氣質的人物奮鬥「暴發」，迪斯可、太陽鏡、花布傘、錄音機，因為充當西方物質文化的前哨尖兵每每難免要受奚落，而古城牆、四合院、清王府遺跡及西皮二胡京韻大鼓餘音，則細細鋪陳，悠悠迴響。這當然並不意味着劉心武「思想保守」，不，或許正因為準備開放，才擔憂失卻文化根基的飄浮？越是在箱根溫泉或埃菲爾鐵塔下，劉心武越是懷念北京胡同裏的大塔、石大爺，這裏是否有某種心理平衡的需要存在？作為啟蒙者，作為「教師」，劉心武對東方式「人情美」的歷史局限性還缺乏充分的理性認識，但作為藝術探索者，他的筆下還是經常會展現「人人互相關心」的「愛」的多側面複雜效果。比如劉心武曾要人們將《老人糾察線》與《黑牆》放在一起讀。《老人糾察線》寫退休老太因喪孫而悲痛「犯病」，鄰居們出於關心並聽從醫囑組成糾察線保護她的「癡迷散步」不受打擾。小說這樣結尾：「早晨。太陽照着樓區。樓區一隅的綠地，一位老奶奶推着坐有塑膠娃娃的嬰兒車，安詳地邁着步子，而另外四位老人，悄悄地在綠地四角執行着他們那神聖的使命……對這幅畫兒，我們該說甚麼呢？」——是啊，我們無話可說。人與人之間互相關心一片暖意，大家都不願驚破老奶奶錯把「塑膠娃」當作死去的孫兒的病態美夢，這當然令人感歎。可是在《黑牆》裏，也同樣是鄰人間的互相關心，怎麼卻出現了驚慌、猜測、懷疑、干涉等令人不無寒意的後果了呢？家裏的牆（即便不是我的家），怎能噴成黑色？噴牆人病了？犯傻？反動？還是別存用心？這樣的人，大家不去幫助、關心乃至「愛」他，怎麼行？——除了最後小扣子的議論是蛇足外，整篇《黑牆》相當完整。更精彩的是，《黑牆》與《老人糾察線》裏那幅「畫兒」完全能重合，都是人與人互相關心的「人情美」的不同曝光。噴牆人如果晚上發高燒，鄰人們不也會連夜借車送醫院由路燈串串映出「人情美」畫面嗎？只可惜劉心武已寫出「愛」的兩個側面，既抨擊了自己欣賞的也讚歎了自己恐懼的，卻終於沒有在兩者之間的聯繫上再深入一步。當然，再往這個方向走下去，既是艱難的，也不無危險。

畢竟，劉心武是個教人、救人，為他人寫作的小說家。凡可能妨礙教人、救人、「愛」人的思路，還是不去胡思亂想的好。否則，作家和教師這雙重身份便要分裂了。

四、救人與自救

劉心武和他的很多同行身兼作家、教師兩職於一身的情況，既有現實社會需求的依據，也有着歷史文化傳統的淵源。1949年以後，中國的文學一直是既任政治的助手又當教育的戰友。文學與政治的矛盾協調，近年來人們已很關注，文學也屢屢在申請自主權。但文學與教育的關係糾葛，作家們卻依然是自覺或無意識地默默承擔着。青少年犯罪或說髒話或隨地吐痰或乘車看戲擁擠等，「世風」無論好壞，家長和老師們都會拉着作家一起來受獎或擔干係。從歷史上看，現在人們多注意「文政、文史不分家」的傳統，其實應當補充為「文、政、教三位一體」。「先有德而後有言」，道德化傾向甚至比政治功利（更遑論詩骨文采）更為重要。正是由於「文教」合一傾向在現實與傳統兩層意義上皆有如此堅實的依據，所以「藝術家是靈魂工程師」這一命題一到中國，很自然就被理解和解釋為作家應該關心、干預或設計人們的靈魂（而不首先是關注、拯救自己的靈魂）。於是，救人的使命感也就自然先於和高於救己的危機感了。

還能有比「醒來吧，弟弟」更典型的居高臨下但又語重心長的救人姿態嗎？這不是孤獨文人或救世勇士在長嘯「世人皆醉我獨醒」，而是自覺地替領導做羣眾工作，替眾人拯救「敗家子」，是拉開窗簾打開收音機告訴弟弟人們都在火熱地戰鬥沸騰地生活而你怎能老是一個人精神不振？劉心武自知沒有從政治方位直接戰鬥救世的氣魄和力量（我在別處將繼續討論「干預生活」的作家們的「救世」姿態），但他自信有能力也有責任教育青年開化小市民。但問題是，這「教育」「開化」

的權利是從哪裏來的？「哥哥」靠甚麼來喚醒「弟弟們」？是因為更有文化更有修養？是因為更有社會責任更有「歷史感」？還是因為心靈更淳樸靈魂更寬厚更富有「人情美」更願意「愛」人？……顯然，弟弟們醒不醒、該怎麼醒是另一個問題，小市民的夢也總有梁羽生、瓊瑤、亦舒們關心理解，而假使「哥哥」真的如此自上而下企圖救人靈魂，那他自己的癡迷姿態本身恐怕也值得反省了。《鐘鼓樓》第十三節中有段對北京市民階層的理性分析，頗能說明劉心武的「救人視角」。劉心武並不贊成對小市民持「優越感」，也反對簡單鄙夷「芸芸眾生」，而是主張「倘全面致力於北京城物質文明和精神文明的提高，就不能不研究他們，體察他們，從而引導他們，開化他們」（著重號系筆者所加）。很顯然，這裏仍存在着某種心理和文化的優越感，這仍是社會學意義上的研究加上倫理學意義上的開化，而並不是文學意義上的真正人格心理平等的解析透察和表現。社會學研究和教育工作當然也很需要人做，但從文學而言，救人卻每每是需從自救開始的。我在前面已經說過，沒有將「自我」充分放進作品和人物一起接受「關心」或「審判」，這是劉心武雖用文學做了許多好事卻無法為文學做更多好事的一個主要原因。

乍一看，劉心武小說中到處有「我」，但實際上總是偏重「以我看社會」而不是「看社會中的我」（這與寫實手法關係不大）。大致上，劉心武作品中的「自我」有三種表現形態：一是第一人稱的敍述者，職業身份舉止行為均肖作者，但為了結構和主題需要，思維故意「淺」一些，或誤解好人（《如意》），或幼稚受騙（《大眼貓》）等，真正作用是展開視角、連貫情節，並替作者排遣些「小布爾喬亞情調」（憂鬱的睫毛、《羅曼・羅蘭文鈔》、不謝的花瓣之類）；二是在倫理態度、社會行為乃至相貌特徵上都寄託了作者審美理想的一系列樸實勞工形象。

有時作者也借石大爺等人物之口道出自己的「人道主義宣言」:「誰也不是聖人。不存心害人的人就是好人」,「階級鬥爭是人跟人鬥,不是人跟狗鬥」……但更多情況下這類形象還是以其忠厚外表和樸實性格無言地表明作者的基本理性態度;作家「自我」的第三種表現形態正好相反,是借「小市民」、青工的痛快淋漓的社會牢騷而有意無意宣泄的官能情緒及心理煩躁。對青少年牢騷和市民怨氣,劉心武從嘲笑(《奶嘴兒》)到抑制(《沒工夫歎息》)到同情(《立體交叉橋》)到理解(《鐘鼓樓》)再到幫助排遣(《五・一九長鏡頭》)的過程,也就是作家對生活的感性把握漸漸深化而「自我」心理宣泄途徑逐步開通的過程。簡單形容上述三種「自我表現」,第一人稱敘述者像作者觀世的「眼」,樸實老頭羣像體現作者救世的「心」,而牢騷排遣怨氣宣泄則連着作者現世的「身」——顯而易見,在這裏「心」和「身」是有矛盾要衝突的。作家不讓這種矛盾往自己「身心」的縱深展開,而更願意將其社會廣角化、世俗對象化。「心」(理性化情感或曰倫理化思想)對「身」(官能感覺、心理慾念)的規範、協調和疏導於是構成了劉心武「理性啟蒙」創作的基本內在格局。值得注意的是,「心」越是擺脫教條通情達理地去體察理解「身」的世俗煩躁,作品所把握的世俗風情畫當然也就越是逼真越是深刻,然而這時充滿「愛」意的「心」的感化、規範、勸誡力量反而越是蒼白軟弱——這是否意味着「心」「身」關係中的人性內容正在動搖美德與慾念間的既定倫理秩序?這是否說明救人的效果明顯成功時,救人者自己的教育武器反而會受到懷疑?想想喚醒「弟弟」時,作者的聲音還是那麼果斷自信,可在精彩宣泄了滿公共汽車裏的形形色色牢騷怨氣後,石大爺式的忠告規勸似乎也沒人說得出口了,結果只能借助那神奇的說不清楚的目光來感動司機。可是這種靠人性暖意為能源的車,能夠開出幾站呢?顯然,在藝術深化的同時，劉心武一向賴以救世教人的「人性美」啟蒙力量分明受挫了。再往下怎麼寫？誰能擔保被「愛」所理解進而懂得一些個性價值的青年不會繼續思考這樣的問題：對「個性尊嚴」的最大威脅，究竟是仇恨迫害呢，還是關心與「愛」？！誰能預料那些已不受歧視的個性獨異的人物不會進一步提問：您愛每一片綠葉？可您是誰？是陽光？還是代表陽光？⋯⋯

當然，在藝術中，難堪的困境每每和精彩的探索形影不離。作家慣用的精神武器受到挑戰並產生「自救」的文化危機感，這無疑標誌「理性啟蒙」的社會文學正在向另一個境界深化。如果不是從樓上下來和民眾心理世俗情緒滾在一起，劉心武是無法抬頭發現自己喜愛的文化亭閣的歷史缺陷的。尤其令人驚訝的是，劉心武在藝術深度上的探步，幾乎很少依靠技巧的拐杖而主要憑藉生活實感、社會視角的領路。當然他也不是不講究形式技巧，比如巧妙剪接故事，認真選擇與內容相適應的筆調並精心設置發散型結構等。不過語調之可以選擇結構能清醒設計，說明劉心武並不是一個依照「本能的形式感」而下筆的小說家。他的有些形式探索顯得很累，比如頻繁變換人稱甚至以最提神的第二人稱雙眼直視讀者，但抒情效果依然柔和。1980 年後劉心武心急手癢不甘寂寞也試過幾次「意識流」，當然流得並不暢：「眼睛。眼睛。眼睛。疑惑的眼睛。憤怒的眼睛。恐懼的眼睛。哀求的眼睛。絕望的眼睛⋯⋯」(《銀河》) 怎麼能這樣跟在王蒙後面呢？在雜色新潮面前的一陣暈眩以後，劉心武很快又鎮定下來並知己不能為而有所為了。在《鐘鼓樓》《五・一九長鏡頭》等佳作中，我們看到純熟素樸的形式技巧，已近乎透明地承載着作者的社會實感，同時也毫不留情地撐開了作家身份與教師職責之間的某些裂痕。恐怕說到底，這也正是文學性與種種非文學功用之間的裂痕。林斤瀾在為劉心武的一本小說集寫序時，曾用心良苦地對文學功能提出許多清醒的疑問，可事實上劉心武集子裏的社會負載還是大大衝破了林序中劃出的文學性外延界線。我在想，或許林斤瀾和劉心武都沒有錯？或許中國是該有一部分注定「純」不了的文學？或許對劉心武而言，越是廣泛承擔社會責任，也就越是尊重（他的）藝術？這不僅因為政治在要求文學協助以療救社會教育青年，更因為讀者大眾也確有通過文學宣泄社會情緒的需要。劉心武越來越感到後一種因素的重要性，所以他的創作中軸，也越來越由社會道德教育向社會情緒宣泄轉化。但願本文前面對所謂文化危機感的說法只是誇大其詞，否則，劉心武今後對文學教育功能與宣泄作用的關係協調，將會很艱難——當然，已經走過來的路程，又何嘗輕鬆？

1987 年 3 月於上海華東師範大學

發表於《文藝理論研究》（上海）1987 年第 4 期。收入《當代小說閱讀筆記》，上海：華東師範大學出版社，1997 年。

1　劉心武：《大眼貓・後記》，杭州：浙江人民出版社，1981 年。

尋根文學中的賈平凹和阿城

1985 年前後出現的「尋根文學」，在中國現當代文學發展中有着很特殊的轉折意義。「文革」後的「傷痕文學」，標誌以文學干預社會政治的三十年代傳統的局部恢復（於是出現了「新時期文學」這個過於樂觀的概念）。但真正在文學中討論文化課題並探索文學形式的新局面是直到 1985 年才出現的。不少學者（如李陀等）後來都認為 1984 年 11 月在杭州 128 陸軍療養院所召開的一次小型文學討論會，是導致「尋根文學」出現的重要契機。[1] 一些後來成為「尋根派」主力作家的如阿城、韓少功、王安憶、鄭萬隆、李杭育等都是這次會議上的活躍的發言者。與會的一些青年評論家如吳亮、程德培、黃子平、許子東、陳思和、蔡翔、季紅真等後來也都介入了有關「尋根文學」的批評。1985 年後的諸多熱門話題，比如「語言」問題、相對主義、道與禪（文化傳統）、現代主義等，都在會上有所涉及。只是討論者並不曾意識到，他們當時探索的問題和探討的作品，會成為「文革」以後中國最重要的文學現象之一。

關於「尋根文學」的重要性，十年以後的批評似已公認；但有關「尋根文學」當初的陣容、路向、定義、內涵，學術性的研討似乎剛剛開始。這種情況鼓舞了我，來重讀十年前的作品。

「尋根文學」大致有三個不同路向：一是在「文革」後重新認識和

檢討當代中國革命與傳統文化的關係，代表作家是賈平凹和阿城；二是挖掘當代政治動亂在民族文化心理上的深層基礎，最典型的作品是韓少功的《爸爸爸》和王安憶的《小鮑莊》；三是在社會現代化的「危機」中尋找「種族之根」或「道德之氣」，以歌頌地域文化來解救當代城市的墮落，鄭萬隆、李杭育以及某種程度上的莫言、張承志等，都比較接近於這個傾向。

本文主要討論上述第一類尋根文學，這也是開始得最早的一種「尋根文學」。

「尋根」這個概念是因為韓少功在 1985 年第 4 期《長春》上發表了他的短文《文學的「根」》而開始引人注目的。但「尋根」的作品卻至少可以上溯到 1983 年《鍾山》第 4 期上的賈平凹的《商州初錄》。《商州初錄》由一組散文體小說（或稱筆記小說）所組成，題材並不醒目，情節也不奇特。最初發表時讀者不多，但卻在杭州的討論會上由於阿城、李陀的大力推薦而成為同行們關注的中心。不過要討論《商州初錄》，則有必要先回顧賈平凹從起步到 1983 年寫《商州初錄》的創作發展軌跡。

賈平凹是以短篇《滿月兒》[2] 而走進文壇的。嚴格說來，這是一篇從五十年代教化文學模子裏印出來的較有鄉土氣息的複製品：一對鄉村姐妹，姐姐滿兒平靜內秀，熱心農業科研，妹妹月兒天真調皮總是咯咯笑個不停。人物描寫頗合「茅盾規範」—— 既有生動誇張外部細節特徵，又能清楚歸入某社會類型。小說可取之處在於文筆學步孫犁，自然而又流動。評論界通常認為賈平凹的創作起步於純真的鄉村讚歌，《滿月兒》便是例證。這一概括頗值得懷疑。同後來賈氏在《商州》《黑氏》《天狗》《浮躁》等作品中所提供的農村景象比較，《滿月兒》裏所描繪的「兩年建成大寨隊」的「明麗的鄉村畫」，顯然是只有所謂

「革命現實主義評論家」才會感到賞心悅目的壁報宣傳畫。這類宣傳畫在「文革」後「新時期文學」起步時期比比皆是，不足為奇。問題是，賈平凹何以當初也如此「純真」？賈平凹出生於鄉村教師家庭，自幼在農村長大，不可能沒見過大寨隊是如何建成的。與其說他當時「純真」，不如說他的創作個性在一開始就是「扭曲」狀。寫作《滿月兒》(及《山地筆記》集中其他作品)時，賈平凹是一個剛畢業留城的工農兵大學生。他關在西安的一間六平方米小屋中面對牆上貼着的一百三十七張退稿箋。撇開「文革」前後確有不止一代青年喝過「狼奶」因而只會「純真」地看世界不談，即使已經到了朦朧詩人所謂「我不相信」的階段，因動亂時期仕途不通教育荒廢，對很多以文學為奮鬥途徑的青年來說，現實的退稿箋是比《莎士比亞全集》更實際的教材。將二十年鄉村磨難的切膚體會放在一邊，只是「純真」地唱出帶泥土芬芳的「明快讚歌」—— 有意無意先謀取「發言權」再說，這時賈平凹的心態其實也是「浮躁」的。當然賈平凹並非特例，這種心態在張抗抗、王安憶、韓少功、陳建功甚至張承志那裏也都存在。難怪一旦作品獲獎作家出名，賈平凹的「浮躁」便立刻向另一極端傾斜 —— 於是便有了《晚唱》《「廈屋婆」悼文》《好了歌》《二月杏》等色彩灰暗的作品。他的創作進入了第二個階段。

這一時期的賈平凹筆下，泥土氣息依然濃厚，但滲透了鄉民的麻木與愚昧。明月山石還是清雋，卻襯出了人生的無常和世態的炎涼。比如《「廈屋婆」悼文》，歷數一鄉村婦女艱難的大半生：有真情的戀愛被「捉姦」，窮困至極偷薯葉養豬卻成「勞模」，同鄰居慪氣累死自己男人，當生產隊長苦幹反而捱批……一生辛苦一世悽惶，「命」在哪裏？由於擯棄了政治說教且超越了道德評判，主人公的命運感慨裏充滿人道意味，反襯出幾十年的社會背景(和李順大、陳奐生所賴以生存的農村背景一樣），確實灰暗。又如《鬼城》，賈平凹以傳奇的戲劇性筆觸描寫「文革」中的武鬥：一方在俘虜身上綁上炸藥點燃後任其奔跑，另一派則將幾十個對立者（敵人）捆上石頭投江。最後兩派的墳地在山中一角相鄰，死氣伴着山嵐，人稱「鬼城」。這種對「文革」殘酷性的描述，同一時期恐怕只有鄭義的《楓》可以相比。再如賈平凹的散文《文物》，以淡而澀的筆致，寫一昔日為娼為妾的老婦人淒涼而又悠然的晚年，她在山間容身之處，「文革」時反成世間罕見一方「淨土」……

原先喜歡讚賞《滿月兒》「純真清新」的評論家們，這時對賈平凹感到失望和震驚了。偏偏 1981 年至 1982 年間平凹情如潮湧，才不可遏，不僅小說畫面「灰暗」，散文也接連吟詠病樹殘月、怪石頹花，而且在理論上還口出「狂言」，聲稱要尋找西方現代主義與中國傳統美學共通之處。於是，來自作協、評論界乃至領導的「關心」、「愛護」、勸告和「幫助」便把賈平凹包圍起來了。1982 年陝西省專門舉行「賈平凹近期作品討論會」。會上有人憂心忡忡地提問：「一個詩人氣質的作家，甚至在陰雲蔽日的年代就唱着明快的讚歌，現在在一掃陰霾的晴空麗日下，怎麼倒唱起了憂鬱之歌？」這種批評意見是很有代表性的：「（作品）裏有對現實不合理現象的不滿，有對普通勞動者命運的深切同情，也有不被人理解、找不到人生意義正確回答的孤獨感。作者在抒寫這些感情的時候，看來都是真誠的，並非矯情做作。但是這些感情，作為對社會現實的一種情感反映，卻不一定是準確的，有廣泛社會基礎的。」[3]

這真是一種非常典型的政策性批評：先肯定作家動機良好，態度真誠，富有才華，然後說你寫得「不準確」或「不典型」，或「只見現象沒反映本質」—— 至於怎麼才是「準確」、「典型」和「本質」，事關社會性質，最後的解釋權當然是在必然代表「廣泛社會基礎」的社論那裏。於是乎，只代表一個人的作家只好羞愧自己眼光短淺、情緒偏激、只見樹木未識全林……「本質」早在人家手裏，隨時可拿出來糾正作家筆下的現象，所以作家其實並無反映生活的權力（雖然他們自覺是現實主義者並願意不斷深入生活）。賈平凹在 1982 年碰到的情況，只是文學與政治（政策）矛盾關係的一次「正常」協調而已。

但對於剛剛動筆銳氣方盛的青年而言，這種被關心被幫助並深受感動的影響是深遠的，與他（何止是他一人？）後來的「尋根」有着直接的關聯。「研討會」後，賈平凹沉默了一段時間，做了兩點自我反省和選擇：一是他在發現自己解釋生活的權力有限以後決心重回家鄉陝西商洛，不再輕易地為生活唱明快讚歌或淒厲哀調，「沉」到商州裏面只寫鄉俗民風、山景農事，並浸染其間的中原文化傳統；二是他聽到有人說他的散文優於小說，這種評論促使他產生了自覺的「文體感」，以為三十年代以來中國小說接受了西方模式而散文卻承襲了明清筆記傳統，於是他也有意以散文筆法為小說 —— 這兩個反省和選擇，便是賈平凹「尋根」的背景，也是《商州初錄》的背景。

《商州初錄》由引言及十三個既似散文又像小說也可以說是採風筆記的短篇組成。其中《引言》講述作者大寫商州之用心立意，《黑龍江》是初入商州的遊記，《莽嶺一條溝》《桃沖》《龍駒寨》《棣花》《白浪街》諸篇均從容鋪開某鄉某鎮的地理風貌、民俗野趣，間或夾入人情奇事，合成一種古樸淳厚的氣氛，是《初錄》中最佳的幾篇，令人想到周作人的《烏蓬船》或郁達夫的《浙西遊記》。其餘各篇則偏重寫人寫事，《一對情人》《石頭溝裏一位退伍軍人》《屠夫劉川海》的反禮教內涵並沒超越二十年代「鄉土派」與沈從文《蕭蕭》的水準，《劉家兄弟》以傳奇形式表達一種善惡觀，《小白菜》《一對恩愛夫妻》則又寫了兩個現實社會悲劇。寫人情最出色的，當屬《摸魚捉鱉的人》，儘管其間「我」的文人腔感慨顯得多餘，而某些細節也似曾相識。

比方說八十年代初的中國文壇像個新興（或復興）的都市，滿街舞廳、咖啡座、酒家、迪斯可爭奇鬥豔，其間卻也有家青年人新開的茶館——大眾或許一時還不注意，細心人卻立刻從中感受到那一份沉靜從容，那一股清淡雋秀。說《商州初錄》有意無意間開闢了「尋根」之路並不為過，這種開闢工作主要表現在兩個方面：其一，《初錄》提醒「文革」後的青年不要一味陷在「我不相信」的憤怒反叛、頹放傷感的情緒之中，而應回頭看看樸素平實的民間，也回頭看看沉靜中和的文化傳統；其二，《初錄》也提醒當代文學的「先鋒派」（大都是青年作家），不要一味只沿着「五四」以來的小說模式西方化的方向去「探索」，不要一味只學步卡夫卡和福克納的奇技異彩，還應回過頭重新審視從《世說新語》到明清筆記再到三十年代散文的脈絡線索，在語言和文體的意義上重新注意漢文學傳統的魅力。

《莽嶺一條溝》大致可代表《商州初錄》的基本傾向。開篇先從容展開地理風貌，寫溝裏如何山深林茂，嶺隔洛南、丹鳳兩縣，水分黃河、長江兩域，然後敍述和欣賞溝裏人的「生態」——十六個人家如何聯姻一派友愛和平，如何靠山吃山，廣種薄收，自給自足，如何善良好客，免費為路人提供草鞋茶水，如何自有一套文明和人道的秩序，如抬路人出山：「抬者行走如飛，躺者便騰雲駕霧。你不要覺得讓人抬着太殘酷了，而他們從溝裏往外交售肥豬，也總是以此為工具。」作品後半部慢慢引出一個足以體現「溝裏文化」的神醫老漢的傳奇：老漢醫術高明，向為山民造福，卻也引來惡狼求醫，半是害怕半是同情，老漢竟為一老狼施術。一月之後，狼叼來一堆孩童脖頸飾物回報老漢看病之恩，老漢痛疚自己的罪惡，瘋跑跳崖而死。溝裏人三月後追殺那狼，以狼油點燈祭神醫老漢……這個有點「魔幻現實主義」色彩的傳奇，不妨視為「莽嶺一條溝文化」的戲劇性總結：你看，這裏的狼也有它的仁義，人當然更有良心。總而言之，與動亂喧鬧現實相隔絕的山溝裏，仍有着淳厚悠然的文明存在。（更進一步的潛台詞是：和這樣淳厚悠然的文化相比，溝外那些動亂和喧鬧，又有多少意義呢？）

同一個山溝（或山寨、山莊、山村），韓少功和王安憶會痛感其愚昧、封閉、「超穩定」，阿城會在其間得到「士」的頓悟超脫，鄭萬隆會歌頌其粗獷原始有野性，可賈平凹卻在其間感受到善良、純樸的鄉情和仁義、健朗的儒風。在正面的意義上發掘鄉情與儒風之間的聯繫，這確是賈平凹「尋根」的一個特點，不過他歎儒風卻未深涉「士」如何自處的課題（他不能像周作人、梁實秋那樣從文人角度談儒談道，文人在作品裏如果成為主角則更像法國小說《紅與黑》中的主人公于連・索黑爾而全無士大夫氣，如《浮躁》中的金狗）；他讚鄉情卻也不是真正農夫立場，在鄉間他其實擁有秀才式的文化優越感[4]，進城後才更熱愛據說是刨地耕土都可能掘到秦磚漢瓦的中原土地。所以賈平凹的「尋根」，主要不是尋給農人看的。其讀者背景，應是處在浮躁動亂中的都市人。當然，若以「莽嶺一條溝文化」來救「文革」後的中國，猶如靠板藍根沖劑解急性肝炎之危一般，藥性雖平和深遠，臨牀效果卻難見效。整個商州系列中（《初錄》獲好評後，又有《商州又錄》《商州》《商州世事》等），帶儒風的鄉情一直貫穿其間，但那些篇什均無明顯超越《初錄》之處。《初錄》好在理念較虛，淡化在山風野景之中，所以尚有回味。後來賈平凹在《人極》《天狗》等作品中將儒風鄉情具體化為現實人物行為，客觀上反而暴露了儒風鄉情的「迂」和「偽」的一面（這是將美麗的「根」掘出來放在陽光下曝曬後的必然結果）。賈平凹不是一個理性力量很強的作家，《初錄》以後他似乎一直在「尋根」，但數量很多（甚至得獎好評也很多）的創作卻並未使他的「尋根」更深入一步。1984 年後他接連發表了《雞窪窩人家》《小月前本》《臘月、正月》三個寫農村經濟改革的中篇並接連贏得掌聲，但由於對「農民改革家」的概念化處理和對農村社會圖景的政治化（政策化）理解，作品的藝術純度反不如《初錄》。賈平凹後來又寫了《天狗》《黑氏》和長篇《浮躁》。其中《天狗》的道德內涵最值得玩味：憨厚耿直的天狗暗戀師娘，待師父殘廢師娘真的「招夫養夫」後，天狗反而不再親近師娘，後來客觀上導致了師父的死亡……這篇後來為三毛激賞的作品，頗顯示了賈平凹身上一種獨特的「土氣」（人們不一定欣賞這種氣質，但毫無疑問，很少有別的當代中國青年作家真正具備這種氣質）。《黑氏》與《天狗》正好相反，似乎有點受張賢亮等人的性文學的影響，賈平凹突然用了佛洛伊德式的心理學目光來匆忙地打量一直在他筆下生活着的善良不幸的農村婦女。我曾經在想，如果賈平凹能將他投入在《天狗》中的道德熱忱和他放在《黑氏》裏的心理學興趣融合起來，該產生怎樣的效果？後來在《浮躁》裏，我們可以看到這一種融合的努力。賈平凹自稱《浮躁》是他同類作品的最後一篇，事實上所有以前出現過的人物、場景、畫面乃至細節都一起出現了。這個長篇曾受到過政治上的批評，因為其間描寫了當年打遊擊的地方武裝領導幾十年後如何各霸一方大搞官僚特權；同時《浮躁》也得到評論界的溢美，並在美國獲獎。人們稱讚作品畫面廣闊，既寫鄉民發家自救，也寫土幹部欺侮民女；既有經濟變革中買空賣空中的暴發戶，也有「文物」般古樸的船夫、和尚、寡婦、野漢……其實這個長篇本身也正體現了作家創作心態的「浮躁」：以上竄下跳的「于連」式的知青視角，同時只憑藉「莽嶺一條溝」的善惡觀，又試圖解釋描畫整個當前中國城鄉的複雜動盪現實，作品中的氣氛便和被解釋的現實一樣「浮躁」了。

直到幾年後的《廢都》，賈平凹才真正洗脫了「五四書生腔」，把從梁啟超以來負載沉重的現當代小說往「閒書」傳統的方向「倒退」了一下。這一「倒退」不無積極意義，《廢都》裏的城市，及各色人等，也都浮躁。但作者的敘說，卻很平實自然。這種若無其事地敘說奇事的筆法，當然來自《金瓶梅》，有些細節更「偷步」得過於明顯。但無論如何，從《商州初錄》到《廢都》，賈平凹要在小說中一洗「五四書生腔」的努力是很值得注意的。

我一直認為，賈平凹「尋根」，其文體意義大於其思想意義。早在 1982 年發表的《文物》等作品裏，他就顯示了超越（或至少是大異其趣於）同時代人的清澀平和的文筆品味。《初錄》則將這種遠承明清筆記近襲知堂、廢名的筆趣情致進一步文體化格式化了。雖然當時的文學界領導正忙於清除污染，下邊青年人則急於借用種種西方現代派技巧來宣泄憤怒失望情緒，一時並未特別留意《商州初錄》的悠然出現，但一些真正有心於文體、文字探索且不滿於傷了漢語的風骨只學得海明威、福克納翻譯腔的作家，很快就發現並發展了賈平凹文體實驗的影響。1984 年秋在杭州會議上阿城津津樂道談論《商州初錄》的原因，便是這一種筆記文體可能有糾正當代漢語文學的「翻譯腔」傾向。倘若沒有阿城的「三王」，《商州初錄》在當代文學史上也不會像現在這麼重要。阿城當時感興趣的，自然一是對文化傳統的重新觀照，二是文體、語言的「復古」實驗。不過在後者他是沿着賈平凹的方向繼續跨步，在前者他們雖然做同一件事，卻走了不同的路徑。

阿城的文筆比賈平凹更瘦，更拙，更質白淡泊，也更精緻用力。同樣寫悲憤，平凹是白描：「大來臉色暗下來，不說話了，開始合上眼睛抽煙，抬起頭來的時候，眼裏噙着淚水。」[5] 阿城則進一步製成版畫：「蕭疙瘩不看支書，臉一會兒大了，一會小了，額頭滲出寒光，那光沿着鼻梁漫開，眉頭急急一顫，眼角抖起來，慢慢有一滴亮。」[6]同樣寫情愛，平凹是全不着色：「她低着頭，小夥背着身，似乎漫不經心地看別的地方，但嘴在一張一合說着，我叫她一聲，她慌手慌腳起來，將那包鞋的包兒放在地上，站起來拉我往人窩走。我回頭看，那小夥子已拾了鞋，塞在懷裏。」[7]而阿城則每每於調侃中留空白：「又想一想來娣，覺得太胖，量一量自己的手腳，有些慚愧，於是慢慢數數兒，漸漸睡着。」[8]如《桃沖》《黑龍江》般從容舒展的寫景，在阿城筆下是很少的。像「把笑容硬在臉上」「喝得滿屋喉嚨響」之類刻意考究的句子，在賈平凹那裏也難尋找。乍一看，在文體上，平凹擅寫散文，阿城長於講「故事」。但實際上平凹的散文裏頗多傳奇故事，只是奇事淡寫而已，淡寫中有一種韻味貫穿始終；而阿城的故事則多述俗人事，如何「吃」，如何磨刀，如何吸煙搔癢等（奇人異事只在高潮處偶現），事雖細碎，講得卻有板眼，不慌不忙，有聲有色，可謂「俗事奇說」，整個敘述過程皆充滿張力。所以同樣有意以傳統筆趣來一洗「五四」小說語言，平凹近於文人寫野史小品，阿城更像民間的說書藝人。從語言、文體追求看，小品筆記，再清再淡也講究色調韻味，如龍井，有流動着的微碧微澀；而阿城說書，卻是節拍頓挫，一字一斧，如砍削一塊質地粗糙的樹樁。

但精彩的是（當代中國文學常不乏這樣的精彩），有文人視角的筆記小品出於鄉村才子賈平凹之手，作民間說書狀的阿城，卻有着典型的「士」的家庭文化背景。著名電影評論家鍾惦棐在 1957 年成為「右派」以後，其子鍾阿城也受連累進入社會底層。「文革」前後，在北京，在雲南，阿城吃盡千辛萬苦恐怕真的「甚麼事也幹過」。這些事雖不是以「士」的身份幹的，卻始終被自身「士」的目光所注視着。同樣以重新認識文化傳統來尋根的阿城與賈平凹，最大差異就在於，後者是從農村風土人情角度來關心中國文化傳統的現實命運，而前者則是從「士」於亂世如何自處的角度，來考察「動亂」(何止「文革」？)與中國文化的關係問題。如果說當代青年小說有城裏人下鄉和鄉下人進城兩大基本傾向，我以為賈平凹「尋根」，當是鄉下人進城後重新看鄉村(莫言亦然，這個傳統可上溯至沈從文)，而阿城骨子裏卻和韓少功他們一樣是城裏人下鄉。不過一般知青作家多是「學生下鄉」，而阿城有點「士」泊江湖的味道。

不妨看看阿城小說內在結構中「士」的位置。在賈平凹《商州初錄》裏都有個時隱時現的「我」，除了「我」在每篇所碰到所描繪的一、二個主人公外，其他鄉民被稱為「他們」——「我」似乎自外於「他們」，「我」也好像不在邪惡動亂力量的危害之下。阿城的《棋王》《樹王》和《孩子王》裏，也均有一個知青「我」，每篇必有一、二個「異人」與「我」對話、交流和溝通，其他人(主要是知青)則被稱為「大家」——顯示了「我」與「大家」的認同，「我」和「大家」一樣面對動亂。我們可以將「異人」和「我」(「大家」)和色彩雖淡卻無處不在的動亂現實三者之間的三角關係，看作是阿城小說不變的內在結構模式，這其間，共同面對動亂現實的「我」和「異人」之間的文化交流總是小說的核心所在。交流方式包括「我」聽「異人」表白(王一生談棋，蕭疙瘩磨刀，王福作文)和「我」看「異人」行動(王一生「吃」與下棋，蕭疙瘩護樹，王七桶教子)。交流雙方，一方總是極聰明、極有文化、極懂世道人情，同時也已學會在亂世中克制忍耐的知識青年，另一方總是貌醜體壯、木訥笨拙、行為古怪卻總有「異能」的山野之人(棋呆子雖是知青，行動也似江湖流浪漢而無學生腔)，一精一呆，大智與若愚反差強烈。精彩的是，交流結果卻不是前者(文化人)給後者(山野之人)以啟蒙，而每每是後者啟迪前者，前者在後者身上找到自己的文化追求和精神價值。「我」面對動亂（革命？）雖已極清醒極冷靜已不再輕易抱怨傷感，但仍無法擺脫內心的焦灼和困惑。困惑中「我」驚訝地發現，山野異人的古怪笨拙行為，倒反而更能抵抗動亂甚至解脫苦難，這時的「我」，其實正體現了「士」的現實處境，而「奇人異事」實際代表了「士」的文化思考和精神希望。「士」的現實處境是甚麼？看看「我」和其他知青的行為吧——「爭得（下鄉）這個信任和權利，歡喜是不用說的。更重要的是，每月二十幾元，一個人如何用得完？」打草蛇待客，連醬油都缺少，大家卻吃得津津有味，「剛入嘴嚼，紛紛嚷鮮」；知青「腳卵」低聲下氣走後門成功，其他人並不氣憤，反而為之高興，表示佩服……張賢亮也曾表達過中國知識分子在六十年代捱耳光喝北風後的甜蜜幸福感，但因語言技巧上缺乏間離效果，招來很多正義的批評。阿城妙在他能不動聲色地戲謔調侃，既寫出知識分子於亂世的無可奈何的苟且狀態，又表達了他對動亂社會的比較深層次的焦灼困惑——這種焦灼困惑的表達，不是通過「我」的牢騷感歎，而是通過「我」所感興趣的奇人異事。「士」的困惑與思考，說到底就是看偽革命最終要「亂」甚麼東西，「亂」到甚麼程度。只有回答以上問題，才可能找到解釋並抗衡動亂的力量。其實「文革」後的大多數作品，都企圖回答上述課題……在我看來，阿城小說的獨特意義就在於他關心了動亂對中國文化的傷害程度，以及這種文化力量對動亂的本能抵抗。在《棋王》裏，動亂的涵義不僅是民眾被迫遷徙，城裏娃娃鄉下受苦，動亂更威脅着人的文化性格，「我」、「腳卵」和「大家」均在生存中面臨人格危機，好像唯有棋呆子不無道家色彩的「無為無不為」姿態才能獨立處世（初稿結尾更悲觀，連王一生最後也應召入地區棋隊）；在《樹王》裏，那棵被蕭疙瘩拼命護衛而被紅衛兵李立砍倒的參天大樹，不僅代表環境生態受破壞，更從天人合一角度象徵動亂已傷及民族文化的自然生態；《孩子王》裏王福抄字典的行動，則似乎發出了一個與激進的「五四」主張（為救中國而改造漢字）正好相反的宣言：只要有漢字在，中國就不會亡。史無前例的「文革」可以亂，但亂不了中國文化最樸素的根基——這豈不就是「三王」中「士」的精神依歸嗎？這豈不就是阿城有意無意所尋的「根」嗎？

嚴格說來，阿城小說是觀念的產物，是文化之夢的產物。文字功力加藝術控制感加鄉土素材，使「夢」變得像真的一樣。其實奇人異事不是「士」在鄉間碰到而是「士」太想看到——就像「三王」不是海外華人偶然叫好而是他們自己正想看到一樣。八十年代中期不少評論家激賞阿城，多稱道其小說中的道家氣味，欣賞（也有指責）王一生如何處亂世卻獨善其身。但「我」在《樹王》中的憤怒旁觀，何止是「獨善其身」？在《孩子王》中的知青教師「我」寧可丟飯碗也要教學生懂得漢字的純潔，這種以捍衛漢文字（漢文化的形式與精神）來抗衡動亂的態度，簡直有點像勇猛的儒將。這也可以見出中國的讀書人，身上其實都有些「儒氣」——甚至飄然虛無如阿城如王一生，亦不例外。

賈平凹和阿城，是 1985 年「尋根文學」的最初發動者，雖然平凹比較關注傳統儒家倫理——心理觀念的現實命運，阿城更想探究社會動亂與包括道家在內的整個漢文化自然生態的關係，但他們依賴、尋求和拯救傳統精神文化支柱的出發點是相通的。所以簡而言之，他們是想「尋中國文化之根」。

但賈平凹和阿城所嘗試的這一種「尋文化之根」的文學當時並未成為八十年代尋根文學之主流。影響最大的尋根作品稍後出自韓少功、王安憶、莫言、張承志、鄭萬隆等作家之手。《爸爸爸》《女女女》《小鮑莊》是在挖掘社會動亂在傳統文化心理及民族素質上的深層根源。賈平凹和阿城有着超越「五四」的某種傾向（在文體語言上，也在文學與國家的關係上），但 1985 年「尋根文學」之主要傾向卻仍然沿着「五四」的方向發展，仍是感時憂民、批判社會並關心「國民性」問題。而莫言、張承志的創作，則傾向於在城市異化和現代文明膨脹面前尋鄉土道德之根以解脫精神價值危機，這時的「根」，可以說是被理想化（甚至西洋化、拉美化）的家鄉地域文化，也可以是包含性心理因素的草原情結母愛意象，甚至異族宗教或其他種種山水圖騰……「尋道德之根」的目的，實在是想救當前中華之病患。

在整個尋根文學中，上述第二類尋革命病根的作品當時聲勢最大，第三類解救道德危機的創作，牽涉作家最多。而賈平凹、阿城所實踐的「文化再認識」的尋根，起步最早，影響深遠，但學步者甚少。

1988 年 2 月寫於香港大學；1996 年 2 月改於嶺南學院

發表於《嶺南學院中文系系刊》，1996 年第 1 期。收入《當代小說閱讀筆記》，上海：華東師範大學出版社，1997 年。

1 李陀：《一九八五年》，《今天》1993 年第 3 期。

2 《上海文學》1978 年第 7 期。

3 劉建華：《賈平凹小說散論》，《當代作家評論》1985 年第 1 期。

4 有一個例子頗能說明賈平凹在鄉裏所能感受到的文化心理優越感。據孫見喜《賈平凹其人》記述，平凹十六七歲時被母催逼成婚，平凹不從，氣極時，「用石墨將一句李白詩刻到山牆上，道是『天生我材必有用』。至今，這字仍殘留在那裏，每有賓客或上頭人到棣花，村人皆攜其觀賞，盡述作家昔日風流。」(《文學家》1986 年第 1 期，頁 22)

5 賈平凹：《商州初錄・一對恩愛夫妻》，《鍾山》1983 年第 5 期。

6 阿城：《樹王》，《中國作家》1985 年第 1 期。

7 賈平凹：《商州初錄・屠夫劉川海》，《鍾山》1983 年第 5 期。

8 阿城：《孩子王》，《人民文學》1985 年第 2 期。

《爸爸爸》與《小鮑莊》

在「搬神弄鬼」最厲害最玄乎的小說集《誘惑》（封面有點像考古或京劇書籍）後面，有一篇韓少功妻子梁預立寫的極樸素自然的「跋」，平淡真切地記述了兩人當年在汨羅江邊「插隊落戶」時的生活瑣事和細微感受，與小說集中意象駁雜晦澀的《爸爸爸》《女女女》等作品正好構成反差，也可以看成是對《爸爸爸》的一個重要注解。韓少功 1953 年生，1969 年「初中」畢業到屈原投江的湖南省汨羅縣務農，「文革」後期被調到縣文化館，1978 年到湖南師範學院中文系讀書。後來在紐約編《知識分子》的梁恒當時是韓的同學，他們一起關注過七十年代末中國的大學生運動。從外表上看，韓少功像個優秀的青年團幹部——衣着嚴肅，談吐沉穩，待人（尤其在老一輩面前）謙和方正，總是微笑而又認真地聽別人講述哪怕是他不感興趣的話題，給人以踏實甚至「聽話」的感覺，絕無張承志的孤傲和張辛欣的靈敏，也不像阿城般灑脫、莫言般木訥（1985 年前後，韓少功以專業作家身份，還真的兼任過湖南某自治州的團委副書記）。只有細讀韓少功作品或與他深交，才會感覺到他在保爾・柯察金式外表下的「于連氣質」和躁動不安的傑克・倫敦式的靈魂。在多有些「畸形」又多有「異能」的「文革」後的一代作家中，韓少功的稟賦是比較全面的：他理性思辨極清楚，但又喜歡抒情，喜歡種種新技巧；大部分作品皆能在北京最權威正統的《人民文學》上發表，又總能贏得激進「異端」的青年評論家們的讚賞；迷戀鄉土文物卻又會點西文搞過翻譯，也能談康德「二律背反」或「民族文化之根」等理論；藝術個性獨異卻又無怪癖性格特徵，為人也謙和。最重要的是，韓少功極關心也極懂中國的現實政治，但他又十分熱愛藝術——所有這些情況很容易使人聯想到中年一代裏的王蒙以及更早一代的茅盾。當然，時代制約人，韓少功不會等於王蒙。

在「傷痕文學」初期韓少功與北京的陳建功齊名，被人們視為青年一代中頭腦較冷靜不會隨波逐流的作家。其實在這之前，韓少功也有歌頌老幹部（《同志交響曲》《七月洪峯》）甚至歌頌主席（《夜泊青江鋪》）的作品。評論家曾鎮南曾尖鋭地指出，「在《七月洪峯》等作品裏，作家韓少功還沒有出現」。可我很想補充一句：那時知青韓少功已出現很久了——那些對老幹部對火熱戰鬥生活的歌頌，的確也表現着韓少功精神傾向中的某些成分。離開這些有機成分的存在（或曾經存在），韓少功後來將不能寫好張種田場長的複雜性，也不會在《月蘭》《回聲》裏主動對「文革」中的革命加動亂因素表示（雖然是難堪而又痛苦的）認同。與賈平凹秀才進山回避或斥責動亂及阿城的「士」泊江湖旁觀嘲弄動亂不同，韓少功（以及張承志、曉劍、嚴婷婷、張抗抗等知青作家）於「文革」中的革命和動亂力量本身，是有着更直接的情感捲入的。不回避這種情感捲入來控訴「文革」罪惡，這正是韓少功早期作品不同於一般傷痕文學哭喊之作的地方。比如短篇《月蘭》[1]，寫鄉村「大砍資本主義尾巴」，善良農家少婦月蘭因家雞下田被工作隊毒死，既痛失供子上學的僅存經濟來源，又連遭幹部批判家人指責，最後竟導致平靜地自殺……小說以「社教工作隊員」的第一人稱展開，抒情感歎的「我」承擔着間接的罪責——這種敍事角度的選擇，強調了動亂中害人者並非必然是壞人，並不一定出於歹意，從而客觀上超越了簡單善惡倫理的層面來思考「文革」責任（有意思的是，韓的同鄉古華在幾年後的十分叫座的《芙蓉鎮》裏，仍將導致小鎮大亂好人受苦的工作隊的李國香，寫成是個人品質惡劣的壞女人）。又如韓少功早期最重要的中篇《回聲》，寫一個正直忠厚、狂熱無私的紅衛兵如何下鄉，與懶惰赤貧的「鄉村流氓無產者」聯合起來在偏僻山村掀起「文革」事端。以知識青年（知識分子）身份既正視文革情況，又主動承擔肇事責任，承認自己既被人害也傷害過人，這種新時期文學的「懺悔」形象是在韓少功作品裏較早（如果不是率先的話）出現的。以肇事者身份去辨析動亂起因，是有可能將「文革」（及至更早的政治動盪）推到比道德是非、政治角逐更深的層面上去考察的。儘管《回聲》的模型解剖法過於明晰簡單，技巧也比較粗糙，但它仍不失為新時期文學中正面反省「文革」的最早的力作之一。將來的文學史不會忘記這篇至今仍不太出名的作品。在韓少功自己的創作發展中，《回聲》也佔有相當重要的位置，沒有《回聲》，韓少功很難走到《爸爸爸》的地步。反過來我們也可以說，讀《爸爸爸》，有必要先看《回聲》。在某種意義上，《爸爸爸》便是《回聲》的意象化和民俗化。

不過當年留意《回聲》的人不多，使韓少功出名的是 1980 年 10 月發表在《人民文學》頭條位置後來又獲全國優秀短篇獎的《西望芳草地》。小說寫了一個有光榮歷史、衝天幹勁、滿腔熱忱卻把農場辦得一塌糊塗令羣眾怨聲載道的革命幹部形象。在這個幹部形象上，韓少功表達的，還是他對他所參與其間又深受其害的「革命」的基本看法。傷痕文學時期，有不少尖銳揭露幹部劣跡的佳作（如劉克《飛天》、葉文福《將軍，不能這樣做》），也不乏刻意讚美老紅軍品德的美文（如陳世旭《小鎮上的將軍》)，而《西望芳草地》卻一支筆鋒兩面着墨，既寫張種田場長有心幹革命的美德，又寫他無意間做成許多壞事的劣跡。精彩的是，這兩者緊密相連互為依託 —— 不怕辛勞帶頭吃苦同時也是不講科學一味蠻幹，結果既破壞生產又傷害生態，長輩式無微不至地關心下屬冷暖同時也家長式無微不至控制下屬思想(甚至情感)，可以慷慨掏腰包為知青買鞋同時也蠻不講理禁止知青戀愛(甚至不惜傷害自己女兒)……僅憑生活實感，韓少功當時已敏鋭辨析出親民政治與家族宗法倫理之間的血緣關係。小説結尾處，作者又對看到農場虧損失敗，知青興高采烈離開時神色黯然的場長，表示了意味複雜的同情，顯示了韓少功在對失敗的「革命」進行理性批判的同時，仍存一種情感上的由認同(或曾經認同)而生的失落惆悵感 —— 不僅僅只是「他們錯了」或「我有甚麼錯？」，而是「**我們**怎麼會錯的？」這種混合情感認同的理性批判姿態，使韓少功與王蒙一代有了接通點。韓少功在 1981 年的兩篇新作，又使評論界、創作界對他的前景進一步「看好」。《飛過藍天》[2] 可以説是結束了知青文學的第一個階段(這一階段以表現城裏學生如何在鄉下受苦為主要內容，以哭訴委屈牢騷責難為藝術基調)。綽號叫「麻雀」(有落拓可憐的含義)的知青為了走後門離開農村，忍痛將自己心愛的鴿子「晶晶」送給來自北方的招工人員，小説以鴿子「晶晶」中途逃走千里迢迢尋找主人飛向南方飛過藍天為虛線，以知青走後門失敗加速理想破滅、在鄉村消極怠工走向虛無頹唐為實線，虛實兩條線索有秩序地交叉進行，以「麻雀」最後打獵誤殺終於飛回來的「晶晶」為戲劇性結尾。今天讀來，象徵內涵過於直露(飛過藍天＝尋找理想，像是夏令營的口號)，結構處理也過於精緻(最後「麻雀」打死鴿子後，如果他尚未察覺，小説便戛然止住，不像現在這樣讓他痛悔感悟，還有些貧農點着火把在找他，等等，劇情和結構上都「粗糙」些留些缺陷，恐怕藝術效果會更好）。但正唯其精緻直露的情緒象徵，才恰恰符合當時知青一代的審美要求：既替他們理直氣壯地宣泄了牢騷不滿（我們在鄉下頹唐，並非我們的錯，而是環境、命運、「文革」的錯），也讓他們不僅僅只滿足於宣泄不滿（但頹唐終究是頹唐，理想的價值終究還是存在，即使在惡劣的動亂環境中，人也還是應該尋找和追求）。在《飛過藍天》以後，整個知青文學就開始向第二個階段發展，開始從一味哭訴抱怨轉向重新尋找知青經歷的特殊意義。我說過，韓少功在骨子裏是個「知青作家」。不僅因為他有兩篇作品直接影響知青文學發展（《飛過藍天》以外，還有 1985 年的《歸去來》），還由於他幾乎全部的重要作品裏，都有一個知青人物作為「視角」存在，僅有一篇《爸爸爸》例外（這或許也給我們閱讀《爸爸爸》提供一個重要背景）。在《風吹嗩吶聲》[3] 裏，知青角色第一次嘗試着從人物退為敍述角度，小說正面展開普通農民的生活—倫理悲劇，「落難觀音」式的農家少婦很像賈平凹筆下完美不幸的女主人公，對啞巴的藝術處理細膩而又恰到好處。雖然後來改編成電影並不成功，但這篇小說足以顯示韓少功在美學興趣上的微妙變化：他開始注意起政治動亂層面以下的農民心態了，他也開始注意畸形生理、扭曲性格和病態事物了。

1981 年以後，有很長一段時間韓少功一直沉默着，這不是一種悠閒的沉默。自己起步時的卓有特色和人們的普遍「看好」期待，對韓少功的前進構成某種心理壓力。因為一開始下筆就很重，就很用力，他既不願順風駕車「輕」下去，卻一時又不知該怎樣繼續用力（或者說更用力）。這種緊張的沉默和緊張的準備前後有三、四年，其間韓少功只發過一個不很成功的中篇《遠方的樹》[4]，寫一個小有繪畫才能的知青如何憑藉文化優越感漠視了一個鄉村少女純真的愛意，多年以後才有所感悟和痛惜。除了比早期更氾濫失控的「小布爾喬亞情調」(煙呀，樹呀，「靈氣」浮動加玩世不恭狀……)和筆觸更纖細更純熟以外，別無新意，當然更談不上突破。《遠方的樹》的飄忽更證實了從 1981 年到 1985 年韓少功的內心焦灼和艱難尋找(一度他乾脆擱筆，到武漢大學進修外文)。這種情況直到他寫出《爸爸爸》提出「尋根」口號才告結束。

然而我以為《爸爸爸》並非韓少功的轉向，而是他初期理性反省「文革」的繼續。中間四年只是休止停頓，休止符號不是空白。在阿城大講其「故事」的杭州座談會上，向來控制局面的韓少功基本上只做聽眾，聽同行們大談直覺、非理性、神秘主義、民俗與現代派的關係等。韓少功並非一個被動的聽眾。所有從旁而來的刺激和啟發(如果確有這種刺激和啟發的話)，在他那裏都會圍繞着一個焦點而起作用，這個焦點在我看來，就是他對「文革」的性質、起因、意義的持續思考。古怪晦澀、驚世駭俗的《爸爸爸》無疑也是這種思考的延續、深化和「變形」。

產生這種「變形」的原因有三。原因之一是 1981 年以後文學和政治的關係，使韓少功覺得《回聲》式的思考很難繼續下去。一方面老幹部們不喜歡昔日紅衛兵以參與者身份來正面解析「文革」甚至追究其他受害者的責任，另一方面似乎老百姓們也更習慣從「少數壞人害了多數好人」的泛道德模式去痛恨文革(如《天雲山傳奇》《芙蓉鎮》的社會反響)，這種創作的外部氛圍，使韓少功既想不放棄自己的主題，又覺得有「換個方式」的必要。原因之二，韓少功自己對「文革」及整個社會動亂的起因的看法在《回聲》以來也有了很大發展(某種程度上，這也是一代人的共識在演進)：下鄉挑起革命的學生狂熱，豈止「大躍進」才被煽起？它與三十年代學生在上海租界撒傳單的熱情，與傳統士大夫救世濟民的熱忱相比，有甚麼異與同？「革命」加破壞的鄉村貧民，其造反行為與平均主義大同理想與阿 Q 式的精神方式之間，又有甚麼聯繫？為甚麼近代中國不少改革開放人士，總像《爸爸爸》中仁寶那樣既得風氣之先又骨骼軟弱，戰舊勢力不觸即敗？為甚麼羣眾行動總是盲目總是被愚弄總是受操縱，難道「不好即壞」的簡單倫理 —— 心理結構竟是丙崽式的「癡呆」？⋯⋯對所有這些問題，可以說韓少功自己尚無明確答案，因此他需要有《爸爸爸》式朦朧隱晦的框架來表達他嚴肅的疑問和困惑。原因之三則是拉美魔幻現實主義恰在這時（1983 年前後）給韓少功的影響，使韓少功發現社會政治激情的同時可連接現代主義觀念和民族神話、鄉土民俗。卡夫卡的書也許早看了，湘西民俗也早有見聞，拉美作品（如《百年孤獨》等）的全部啟發在於：現代主義觀念、社會政治熱忱和鄉土民俗興趣，三者是可以融為一體的 —— 具體在韓少功的環境裏，這種融合給他帶來藝術和功利上的雙重幫助。在藝術上，某些現代主義觀念及手法可使他的社會政治思考得到哲理意義的深化，民俗與神話的探究也延伸着他的國民性批判的思路；在功利策略上，卡夫卡式「變形」則使他的「文革探源」不再鋒芒淺露、惹人氣惱，而民族化、鄉土化追求更似乎是沿着毛澤東《延安文藝座談會講話》的方向在前進（難怪一些老作家如康濯，會將《爸爸爸》當作「革命現實主義」作品來看）。

《爸爸爸》還是在《人民文學》上發表[5]，但所佔版面不太顯眼。作品立刻在文學圈內引起強烈反響，有驚詫，有喝彩，有疑惑，有指責，形成了一次對思想和美學規範的衝擊。但即便是鼓掌的人們，對作品的理解也不一樣，有人認為《爸爸爸》延續着魯迅《阿 Q 正傳》的批判鋒芒（三十年代作家嚴文井甚至立刻自問「是否是上了年紀的丙崽？」），有人認為《爸爸爸》是承襲沈從文的湘風，得鄉土靈氣（同時一位來自湖南的沈從文研究者淩宇則指出，韓少功在寫《爸爸爸》前，並不了解湘西風土）；有不少青年評論家推崇作品開掘解析了人和民族的非理性（如李慶西堅持說《爸爸爸》是「經典作品」）；但在 1988 年補辦的有十幾篇小說得獎的全國優秀中篇評獎中，《爸爸爸》還是引人注目地落選了。

在詳細梳理韓少功創作歷程及《爸爸爸》的各種背景以後，我想可以不再具體拆卸這篇作品的隱喻結構了。在我看來，雖然《爸爸爸》也寫湘西風土人情，但精神實質與沈從文迥異。沈從文是以湘西鄉土作為解救城市腐敗文明的清涼藥，韓少功（以及別的一些「湘軍」作家）卻是以鄉風異俗來反抗中原文化規範，骨子裏依然滲透儒者救世之熱忱。他以現代意識洞察民族傳統文化中的神秘「暗區」，寫祭祀打冤迷信掌故，寫鄉規土俗圖騰崇拜，目的仍在挖掘當代社會動亂的文化之「根」。雖然《爸爸爸》裏繁複堆砌的種種意象在內涵上已比《飛過藍天》之類豐富深奧得多，但實質上它們的指向，依然不是形而上和純哲理的，而更多是折射對民族集體無意識的社會政治思考。《爸爸爸》在結構、意念乃至細節處理上，都不無機智做作、巧弄玄虛之處，這裏既有藝術實驗因素，也有策略上的考慮。我不認為《爸爸爸》是篇藝術純熟的作品，但這並不妨礙我相信這部小說的重要性 —— 它的創新價值放在當代青年的種種藝術和思想反叛過程（及其反叛技巧發展過程）中看尤為明顯。

《女女女》[6] 篇名像是續《爸爸爸》，內容也是深情而又冷酷地埋葬傳統，但嚴峻的理性審視目光又以「我」那知青式的角色面目出現了，畫面因此更現實，意象也比較顯露一些。有善良美德的湘西農婦么姑從病到死的惡劣過程，如同《爸爸爸》中仲滿帶領老人們自殺衛道一樣，於當代政治不僅有隱喻性，甚至有預言性。理性的「我」、宿命的珍姑和嬉皮士「老黑」，代表着對么姑之死的三種承受姿態。在一段加繆式的對老鼠成河的抒情描寫後，少功筆鋒陡轉：「那不是鼠島，不是。我看清了，那是我家門角那個裝滿炭屑的草編提籃，么姑的提籃。」在小說中滿載么姑動人善良往事的這個提籃，怎麼會爛到令人無法同情的地步？「炎黃之血浸入牆基和暗無天日的煤層，浸入陰謀般糾結嘶咬並嗡嗡而來的象形文字，浸入死囚中革命党人被割破的喉管和腳鐐的哨哨脆響……」這種以「美德惡化過程」為病例溯源傳統文化的做法，與阿城想靠方塊字救世的奢望恰成對照，體現着當代青年「尋根」的兩種基本傾向。在後來被公認為是「尋根派」宣言的韓少功短論《文學的「根」》裏，兩個核心論點都可視為《爸爸爸》的理性注釋。一是強調地域不規範文化的奇異神秘色彩，意在反抗中原傳統倫理秩序的大一統；二是以考察民族文化——心理深層結構來探究現實社會動亂之根基之病源。「我以前常常想一個問題：絢麗的楚文化流到哪裏去了？」這是一個極策略的問號。談卡夫卡、加繆總有崇洋嫌疑，老是對「仁義」「忠誠」的傳統喊「我不相信」也顯得虛無頹唐，這時若能找到地域文化中的不規範的原始浪漫「活力」，不也是反叛中原傳統文化規範（僵化異化了的儒家傳統）的有力武器嗎？（至於後來又被天真的激進派斥為復古倒退，那也是「策略」太過成功之故。）李杭育在江南默默尋找吳越地域文化精髓，鄭萬隆不惜美化誇張東北山民身上的粗獷豪氣，烏熱爾圖對鄂溫克族文化源流的篝火重映，以及其他很多人對地域文化的種種興趣，我看都與韓少功對湘西的熱情異曲同工。「作者們寫過住房問題，特權問題，寫過很多牢騷和激動，目光開始投向更深的層次，希望在立足現實的同時又對現實世界進行超越……」韓少功這段話好像道出了他「尋根」的前過程。在《女女女》中，審視主角在時髦女郎老黑的「仿棒克」行為中也看到么姑臉上的「魚」的意象，說明韓少功也像王蒙一樣，將紅衛兵潮、「大躍進」熱與今日的開公司熱、仿嬉皮士熱聯繫起來考察，以探究下面「雖變顏色不變性質」的民族心態潛流——在這種心態深處是甚麼？儒家規範？小農心理？國民劣根性？集體無意識？……雖然「尋根」作家們列出的答案都不怎麼樣，但尋找的過程卻很有意思。在揭示國民深層心理方面，與《爸爸爸》同樣用力（甚至更加成功）的有王安憶的中篇《小鮑莊》。

王安憶或許不能歸入「尋根」作家之列，但《小鮑莊》卻是典型的「尋根」作品。說王安憶不屬尋根作家的理由大概是這位女作家迄今為止創作已有四個明顯不同的階段，《小鮑莊》只是其中的第三階段。在這之前她一直寫「少女夢」，寫都市平民心態全無尋根架式，在這以後她又迅速轉向寫起「性文學」來，況且王安憶沒有正面發表過有關「尋根」的理論主張，她甚至自稱聽阿城講「尋根」，猶如聽「佈道」——高深而不解其義。

但就是這樣一個細聲碎語、平實纖敏看上去絕無「深刻狀」的女孩子，寫出了一流的尋根作品《小鮑莊》。這也是當代青年「尋根」的另一個類型。

王安憶初期作品（1979—1980）多寫少女對社會的驚慌感和對愛、對「白馬王子」的紫色憧憬。小說主角總是一個叫「雯雯」的多愁善感的女孩，也目睹「文革」動盪，也下鄉吃苦磨難，總是睜大驚恐的雙眼，又總能碰到有特點有魅力的男人——當然，只是碰到而已。如相當有名的短篇《雨，沙沙沙》，寫少女雨夜歸途得到一陌生男子照顧，當時雯雯驚慌害怕，唯恐被欺侮，待到證實對方純係友善後又似乎再無見面機會了，只能望着雨中路燈那橙黃色光圈來一番惆悵遐想……

筆者與王安憶同為「69屆初中生」，深知對於在仇恨、吵鬧、打鬥、猜疑、警惕、爭奪氣氛中度過青少年時期的這代青年來說，對愛的渴求憧憬，哪怕是虛幻的憧憬，亦不失為能在青春創傷上暫時鎮痛的麻藥。一度男作家多寫純情天真的女孩（女強人見得太多了？），女作家則大都呼喚等待「白馬王子」，與張抗抗、黃蓓佳、韓藹麗、鐵凝等人相比，王安憶很顯眼的特徵是筆觸細膩，「感覺好」（這也是她母親茹志鵑的藝術特點之一，姚文元等六十年代曾一再勸告茹放棄寫兒女情家務事的纖敏風格，改操謳歌時代的雄風，二十年後，王安憶也曾聽到了要她向張承志方向靠攏的意見）。不過我覺得安憶的「感覺好」，不僅在纖敏細緻，更在冷靜獨特——早在《廣闊天地的一角》[7]這篇早期知青小說裏，王安憶就用雯雯稚氣的眼光，原諒理解了一個為求生存而玩世不恭的男青年。這類在下鄉期間違心拍馬鬼混的形象，在同時期別的知青小說裏，通常是受到簡單譴責的。王安憶似乎從一開始就不滿足於對世事的政治的理性的解釋。如果說韓少功的創作一直想要「洞明世事」（尋根也不例外），那麼王安憶就有點「人情練達皆文章」的味道了——她的藝術焦點，始終對着社會中的人情人際關係，而且是這種關係不能為社會政治理性所完全規範的部分。乍一看，安憶創作「經常轉變」，細細體察，才可見對人情人際關係的直覺而又冷峻的考察，是一條貫穿至今不斷深化發展的內在線索。

由於中國傳統社會文化中的家族宗法性質，以及這種性質在當代社會中的依然變形存在，人情社會關係確實成了種種文化（乃至政治）課題中的一個要點。王安憶本能地抓住這個要點，雖然着筆平淡也一直缺乏強而有力的理性批判武器，卻還是每每比旁人更深刻地觸及一些社會及文化的「病根」。

很長一段時間，王安憶都被認為是筆觸溫和尋覓暖色調的作家。

這一方面是因為「雯雯」給人們留下的最初印象很深，另一方面王安憶在《小鮑莊》以前（甚至包括《小鮑莊》），筆下也確實沒有強烈的哭喊譴責和尖銳的嘲諷戲謔。我個人是在閱讀《窗前搭起腳手架》[8] 以後，頓時感到所謂「暖色調」在王安憶那裏只是假像，只是少女「雯雯」的有色鏡片效果而非作家本人的目光。或許正是王安憶在一派暖色調中品出寒意，才使人真正感到「冷」？女大學生只是在暑天發熱的情形下才對房修工產生幻想，當那個身材魁梧、線條粗獷、被幻想成「高倉健」的男工，在星期天經過刻意修飾戴「蛤蟆鏡」着淺薄新潮時裝，作為客人局促不安地站在女主人公客廳並附庸風雅談貝多芬時，王安憶顯示了她筆觸的獨特的冷峻！後來當然女大學生又重新找她那些高談闊論加繆和薩特的同學，而房修工也和喜愛鄧麗君的女學徒重歸於好。混亂結束了？秩序恢復了？小說結尾描寫腳手架拆去後，高檔住宅依然華麗堅固，「還可以維持很多年」，這一象徵使人頓時感覺階級（階層）間的文化鴻溝對曾經發生過的乃至以後可能有的社會動亂，具有何等意義！在中篇《牆基》裏，腳手架意象被具體化為「文革」過程。王安憶以理解但又贊同的態度寫貧窮市民對「剝削階級」們的怨恨造反，又以同情但不幫腔的語調寫有知識有地位或有財富的人們在運動中的沮喪運動後的憤怒，很少有作家（而且是年輕作家，而且是親歷「文革」飽受其害的作家）能像王安憶那樣，基點似乎就在牆基上。這種相對主義姿態在城鄉之間、幹羣之間、貧富之間、善惡之間、老少之間延伸開去，使得王安憶第二階段的作品裏，無好人也無壞人，無混蛋也無英雄，無庸人也無天才，無忠勇也無小人。如果寫「天才」，王安憶就寫其庸人的一面，寫其失敗、心灰意懶、缺乏毅力和自知之明等很多性格弱點（如《命運交響曲》[9]），王蒙說讀了這個中篇有種自己的題材被「搶」去了的感覺，後來他在長篇《活動變人形》中刻畫中國知識分子性格缺陷時，還能使人感到有韋乃川的若干影子。如果寫「庸常之輩」（這也是她的一個短篇的題目），王安憶就努力突出她們的人格價值：普通女工們可憐兮兮，省吃儉用，積蓄嫁妝，盼望結婚日能坐轎車風光一番，這有甚麼可指責或嘲笑的？（在當時不少奶油味很濃老是奢談貝多芬、維納斯的青年小說裏，嘲笑女工出嫁坐轎車「蔚然成風」。）如果寫「小人」，王安憶就寫其「合理性」，如靠拉關係、拍馬屁、搞不正之風維持劇團業務的福奎（《舞台小世界》[10]），就極其真實地不僅寫福奎的劣跡，更同時寫出與這些道德「劣跡」聯在一起的「德政」，沒有這麼一個人物，純粹由藝術家組成的劇團反而無法搞藝術（這個短篇開始為王安憶贏得了圈內人的掌聲）。如果寫忠誠善良的人呢？王安憶又記述其造成的惡果。如短篇《苦果》正面描述「文革」，女教師對党無限忠誠，人也正派善良，曾告誡女兒「任何時候都要先聽黨的話，再聽父母親人的話」，後來當女兒得到以党的名義而來的指示要批判其母親時，能怪她循親之命而滅親嗎？女教師最後只好自殺以吞苦果。這篇小說雖然意念過於直露，細節較粗糙，但足已顯示出王安憶也和韓少功一樣，很早就想超越道德善惡層面來解釋「文革」。

王安憶不是一個理性色彩很濃的作家，她憑藉的，似乎始終是敏銳纖細而又敦厚的感性。她的《本次列車終點》緊接着韓少功的《飛過藍天》，可以說是開創了知青文學的第二個階段，即通過知青回城後的失望焦灼感來重新喚起青春理想渴求。她的《尾聲》《這個鬼團》《B角》《小院瑣記》等作品均取材於她在徐州文工團的一段生活，也都能抓住人情人際關係，見出若干與眾不同的情致世態。（黃子平私下曾開玩笑說，王安憶在「這個鬼團」裏挖出了那麼多東西，還能罵「這個鬼團」嗎？）整個第二階段（去美國參加「愛荷華寫作計劃」以前），王安憶似乎一直寫得很順手，當然，平庸之筆也是有的（如《金燦燦的落葉》[11]），像《流逝》那樣飽受溢美的獲獎中篇，在我看來那「資本家少婦經受『文革』磨難反而懂得人生憂患」的主題意念，實在也是有點做作的，只靠着對「文革」經過的許多具體感性細節描寫，才使作品不致流於空疏。長篇《69 屆初中生》也給我留下一個細節處處生動，總體骨架卻不強的印象。總的來說，這一時期我覺得王安憶主要是想尋找大到階級鬥爭、政治風雲，小到鄰居慪氣、家人拌嘴等種種人際人情人倫社會關係之間的某種共通點。這種尋找體察解析審視工作開始是分頭進行的，直到《小鮑莊》才有一種合成感和總體感。

有意思的是，訪美半年歸國後，王安憶一度反而寫不出作品了。《大劉莊》《麻刀廠春秋》等均不太成功。在一段不算太短的沉默後，王安憶於藝術結構上找到了突破口。凡重要的尋根作品，在我看來意義主要都不在其尋到未尋到的答案結論，而在於「尋」的方式過程。《商州初錄》的新意在文體，《棋王》魅力在語言，《爸爸爸》靠象徵隱喻手法和異鄉奇彩畫面支撐，而《小鮑莊》[12] 是由於結構的力量釋放了內涵的潛能。小說除笨拙的兩個引子和對稱呼應的兩個尾聲外，共分四十節，六七條敍事線索（也是人情人際人倫關係線索）同時進行，有分有合，交替出現，以一定的節奏迴旋重複。除寫拾來與大姑的戀母關係有新的生硬的心理學趣味外，其餘故事，文化子與小翠的反禮教戀情、撈渣與孤老頭鮑五爺的相濡以沫、鮑秉德與瘋婦與續弦的關係、老革命鮑秉榮和農夫鮑彥山的樸實、鮑秉義的花鼓戲及淒涼聲調的伴奏，以及鮑仁文淺薄地追逐城市文明等，如果抽去農村背景，王安憶以前好像都分別寫過。但《小鮑莊》很自然很樸實地將這種種或奇特或平凡或可笑或可歎的人與事，合在一個共時態鄉土結構框架裏，合在一個平衡穩定的文化秩序網中，於是我們看到，七個一加在一起是遠遠大於七的！《小鮑莊》的閱讀效果很像中國新潮電影中被精心拉長久久不動的黃土畫面。小說特意放在「文革」背景下，展開鄉村裏瑣碎的人倫人情糾葛，在童養媳感激沒捱打、男子漢絕望地戀寡婦、生了死孩子的女人在發瘋的同時，和着鮑老漢吱吱嘎嘎的「薛仁貴跨海又去征東」的花鼓陳調，「在一千里外的北京，正進行着一場江山屬於誰的鬥爭。一千里外的上海，整好了裝，等着發槍了」。甚至連「文革」這樣的動亂都對中國農村的文化心理秩序影響甚微，後來可以「致富」的社會變化好像也沒有改變既窮又仁義的小鮑莊人的基本心態——難道這就是運行於無數社會動亂之下中國文化的深層穩態潛流嗎？整篇小說不下二十次談到「仁義」兩字，村裏有一代人是「仁」字輩的，撈渣自小面善——「大人們說他看上去仁義」，鮑秉德不願拋棄瘋妻，也說「我不能這麼不仁不義」。後來兒童撈渣為救老漢而死，自為仁義典範，引來社會輿論表彰。可以說王安憶以前只是儘量理解「惡」，這次才真正正面解析傳統定義的「善」——既寫出「仁義」在鄉民文化心理秩序中的重要性，也寫出「仁義」經宣傳改造而「社會化政治化」後的結果。讀《小鮑莊》我確實想得很多，我甚至懷疑作家是否預見、是否願意人們這樣那樣地去想？《小鮑莊》和《爸爸爸》一樣，也是一個可以讓讀者放很多東西也可以讓讀者取很多東西的框子。

最後，我要指出將《爸爸爸》和《小鮑莊》放在一起讀時，我們可以看到那些有意思的異同：一寫山、一寫水；一寫械鬥祭祀畸形淌血，一寫和善仁義人倫凝固；一借地域文化反中原規範，一掘中原文化深層潛流；一邊的主人公是每個人都害怕但又猶豫着無法不認同的癡兒怪胎，一邊的主角卻是每個人都稱讚但又猶豫着無法去認同的少年英雄……有兩個共同點是引人注目的：一是兩場戲劇（悲劇？喜劇？）

都沒有結束的趨勢，都還要長久延續下去；二是兩篇小說中主動靠攏外面世界的人物（仁寶、仁文），卻都受到作者的嘲笑——一種決不輕鬆的嘲諷。

1994 年於香港嶺南學院

發表於《嶺南學院中文系系刊》1997 年第 4 期。收入《當代小說閱讀筆記》，上海：華東師範大學出版社，1997 年。

1 《人民文學》1979 年第 4 期。
2 《中國青年》1981 年第 13 期。
3 《人民文學》1981 年第 9 期。
4 《人民文學》1983 年第 5 期。
5 《人民文學》1985 年第 6 期。
6 《上海文學》1986 年第 5 期。
7 《收穫》1980 年第 4 期。
8 《人民文學》1983 年第 1 期。
9 《當代》1982 年第 2 期。
10 《文匯月刊》1982 年第 11 期。
11 《青春》1981 年第 12 期。
12 《中國作家》1985 年第 2 期。

解讀中篇小說《伏羲伏羲》

讀中篇小說《伏羲伏羲》[1]後我很興奮，好像頗長一段時間沒讀到這樣有分量的作品了。圈內不少人認為所謂「新時期文學」目前正步入低谷陷於困境，這種判斷不乏現象依據——近一二年來，不僅中年作家的創作乏善可陳，後崛起的「尋根」等新潮小說也似乎雷聲大雨點小，新口號新手法雖層出不窮但轉瞬即逝，為人們所看好的新人，或放洋擱筆（阿城、北島、顧城），或轉向大眾媒體化（張辛欣、馮驥才），或自我重複、自我模仿（莫言、馬原），好像唯有涉及重大社會問題的紀實報告文學還比較熱鬧……以我並不全面的閱讀經驗和感覺，我並不同意上述大陸新潮文學發展已趨疲軟的判斷。我仍然細細留意史鐵生、張承志、李曉、李銳、洪峯、殘雪、阮海彪、莫言、蘇童、余華等人並不熱鬧的多向度的新試驗。同時，我也很想弄懂為甚麼這些新銳實驗在整體上沒有合成 1985 年那種勢頭？

在這種時候，我讀到了劉恒的《伏羲伏羲》。

讀作品前，我已聽到了李陀二句激動的評論。一是：「寫『性』，絕對超過張賢亮！」二是：「山藥蛋，山藥蛋，真正的山藥蛋！」我認為這兩句評語都很精彩。第一句準確得精彩，第二句錯誤得精彩。

《伏羲伏羲》確實可與張賢亮的《男人的一半是女人》、與王安憶的《小城之戀》聯繫起來看。如果說張氏寫知識分子性無能大膽刺激但不無做作，王安憶寫少男少女性狂熱充滿緊張感顯得很吃力，那麼《伏羲伏羲》寫鄉民如何一生做「性」的奴隸，對「性」主題的闡發似乎更深沉，如果說這其間確有某種「超越」，我對這種「超越」的形態及其原因很有興趣。

> 民國三十三年寒露和霜降之間那個落雨的秋日，一頭小草驢為洪水峪馱來一位美貌的年輕婦人。不論從哪方面來說這都是個值得紀念的日子。日本人正在周圍的山地全面退卻；老八團派出的工作隊滲透過來開展減租減息；小地主楊金山因為用三十畝山地裏的二十畝換來一個小娘們兒，從而擺脱了負擔，開始全心全意奮不顧身地製造他的後代。至於楊天青（楊金山親姪，男主人公——筆者注），這日子意味了他的覺醒。他倉促地持久地維護了自己的情慾。他愛上了他的嬸子……

小說就在這樣一種居高臨下不慌不忙的敍述語態中展開，整個前半部僅楊家叔姪和嬸娘王菊豆三個人物。情節架構乍一看很像常見的鄉村畸形戀愛模式，使人想起韓少功寫啞巴愛兄嫂的《風吹嗩吶聲》，賈平凹寫徒弟戀師娘的《天狗》……不到五十歲的楊金山陽氣不足，「和前妻在一條土炕上滾了差不多足有三十來年，卻沒有任何造就」。現在他瘋狂地撲向年輕的王菊豆，只是為了儘早給自己給楊家留個種。目的沒達到時，他便通宵達旦折磨處罰妻子——這種情景無疑為楊天青的暗戀嬸娘提供了某些道德依據。

> 他不看她，但知道她臉上的胭脂像血一樣。他想拿舌頭去舔它們，他想舔它們的時候覺得衣服裏爬着一條蛇，圍着他的身子

繞來繞去，使他刺癢得渾身亂顫……他終於明白了自己想幹甚麼，明白之後反而一舉陷入了更大的糊塗……

整個少婦遭折磨、小夥子「苦戀」的過程，寫得緩慢而符合常規，唯一偏離俗套的只有楊天青偷看嬸娘「解手」的細節：起初是無意間窺探，後來變成了每天的功課，像朝聖儀式般恬不知恥地激動。本來極粗鄙的行為經極細膩的描寫後，人們反而不再噁心只留下可憐。眼見楊天青像困獸火球般憋了好些年，眼見愈來愈「不行」、愈來愈悲哀的楊金山對女人的虐待愈來愈瘋狂，眼見三個人的三種不同的憤怒都日趨升級甚至已暗伏殺機……終於，人們期待的事如期發生了，方式卻平常得令人失望：趁叔叔牽騾出外求醫，男女主人公在棒子地裏「野合」……

事情從這一天的晌午開始，斷斷續續地持續到黃昏驟降，隨後便依照通常的節奏進入了一個長達幾十年的不可思議的漫長過程。那個暖洋洋的晌午是個豎紀念碑的時刻，也是個挖掘墳墓的時刻。他們把該做的一切都做了一遍，從而暈眩了。

繼喬良的《靈旗》、莫言的《紅高粱》之後，這又是一個當代中國青年作家企圖用加西亞・瑪律克斯《百年孤獨》式的筆法來改寫中國現代史。不過喬良、莫言還是選擇紅軍湘江戰敗、「土匪」參加抗日之類的歷史事件，劉恒乾脆寫鄉下人的牀上波瀾。這哪裏是趙樹理說書式的「山藥蛋」？這分明是用幾十年歷史跨度為尺，來度量一個個偶然的情慾細節。我後來發現，小說從這一刻起，才逐漸精彩，逐漸有力起來（很多同類的「反封建」鄉土小說，往往是到此為止或為不能到

「此」而感歎）。

「我那親親的小母鴿子哎！」

那一年女人二十六，楊天青是幸福的二十二歲。以後的年月裏，在一系列精密選擇的時間和地點，在充滿幸福與罪惡的陰謀中，楊天青根據他牢固不變的想像力無數次重申了這句宣言，女人便也無數次地毫無厭倦地承接了這個吼叫和呻吟，並衷心地為之陶醉。

他們勝利了嗎？他們依據人性，張揚着情慾，向土地、田野、氏族、村落宣戰了。

他們很幸福而且很幸運。他們的戀情並沒有敗露。甚至在結下果子後還成功地讓老頭相信是他的奇跡。楊金山欣喜若狂，從此不再兇殘對女人，反而十分體貼照顧。自然，姪兒需承擔更多的勞動。三人關係出現了第一次調整，只是天青和菊豆仍無法接近。在由民國到解放，鄉村分土地並有了互助組的背景下，因賣地娶妾從而僥倖被劃為中農的楊金山迎來了他自認為一生中最輝煌的時刻：

「狗日的！我那兒哎！」

楊金山一頭撞進了大北屋，猛獸似的向母子倆撲了過去，在炕沿上跌翻了身子。

守在院子裏的鄉親不勝唏嘘。

這以後，有了勝利果實的熱戀男女又該怎麼辦呢？楊天青無論如何沒想到他現在有了一個「堂弟」，叫楊天白？！除了偶然溜進女人房裏和兒子一起吞幾口奶花以外，他還能做甚麼呢？

這嬰兒自然是「性」的產物，「性」的證明。對小夥子楊天青來說，「性」就是慾，就是情，就是靈慾合一的個性要求的全部；而對老頭楊金山來說，「性」就是「種」，就是「家」，就是氏族、鄉村、人羣、宗法所賴維繫的支柱。是呵，很難說哪一種才是「性」的真正定義。《伏羲伏羲》對「性」主題的探討是隨着着楊天白這個「性」成果的逐漸長大而逐步深化的。

天從人願，不久楊金山中風半癱了，從此失掉一家之主地位，三人關係再次調整。從此「我那親親的小母鴿子哎」的呻吟在楊家山牆內更加大膽了。老頭頓悟他的悲劇那一幕，寫得頗壯觀。他想殺女人卻不敵女人的腕力，他想把自己腦袋塞入灶火口卻只燒壞眉毛臉皮。某夜老頭突然想害嬰兒天白，這個飽含欺騙的謬種，又被從愛河慾海中驚醒的楊天青趕來卡住喉嚨——

> ……金山在窒息中鬆了手，然而窒息並沒有離開他。他無動於衷地靜候末日來臨，在突然閃出的油燈的微火中發現了另一個男人的裸體，吊在他腦袋邊不遠處的雄大器官居然保持了驚人的挺拔，直令他萬念俱灰只想速死。

但姪兒沒有下手，反而善待了他的叔叔。他們好像已經勝利。村民們只糊塗地看到愚姪為叔克盡孝道，還看到楊金山病中愛幼子（後來老頭果然喜歡天白當着眾人喚他「爹爹」）。村民們總是糊塗的。可誰要是低估了這些糊塗議論的力量，他就永遠不懂中國，不懂歷史。

在老頭疼愛幼子的同時，熱戀男女卻自顧不暇正想盡種種不科學的壞方法（比如用肥皂甚至用醋）來防止性愛繼續結果：這時再出事便無法解釋了。尼姑教他們的辦法不僅使得做愛乏味痛苦而且更造成了婦人染上難堪的病。「性」不僅醉人，也要煎熬人。有時煎熬得使人走投無路。「冤家」，「親親」，「咱倆死吧！」「你活我死！」「你死我就不活！」「親親！」以被子蒙了頭，雌雄大慟。

並沒有像別的小說裏那種特別不幸的政治厄運降臨，沒有被民兵抓住或打成壞分子。病也可以醫治。而且又一次天從人願，在天白上小學那年，在「大躍進」公社化的鑼鼓聲中，楊金山病死了。雖然在這之前，女人和楊天青下過咒語也準備過毒藥，但不用他們犯法，他們之間最大的障礙突然自己消失了。他們又將勝利？

然而剛懂人事的天白出現了——這是整篇作品最具震撼力的一筆！送葬時天白為「爹爹」哭喊，守靈時「弟弟」執意要陪着「堂兄」。又是一個三人世界。「我那親親的小母鴿子哎！」這聲音更加慘白了。

> 楊天青深感……他的兒子每時每刻都監視着他，也監視着她，使他們難溫舊夢。每當他下決心利用某個時機或某個場所的時候，他的兒子總是適時地面無表情地出現在他的面前，兒子本人不來，也要派冷酷的眼睛來，如高懸的明鏡閃耀在空氣裏。天青在四面八方看到兒子的眼，兒子以另一個父親的名義嚴峻地認真地圍剿着他……

這是真正的失敗。敗在自己的勝利成果面前。這「兒子」，既是人物，也是幽靈，也是象徵。兒子還年輕，還要活很多年……

終於，「文革」也來到鄉間。有個傻子貼大字報揭發十幾年前天青和菊豆的棒子地野情，結果被毛頭小夥子楊天白痛打怒喝。鄉民維護正義都支持楊家「兄弟」——這段描寫頗能見出這場號稱掃蕩傳統的

「革命」與傳統禮教的關係。

終於，有一天，剛成年的楊天白在菜窖土豆堆旁看到了縱情後昏睡的親人。他「以悲憤的心情……為他四十四歲的母親穿上褲子」，並以刻毒語言詛咒那裸體但已衰弱的「堂兄」。

終於，楊天青在讓女人又一次懷孕後忍不住告訴他的大兒子：「我是你爹，天白……」天白一陣噁心後回答：「狗日的你瘋了！你瘋了！」

後來果然瘋了！不久男主人公倒插水缸自殺了。自殺時他是裸體的，曾經令他叔叔萬念俱灰的那器官後來一直被鄉民頑童們公認是「很大很大的」。小說到此結束。

誰勝？誰敗？

篇末附加的幾段引經據典有蛇足之嫌，文中直接描述「性愛」過程的文字仍像張賢亮一樣「生硬寫意」（是否漢語無中性「性愛詞彙」？），但幾個人的命運交錯，由此顯示的「性」的種族意義和「性」的個人意義之間的衝突，卻是意味深長耐人思索的。在鄉土小說系列中，《伏羲伏羲》比《風吹嗩吶聲》《天狗》《黑氏》更逼近了鄉俗宗法的「性」內涵。在「性」文學發展中，劉恒又將張賢亮塗在勞改犯性苦悶上的政治色彩減淡，又將王安憶為少男少女性癡迷而搭設的文革佈景拆掉。《伏羲伏羲》沒有將一切原因推給畸形的動亂社會，而是將相當畸形的戀性放在緩慢正常的歷史框架裏。從民國到「文革」，個人定義的「性」追求與種族意義的「性」意識如何爭鬥，與歷史的腳步又有如何關係——攜帶着這樣幾個嚴峻的問號，難怪整個作品讀來如此沉重。

我是第一次聽到作者劉恒的名字，只知道他原名劉冠軍，幹過工農兵三業，現在某雜誌供職，劉恒的出現，又一次證實了我們一些評論同人數年前的估計：今後一段時期文壇再出新人，也還大都出自於前紅衛兵前知青一批人中。他們其實早有韓少功式的經歷，早有王安憶式的思路，只是動筆晚一點而已，如八四年的阿城，八五年的莫言、劉索拉、殘雪，八六年的洪峯、八七年的李曉，八八年的劉恒……

以後大概還會有些我的同齡人陸續「下海」。不會太多，但下來一個是一個。

1988 年 9 月 16 日於香港大學

收入《當代小說閱讀筆記》，上海：華東師範大學出版社，1997 年。

1 小說刊於《北京文學》1988 年第 3 期。後由張藝謀改編成電影《菊豆》。

王蒙的通俗小說？

一度領導「意識流新潮」、常以現代小說技巧反思檢討當代中國革命悲劇、後有「審父傑作」《活動變人形》的王蒙，在《人民文學》1988年10月號頭條發表了他的第一篇通俗小說《球星奇遇記》，致使該雜誌馬上脫銷，接連重印以應市，讀者反應強烈。「王蒙怎麼會寫通俗小說？」「他為甚麼要自稱那是通俗小說？」「《球星奇遇記》究竟是不是通俗小說？」「到底甚麼是通俗小說？」……這一連串引發開來的文學界及社會上的議論，其意義已超出小說本身。因而我對這篇小說有了興趣。

「文革」以後的所謂「新時期文學」，被認為是「現實主義傳統恢復發揚」的十年或是「現代主義進入中國」的十年。在現實主義與現代主義的交錯消長中，通俗文學像個身份不明內涵飄忽的不速之客，莫名其妙地「崛起」「繁榮」，既為大家所需要又為人們所討厭。對作家評論家來說，「通俗文學」近年來一直是個令人難以回避的麻煩話題。有人以「滴水不沾」來顯示其高雅姿態；有人在粗製濫造中賦予「通俗文學」以神聖的甚至是革命的內涵；也有人寬容地聳聳肩：「沒關係，這只是過渡現象！」更有人在津津有味地欣賞之後加倍表達其憤慨：「這豈不是『港風北伐』嗎？」……

旁觀這種種對「通俗文學」的不同態度是極有意思的，因為實際上大家所討厭所喜愛所寬容所憤慨的，並不是同一個通俗文學。或者說同一個「通俗文學」的概念，人們對它的理解是很不相同的。通俗文學（也包括通俗小說）在「文革」後的中國大陸，是個外延可大可小、內涵飄忽不定的術語（這類「飄忽概念」當然不止一個，值得另文專論）。人們在使用該術語時，通常或明或暗、在文章裏或在心裏都有個對立概念存在 —— 有時將通俗文學對立於嚴肅文學；有時將通俗文學與雅文學相對而言；有時將通俗文學等同於大眾文學，似乎對立面一定是貴族文學（資產階級文學？）；也有時認為通俗文學的對立概念是純文學……於是我們看到，在與甚麼樣的概念對立時，通俗文學就被派定扮演甚麼樣的角色，人們也就可以怎麼樣對待它 —— 在某種意義，我們不禁可以聯想到：「香港文化」這個概念，是否也碰到類似處境？

比如與嚴肅文學相對而言時，通俗文學似乎注定是不嚴肅的。這組被廣泛使用的概念在邏輯起點上已成問題。難道暢銷通俗的金庸、張恨水、司各特等人的小說就一定沒有嚴肅的人生寓意？難道金榜流行曲的嬉鬧荒唐態度裏必定沒有嚴肅的人生姿態？其實一切文藝（包括通俗文藝）都需以嚴肅態度來創作來欣賞。有些通俗小說不嚴肅是因為它庸俗而不是因為它通俗，反觀「文革」中及更早些時候的文學，雖不通俗卻又何曾嚴肅？「嚴肅文學」一詞大家都在說，其內涵是否值得思考？

將通俗文學等同於大眾文學是劉紹棠及馬烽等山藥蛋傳人的主張，這一等同無疑使通俗文學與「為工農兵喜聞樂見」的毛澤東講話精神掛了鈎，這倒是給「通俗文學」概念加神聖光環的良方妙策。只是如此一來其他不通俗的「嚴肅文學」和「雅文學」頓時都有了「貴族化」「資產階級化」的嫌疑，仔細想想，後果頗慘。年頭不對，故此掛鈎法流傳不廣。

從學術角度立論，恐怕通俗文學確應與純文學對立並提，後者堅持追求比較純粹的文學性，而前者（以及社會文學）以文學性服務於社會娛樂需求（及社會政治需要）。不過最值得玩味的，還是俗文學與雅文學頗有歷史淵源又有「新時期特點」的對立統一。在香港談雅 / 俗對立及轉換尤其有意思。王蒙新作似也有意在雅俗之間踩出若干新腳印。本來在生活領域中，吃喝拉撒是俗，琴棋書畫是雅；甚麼寨某某村落是俗，雅怡閣、藍屋或「卡桑布蘭卡」（白房子）是雅；赤膊光腳丫子是俗，絲襪吊帶香水鋼琴維納斯是雅。可是一旦化為文字進入小說，雅俗分野很可能出現微妙的轉變：無論內地還是香港（甚至美國），大凡通俗小說的主人公多住雅怡閣或藍屋，多飲咖啡或軒尼詩 XO（視制度與經濟發展形態而不同），多在鋼琴上放尊維納斯雕像然後纖指輕撫鍵盤：《致愛麗斯》……而紅高粱、黃土地、野草、野葫蘆倒成了高雅人士和精英階層所欣賞的審美意象。撇開透過實物體現的情調品味不談，僅在文字層面也有雅極落俗或大俗見雅的轉化，沉魚落雁、羞花閉月就是精雕的俗，「喝得滿屋喉嚨響」（阿城語）便為大俗之雅。宗璞有近作原名《雙城鴻雪記》，後覺得「雙城」、「鴻雪」等詞已被用俗，改題為《野葫蘆引》，果然脫俗。更有一種東西方文化「碰撞」出來的雅俗混淆，如西方最通俗的搖滾節奏能構成當代中國新潮小說（如劉索拉《你別無選擇》）的「先鋒」韻律，而鄉下蠟染土布亦能擠入巴黎時裝新潮。後者還只是異國情調經長途販運後的漲價，前者卻確實包含民族文化碰撞與時代潮流更迭這兩重意義上的「文化落差」。如果在今天的北京王府井大街上，走來一個戴着領帶，穿着牛仔褲，手搖可樂罐，用口哨吹出甚麼小夜曲的青年，你能說這是土或洋？俗或雅？

王蒙沒寫這麼個北京「時髦青年」，卻寫了這類慕洋趨時青年的一個夢：剛到「斯洲斯邦斯郡斯城」計劃打工留學的窮小子恩特，忽然被人誤認為是同名同姓的世界球星，身為守門員被迫參賽時又偶然

（？）用屁部將球直射入對方大門引起全場（乃至全世界）轟動。從此他便冒名頂替，真的「開始了他的大球星生涯」——

> 真是享不盡的榮華富貴，看不盡的顏色風光，想不到的佳境奇景，受不完的橫財豔福。他的照片張貼在大街小巷。稅務部門規定，每看一眼他的標準像，收高心理調節稅男五分女五五分。一種壯陽藥廣告使用了他的肖像，並通過廣告公司預付給他五萬金元，並言明今後全世界每售出一粒壯陽振雄丸就有他的四分之一元報酬。不但得到了汽車的贈與，而且，由於他的「非凡的姿態與風度」，加贈了一條旅遊摩托艇。民航公司（民航？——筆者）贈送的過期奶油乾酪怎麼吃也吃不完，他把它們轉讓給特種手工藝公司，一小塊奶油或乾酪上可以刻上佛經、聖經、可蘭經與讀者文摘合訂本的全文，比中國鼻煙壺內畫還適銷對路，創匯增收。對於他兩次守門的殊勛，全市全國全球已經召開了七十三次學術討論會，成立了一千多個「恩特足球學會」、「恩特效應研究會」、「恩特定律創造會」、「恩特球藝普及協會」、「向恩特致敬退役老球員聯誼會」……之類的組織。各種報刊上發表了體育記者、體育教授、體育評論員和業餘體育學者的三千多篇論文、特寫、專訪、報告文學、紀實小說。各語種相互翻譯、輾轉翻譯、互編文摘文萃、盜版出小冊子不計其數。世界流行舞蹈立即吸收了「恩特連環勢」，即先騰空躍起、斜倒臥地、向前聳鼻孔、轉身、躍起、轉身向後、撅腚三次。這一姿勢風靡全球，北美洲與拉丁美洲的選美大賽上，候選小姐每人都要跳這個舞，成為保留規定節目。恩特被吸收為國際舞蹈研究院榮譽院士，並得到禮金不計其數。隨之後起的還有「恩特服裝研究」、「恩特幽默探源」、「恩特風格散論」、「作為藝術的恩特球技觀照」、「恩特鼻頭與臀尻的綜合比較

分析」等新型學科興起，並形成了四大學派：天才派、臨場發揮派、戰略派與技巧派……至於恩特收到的致敬信、慰問信、要求簽名照片信和求愛信更是如雪片之降高巔。他僱了一位秘書為他整理信件，把包含願與他做愛的暗示妙齡女郎信件信號貯入電腦，由他一一檢索品味並一一親筆回信……恩特可以說是騰雲駕霧、飄飄忽忽。由於不敢相信這不是夢，他屢屢咬自己的兩臂，除肘部夠不着外大臂小臂俱是齒痕。這個消息不脛而走，一時成為時髦，特別是青年人，你咬你，我咬我，你咬我，我咬你，皆以臂上齒痕自豪。一家日暮途窮、奄奄一息的色情刊物由於刊登了這些齒痕男女而銷量疾增，扭虧為盈，大獲經濟效益，接連三期以不同角度的恩特像為封面。

通俗小說的主要使命就是滿足大眾的白日夢。不要以為王蒙通篇那種開玩笑惡作劇的嘲諷戲謔口吻會影響白日夢的真實性，王蒙沒有像別的大陸通俗小說（經常戴着「心靈美」面具）那樣由中國男女摘玫瑰彈鋼琴表演市民們羡慕的西方式生活美景，不是因為他不能而是他不想。王蒙太知道北京街頭青年人的白日夢了 —— 時至 1988 年，這些青年人已不再深情遙望「風箏飄帶」(「文革」結束後不久王蒙一個短篇的篇名，也是青年人追求生活理想的一個象徵)，也已不再癡心渴望豪華「藍屋」或甚麼珊瑚島了，他的白日夢中的一個主要內容，就是對焦灼嚮往而又無法得到的想像中的西方現代化圖景，來一番惡作劇式的精神佔有。在美夢和作戰的雙重心理滿足後，再能從中回首看見今天中國的種種影子，豈不妙哉？看上去王蒙是夢筆生花，精裝「牛皮」不打草稿瀟灑縱橫，滿紙全是洋人異域荒唐美事，大大滿足了中國人想看西洋鏡的情感宿願；然而實際上戲謔筆鋒（如「創匯增收」、眾多協會、互編文摘、幽默探源等）無一不落在當代中國現實中。當然，王蒙不僅順手牽羊開了「新概念評論」的玩笑，不僅曲裏拐彎抨擊了改革中亂糟糟的社會眾生相，也不僅飛出冷槍斜刺西方社會腐敗，再讀下去我們就會發現，這篇通俗小說在迎合北京青年白日夢、滿足中國人笑看西洋鏡的惡作劇心理以及諷刺各種社會腐敗現象等內涵層次之下，還有更深一層的作者自嘲、自審和自白的成分存在。也就是說，小說中有文人自己。

> 遇到一個人稍稍靜下來的時候——做愛之後入睡之前、睜目以後起牀之前、正餐之後咖啡之前、沐浴之後穿衣之前，等等——他的思維會陷入不可控制的布朗運動。這一切是怎麼發生的？難道他真會踢足球？難道他真的是球星恩特？……這些問題像毒蛇、像火焰一樣烤灼着他，折磨着他……
>
> 一個堅定的、清醒的聲音回答說：不！不！絕對不！他不是足球運動員！他不是球星恩特！他根本不需要、不配、不值得這樣受寵……
>
> 那麼？他是誰？他遇到了甚麼？他為甚麼會成為這樣？這一切是怎麼回事？……

王蒙這是在鬧劇中不諧和地摻入了正劇的成分。也可以說他是將士大夫式的道德自省訴諸現代主義人性懷疑的語言而硬塞在通俗小說人物的嘴裏。當然，這種身份懷疑是短暫的——

> 而在他生活的大部分時間，特別是在動情之後做愛之前，飲料以後正餐之前，選貨以後付款之前，贏球以後輸球以前，他並不為這些問題而發瘧疾，而冷冷熱熱地折磨自己……他感到的是從

未有過的充實、忙碌、快活、有趣。他還從未過過乃至想過這樣美好的生活，不知道生活中有這樣多誘人的美好。……突然的奇遇使他發現了一條真理，原來他也可以成為一個重要的人。原來他也很適宜很勝任做一個要人，並且是一個高等人……（他）一個又一個地頗有滋味地回想起近日的豔遇，比較她們的喘吁聲的異同……人應該這樣生活，我應該這樣生活，我適合這樣的生活，我壓根兒就該這樣生活！恩特的眼睛濕潤了。我過去過的那是甚麼日子！人啊，人！啊，人！

如果說王蒙誇張傳神地描繪的人在「暴發」、「走運」、「成功」後的這種自我懷疑自我激動，並不完全是他的捫心自問，而是可以容納各色人等不同意義的「對號入座」，那麼隨着球星奇遇的繼續發展，尤其是隨着恩特由一個「踢球的」轉向「管踢球的」，王蒙在玩笑愈開愈大筆調愈來愈花哨的同時，嚴肅的內審自白色彩也愈來愈耐人尋味。

成名一年多後，恩特和一位「紅過了勁兒的歌星」蜜斯酒糖蜜結了婚（以後恩特才知道，他的冒名成功及婚姻，都是該酒女與市長幕後策劃的）。洞房之夜，真恩特在拉美出現。經過市長和酒糖蜜新娘的策劃幫助，恩特終於「正名」，拉美的真恩特反於一個月後死於愛滋病。在這以後的三年中，「恩特兢兢業業、勤學苦練、敬老愛幼、團結隊友、勇敢堅定、臨危不懼、處變不驚、莊敬自強、攀登高峯、走向世界，成為一名有道德、有才華、有鬥志、有技藝、有輝煌戰績的超一流球星」。王蒙頗有用心地寫道，恩特本人之所以努力向善，是他需要向人們特別向自己證明，他之所以不肯放棄迄今得到的一切，不是為了貪戀豪華汽車、琥珀色抽水馬桶、桑拿浴後塗蜥蜴油或和酒、糖、蜜三種類型娘們兒苟苟且且，「他不能放棄球星的身份，是因為，他就是球星」，「他的經歷他的作為，不再是荒唐的了。即使尚未完全剝離荒唐的外殼，實質卻是悲壯的獻身。意識到這一點，他走路邁步的姿態也不同了」。

是呵，除假恩特外，別的忽然幸運成名發財高升的人們，是否也曾經歷過類似的身份懷疑到角色認同的心理過程呢？

然而就在球星恩特愈來愈真的時刻，蜜斯（Miss？Mrs？）酒糖蜜忽然建議丈夫退出球壇：

> 「……你小子這幾年球踢得不賴啦，是不？你這回覺得你媽的成了真球星了，是不？請問你還能踢幾年？你還有幾個寒暑的球場狗命？你今年二十七歲，你能再踢十年嗎？美得你！不撒泡尿照照鏡子，……你的那些隊友，他們與你朝夕相處，對你最為了解，一旦信仰的狂熱冷卻下來，他們難道沒有能力斷清你到底有多粗多細多輕多重嗎？他們交頭接耳、擠眼聳鼻、皺眉撇嘴、扭臀擺尾，……他們最危險！你和他們一起踢球，比和獅子一起滾繡球還危險！你只有管住他們，做他們的上司，才能穩住局勢！……親愛的，我的寶貝！燈不撚不亮，話不說不透。這不結了！事情很簡單，第一步，你先不要踢球了，你要去管踢球的！」

看來酒女是聰明而有遠見的，恩特聽從妻命，特任「皇家足球協會副會長」。行文至此，讀者漸漸醒來，發現白日夢遠在天邊近在眼前。恩特「不再訓練，不再踢球，……不再衝撞個鼻青臉腫腿斷血瘀，甚至也不再臭汗如注。而只是出席開幕式、閉幕式、檢閱、發獎、握手，說甚麼『我代表伯爵閣下看望大家』『我們要再接再厲，擴大戰果，務求全勝』『祝賀』『踢得好！』」……再往下，隨着恩特的活動範圍從球場轉到官場，王蒙的筆觸也就更加游動自如了（不再像在開篇初擺西洋鏡時誇張得太「作」）。酒糖蜜出謀劃策勸恩特先「整」掉不太聽話的昔日同事麥克和金米，恩特覺得有些於心不忍，於是他領受了前市長現足協會長伯爵大人一段語重心長含義深遠的教導：

「恩特君，……你知道為甚麼最初我不準備提名你做我的副手嗎？就因為你是球員出身，你與他們有着千絲萬縷的聯繫，容易徇私情、包庇他們，遇到問題處理起來手軟，你不可能受到信任。這就是我一貫主張不宜由內行充當管理者、不宜由內行當老闆的原因！外行，這是領導人最寶貴的品質，有了這一條，進可以攻，退可以守，該寬則寬，該嚴則嚴，有功不驕，有過不餒，跌倒了很容易爬起來，跑急了很容易收住腳。而內行，是被領導者的絕對特徵，一成為內行也就成了被領導人中的一員，還有甚麼境界？當然，最可貴的是由內行又變成外行，那是最理想的領導！世人只知道外行變內行的可貴，殊不知內行變外行更是金不換！恩特君，請想一想你的不平凡的經歷吧。」

在這樣的教導和指令下，王蒙筆下的主人公恩特一面唯唯諾諾，一面「又力陳不可操之過急，打擊面太大」，拐着彎想儘可能保護昔日同行——

……他說，他願擔保，麥克和金米將會改正自己的過失。這次就不起訴了吧，把他們開除球隊，永久收回他們的金蜘蛛黑領帶也就是了……（但後來）麥、金兩人被開除後對恩特罵不絕口，說他甚麼「賣友求榮」「告密求官」……許多球員暗中同情二歹徒，也對恩特攻擊甚烈。尤其離奇而又危險的是，一位拒麥克於千里之外的女記者，竟在麥克被開除出隊後自動搬到麥克房裏。逆反心理而至於送貨上門，令恩特抓耳搔腮，大冬天躁出一身痱子。

王府井大街上的青年們大概都聽聞過最後這件「實事」，所以他們再迷戀西洋鏡裏的白日夢，現在也該明白恩特吃力不討好地在「保」誰了。他們如果細心一點，也該聽得懂恩特下面的抱怨：

……高升以後，我仍然未改初衷，與諸位心連心！……我為治球員不嚴擔了多少干係！你們知道嗎？你們讓我保護，你們所做所為可保護我了嗎？你們的處境我理解，我的苦處，你們他媽的理解嗎？你們自己不爭氣，卻無中生有造謠生事添油加醋把我說了個不仁不義！好！……從今以後，我也隱姓埋名做寓公吃利息去，我也旁觀清談抨擊放炮沽名釣譽不當家不知道柴米貴倒背手說話不腰疼去！……

人們因為「想到恩特如果下台上台的只能比恩特壞百倍」，所以又擁護恩特，不料這又得罪了伯爵，又訓斥恩特，氣得恩特回到家裏傷感之極：

……傾軋太多了，陰謀太多了，仇恨太多了，忌妒太多了！……我再也不能強顏歡笑，兩頭受氣，說違心的話，做違心的人了，我受不了了！你抓住我的短處我抓住你的把柄，你咬住我的耳朵我咬住你的球，誰也不考慮事業誰也不考慮大局，誰也不相信寬容誰也不相信仁愛，卻滿口人權啊正義啊體面啊文明啊傳統啊革新啊地唱，一面唱着高調，一面隨時把自己的同事友人上司下屬蹬到但丁描寫過的地獄裏！似乎在害人中獲得無限樂趣！簡直不如糞坑裏的蛆！

作者指桑罵槐、曲裏拐彎出了這口惡氣後，馬上又用酒糖蜜的閃眸皓齒、搔首弄姿來亂灑花露水，施放煙霧彈。終於酒糖蜜告訴恩特前市長即伯爵當初如何騙他的真情，兩人齊心合力設計整掉了伯爵，恩特再次高升，當上會長兼勛爵了。如果說以上有關恩特初入官場上下為難良心危機的描寫裏，有王蒙自我辯解、自我解釋的成分，那麼在小說最後部分寫恩特如何忌妒新秀勃爾德，則顯示了作者更嚴厲的某種自剖自審意識——雖然通俗鬧劇的故事外殼繼續荒唐地發展下去。勃爾德是天才卻又天真如孩子。恩特一手栽培了他，但不肯承認自己嫉妒害怕他。在一連串潛意識嫉妒與理性自責的心理細節以後，酒糖蜜設巫術以害勃爾德，勃又為救小恩特而負傷。小說結尾處恩特手拿毒藥盒走出教堂，他在毒死勃爾德或消滅酒糖蜜或自殺自救等多種選擇方案前猶豫祈禱……看得出最後一些段落筆觸匆忙散漫，理性自審與鬧劇情節間的裂痕使得小說收束時缺乏「結局感」。

該怎麼來看王蒙這次涉足通俗小說領域的哪怕是不太經意的嘗試呢？我們已經在解讀過程中看到了小說內涵的三個層面，一是給老百姓（尤其是青年人）提供一個既看西洋鏡做白日夢又戲謔嘲弄這西洋鏡白日夢的惡作劇機會；二是借鬧劇細節與玩笑誇張語言諷刺抨擊當代中國現實「雜景」；三是在主人公荒誕的身份認同處境危機中摻入作家的自我解嘲、自我辯護、自我審視。

嚴格來說，第一層面屬通俗文學，第二層面是政治文學，第三層面則有些純文學的因素。將王蒙這種「三合一」嘗試放在近十年來整個通俗文學發展背景中看，可能更有意思，至少有兩個因素導致通俗文學在「文革」後的新時期文壇上出現。第一是不自覺的內因：人們厭倦了宣傳文學的枯燥乏味，主題再正確的「教化」也要求助於娛樂效果的包裝才能取悅百姓，當這種娛樂包裝反客為主時，教化文學便轉化為通俗文學。第二則是被迫承受的外因，即香港武俠小說、西方通俗作品的強烈刺激。老百姓不是喜聞樂見梁羽生、鄧麗君、瓊瑤嗎？「嚴肅文學」該怎麼辦？

在反官僚主義、意識流試驗及反省知識分子道路等幾次浪頭裏，王蒙總是個「領先一步」的人物。這次他的新作試驗，第一說明他對文學讀者數量、轟動效應仍然極為重視，他無法忍受作品只在圈子裏流通，在文學的社會角色發生危機之際他不惜「下海」玩味市民白日夢，也想試探一條既轟動又嚴肅而且還不惹事的路子；第二我想大家已經看見，王蒙的小說再嬉鬧再荒唐再遊戲再通俗，一貫的政治熱忱還是有意無意地流露出來了。歸根結底，重視讀者反應正是政治文學與通俗文學的相通之處，可以說王蒙寫出的正是一篇有政治色彩的通俗小說；第三我還想補充的意見就是王蒙似乎不宜「玩」真正的通俗小說。真正傑出的通俗小說，是不會讓主人公（以及讀者）老是靜下來「堅定、清醒」地捫心自問或靈魂不安神經受折磨的。當然，說到底，這篇「通俗小說」在王蒙的種種創作之中，只是一次「遊戲」而已。我之所以討論這篇作品，不是因為這篇作品在王蒙創作中有多少重要性，而是由於「通俗文學」在中國當代文壇上自有其重要性。

1988 年 12 月於香港大學

收入《當代小說閱讀筆記》，上海：華東師範大學出版社，1997 年。

重讀《活動變人形》

王蒙過去五十年來的文學創作，大都描寫這半個世紀中國革命的曲折歷程（在理解和表現當代中國革命的曲折反復過程方面，很少有其他作家能超過王蒙）。但長篇小說《活動變人形》卻是一個重要的例外。雖然這部小說的「續篇」也交代了書中各位主要人物在 1949 年以後的生活變化和各自歸宿，然而全書的主要篇幅，都放在二十世紀四十年代日據的舊北京。《活動變人形》於 1986 年出版以後，一直被評論界認為是王蒙的代表作之一。我當時的讀後感，覺得王蒙主要是在為當代中國革命的合理性辯護。時隔十七年，最近重讀《活動變人形》，又有一些新的想法。拋磚引玉，和各位同行一起討論。

一、潑綠豆湯的意義

《活動變人形》第九章詳細記載了一次家庭暴力事件。事件之前有很多導火索。男女主角倪吾誠與姜靜宜婚姻長期不和，倪交給太太假的領錢圖章使靜宜在外蒙受恥辱，靜宜便和母親姜趙氏、姐姐姜靜珍合作佈下戰局鎖起家門。三天遊蕩在外的丈夫當錶買藥回家，踢倒房門，逗留一會又離家。可就在他上廁所片刻間，靜宜已搜去其上衣內全部錢物。正當女人們在錢物中發現有介紹女友的信件時，男人恰恰也因不見了錢物憤怒而回，於是便出現了三女戰一男的武打場面，其中「先發制人」的道具就是一碗前一章就開始熬的綠豆湯，被守節婦人靜珍順手向倪吾誠潑去……

這個場面我們並不陌生，七巧在識破姜季澤求愛騙錢陰謀後也是一把扇子飛過去，打落男人手中的酸梅湯。之後酸梅湯順着桌沿滴下，一滴，兩滴，一年，一百年。這是《金鎖記》中最關鍵的一個情節轉折，女主人公的命運從此改變（或者說從此決定）。

《活動變人形》中的綠豆湯事件也導致類似的情節轉折。整個長篇有兩個高潮，一個就是潑綠豆湯全武打導致倪吾誠醉酒肺炎（另一個是第二十二章靜宜在宴席上控訴倪吾誠離婚陰謀以及趙尚同的耳光，逼使男主角自殺未遂終於離家）。七巧用扇子和酸梅湯打跑男人之後又急忙趕到窗前眺望季澤背影，「季澤正在弄堂裏望外走，長衫搭在臂上，晴天的風像一羣白鴿子鑽進他的紡綢裏去，哪裏都鑽到了，飄飄拍着翅膀」[1]。而姜靜宜也在綠豆湯事件後又溫暖照料病中丈夫，「說下大天來，你也是我的男人」。於是又有了以後十幾章的和緩拉鋸局面，使得整個家庭戰爭一波三折迂迴發展，共同戰線中的大姨岳母又因男女主角短暫之「和」感到不滿。在這些章節裏，我們看到王蒙似乎用錢鍾書式的誇張嘲諷筆法在處理張愛玲的灰色小市民故事，七巧性格的各個矛盾側面正由三個不同女人的不同悲劇細節而分別演化。然而就在這時，我們熟悉的「王蒙」出現了。

就在這時，在綠豆湯事件剛剛發生之際，敘述焦點馬上轉到在一旁被嚇得目瞪口呆的兒子倪藻身上，在全家人的哭鬧中，兒子覺得「真煩悶，真煩悶……倪藻八歲的時候已經產生了這模糊而又堅決的思想：必須改變這一切，是到了非改變不可的時候」。[2]

由於這個少年目擊者的參與，小說進入了不同的意義結構，潑綠豆湯事件在整個長篇佈局裏又具有另一種可能更重要的轉折功能。本來七巧與季澤的情慾角力，方鴻漸與孫柔嘉的夫妻吵鬧，或者更早些子君與涓生關於油雞阿隨的爭執，《寒夜》中久病丈夫與「花瓶」太太之間無休止的煩惱，都是人生的病態，也是人性的常態，都是一些既庸俗又深刻而且無法結束的悲劇。但同樣講述家庭悲劇的《活動變人形》，因為八歲倪藻角度的介入，種種男女夫妻老少間的倫理戰爭狀態，便成為一種應該而且可以改變的社會及歷史病態了。

是相信倪吾誠、姜靜宜等生活病態所以倪藻才必須相信革命呢？還是倪藻為了堅持自己的「少布」信念才必須證明倪吾誠、姜靜宜輩生活病態呢？

又是幾十年過去了，革命也進行了幾十年，可是綠豆湯、酸梅湯、阿二靚湯之類的打鬥事件又在各個地方、各種環境、各色人等中成為某種值得必須繼續探究的「常病態」，一滴，兩滴，一年，一百年……

二、三種筆法

《活動變人形》中至少同時使用三套不同筆法（或曰不同的敍事語言）。第一種是連環鋪張的嘲諷揶揄筆法，比如那段令人印象深刻的寡婦梳妝：

> 她開始梳妝。一天之中，只有在這個時候她感到一種神秘的力量在醞釀，在積累，在催促她，她感到一陣緊迫的心跳，她身上開始發熱，有一種強烈的要哭、要發昏、要上吊、要鬧個天翻地覆的衝動在催着她，於是用一連串冷笑掩蓋住自己。她首先用手心蘸着水把香粉蜜調勻抹到臉上，然後兩手輕輕在臉上拍打。她

自己覺得並沒怎麼用力，但臉上發出了細碎的「叭、叭」聲，聲音越來越大。這聲音常常使倪藻覺得心痛，他痛苦地覺得姨姨分明是在自打嘴巴。[3]

像最後一句旁觀（嘲諷、敍述）者的直接表態，其實是比較少見的。更多時候敍述主體是隱形的，諷刺效果主要靠細節的誇張鋪排而呈現。居高臨下的嘲諷姿態使人想到《圍城》。但《圍城》既借方鴻漸目光嘲諷世人，也嘲諷方鴻漸自己（尤其是小說前半部分）。而《活動變人形》嘲諷倪吾誠，嘲諷靜宜、靜珍及姜趙氏，嘲諷鄰居「熱乎」，甚至描寫女兒倪萍有時也很誇張，唯獨對倪藻，似乎絕少嘲諷。

除貌似客觀的誇張筆調外，更重要的嘲諷批判效果還來自王蒙很喜歡用的大段大段「單向對白」。情到急處，人物之間都不直接對話，而是不加引號的連續自白，比如靜宜救活丈夫之後的訴衷情：

吾誠，孩子他爸，談不上謝，你那話説遠去啦。此言差矣！你是誰？我是誰？好也罷，賴也罷，哭也罷，笑也罷，美也罷，醜也罷，死也罷，活也罷，你的命就是我的命，我的命就是你的命，你生病就是我生病，你見好了也就是我見好。你病得要死要活，我不伺候誰伺候，我不管誰管？天花亂墮我不會，洋文外國文我不會，可你病了呢？人無百日好，花無千日紅，好時須想賴時，留得退身步。花花綠綠，既不當吃，又不當喝，又不治病。你摸摸良心想一想，除了我這樣管你待你，你還能找到第二個人嗎？[4]

這類不加引號的人物口語，常常排山倒海一連幾段甚至幾頁，談話的具體場景、時間、地點，説話者的動作表情，聽者的對答反應，都留下空白給讀者去想像填補。王蒙頗擅長用這種「間接口語」來刻畫人物性格和調度氣氛。好處是生動，有氣勢，容易產生反諷效果。但有時也可能將人物語言（及思維）類型化。（別的想用「土法」感化留住男人的女人，是否也會這樣說話？別的受過洋化教育而又軟弱無能的男人是否也會像倪吾誠那樣發牢騷？）同樣值得注意的是，小說中年輕「正面」人物倪藻和倪萍不大會用這樣的方式「說話」，尤其是倪藻。

以倪萍、倪藻視角支撐的章節（如第六章、第十二章、第十四章等），就會出現第二種筆法，即比較寫實的細描。這時家人之間都有正常對話（配上正常動作表情）。不少口語特地注上方言讀音，地方色彩更加傳神。諸多細節，如父子洗澡、胡同口遊戲等，構成了整部作品最平實沉穩的文本肌理。問題是，這類林海音式的童年回憶和老舍式的京味生活碎片，如何與第一種誇張嘲諷融合起來而且過渡自然甚至不需要過渡呢？關鍵，大概是不同人物視角在不同章節之間的交錯互補。同一家庭，眾人看見不同顏色，極大豐富了故事的容量。

比較構成鮮明反差效果的倒是第三種敍述語言，即夾在誇張嘲諷與細節實描之間（有時甚至是之外）的敍述者站在今天（二十世紀八十年代）角度的抒情筆調。如小說開卷首句：

> 江南初春，我獨自漫步在林陰小路上，寂寞而且自由。你說，這弦有多長？

《活動變人形》以倪藻旅歐背景開篇，大概是想給書中舊事一個反省框架和一個今天的參照。（這種用今日海外鏡框來襯托昨日中國故事的結構在八十年代一度很流行。鐵凝沉重的《玫瑰門》寫北京四合院裏幾個類似靜珍、靜宜舊式女人的「文革」新生活，卻以年輕女主角乘飛機出國飄逸結尾。張承志《金牧場》也以訪日心情與草原經驗及中亞尋根並置，異曲同工。）在這種意識流的結構（而不是意識流的感官）中，《活動變人形》有好幾處，敘述者都會突然跳出四十年代故事而直接抒情（如第五章首段、第十章後半部分等），其第二人稱手法後來在別的更歐化的作家那裏有更大規模的實驗與發揮。即使不跳躍時空，就在四十年代灰暗渾濁的四合院裏，童年倪藻（只有他有這種抒情主體的權力）也會在寫實與嘲諷的筆法之間，突然夾入一段「『五四』文藝腔」，如第十一章綠豆湯大戰之後不久，倪藻入睡前，靜珍和姜趙氏百無聊賴，以吟詩消磨時間，「我有一個多麼好的姨姨和姥姥啊！倪藻想，而雲淡風清該是一派多麼好的景象！」[5]

兩次閱讀《活動變人形》，我都覺得這第三種意識流抒情語言不太協調，尤其是訪問漢堡的第一章。但仔細想想，又覺得「後設視角」可能另有結構上的深意。

三、敘述主體的自我懷疑

假使沒有倪藻這個人物，沒有這個後來者的審視角度，綠豆湯事件該怎麼演化呢？倪吾誠、姜靜宜之間的家庭戰爭會怎麼延續呢？整部《活動變人形》又會寫成甚麼樣呢？

如果由靜宜、靜珍來講這個故事，從三個女人的心情處境心態去繼續開掘，那不是張愛玲的路子嗎？倘若從倪吾誠西化空談、憤世嫉俗、無用牢騷以及杜公或者趙尚同（不再為了劇情而美化他）的角度去探討知識分子的無聊無能無力無奈，那不是錢鍾書的筆法嗎？《活動變人形》是當代中國文學中為數不多可以和其他現代文學經典對話的長篇小說。但如果沒有倪藻，王蒙怎麼安排七巧與方鴻漸在一起打架？

前面說過，《圍城》譏諷一切，也譏諷諷刺者。但倪藻在小說裏就沒有被譏諷，也從來不會不加引號地連環說話。而且對比七巧臨終將手鐲套過整條手臂的細節看，姜趙氏「文革」喝洗腳水、靜珍死於新疆等細節也被敘說得太過冷酷，無動於衷。我不知道這是「『文革』後文學」特有的殘酷性呢（想想余華、殘雪、鐵凝的類似敘述），還是作品對倪藻的父親及其那一代人太嚴厲。通觀整部長篇，誰都有錯，誰都可憐，誰都不幸，誰都是悲劇人物——除了倪藻（及敘述主體）之外。

倪偉（復旦的年輕教師，與倪藻、倪萍沒有關係）曾在一篇評論「三城記」小說選的文章中這樣稱讚朱天心的《古都》:「主體的分裂使敘述的推進變得異常凝重而艱難，卻也蘊含着自我治癒的契機，在主體的自我凝視下，個體自我向歷史敞開，在反思、質疑、探詢之中努力重新確立主體的位置。……反觀大陸作家的作品，我們卻發現其中的敘述主體幾乎總是巍然不動的，他們或是高踞於文本之外的冷眼旁觀者，或是沉浸在個人哀樂之中的自戀狂，那樣的敘述文本自然是封閉的，無力展現歷史和現實之中的多重複雜性。」[6]

倪偉這段議論並不是評說任何具體作品，但可以提醒我們思考：當代文學，或者說當代中國小說，是否存在着「敘述主體幾乎總是巍然不動的」這樣一個現象？

從敘述語言的層面，在《活動變人形》裏的確較少對倪藻及敘述主體的明確反省；但在敘述結構上，卻又有一些很微妙的反諷佈局。在第十章潑綠豆湯打鬧引起倪藻產生「必須改變這一切」的思想的時候，突然，「等一等，停一停」，小說抒情，接着跳出一段第二人稱的今天角度的寓言抒情，講述五六十年代「反右」、「大躍進」、三年困難時期及「文革」等種種運動的失敗，「所有的痛苦、熱情、瘋狂和傻氣最終都凝聚成石頭，凝聚成了山。石無言，山也無言，於是它們守候着永恆。時間自己是不愛說話的。你好，我親愛的讀者」。[7] 然後，換了一章，三個女人繼續謀劃如何與無恥的倪吾誠作戰，倪吾誠又繼續以牢騷憂國憂己，一事無成。

這段提早預告日後革命失敗的抒情，早不插晚不插，偏偏插在全書唯一一個正面抒情主人公倪藻剛剛在殘酷、煩悶、病態的家庭社會現實面前產生了要改變舊世界的朦朧的革命信念之際（這種信念後來要支撐全書的「審父」精神）。這是不是在為倪藻信仰的歷史合理性辯護的同時又懷疑這種信仰的歷史功效？這是「敍述主體巍然不動」呢，還是有點不自覺的搖晃？或者是有意的、深刻的反諷？

小說結尾時，又冒出一個「老王」，和年老的倪藻一起去海邊游泳。然後老王目睹倪藻不懼危險、毫無理由又義無反顧向大海深處游去……這又是對敍述主體的執着歌頌呢，還是某種形式的懷疑反省？

人民文學出版社 1986 年版的「內容介紹」說「這部作品是作家對中國五千年文明和中國知識分子問題的形象的思考」。不管作家怎麼思考，讀者也會聯想：倪吾誠的確是承受了五千年文明的中國知識分子，但難道倪藻不是嗎？

2003 年 9 月 20 日於上海重華新村

發表於《當代作家評論》2004 年第 3 期，收入《吶喊與流言》，上海：上海文藝出版社，2004 年。

1 張愛玲：《金鎖記》，引自《傾城之戀》，香港：皇冠出版社，1993 年，頁 164。

2 王蒙：《活動變人形》，北京：人民文學出版社，1986 年，頁 135。

3 王蒙：《活動變人形》，北京：人民文學出版社，1986 年，頁 30。

4 王蒙：《活動變人形》，北京：人民文學出版社，1986 年，頁 181。

5 王蒙：《活動變人形》，北京：人民文學出版社，1986 年，頁 154。

6 倪偉：《書寫城市》，《讀書》2002 年第 3 期，頁 6。

7 王蒙：《活動變人形》，北京：人民文學出版社，1986 年，頁 142。

第三輯

批評

印象：批評中的一種「生氣」

對文學批評來說，「印象」首先意味着我們接觸作品時的一種情緒體驗。當我們手不釋卷，或傷感或激奮或煩躁或惆悵時，此刻籠罩我們的印象，已不只是純感官的，還包容着感受、感知和感悟，包含着聯覺、想像和創造，要點是以濕潤的心靈去觸碰、去擁抱、去撞擊藝術，「要點是感動，是愛，是希望，戰慄，生活。在做藝術家之前，先要做一個人！」（羅丹語）倘若批評家只習慣於以乾燥繁瑣的理性模式去規範去分解藝術，只習慣於分析、提煉、概括和條理化，那與其說是思辨能力強，不如說是印象與感覺能力在走向遲鈍，走向麻木。少年的我曾因捧着《戰爭與和平》而臉頰滾燙，也在閱讀《熱愛生命》時肌肉緊張，可現在接觸作品越來越不易激動了，越來越注意所謂視角、情節、焦點和抒情方式了，越來越關心所謂話語、場域、操盤、博弈等策略計謀了——這就是理性成熟？這就是批評家？我為之惶然。

其實，「印象」不僅是批評的前提，而且還是一種批評能力。深邃的思辨往往建築於獨到的印象與堅實的感性基礎之上，理論如果沒有印象與感性參與，很難真正成為研究方法。聲、光、色、味的瞬間效應，主、客體（批評家與作品）的瞬間碰撞，常常需要凝聚了一個人（批評家也是人）幾十年的人生閱歷、情緒積澱、社會經驗和理論儲備。在藝術領域，所謂理論，常常（甚至必須）是和情緒、感覺乃至感官印象融化在一起的。我承認，我自己正是在各種高深理論與大量翔實資料的重重包圍之中，才領悟到印象和感覺的重要性。就像到某處山水勝境，去的機會多了，必須回想「初次見面」時的印象一樣，其實這是企圖追尋、玩味那一瞬間的心情。種種理論乃至體系，都不過是在幫助我們、推動我們去更細更深地捕捉、玩味和體驗那種「印象」——那種在我與藝術品之間的心理和情緒的對應關係，而不是相反要使我淡忘、輕視乃至拋棄這種「印象」。因此，我覺得，「印象」事實上伴隨着文學批評的全過程。

「印象」作為批評能力中最有「生氣」的一種因素，她活潑，生機勃勃，但不一定浮泛；她纖敏多情，但不一定淺薄；她自由自在，但並不任性隨意；她無所不往，但也可以有所不為。如果「印象」流於浮泛和隨意，那原因也在於主體的淺薄和溺情。「印象」中當有主觀好惡、獨特趣味乃至個人偏嗜存在，殊不知獨到的「偏愛」正構成了「印象」的生命元素。「個性化」與「生氣灌注」，永遠是有聯繫的概念。只有假定批評只是為了純客觀地接近客體真實價值，才會經常發出「評價太高、評價過低」之類的感歎和警告，才會導致對主觀印象的忽視和貶低。事實上，任何藝術批評都不能脫離主體而存在，批評的價值有時就實現在主體觀照之中。這就是說，批評在社會形態定義上，主體同時也具有客體的價值。「印象」，也就不僅是批評的一個環節和過程，而且同時也是批評的目的。

文學批評是否屬於文學？文學研究會的老作家許傑先生近年撰文，標題就是「文學批評應該首先是文學」。國內各種文學獎項，在小說、詩歌、散文之外，一般也有文學評論獎。但「新批評」理論流行於西方學界，俄國形式主義主張文學批評不是文學，而是關於文學的科學，主要研究「文學性」。作為科學，資料、史實、理性分析、規則訓練自然最為重要。文學批評是關於文學藝術的科學，因此印象、感覺、形象思維和研究方法，或者同樣值得重視。具體到文學史——關於文學的歷史，歷史研究重視史料、邏輯、推理，但對文學的歷史研究則不可偏廢閱讀、體驗、悟性，感情乃至「印象」。

在「印象」成為批評基礎並滲透批評過程以後，批評家還會憧憬着第三個層次：化形象思維為感官印象，為具象化的聲、光、色、味效果。思辨的感覺化，不僅能加強理性與感情的聯繫，在思維和批評方式上克服純知性方法之枯燥和僵硬，而且在批評文體上，也使批評家能夠自然一些，能真誠地和顏悅色，能親切地激動痙攣。藝術品總是「有模有樣」「有滋有味」的，倘能在邏輯地、深刻地分析其模樣、體積和容量之後，更能情緒地、感官地玩味其線條和光色疊影，品嘗其色、香、味……這難道不也是一種批評境界嗎？「理論總是灰色的，而生命之樹常綠」。

我可能一直無法步入這種境界，但至少，我可以表示我的嚮往。

1985 年 8 月於上海重華新村

本文是《當代文學印象・代序》，曾刊於《中國青年報》(1985 年 10 月 11 日)；收入《當代文學印象》，上海：上海三聯書店，1987 年。收入本書時有文字修訂。

現代文學研究：「擁擠」的學科？

樊駿老師有一次來華東師大，和我們一班從事現代文學教學的同行開座談會，會上談及現代文學這門學科的「擁擠」：「前後三十年文學，總共四千人研究！」[1]—— 據說，這是目前全國專職從事現代文學教學和研究的人數，還不包括社會上及大學生中眾多的業餘研究者。的確，隨着研究領域不斷開拓，明顯的「空白區」越來越少了，討論某些「熱門」課題的論文目錄已足以彙集成冊，一些佳作名篇也反復為評論家「賞析」，幾個較有建樹較複雜的作家都被研究者包圍着，僅各種各樣的現代文學史，就有十幾種之多（而且人們還在等待更多更好的），每年，又總有數以千計的現代文學研究論文發表⋯⋯

然而，也有人這樣感慨：「熱鬧，都『湊』在文章篇數和研究對象上了，真正就學術觀點特別是研究方法而言，卻並不『擁擠』⋯⋯」

使用了「擁擠」這個字眼，當然是憂慮多於自豪，但這無疑是一種嚴肅的憂慮。它至少已不安於人云亦云或不斷重複那些早已為人們熟悉（大多也還是正確）的結論，它至少已不滿於「在大同小異的範圍內作些大同小異的研究」。正因為對現代文學研究抱着熱情，所以才會有所感慨，正因為急切地呼喚新局面，所以才會對現狀表示某種程度的憂慮。

我不否認上面所說的「擁擠」；但我更覺得，現代文學研究，迄今為止還是一片待開發的森林。

現在，大致已經不需要再站在森林的入口處多費口舌了：「這是一片植物羣落，雖然其間也集生着山竹、雜草和其他喬木，但松樹是主流。各種樹木，都是生長在土地上的。整片森林東西寬……南北長……總面積大約是……」不必了，這些概述早已清晰地寫在道路旁的大牌子上了；也大概不需要再對每棵樹進行常識上的分門別類和定性了，尤其是一些較顯眼的樹木，椏杈上說不定早已懸着小鋁片，標明此樹的學名、俗稱和外文拼法，屬甚麼科，是落葉喬木還是常綠喬木……也不必再抱着胳膊閉着眼睛一味驚呼了：「啊，樹林，你多美啊！」每個遊人都會如此長吁短歎，而開發者的觀察切不應如此抽象；也不必竭力挖空心思想突然發現甚麼新的巨杉，或者標新立異證明秀竹比樟樹葳蕤，在最高大的紅松下面，早已圍着不少仰首翹望的人……

但是，對真正的開發者來說，他當然還是有自己的工作可做的。在研究中，大概只有堅持走自己的路，才不必擔心在選題上與別人「撞車」，才不必憂慮在觀點上與他人重複，才不會處處感到「擁擠」。

假使有志於植物學的話，那就儘可以選一棵感興趣的樹木，從綠葉、枝椏到樹皮，由年輪、軀幹及根基，做一番全面深入的考察。「原子小天體」，細胞裏也有世界。不必擔心這樹不夠偉大或不夠典型，真正理會「個別」，總會從中發現「一般」的；假如是地質或地理學家，當然也可以縱觀或鳥瞰樹林中各種植物的分佈、走向及生長變化趨勢，從而獲得對地質地貌及氣候的某種了解；假如身上背着照相機，那就應當懷着詩人的心情，混合着光色、嵐氣和露珠去把握那靈動的綠的印象；假如學識再淵博些，胸懷再寬廣些，那麼，更應該在雜草荊棘、花香蟲鳴之間，發現生態平衡的某些規律，或者聯想到大漠、重洋及其他許多異域的森林……

任何比喻都是蹩腳的，有缺陷的。不妨把話說得具體些，實在些，看看我們有多少理由不再憂於「擁擠」的現狀，看看我們有多少可能性朝新的方向進行探索。

首先，我以為應當改良和開拓社會學方法的研究。

「社會學的方法？！」這個名詞很容易使人頭皮發麻，其實它卻是被「株連」的。「我們的……，難道是這樣的嗎？」── 這是「庸俗社會學」。「揭露舊社會的黑暗，所以是積極的；傷感牢騷？那肯定消沉；描寫了革命者，這當然是革命現實主義！」── 這是「簡單社會學」。（在現代文學研究中，「簡單」比「庸俗」更常見。）我們厭惡「庸俗」，也應避免「簡單化」，但注重文學與社會的關係的研究方法，卻是不能丟棄的。這裏，不僅有研究方法的改良問題，還有研究角度的開拓問題。前些日子，我讀了趙園發表在《中國社會科學》1983 年第 4 期上的《「五四」時期小說中的婚姻愛情問題》，我覺得那就是一篇以新角度、新看法在文學現象中考察社會歷史與倫理問題的文章。這種考察，並未停留在作品「揭露社會黑暗」、「表現時代精神」等抽象結論上，而是由題材（社會問題）入手，通過對同一題材範圍內相同或不同的作品的歸納、比較和辨析，進而探究在特定歷史時期內不同人對同一社會、道德及思想課題的不同思考，以及制約這些思考的社會、歷史因素。我們現代文學研究的傳統之一，就是特別重視作品的社會性。既然社會制約文學，那我們為甚麼不能再進一步，通過大量文學現象來研究社會和歷史呢？跨學科也沒關係，社會科學諸領域之間本來就缺少絕對的界線。難道我們對社會現實（即便是過去的社會現實）的了解已經太多而不再需要發現、補充、驗證和重新認識了嗎？難道評價昨天與認識今天、展望明天沒有緊密關係嗎？何況文學之反映社會，又總有其特殊角度，考察「文學中的社會」，也必然能反過來探究「社會中的文學」，即文學本身的若干規律。用馬克思主義指導現代文學的研究不是一句空話，而是要切切實實堅持「歷史的和美學的」觀點。既不能把文學看作孤立永恆的「空中之閣」，也不能一味把文學與社會的關係簡單化。這裏，角度問題，其實也包含着方法和觀點問題。聯想到有同志將許傑的《賭徒吉順》、柔石的《為奴隸的母親》、羅淑的《生人妻》及沈從文的《丈夫》等作品連貫起來，以考察「典妻」現象的社會存在與文學反應；再聯想到有同志已企圖系統地留意許多現代作家筆下對知識分子問題的不同思考，並從中窺測中國現代知識分子精神構架的發展變化軌跡，等等，這是否意味着社會學方法的研究，在重複沉悶之中已出現某種轉機呢？人們雖不敢斷言，卻至少已有了這樣的期待。

其次，談藝術研究。這方面的呼籲近年來已經不少。有同志不滿於研究中思想評論與藝術分析的「固定比例」，因而提出寧可讓八九篇文章去論思想，也希望有一二篇專談藝術；有同志在稱讚新的研究成果時使用了如下的措辭：「這段評論，剛剛開始進入藝術世界……」雖然語氣有些偏激，但這種要求重視藝術研究的呼聲卻不無道理（尤其是聯繫着我們研究工作的昨天來考慮）。不過我在這個問題上，還想到了兩點：一、我覺得我們不應該把思想評論與藝術分析簡單對立起來。藝術分析，不僅僅只是技巧分析。無論是探討主題、人物，還是對情節、氛圍感興趣，我們都應該首先從藝術分析入手，首先要意識到，我們面對着的是活的生氣灌注的藝術品，因而必須充分考慮藝術的整體性和複雜性，以及它所特有的角度，而最後，又總要把文學現象上升到藝術理論的層次來探索某些規律性的東西——這樣的藝術分析，怎麼可能不觸及文學的思想傾向、時代意義和社會內容呢？我想，只有這樣來理解、來從事藝術分析，才能真正打消一些同行對「藝術分析」所存在的偏見和誤解，才能真正解決前面所說的「比例失調」的問題，才能真正避免那種強行的「血肉」分離術……當然，在教學中，這個問題可能更複雜些。但我想，即使是在入門與普及階段，在強調評論的側重點時，也應時時提醒同學（也提醒教師本身），不要忘卻藝術的整體性。二、藝術分析雖不僅僅只是技巧分析，但技巧和文體的研究卻無疑是藝術分析中的一個重要課題。真正有志於藝術的人，是不會把諸如細節處理、「心理視角」及虛詞、語調的講究等都當作「雕蟲小技」而不屑一顧的。最近幾年，人們從作家研究入手，對創作個性、藝術風格乃至文學流派等課題，已表現出越來越多的熱情。可是，從「文體」上着眼的，卻為數不多——假如考察一下二十世紀二十年代至四十年代現代小說心理描寫的發展趨勢呢？假如談談現代作家對情節的不同態度或者現代小說結構的變化呢？假如從現代語言學或本文分析的角度來重讀現代名作呢？……噢，森林的這一角，一點也不擁擠，甚至還有點荒蕪呢！可是，想走進這一角，卻絕不是易事，不僅需要根底，需要識見，更需要虔誠，需要感覺。

第三，我想到了中國現代文學與外國文學的關係。記得不久前，幾個教研室的青年教師在會間閒談起學科的問題，大家對現代文學均不無看法。有人說，古典文學，累積幾千年精華，有其獨特的寶貴的思想和美學傳統。有人說，西方藝術，源遠流長，錯綜複雜，容納着許多民族對感情的思索。這時，一位現代文學教研室的同志插話「保衛」本行了：「東西方文學，均都偉大。可是，東西方文學真正在中國土地上的接觸和碰撞，卻正是在『五四』以後的現代文學中……」「碰撞」！我立刻覺得，這個詞精彩極了，這裏所謂的「碰撞」，不僅是指在文壇上林琴南、梅光迪與新潮流作家的論爭，不僅是指鴛鴦蝴蝶派與郁達夫、老舍等在小說寫法上的迥異，更是指發生在幾乎每個作家內心裏的戈蒂耶與杜少陵、盧梭與嵇康的「碰撞」……我們當前乃至今後的文學，不正是注定了要在「碰撞」中發展嗎？如何旁搜遠紹、另闢蹊徑，如何創造既是開放的又是自己的文學，當我們今天探索這一課題時，難道不應該回過頭去，在現代文學這塊幾乎是絕無僅有的「實驗區」裏，多尋找、多發掘些經驗教訓嗎？

這種聯想，使我對現代文學與外國文學的關係，有了一層新的認識。從這種認識出發，我們當然就不會再忽視現代文學所受到的外來影響，也就不會滿足於僅僅羅列現代作家接觸過多少外國作品，或將某中國作家與某外國作家做一番浮泛的類比。重要的，是研究「碰撞」——觀察西方的人生和美學思想的衝擊波，如何與「感時憂國」、「清靜無為」等精神傳統互相混合、角逐和消融，這種混合又如何時時刻刻受到中國土壤和空氣的現實制約……因為要不斷面對新的「碰撞」，所以才更需回顧昨天的最初的「碰撞」。我想，今後若干年內假如出現現代文學與比較文學互相靠攏的發展趨勢，那也是不無現實依據的。

最後，我想再談一個很不成熟的想法：我覺得，現代文學研究可以也應該有一個幾乎是全新的研究方向，那就是與當代文學的關係。

我所謂的當代文學，包括「十七年」，但更主要的是指 1978 年以後的文學。我接觸過一些搞創作的中青年作家。一般說來，他們對當代藝術比較關心，對中國現代文學，則表現出有選擇的興趣。探究這種選擇，我以為就很有意思。研究者儘可以從文學史的角度評價作家們的名聲地位、功過得失，指出某人乃文壇耆宿，著作等身，某人當時怎樣激動了千萬青年的心。可是今天的作家和文學青年，卻更習慣於用自己的眼光去看，用自己的情感去「取」。為甚麼有些德高望重或名噪一時的作家，只為他們尊敬卻不為他們喜愛呢？為甚麼除魯迅以外（這是例外，魯迅對中國知識分子的影響是無可爭論的），另一些作家如老舍、沈從文、孫犁等卻也能引起當代作家的濃厚興趣，從推崇、熱愛到學習、模仿乃至引以為師呢？面對着共同的遺產，作家和研究者的態度顯然不盡相同，而研究者難道不應留意這種差異嗎？或許，今天的作家不太看重現代作家的思想觀點和社會見解，在接受了多次政治風雲的洗禮並直接在廠礦鄉村磨煉以後，他們覺得他們對中國社會和政治的了解，大致不會幼稚於前輩作家（魯迅又是一個例外）。與此同時，他們卻更注意現代作家獨異的個性和把握生活的角度的獨特性，更讚賞大師們精湛的藝術功力和技巧。也可能，當代的人們看多了描寫社會鬥爭的「重大題材」，反過來又對輕鬆純淨的鄉曲或飄逸清澄的小品產生親近感了。也許，選擇之間還存在着情趣的偏嗜、地方色彩的共鳴及美學觀念的變化等，情況當然要比我說得複雜。倘若能結合具體作家，結合具體藝術傾向探索下去，這種透過歷史斷層的思考，無疑是興味無窮而且有助於開拓我們思路的。誰能否認這種對當代文學源流的考察，亦同時包含着對現代文學的某種重新認識呢？——這一部分林區，雖然目前還是人跡罕見，但它不會一直荒涼下去的。因為，我們文學的創作和研究，都是在今天進行的。

總而言之，現代文學這門學科雖然乍一看有些「擁擠」，其實有許多課題的研究，只是剛剛開始。當然，如此探索，這般嘗試，空談容易。倘要真正做點實事，我恐怕也只能選點小題目，做些「剛剛開始」的工作。

1984 年 1 月 9 日於上海重華新村

發表於《中國現代文學研究叢刊》1984 年第 3 期，收入《當代文學印象》，上海：上海三聯書店，1987 年。

1　此文寫於 1984 年。

文學批評中的「入」與「出」

創作與批評是兩個分野：一是藝術，一是關於藝術的科學，兩者不能等同。但它們之間，卻血肉相連，倘若「兩栖」一下，人們自然會對創作與批評之間的若干相通之處有所感觸。清人周濟論創作時說：「非寄託不入，專寄託不出。」我們以為，在文學批評中，同樣也存在着「入」與「出」的問題。

這裏的「入」，是指批評家對藝術品的欣賞、理解和感覺，是指研究者對作家的某種沉浸、滲透和陶醉；這裏的「出」，也就是批評家對藝術品的審視、鑒別和評判，也就是研究者對作家的擺脫、超越和俯察。在文藝批評中，如果沒有必要的「入」，沒有某種情感接觸，沒有真正從藝術感受出發的理解和體察，那評論，很難不浮在概念上兜着枯燥的圓圈，很難把握藝術所特有的複雜性和整體性。講得再苛刻一點，也就是說，很難真正步入「藝術世界」。反之，如果研究者過於沉溺過於癡迷在他的研究對象之中，如果批評家沒能站在足夠的高度，在賞析中透視、發現，在共鳴裏抉剔瑕瑜，那麼，這種評論也是缺乏分量的，也不能觸探到藝術的堂奧。法朗士也許是強調「入」的，他極端地主張：「優秀的批評家就是這樣一個人，他把自己的靈魂在許多傑出的作品中的探險活動，加以敍述。」而勃蘭兌斯曾在相反的意義上批評過聖・伯甫，認為他「缺乏那種主要在於概括傾向的哲學精神」。

既要俯察品類之盛，又要仰觀宇宙之大，在考慮批評家對作品和作家的態度與關係時，我們也該聽聽托爾斯泰那段「稍稍離開一點」的意見。托翁認為：作家在創作中，應當稍稍離開他筆下的主人公。

如果說，當前創作中存在着某種過於沉浸、缺乏超越、其「入」有餘，其「出」不足的傾向，那麼，我以為批評界的情況恰恰相反：相當數量的評論和研究，還是過分乾燥，過於超脫，無論是同作家的思路、心境還是同作品提供的生活畫面，都有一些隔膜。

作家們倘若確是蘸着心血而非只用墨水來寫作的話，他們當然無法輕易回避那些令他們感觸最深、使他們震動最烈的事件和情緒。在出現了種種「史無前例」的歷史現象以後，文學與生活的關係也空前地接近了。在一個短時期內（這個時期正在逐漸過去），作家們仿佛不需要有意去「深入」，去「體驗」，也來不及「登樓遠眺」，他們只要俯看親友身上的傷勢，便可能感應出社會的神經，他們只需振奮自己臂上的肌肉，也會呼應着歷史的彈性。文學與生活的緊密靠攏，作家與所表現對象的高度接近，創作主體與藝術客體幾乎是自然地甚至是被迫地融合滲透——這就決定了新時期文學的一個基本特點：真實，在真誠、真率、真切之後的真實；同時，也導致一部分創作中的「專寄託不出」，即過分地沉溺於傷感、哀痛和迷惘。於是，「超越」的課題便已不可回避。所謂「超越」，並非站在雲端裏一味蔑視平庸、細碎和普通的生活現象，或在霧氣中任意描繪絢麗奪目的仙閣（那樣的「超越」過去有的是，今天在評論中還時有所見）；也不是主張「不動情感」「取消私人性格」，不是要求絕對的冷靜和客觀。藝術中的「超越」，我以為應是「入後之出」，「入極之出」，應是在對客體對生活的沉醉和狂熱之中，滲入某種思想和美學的批判尺度，應是歎息、傷痛中的哲理；淚水、癡迷裏的思考。由於作家在「進入」客體時，不可能不產生不依靠屬於他個人的獨特的情感意志和情感方式，所以，我說的「超越」，就不僅是主體對客體的超越，也不僅是理性對情感的超越，而且同時還包含作家的某種「自我超越」。

在這個意義上，有人說我們的評論比創作落後了一個層次，恐怕也並不是沒有理由的。作家們是不安於詠歎、沉浸，而在考慮哲理和超越，可當前的某些評論，卻是其「出」有餘，其「入」不足，有的甚至根本尚未「進入」。我們的批評界，常常會呈現這樣兩種「病容」：有時是軟弱無力，缺乏尺度，不敢立論，在錯綜紛亂且不斷變幻的新的文學現象面前似乎有點慌張、困惑，對一些偏頗、錯誤或值得注意的傾向既不夠敏感也不敢批評，一旦讚揚又每每重詞輕用，堆着笑臉「跟」在創作後面；有時則是板起面孔，態度生硬，表情枯燥，用乾巴巴的概念，用庸俗社會學的方法來對待、來處理極微妙極複雜的藝術問題，指手畫腳但常常不得要領，嚴肅認真而面目並不可親。兩種症狀看似不同，主要病因卻是一個。我以為那就是「其『入』不足」——因為對藝術缺乏敏感、欣賞和把握，所以才會在文學的變革面前不知所措；因為對藝術缺乏理解、體察和癡情，所以才會騰空浮雲而不着邊際。我們有些作家，並不掩飾他們對文藝批評的淡漠乃至輕視，這裏固然有誤解和偏頗的成分，但不可否認，批評界本身的缺乏生氣也是一個重要因素。許多批評界的人士，不是也都注意到了這種狀態並為之焦急憂慮嗎？當然，理論高度是一個關鍵，但就當前而論，我以為更突出的問題，恐怕還是同生活的距離和藝術感差。藝術需要用思想來剖析，也當然可以放在社會、政治或歷史範疇裏考察，但這些剖析和考察，首先應當建築在對藝術的尊重、理解和欣賞的基礎上；評論工作者固然面臨着加強理論素養的任務，但與此同時，他們也不應該忽視「藝術感覺」。在藝術中，不僅欣賞、理解、領會需要感覺領路，就是分析、把握和評判也離不開感覺的陪同。批評家不是已在談論創作中的聯想、通感和直覺了嗎？何以鑒賞中的印象、直感、聯覺等心理因素反而被輕視呢？作家往往是本能地擁有某種「形式感」，而批評家則更應對諸如視角、結構、色調等技巧因素具備自覺的興趣。倘說藝術感覺是作家賴以生存的基本條件之一，那麼它也應當是評論家不可或缺的才能。對作家來說，藝術感覺意味着對生活獨特的敏感和某種藝術造詣；在批評家那裏，藝術感覺則包括對作品的獨特的敏感和某種生活的根柢。是的，生活也是批評家思維和感覺的根柢。這一點，似乎尤其易於被人忘卻。（常聽說作家應當「深入生活」，何以很少對批評家提出類似要求？）因此，我所謂批評中的「入」，也包容着「欣賞藝術」和「體察生活」兩重含義。事實上，我們在評論中一旦過於「超脫」，那就不僅冷落了藝術，同時也漠視了生活。

如果我們進一步將批評的各個側面各個領域略做比較，那就還會發現一些耐人尋味的現象。比如，對同一個作家或同一種文學現象，思想或社會學意義上的評論常常比較超脫、俯視，從很高的理論標準出發，談「局限性」，談「消極意義」，措辭相當嚴厲；而觀察藝術研究風格時，又每每是仰角的，站在很一般的鑒賞水準上，構思、色彩、文筆、情韻，處處擊節，一味陶醉，讚歎有餘。再如，我們在評論當前文學時，往往持論較嚴，苛求較多，有時還不無隔膜和誤解；而現代古代文學的專題研究，則又顯得太「入」，各自捧着孤立的研究事物，煩瑣考證，分工極細，溢美聲中，缺乏分寸……

我還想說：批評家，至少在目前，應當離生活、離藝術近些，再近些。接近生活，就是說要避免完全陷在作品裏或完全脫離藝術來談文學。批評家，應當是思想家，也可以是政治家、歷史家或社會學家，但首先，他還是生活中的一分子。生活本身，就那麼複雜，充滿雜色，充滿動感。向生活靠攏，無疑是匡正簡單化、形而上學的研究方法的一個良方。經常可以看到，一些顯然是教條乃至僵化的觀點，卻為我們評論者、教師所認真地重複着，假如我們把這些嘴裏、腦子裏的東西與自己的生活和自己的情感觸碰一下呢？！是的，批評家應當成為作家的知友、諍友，而不是導師或門客，因為他們共同面對着生活，又共同着眼於藝術；共同上下求索，又共同呼吸着現代的空氣，感受着今天的節律。向生活靠攏，不僅有助於改善當代評論那有時不很和悅的形象，而且也可能鬆弛一下古代文學研究那過於嚴肅的面容；不僅會使浮在空中的思想評論向藝術土壤沉下去一些，而且也會將陷於資料考據的研究朝理論高度拉出來一點。既然生活保障着創作的生命，那它自然也維繫着批評的青春。在批評中，應該存在着某種理論原則，我們當然也必須堅持恩格斯所說的「歷史的美學的」觀點來從事評論和研究，但這並不妨礙批評家和作家一樣，對千姿百態的生活迷宮，擁有自己獨特的識見，尋找屬於自己的批評支點和視角。否則，人們經常在呼籲的所謂「批評的個性」、「批評的風格」、「批評家的氣質」等，又從何說起呢？

接近藝術，就是說要避免對作品的肢解、誤解和曲解。情感之於藝術，猶如水分之於花木，即便是理性的色塊或強力的線條，在藝術中也總是以濕潤的、生動的、多少有些顫抖的形式而呈現的。批評家接觸作品，首先應當懷着一顆像讀者一樣濕潤的心——這一點太重要了，因為我們的批評，甚至許多大體正確的批評，也總有不少麻木和乾燥的成分。有的文學（如《子夜》之類），作家自己神清智爽，條理分明，批評家當然也可以冷靜透析，理性歸納；但更多的時候，作者是在矛盾、惶惑、痛苦之中寫出驚人的形象或情緒的，這時的批評家，就不僅需要用理論用識見，更需要用情感用心靈去觸碰作品，在作家的逗號、省略號後面圈上句號，去明察那形象的成就與不足，去發現那情緒中的光澤與灰塵。倘說「藝術感覺」中的某些成分是難以強求的，那至少，對藝術的虔誠和熱愛，或者起碼尊重，卻是可以自覺建立的。

「入」與「出」，看起來似乎有矛盾，太「入」了就不易超脫，太「出」了又缺乏沉浸。但是，從另一個角度看，它們之間，又是相互依存、相互滲透甚至相互層遞的。勃蘭兌斯的批評不可謂不「入」。他好像能潛伏在作家們的影子裏，近觀細察，從氣質、思路到舉止、肖像，外及社會活動、風流軼事，內探心靈痛苦、情感波紋，以自己坦誠濕潤的胸懷觸碰着一個個卓犖的靈魂；然而，也偏偏就是勃蘭兌斯，能站在很少有人登臨的高處，統觀各國文苑，梳理流派脈絡，鳥瞰整個十九世紀的文學主潮和發展大勢。這又是「出」得何等灑脫，何等有氣勢！看來，「入」與「出」之間，並不只是反比關係。有許多命題，都不是可逆的。的確，沒有「入」便談不上「出」，但只「入」不「出」又不行。最令人感興趣的，當是「入極之出」，「入透即出」。雖然不能斷言「入極」必然意味着「出」，但我想，不「入極」，恐怕總不能達到真正的「出」。

我只是提出一個問題，只是隨想，自知沒有講透，願意和大家一起思考。

1984 年 1 月於上海重華新村

發表於《文學評論》1984 年第 3 期，收入《當代文學印象》，上海：上海三聯書店，1987 年。

文學批評中的個性色彩

1985 年以來，中國文學理論批評出現至少三個比較值得注意的發展動向：一是文學批評中個性色彩、感性因素乃至主體意識的強化（比如《文學評論》開辟「我的文學觀」專欄）；二是批評方法變革中的科學主義、理性主義傾向（「性格組合論」、「系統論」等等）；三是社會學批評朝文化、歷史研究方向的擴展（比如關於「尋根文學」的思考）。這些變化的意義恐怕要過若干年後，才能為人們所認識理解。有趣的是，這些理論批評探索，尤其是前兩種動向，似乎是朝着截然相反的方向而各趨極端。這些複雜矛盾甚至不無混亂的現象，如果結合現實和歷史條件看，種種新探索的內在趨向、構架和理論依據，又都不無相通之處。追求風格、重視個性美感經驗並呼喚批評中的「我」也好，事實上以靈感為能源進行系統科學批評方法的實踐也好，社會學批評構架的開放姿態及其日趨凝重的歷史感也好，這些不同的理論評論探索實際上同樣都企圖在爭取和維護文學批評自身的獨立性，而且有意無意直接曲折地都在導向批評主體意識的強化。恐怕評論家們是有理由記住 1985 年的，就像小說家們應當記住 1979 年，年輕詩人們必然會記住 1980 年一樣。

今天，我只能先談談上述的第一種批評探索動向。在這一連串不斷變化逐步遞進的命題中，我們將看到問題是如何提出來的，又是如何發展的：

「文學批評要多樣化，再也不能千篇一律、千人一面、枯燥乾巴、味同嚼蠟了。」「所以，批評要講究文采。」「批評還要追求獨特的風格！」

——顯而易見，這樣的呼籲立刻贏得了一大片掌聲，持各種見解的批評家，凡對新時期文學批評的發展懷着熱情和責任感的，幾乎都表示贊同；雖然大家對批評中「獨特風格」的含義，理解其實並不一致。

「批評中的獨特風格，必然根植於獨特的審美體驗。」

「是的，因此我們的批評現在應該特別強調『感覺』，強調個人的藝術感受和感性印象，強調經驗和實證的意義；如果缺乏批評家個人的審美體驗因素的參預，批評就必然是僵硬乾燥的。」

「這也就是說，批評和創作一樣：不可無我。」

——最後四個字是極有誘惑力和號召力的，所以還是激起了熱烈的掌聲，不過比剛才少了一些。為甚麼要把這個在創作中已逐步得到公認的定律移入批評領域呢？有些人面有疑慮，但一下子還提不出有分量的問題，然而就在這時，命題又進一步發展了。

「為甚麼『不可無我』呢？因為沒有批評主體因素和個性色彩的滲入，不僅批評文章會枯燥乏味，批評過程會有缺陷，而且在批評意義上，文學作品作為客體也是不完整的。」

「文學的本體意義，不僅維繫於作家的創造，也存在於被鑒賞、被感知、被批評的過程之中，因此批評家不僅『借』作品的『光』，而且也以自己的主體力量照亮作品。」(和德國接收美學觀點不謀而合，作品只是樂譜，有人演奏才是音樂。)

「是的，很難説批評家在評論中究竟是在談作品，還是在談自己。」

「對，我們評論的，就是我自己！」

——一陣短暫而又激動的沉默以後，驚歎、歡呼、質疑、憤怒便一齊湧來了:「是呵，我們評論的，也是我自己！」「可你那個『我』在批評中，究竟有甚麼意義呢？」「難道每個從事批評的『個體』，都有存在價值嗎？」「我擔心，恐怕並不能真正在批評中表現出『我』來。」……更多的人，在環視左右，表情惶惑而又興奮。無論如何，「我」在文學批評中出現，是一個迷人而又令人迷亂的字眼。

顯然，近年來人們雖然對文學批評中的個性色彩、主體意識談得不少，但如上所述，實際上是存在着不同層次的認識和理解。對批評中「我」的價值和意義，也有不同依據的呼喚和強調。在文采、風格意義上對批評主體意識及其獨特性的認同，是希望每一個批評家都能以各自不同的漂亮文體、新穎視角和獨特風格，來正確揭示作品的內涵和意義，來全面把握文學運動發展的規律，來客觀公允地評價歷史上許多作家的真正的價值和歷史地位。換句話說，就是要以批評中的「個性色彩」來表達羣體意識，以批評中的「我」來表達「我們」(或我們革命文藝工作者，或我們無產階級，或我們人民羣眾，或我們中國人)對文學儘可能深刻的認識和理解。應該看到，即便是這種以羣體認識為歸屬的對個人批評風格的重視，也是中國當代文學理論批評發展到七八十年代的一項突破，它是以新時期文學批評掙脫鎖鏈開始出現復興局面為歷史背景，以「風格」已在文學創作中恢復名譽為理論依據，同時又以「八股腔」、「說教面孔」引起人們普遍逆反心理為現實理由的。那種連語氣都要仗「我們」的聲勢，處處以「真理」「客觀規律」代言人面目出現的「公允正確全面深刻」的理論批評，一旦失卻由外力支撐的權威性和審判權，一旦缺乏「風向」、「火藥味」、「最新精神」等「言外之意」、「意外之象」的背景烘托，其所謂「嚴肅嚴謹」就可能褪色為「枯燥僵硬」。「充分的說理」和「大量的論據」也都在讀者心目中化為「乾巴巴的說教」和「繁瑣引證」。這種評論如果宣揚極左、僵化觀點自不必談，就是有時表達的意見大致不錯，或正確地重複眾所周知的道理，僅僅文風思路和條理筆法上缺乏個性、缺乏色彩，也足以使讀者苦於嚼蠟而後卻步。應該承認，有一個時期（我不敢說這個時期今天已經完全過去），我們的文學批評信譽不佳，威信下降，既為作家輕視，也得不到讀者的歡迎——出現這種令人痛心，令人焦慮的情況，幫風幫腔及其後遺症影響是一個原因，人云亦云求「全」求穩既缺乏獨立品格又缺少個性魅力，學院腔的故作高深，也是批評令人倒胃口的原因之一。在這種情況下，每一個對中國文學理論批評懷有責任感乃至使命感的人，都可能在「增加色彩、改善批評形象」的意義上支持各種各樣的批評風格探索。這就猶如春日郊遊遠足，呼吸鄉間空氣，觀賞田野風光，既然人們對拉練行軍的統一步伐和勞動鍛煉、改造時沾滿泥巴打着補丁的衣服已有心理反感，那何不各自穿上自己喜愛的旅行服裝並配上多種色彩的旅遊裝備呢？反正為了觀賞廣闊的田野（觀賞複雜的文學現象），我們都走在一條能抵達名勝風景點（文學規律和本質？）的大道上，人們穿夾克穿西裝穿布拉吉甚至穿十七八個口袋的蘭博衫也沒關係，人們或騎車或漫步或小跑或靠媚眼靠香煙搭車都行，形形色色五花八門不同色調不同風格，這樣漫遊在文學山野上的批評隊伍，不是很有風采很有聲勢嗎？

然而很快人們就發現了（有些人甚至一開始就意識到了），單純在文字、文體、文采上下功夫的個性色彩、風格追求，既很難做到又沒有太大的意義。批評風格的獨特性、批評主體的獨特性，不僅在於文風，更在於理論和方法。在確立這種認識以後再強調和呼喚文學批評中的「個性色彩」，就自然而然把問題推到了第二個層次，也就是方法論的層次。既然批評家們應該以自己的方式來觀照文學世界，猶如旅遊者們應該尋找自己觀賞田野風光遊覽名勝古跡的路線和方式一樣，那麼，人們自然也就可以借助於最新的現代科學技術方法，比如乘直升飛機鳥瞰大地，或者用儀器對花草稻麥下面的土壤進行定性定量分析；人們自然也可以在郊遊沿途做社會調查，或者挖掘文物，憑弔古跡，追尋歷史；人們更可以離開最平坦最寬闊的「我們的」大道，而另辟種種「我」的小路，田埂、溪邊、林間乃至沼澤，割草、扔小石頭、拾落葉或者追蒲公英陷入泥坑，路可能走得比大道上或乘車隨司機走的人們更曲折更艱難些，但個人的微妙感覺、審美感受、感官印象和感性經驗，卻是他人所無法替代的。「不管你用甚麼新的批評方法，印象派也好，系統論也好，重感覺也好，重文化也好，最終你的批評如果能夠更準確、更真切、更全面、更深刻地分析和把握文學規律，那你用的就是好方法；反之，對不起了，你的方法可能只是失敗的嘗試」—— 這是方法論討論中一種經常可以聽到的意見。這也就是說，你離開傳統的大道自尋鄉間小徑或者溪邊林間到處亂跑，只要能更快到達名勝點目的地，你的「蹊徑」也就有意義了；反之，你便是「誤入歧途」。換句最簡捷的話來講，就是「殊途同歸」—— 殊途可以，但必須同歸；只有同歸，「殊途」才有價值。

從同裝同步同途同歸，到異裝獨步同途同歸，是一個突破；從異裝獨步同途同歸，到異裝獨步殊途同歸，又是一層進展。那麼再接下去呢？倘若出現異裝獨步殊途且不同歸的情況，這又意味着甚麼？是文學批評徹底陷入唯心論和相對主義泥沼呢，還是文學批評中的「我」，即個性化的批評主體意識，即在觀念、本體論乃至哲學意義上的進一步強化？

「我所評論的，就是我自己。」這本是一句十九世紀浪漫主義理論範疇的宣言。法朗士的原話是：「為了真誠坦白，批評家應該說：『先生們，關於莎士比亞，關於拉辛，我們所講的就是我自己』。」結合他的另一段名言看：「優秀的批評家就是這樣一個人，他把自己的靈魂在許多傑出作品中的探險活動，加以敍述。」法朗士的意思，也就是許雷格爾所謂的「批評即創作」，也就是聖勃夫所謂的「批評須有所發明」。探險活動嘛，首先是去探一個險，但即使無所得，探險過程本身仍有其意義。不過今天中國的評論家接過法朗士的浪漫主義口號，有意無意地總要滲入二十世紀的現代哲學理解。「我所評論的，就是我自己」── 首先，這是被迫的，因為「我」極其清醒極其明智地看到，「我」永遠無法完全離開完全擺脫「我自己」的主體的個性的因素去純客觀地把握作為客體的評論對象；不僅法朗士所評論的是他心目中他感覺中的莎士比亞，即便是缺乏浪漫激情的鍾嶸所品味的曹植，恐怕也非詩人本人「原貌」。正因為「我」知道自己沒有能力還某個作家的「完全真實的面目」或給某篇作品以「完全客觀的不高也不低的評價」，所以「我」不得不聲明在先，在評論中，「我」難免要或直接或隱晦地「表現自己」。然而，因為批評家「表現自我」不僅是願望，而且也是不得已，是不可避免的，所以這顯然也不值得羞愧，不必引以為恥、引以為非。批評家承認：我所有看到的，不一定是板上釘釘的客觀事實。誠然，批評不同於創作，它有科學的屬性。但文學批評正因為對象、方法、目的、過程的制約，本身又具有非科學、準科學的屬性。試看古今中外，哪一種文學批評中毫無主體痕跡、毫無批評家的個性印記？哪一種作為批評對象的文學又能具有其完全的客觀意義，又能恢復其完全的真實原貌？假使以上兩個問號不能推倒，那麼聲明「我所評論的就是我自己」的批評家就會更加振振有詞，就會進一步從洗刷恥辱走向光榮自豪了——既然文學作品的客觀屬性永遠無法絕對界定，那也就意味着，作品在完成以後，在離開創作主體的制約以後，其客觀意義仍然包含着種種共時性和歷時性的鑒賞、感知、批評等的主體因素，這時，批評家的個人見解即使很獨特很偏激，既不夠客觀，科學性也不強，卻依然具有本體的（而不僅僅是過程的）批評意義；至少，這也是人類對這部作品的一種可能的感受，或許，這還是作品內涵的一個新的理解角度、一個可能發揮的意蘊層次。既然文學作品歸根結底存在於五維（立體三維加上時間維再加上人類主體感受維）的動態結構中，那也就是說，文學批評所力圖把握和揭示的，不僅僅只是作品的本體內涵，而且還應該包括作品客觀意義的第五維，即作品與各種鑒賞、感知、批評力量之間的關係，其間，自然而然，尤其不能排除作品與「我」之間的關係。換言之，「我」所評論的，不僅是作品本體（有沒有一個「純」的本體？），也不僅是我自己（自己也「純」不了），而應該是（也只能是）兩者之間的關係。「我」的獨特體驗和批評，「我」與作品所建立的獨特關係，在訴諸文字的同時，在別人看來也就具有了某種與作品有關的客觀意義了。說得再簡單一點：既然田野春色、名勝風光的價值和意義也不是純粹的物質客體，也是有賴於人的觀賞感歎的，那麼「我」在鄉間漫步，獨闢蹊徑，不僅為了抵達古剎園林，而且這「殊途」本身也是一個美的探險。即使「不同歸」，「殊途」仍然有意義，因為「殊途」不僅是過程，同時也是目的，從「殊途同歸」到「殊途可以不同歸」、「殊途本身就是一切」，這不又是批評理論的一個新的發展層次嗎？

到此為止，人們對文學批評中個性化主體意識的強調，既是充滿激情又是不無困惑的，既導致了迅速的令人興奮的理論進展，又同時帶來了更多新的疑問、新的課題。比方說我自己（按照前面所描述的觀點，我也不可能不談我自己），一向很願意強調批評中感覺、感官、感受等個人美感體驗的意義，一向是贊成批評中「不可無我」的。我覺得對文學批評主體意識的肯定和確認，除了在方法論、文學觀念乃至哲學觀念的理論探索意義上，其現實依據也十分重要。若干年來，在「我們認為」、「我們要公允地指出」、「我們必須全面地考慮這個問題」之類的思維定式下，一個個「我」逐漸萎縮了——不僅在精神上在理論上遭到「我們」的輕視，而且還在生理上（惰性）、在行為上（不利）遭到自己的壓制。久而久之，在學會了重複「我們的」真理以後，「我」的獨特的片面也消失了。這種情況，直到 1985 年才在文學理論批評界出現了某種變化，這無論如何是很值得注意的動向。記得一些日子前，在《讀書》上看到有讀者在討論論文中「我」與「我們」這兩種主體語氣的用法問題。有人反對濫用那些根本看不見能代表多少複數的「我們認為」，也有人覺得說「我認為」不夠謙虛，贊成論文中多用虛擬的複數主語。在我看來，這兩個「主語」自然各有用處，不可任意偏廢。謙遜傲慢與否還在其次，更重要的是，如果表達的是人類或某一社會羣體共同的理論認識，自然應說「我們認為」；但如果只是表達筆者個人的看法，那也就不必為「我認為」而自怯。如果翻翻近年來的文學批評雜誌，大家不難發現，「我認為」、「我感到」、「我覺得」之類的措辭語氣明顯增多了（不妨對照一下五六十年代的理論刊物，那時候「我們認為」遠遠超過單數形態出現的主語）。即使是在這樣微妙的措辭、語氣變化中，我們也可看到批評主體意識覺醒與強化的生動跡象（更有趣味的是，二三十年代魯迅、周作人、茅盾、郁達夫、聞一多等現代作家評論家的文章裏，「我以為」、「我覺得」之類的評論主語，也大大多於「我們認為」式的口氣）。同「五四」作家那一個個強有力的文學和批評個性相比，今天的「體驗派」批評家（有人戲稱社會派、科學派、體驗派和歷史派為當今中國文學批評界的四種基本力量），在對批評主體意識的理論解釋（尤其是哲學意義上的解釋）方面，似乎走得更遠，但在追求獨特批評風格的具體實踐上，面臨的困難卻更多。宣言好發：「我所評論的，就是我自己」—— 可是第一，這個「我」究竟是甚麼呢？第二，「我」能否表現我自己（我在多大程度上能夠表現我自己）？第三，是否每一個「我」都能成為批評中的「我」？

是的，這也是我目前對批評主體意義的三層困惑。

進入文學批評的「我」，一般都至少要受到二層制約。第一層非文學的社會制約人們談得較多，可以說那是每個處在社會歷史發展的人（或者說每個人，有誰不處在社會發展之中？）所必須要承受的客觀制約。縱向看，有所謂民族原始記憶，所謂社會文化心理結構的積澱，種種推也推不掉的道德、精神遺產，還有種種有意去汲收的外來思想文化影響，還有知識分子滲透血液的「感時憂國」精神，或曰憂患意識，或曰入世而不從政的文人羣體批判意識等。橫向看，制約方式就是「社會關係的總和」，經歷因素、家庭因素、環境因素，種種當代的社會、政治、道德、經濟、文化力量不僅時刻包圍着「我」，而且在某種意義上也改變着「我」，組合着「我」。因此，「我」在文學批評中的發言，不可避免總要包含某種社會羣體意識，也總要表達某些人類意識。第二層制約，我稱之為「文學的制約」，人們似乎注意不夠。這種制約既來自於對象，也來自於批評本體自身。批評對象可以是《棋王》的語言技巧，也可以是自然主義創作方法的本質特徵，可以是清代古文運動的來龍去脈，也可以是魯迅某年某月某日請客時桌上有幾個人，或徐志摩給陸小曼寫過多少情書，但歸根結底，批評家所着眼的，卻首先是文學，最後也是文學（在這個意義上，現當代和古代和外國文學研究，實在沒有理由「老死不相往來」或互相輕視）。文學是世界的一部分，但文學本身又構成一個相對獨立相對完整的世界。湯瑪斯・艾略特的觀點或許有些極端，他認為古今中外各種文學無不處在一個共時態的結構中，任何新作品的出現都會導致其他作品在「文學世界」中出現哪怕是極輕微的「位移」——這種「位移」恐怕相當廣義而又微觀，說《綠化樹》挪動了《神曲》的位置，批評儀器可能難以測量，但《綠化樹》改變了《大牆下的紅玉蘭》的意義，卻是肉眼也容易辨察的。既然每一種具體、特殊形態的文學無不與整個文學世界相聯繫，那麼「我」在批評某種文學現象時，古代、現代、東方、西方的各種作品意趣和文學規範不就必然要同時制約「我」的批評選擇嗎？不就勢必要共同干預「我」與作品所建立的美學關係嗎？對象制約轉化為主體制約後，痕跡就更加明顯。當「我」在從事批評時，如前所述，有意無意地總要用一些非文學的目光，比如政治、經濟、法律、道德或文化、歷史的目光來超越文學，同時，又總要用一種「文學的目光」，來進入文學。比方說有夫之婦偷情或落魄文人偷書，在法律、道德尺度下，這是「通姦」是「盜竊」，自然當譴責無疑；在政治、經濟、歷史的尺度下，偷情竊書行為本身當然「不軌」，但也可能反映出某種社會不安定現象（如背景是解放前或倫敦、巴黎，那就是「揭示資本主義社會的黑暗」，如事件發生在今天，社會風氣不好則提醒我們要建設精神文明，如果是「文革」中的事，那麼「四人幫」難逃罪責⋯⋯）。然而「文學的目光」卻與眾不同，只有它才可能（並非一定）去同情去理解甚至去歌頌那少婦那文人的「勇敢」，才可能不關心事件的性質後果而主要對其過程、對過程中的心理矛盾和情感痛苦感興趣。每個批評中的「我」，任何批評實踐，恐怕都是在種種非文學尺度與文學目光之間發掘矛盾、謀求統一，正視衝突、尋找協調。一般人們很容易形成一種錯覺，以為前者，非文學的社會意識是客觀的制約，而後者，文學的目光是屬於「我」的，是批評主體的獨特性——其實仔細反省一下，批評家的文學目光歸根到底不也是來自於古今中外他所接觸的各種文學嗎？這種文學目光裏固然包含着「我」個人的性情、氣質和生活態度，但形形色色的文學框架不仍是一種根據、一種依託、一種規範、一種先例嗎？當「我」自以為獨特，撇開種種政治、道德尺度而去讚揚高加林時，拉斯蒂涅的影子是否在潛意識或顯意識裏出現過？當「我」自認為反世俗，認為馬纓花如果真開「美國飯店」其形象會更有血肉時，阿克西妮亞的眼神或者《海上花列傳》裏的家庭化青樓是否也曾在不自覺間干擾過「我」的視線？⋯⋯總之，即使是「文學的目光」（文學批評主要靠它區別於其他社會科學批評），即使是「文學目光」中的情感、心理乃至潛意識因素，也不完全屬於批評主體「我」，相當程度上，也要受到客觀文學世界的制約——在這種情況下，文學批評中「我」的獨特性，是否又受到了一層限制？

相比之下，第二種限制恐怕更為「致命」——「我」在批評中，究竟有沒有可能完全表現出真正的「我」呢？即使「我」願意，「我所評論的」，是否就是「我自己」呢？「個性色彩」，是否便是批評者的個性本身呢？撇開政治、道德、法律以及利害考慮等外在干擾因素不談，撇開「有話不想說」或「有話不便說」或「有話不敢說」等情況不論，就是「詞不達意」、「言不盡情」這兩種語言學現象，便足以使有意「尋找自我」、「表現自我」的批評家們感到頭痛和困惑了。「我」的感覺可能是個體的、主觀的、獨特的，但用以描述（哪怕是自己在心中暗暗描述）感覺的語言和概念，卻是社會的、民族的、人類的。於是，當「我」在批評中試圖表達自己獨特的感覺、體驗、情緒、見解時，在「我」和「語言」之間，在「感覺」和「概念」之間，在「個體」與「人類」之間，在「主觀」與「客觀」之間，都會同時發生一種互相侵佔、互相異化的過程。「我」儘量用大家都理解的名詞、動詞、形容詞等表達我的感覺，這樣，人類共有的概念在此時此刻便被賦予了個性的主觀的感覺，但與此同時同步，「我」的感覺也被大家認同的概念、規範所「社會化」、「羣體化」和「客觀化」了 —— 換言之，「我」一旦進入文學批評（這是一種人類的精神活動），便不復為單純的主觀的個體，而是一個必然具有客體意義的主體力量。想到這一點，一方面，獨特的「我」會有些沮喪，因為個性意識再強，「我」在評論中所談的，也永遠不完全是、不真正是、不僅僅是「我自己」；但在另一方面，獨特的「我」也有理由驕傲，因為「我所評論的我自己」，再古怪再奇異，也仍然具有社會意義，具有批評乃至理論的價值。是的，我們很難說來自語言學方面的障礙，以及來自非文學和文學世界的種種客觀制約，究竟是限制了「我」在文學批評中的意義呢，還是反而進一步強調了批評主體力量的價值？

然而接下去的問題可能更大更複雜：既然「我」在批評的過程和目的中都如此重要，既然在批評中個人的感覺本身便具有客觀的社會的屬性，那麼，是不是每一個面對文學作品的人都是批評家？是否任何一種奇特古怪的個人感受都具有文學批評和文學理論研究的意義？

我只能回答：是的；但又不是。

批評不僅是一種職業，也不僅是一種事業，它還是人的一種功能。在這個意義上，人人都能從事批評。事實上，每一個男女老少在文學世界當中的喜怒哀樂，一旦訴諸語言或見諸文字，便已構成批評，有時還可能是出色的批評。

為甚麼僅僅只是「可能」的？甚麼才是「出色」呢？顯然，在共時態社會中，千千萬萬個「我」的感受和見解，不計其數的不同的「個性色彩」，只有少數強而有力為人知曉；在歷時態的歷史演變上，能留下來的「我」的批評，更是寥若晨星。這裏毫無疑問存在着淘汰、取消、替代和選擇。問題是，誰來淘汰？靠甚麼選擇？靠客觀真理標準、靠文學規律來淘汰來選擇嗎？我們已經討論過了，關於文學的真理，恐怕永遠也離不開主體因素的介入參與，而且真理本身，也不斷為人所突破所發展。靠歷史和時間來淘汰和選擇嗎？誠然，這是兩位最偉大最公正的審判官。但進一步人們還是不免要捉摸，文學批評中的「我」，怎樣才可能經受歷史和時間的考驗？怎樣的批評主體，才可能具有深刻的理論意義呢？

獨特性——我只能強調這一點。

獨特性與覆蓋面有關。人總喜歡人云亦云（惰性、歸屬感），人又總不滿足於人云亦云（好奇心、表現慾）。對同一事物、同一作品的不同看法和不同評論中，首先佔統治地位為人們公認的見解所包含的常識成分最多。大多數個性不強的批評主體皆可能消融於其間。重複，哪怕是完美的正確的重複，也意味着被替代被淘汰。不過，人們會自動調整對這一事物這種文學的認識，並不斷充實乃至改變這一事物這部作品的本體意義。這種調整過程的一個重要特點就是人們一方面都以極大熱忱捍衛已有的傳統見解，一方面又都以極大的興趣關注種種「標新立異」之說。一般說來，只有「反常規」的獨創性批評才能介入上述調整過程。這種獨特性批評所包容的真理成分往往並不如傳統觀念多（以前的大多數人也並非傻子），但它很可能會提供某種前所未有的真理因素，因此它也就可能有助於深化人們對文學對真理的理解和感受。這時候，獨特性批評主體的覆蓋面（引起人們興趣、反響和認可的程度）就會大大超過其常識涵蓋面（也虧得大多數人不是傻子）。「獨異」只是就突破傳統思維定式而言，「獨異」不等於拒絕「相通」，甚至對文學批評中的「我」來說，只有「獨異」，才更有可能與人類羣體經驗在高層次乃至新的層面上相通。在這個意義上，越是不同於別人的感覺，越是會引起人們重視；越是獨特性的批評，得到社會認可經受歷史考驗的可能性越大。不可忽略的是，獨特性批評對文學對真理的貢獻，是必然與傳統精神力量逆態結合，而後共同實現的。在互補與深化中，「獨特性」批評主體既需要承襲傳統，又需要超越傳統。有人說「我們可以超越康德，但我們絕不能略過康德」，此言極是。文學批評與科學及社會科學研究很不相同的一個特點，就是後人的見解可以超越前人，但不能取代前人。凡獨創性的東西，不僅在階段、過程意義上有功績，而且在目的、本體意義上也有價值。所以從這一角度看，文學批評史也猶如文學作品的世界一樣，不僅是條歷時態的長河，更是一個共時態的結構。所以有時候，獨特（深刻的片面），有性格依據的面對文學的獨特，甚至比正確、完美、精彩、深刻更重要。當然，文學批評主體的獨特性，是不應該而且也無法有意為之、故意為之的。比前面所說的覆蓋面、超越性更重要的是，批評主體的真正嚴肅的追求，不可能不獨特——批評並不僅僅取決於理性，它還深深根植於「感覺」，根植於主體的個人氣質、性格、情趣乃至生活品格。而在「感覺」領域，那種帶功利目的去表現的「獨異」，幾乎必然會導致一點也不獨特的矯飾、蒼白。問題推到這一層次，我們也會發現，追求批評主體的獨特性，強調文學評論中「我」的意義，其實踐要比宣言艱難得多。批評，有時也和創作一樣，重要的不是「我」想怎麼說，而且我「不得不」怎麼說。如何使這個被迫表現出來的「我」真正具有批評和理論意義，這恐怕不只是一個「憑靈感（？）發揮」或「多讀書打基礎」的問題。批評的「基礎」不僅在於知識（更不只是資料）積累，更在於一種感性能力，一種性格力量；批評的「獨特」也不僅在於標新立異，而在於自然而然在氣質引導下走出一條探險的「殊途」——哪怕不同歸，也沒關係。

批評中的「獨創性」問題，其實是與文學的「獨創性」相聯繫的。關於後者，我將在別處另行討論。這裏只能先帶住了。

講到最後，我還是擔心：不知我是否說清楚了自己的意見？我甚至也沒把握：我說的，究竟是不是我自己的想法？但我也沒有辦法，只能這樣說。

1986 年 1 月 19 日於上海重華新村

本文發表於《當代文藝探索》1986 年第 2 期「華東師範大學青年校友專號」，收入《當代文學印象》，上海：上海三聯書店，1987 年。

文學批評與讀書

一般說來，做工作意圖明確、目標具體總是好的，但讀書與批評（還有創作）卻不盡然。這是否意味着，讀書與批評並不僅僅是工作？我常有這樣的感覺：同樣一部理論書（我主要指哲學、文學、歷史等社會科學方面的書），為了查資料找論據而讀，同出於興味自覺地「偏嗜地」去讀，效果是不大一樣的。前者會促使我記住並抄下一些東西，後者則讓我看到、想到（乃至悟到）一些東西，如果為了要在文章或發言或講課中談論某個課題，因觀點不力、論據不夠而急忙去找書讀，即使找到大家名著，我也十有八九會不得要領空手而回。而且越是拿着精彩的書，心裏越是不安，好像走進藝術大師絢麗奪目的畫廊卻沒有認真觀賞仔細品味，只是匆匆忙忙討一個扇面上或書簽上的題字就馬上離開一樣，心裏常有一種「利用」作者、不尊重作者的負疚感。

我以為讀「大書」（比方《小邏輯》《文心雕龍》之類）較理想的狀態是：第一，與自己目前所接手的課題關係最好不要太直接；第二，捨得用「塊狀時間」（整個上午、整個下午或整個晚上，但不要整天）。我常節制閱讀速度，每次唯讀一二節，但不節制聯想和筆記，想到哪裏記到哪裏，閱讀過程每時每刻也是一種「膽大妄為」的批評過程，事後看看，或好笑或驚訝或感悟，趣味甚濃。好書似一堵「回力牆」，多花一分功夫總能收到一分報酬。讀書的「品質」（不僅是「書的品質」）

恐怕比「數量」更重要。這「品質」三分賴靈性，七分在態度。古人以「焚香沐浴」顯示其開卷之虔誠，我們今天從事批評或讀書，能做到的只是「氣平心靜」。「人之為詩，所入不同，而其所成亦異。從名從才從興入者，心躁而氣浮；……從學入者，心平而氣實。」鍾惺講的是為詩，其實做學問道理也一樣。讀書而後知不足知「局限」，這是避免心躁氣浮草率為文的良方；而所謂「心平氣實」的「從學入」，也並不僅僅指勤勉仔細或者遵守規則規範，還有一個讀書中的品味和性格力量的問題。偉大的藝術自需要用「心靈」方能閱讀，方能批評；即便是理論，也不僅訴諸人的思辨，恐怕任何真正的學問，都必將喚起人的生活再體驗和心靈再體驗，而過於實際的功利需求，則每每容易自覺不自覺局限學問於「知識」、「知性」的層次。現在，每當我自以為「名正言順」讀書其實是難免「急功近利」時，每當我一讀理論就想着派甚麼用處，欣賞作品又處處用所謂「研究」的皮尺去套時，我很容易疲乏勞累，總會回想到讀研究生時那種從容不迫、自由自在的讀書心態。我還對自己插隊時胡亂讀書的情景懷着特別美好的回憶：那是1974年，我19歲，已當了四年農民，回城養病期間常跑上海圖書館。承工作人員「破格」照顧我用臨時戶口條子替代工作證，使我得以在空蕩蕩的閱覽大廳漫無邊際地讀書，既缺乏規範也沒有系統（誰知道一個農夫讀《史記》讀《神曲》今後有甚麼用？誰知道侯外廬、翦伯贊、楊榮國、任繼愈、馮友蘭、郭沫若、周谷城他們誰的見解該批判、誰的講法最有道理。管他呢，只要有趣，先讀了再說……），看來，「白讀」的書是沒有的。辯證邏輯如此有趣：不想到「用」時，氣平心靜讀的書，「用處」反而最大。「先生活而後讀書」，這是畸形時代所強加於我們的「反常」的讀書方式，它所導致的損失與缺陷有的我至今難以彌補；但先在生活中打幾個昏沉的滾，而後再於感性體驗因素的干預選擇下接受理性啟蒙，那時自己定計劃自己思想，既無目標也無包袱的讀書心態，我卻一直不無偏見地表示留戀。

作為對「興味」的讓步，我現在的泛讀，常憑情趣領路，通常用非整塊的時間（但太零碎的時間邊角料也只能用來讀外語），拿些雜誌亂翻或乾脆到圖書館期刊室「漫遊」一圈，往往個把小時便高速「流覽」上百篇文章，有的只看目錄，有的一目幾十行。當然如有興趣也會坐下來細讀。慢要慢足，快也要快足。這樣離開期刊室時，腦子會嗡嗡響，一片刺激，一陣壓力，一堆資訊，一種「騎車兜風」的快感。毫無疑問，這種即興式的「隨便翻」與隨意的作品欣賞，是對「心靜氣平」研讀的必要補償 —— 從知識結構上是這樣，在讀書心情上講也是如此。

讀書和批評一樣，同時兼有工作與享受兩重性質，既使人緊張、興奮、負重，又使人愉悅、放鬆並產生快感。而且讀書比任何一種其他精神享受更不會令人厭煩，人越往前走，前面就越寬廣、越浩瀚，前幾年我讀過牛頓的一段話，今天我似乎更加理解了他的心情：

> 我讀書，就像一個在海灘上嬉戲的兒童，不時因發現幾個美麗、新奇的貝殼而欣喜異常；至於面前那浩瀚的知識大海，我還沒有看見呢。

1986 年 2 月於上海重華新村

發表於上海《文匯報》（1986 年 2 月 8 日），原題為《讀書：不僅僅是工作》；收入《當代文學印象》，上海：上海三聯書店，1987 年。

文學批評與「淺論」「初探」

××同志：

你好！兩次來信都收到，遲覆為歉！你對我的熱情讚揚，實在令我汗顏。我雖然曾經寫過幾篇被稱為「文學批評」的東西，然而寫得並不好。關於「寫論文的方法」，自然無從談起。不過你在信中提到「甚麼樣的文章才算是文學批評，甚麼樣的文章才算是學術論文」，這個問題倒引起我不少雜想。或許，這也是我為之困惑的一個課題吧——但願我們能在這方面直率地交換些意見。

真的，你問得好——文學批評和研究，究竟該有怎樣一種格式（或者說，「模式」）？是否總要用些「商榷」、「拋磚」之類的措辭並加上幾十條注釋？是否非得遵循「始、論、辯、證、結」的程式再戴上《淺論……》《……初探》的帽子？

我對文學應該說是早有興趣的。對「淺論」「初探」呢？回想起來，大致有過三種心情，先是感到陌生和敬畏，繼而是不滿、輕視，目前，則有一種惶惑感。

說起來，我最早付諸鉛字的稿子是小說。學寫評論，一開始在相當程度上也是迫於環境——文學專業的研究生，怎能不寫論文？給我促動很大的那次契機，至今記憶猶新：那是考入中文系三個月以後，當時我只知道貪婪地鑽在圖書館裏，筆記也記得雜亂無章。在一次有指導教師參加的研究生讀書筆記交流會上，同專業有位學長做中心發言，題目好像是「試論胡適在『五四』文學革命中的地位」。只見那位同學從容不迫，侃侃而談，引經據典，翔實細密，尤其是那一連串「論文專有名詞」——「如此立論」、「不無偏頗」、「在一定的意義上」、「不敢苟同」、「如果我們持論較嚴的話」……更給我留下了深刻的印象。記得那同學發言後，錢谷融教授插了一句：「你把稿子整理一下，看看是否能送『學報』？」先生的語氣雖平淡，但我們幾個同學，都似乎感到某種震動。我好像是在那天剛剛明白：一、大概，這就是學術論文；二、我也不能光看書了，也要學着寫這樣的論文。

可是「淺論」「初探」，談何容易！鋪開稿紙，一時卻不知從哪裏下筆。平日那些對作品的新鮮印象，以及有關理論問題的個人體會，都不知如何落成文字才能表達。記得有一段時間，為了使自己的作業儘量能帶一點「論文腔」，我便經常跑到閱覽室，見了大學學報就翻，看到甚麼「論」甚麼「探」的文章就讀。讀到有些精彩論文，便忍不住歎氣：「唉，人家已把問題談到這個程度，我還能再說甚麼？」讀到有些觀點上不理解甚至不以為然的文章，也會對那學術口吻和近百條引文肅然起敬。真是越看越眼花繚亂，越看越手足無措。總之那時我覺得寫論文很難，又很神聖。第一篇作業雖然從一個角度彙集了若干資料，但在寫法上，則完全是模仿的。一個引子，一段結尾，中間三個方面，再分若干層次……

可我今天一點也不後悔自己當初那種笨拙的模仿（也許至今仍未走出那種模仿境界也未可知）。學寫論文，意味着將藝術感受和理論激情條理化、邏輯化，這是基本的學術紀律訓練，不僅逼迫我們鍛煉表達能力，同時也在考驗我們的思維方式。而我也正是在這過程中，才更強烈地意識到自己學識上的蒼白。記得當時有位同學稱讚我的作業，說是選題的角度好，所以「成功」。我聽了以後不禁臉紅，因為這批評太尖刻了。練筆以後，我逐漸發現，在選題上多花腦筋其實是意義不大的。從學術上看，研討重大課題需要理論功力，談奇特的或被人遺忘的文學現象，難道就不要獨到的識見嗎？就算功利一些考慮問題，找冷門選偏題似乎好說話，其實無所憑藉很難把握，研究大作家容易引人注意，可前人的學術積累也多呀！……說到底，關鍵恐怕還在於觀點。你在信中多次談到選題方面的躊躇，所以我無所顧忌多說幾句，不知對否？在我看來，評論家於研究對象，頗類似於作家與題材的關係，「寫甚麼」固然重要，但決定因素還在於「怎麼寫」。魯迅筆下的無業遊民可以比後來許多英雄、將軍的形象更有分量；同樣，勃蘭兌斯即便分析通俗的大仲馬，也比許多平庸的莎士比亞研究更有深度。如果說在開始學步時，一定要考慮選題問題，那我以為只需顧及兩點。一是原則上的考慮：儘量選自己真正有興趣的課題（這裏的興趣不等於喜歡，有時也包括強烈的反感或某種疑惑），按照錢谷融先生的說法，就是「當你對這個問題真正有話說的時候，才去動筆」。二是技術上的考慮：在論題可大可小時，我儘量把題目定得小一些。譬如挖井，挖掘能力有限，只能縮小半徑，以求深一些。「小題大做」比「大題小做」更好。

當然，老是縮半徑，事實上也是深不了多少的。重要的還是挖掘能力。1980 年，我集中了一段時間專讀理論書，其後果至少有兩個：一是在第二學期的作業裏生吞活剝地塞進了許多來不及消化的大師先哲的論點（借他人利器挖自己的井？），二是「淺論、初探」時，自己的筆稍微放鬆了一點（有先例嘛，前人也並不都板着面孔探究真理）。第二篇讀書筆記（《靈魂奧秘的連續自白：試論郁達夫小說的主觀色彩》，載《文學評論叢刊》第 8 輯）在全國性學術刊物的發表，增強了我的自信心，同時也動搖了我對「學報文章」的敬畏感。是呵，仔細讀讀，有些「論」和「探」，架子很大，「方面」眾多，語氣莊重，措辭嚴謹，繞着彎說話，貌似艱澀，其實也不過是眾所周知的持平之論，有時甚至還把濕潤的藝術烘乾，把複雜現象簡單化，又把簡單問題複雜化；而有些隨筆雜談和散論，不拘形式，表情輕鬆，文筆舒展，揮灑自如，其內在的深度仍然會令人折服……當然，眼高了，對常見的論文模式漸漸不滿了，可手還是低的，寫出來的東西（包括碩士學位論文）依然始、論、辯、證、結，外加若干條注釋……這裏有功利的考慮（在「學院」裏），也有能力的限制（劉西渭、勃蘭兌斯畢竟不是可以「學」出來的）。不過這一階段，對「淺論」「初探」模式的不滿乃至輕視，卻是越來越強烈，以至於有時忍不住，在自己模仿「論」、「探」時，也滲入了不和諧的（既有人指責也有人鼓掌）的東西。

你兩次來信，都大談自己的苦惱和劣勢，諸如沒機會正規地聽課，缺乏名師指導，基礎太差，資料不夠等，這些我都理解，因為我也都經歷過。可我覺得，你對自己的優勢認識不足。我們學寫論文，只為了文憑、學位以及職稱嗎？功利考慮固然能使人去做事，但真要做好一件事，恐怕還需要興趣的陪伴（尤其是做像文學這樣不僅靠理性而且還要有感情參與的事）。這興趣，不僅是對選題、對論文形式，更重要的，還是對文學本身乃至對生活本身——恰恰是在後者，你擁有某種優勢。從來信看，你經歷坎坷，常遇逆境，你性格直率，易動感情，你有機會從「底層」的特定角度觀察生活、了解人性，這些不都是搞文學的生活和心理準備嗎？一個情感已凝固，對生活已缺乏興趣的人，即便書讀得很多，也很難想像他會在理論上有甚麼新的發現。而自學青年，往往先了解人生後接觸理論，雖然學識一時「淺陋」，但如果能用感情用心靈真誠地去讀書，去「論」、「探」（而不是把文學看作與己無關與具體生活無關的從課本到考卷從項目到職稱的東西），相信是會有屬於自己的獨到感受甚至創見的，恐怕這，才是論文是否具有學術性的關鍵所在。我讀研究生時，常拿顧頡剛《古史辨・序》中的一段話來為自己壯膽，大意是說，一個偶然翻牆跳入花園的人，他對花園的鑒賞、了解當然不及主人，花木栽培技術也不如園工，但他很可能憑着新鮮感，看出花園佈設中一些為主人和園工熟視無睹因而忽視的問題。是的，新鮮感，在文學批評乃至學術研討中，這是弱點，更是優勢。

也許，對「淺論」「初探」的不滿，其實正意味着某種信心——也就是相信批評文體要創新，也以為自己可能做這方面的努力。然而近一二年來，我承認，這種信心又似乎在減退。這是第三個階段嗎？也做園工或者主人了嗎？我也說不清。對這個「論」那種「探」，我現在既不一概崇拜，也不敢隨意輕視。的確，像古代詩話那樣點悟式的談片，自有其神妙之處，但不可否認，正面闡述某種理論，卻還是需要「始論辯證結」，而散論隨筆乃至對話散文，又何嘗不能容納理論創見？真正的關鍵恐怕還在於批評者能看到作品是生命體同時表達批評本身的生命感。福柯說醫院學校和監獄有相同之處。中文系確是研究文學的機構，但有時弄不好，也會「殺死」或至少「烘乾」文學。我總覺得中文系式的學院研究很像醫院，作品便是病人。作品在「文學史」、「作品分析」、「語言研究」、「寫作方法」、「比較文學」、「文學理論」等各個領域分別接受解剖分析，不正如患者根據自己的「病症」到「內科」、「外科」、「放射科」、「口腔科」、「眼耳鼻喉科」等去接受分門別類的檢查嗎？所有這些分門別類的解析化驗切片手術都是必要的，但極重要的一點是：醫院不能忘了他所面對的是人，而中文系不能忘卻他所分門別類解析的應該是血肉完整的有生命的作品整體。否則，美女的睫毛和勇士的手臂剪切肢解下來以後是並不迷人也不威風的。中文系式的學院評論，有其長，也可能有其短，只有充滿「生氣」地面對文學，在批評中訴諸「真性情」，那文體才能真正聽從氣質的驅使而不拘一格。也正是在這層意義上，我近來越來越感到文體問題極為重要。在創作中，有時一種寫法就是一種角度，就是一種內容，甚至一種氣質，一種性情。藝術如此，評論亦然。同一問題，不同寫法完全可能觸及不同的層次。在這個意義上，文體、寫法，絕不僅是活躍文風的問題，而是直接聯繫着研究方法乃至整個思維方式。然而，一牽涉到方法論（今年的「熱門話題」），問題又複雜了。所謂「新」的方法，如系統論、資訊理論、控制論及結構主義等，不也需要正兒八經地「論」、「探」嗎？而十九世紀的浪漫主義理論，則又可以是印象式地「靈魂的冒險」，這樣說起來，批評即使要創新，寫法似乎又不那麼重要了……你瞧這思路，紊亂地兜着圈子，不是自相碰撞、自相矛盾了嗎？是的，是不無矛盾，所以我才惶惑……但願這只是探索中的惶惑……

把文字寫得很晦澀，把文章寫得很複雜，運用很多理論，尤其是外來的理論概念，再加上繁瑣的詳細的注解，這是學院裏的規則、紀律和訓練，為了發表、出版、項目和職稱，「淺論」「初探」都是必要的。但不要忘了，這是為了學院生存。真正困難的是要有自己的看法，自己的觀點，而且有自己的問題（和文體）。

拉雜至此，散亂不堪，於你寫作大概也沒有多少參考意義。對來信中的一些具體問題，也未能一一作答，祈諒。不管如何，話題還是從你我感興趣的問題上扯開去的。夜已深，就此帶住吧。

很想聽聽你對這個問題的看法。

即頌

撰祺

許子東

1985 年 1 月 22 日於上海重華新村

發表於《中文自修》1985 年第 3 期，收入《當代文學印象》，上海：上海三聯書店，1987 年。收入本書時有改動。

文學批評與我

讀着手裏的作品，想想自己所知道的社會生活（以及社會生活中的自己），再用自己學來的各種文學和非文學的理論來描述、解釋、論證自己的感覺、想法——大概，這就是所謂的「批評」了；至少我的批評便是如此。

可我到現在為止，還沒有寫出一篇真正使自己十分滿意的批評文字；甚至，連自己不滿意、不太滿意的批評文字也寫得不多。

寫不多的原因，除貪玩、疏懶外，還有就是我總想先生活先讀書而後批評，總以為批評之事宜心靜氣平，匆忙不得。

我比較情願接受和比較自覺進入的「批評」狀態是：手裏拿本好書，至少是有點分量的書，理論和作品都可以，我不帶明確目的，不負緊迫任務（不是要馬上去評去學），而是隨性情趣味引路，從容讀去，好像在與那理論家、作家無言對話，在他 / 她不斷的刺激、誘惑和壓迫下時時進行艱難的選擇、懷疑和批判，一旦有特別會心之處，一旦有能夠激動我震動我的新鮮感念和奇特印象出現，一旦這感念、印象能使我離開沙發站起來踱步，能使我臉紅心跳想和人爭吵，這時我就馬上把這感覺記下來，有時記在筆記本或書上，有時就記在心裏（而不光是腦裏，或者說，不僅是理性記憶，而且還貯存某種情緒、感性體驗的東西）。但我並不馬上就寫，而是要冷一冷，看一看。如果過了一段時間，幾天，幾周甚至幾個月，這感念和印象並沒有淡薄、消失，反而一直在困擾着我、刺激着我、誘惑着我、壓迫着我，甚至這感念越來越強烈，這印象越來越立體，這時，我再坐下來把它訴諸批評文字時，心態就比較放鬆，文筆、思路也更自如一些。

為甚麼要把很可能轉瞬即逝的藝術印象理論感念放一段時間而後再訴諸文章呢？那種能抓住瞬間感覺隨即發揮、隨即閃出靈感火花的批評才能，我一向極其欽佩，但我恐怕缺乏這種才能。我一方面極其看重「印象」、「感覺」、「體驗」在文學批評中的作用，但一方面又不願意自己的印象、感覺、體驗僅僅泛成泡沫浮成氣浪。我只能既全力抓住「瞬間感覺」，又堅持要把這感覺沉澱、冷卻一下，說得冠冕堂皇一點，這裏恐怕有個「感覺理性化」和「理論感覺化」的「雙向逆反過程」。一個新奇的藝術印象或理論感念能在片刻間打動我，這太重要了。但是，若有一個印象或感念長時期激動我，那就更不容輕視不容怠慢了，這既說明這種感覺能經受理論和理性的檢驗，也證實這種感覺在常識理念規範下沒有被淹沒其感性形態，很可能，這也正是我目前所能達到的理性思考水準與心理感覺層面的一個交錯點——即使這一點很小，即使批評對象相當有限，也不妨礙批評主體力量的深化。反之，假使在一段時間內，那一度令我興奮不已的感念和印象消失了或淡薄了，我也不會為之感到遺憾。很可能，那感覺雖然真誠真切但過於匆忙浮躁，經不起理性力量的反復考問質疑而自然失卻銳氣，折去鋒芒；也可能那片刻的理論激情只是故意標新立異的自我眩惑，骨子裏其實隱含着功利動機，這時「冷處理」來得正好，它能防止那些連自己都還沒有真正想透想通的「新命題新見解」被草率拋出。我想，再新再怪的「命題」、「模型」，總要自己先說得通，否則棄之忘之也不怎麼可惜。

足夠強烈的瞬間理論感念與藝術印象，我覺得這是文藝批評的關鍵要素之一。

從理論建設、文藝批評的現實責任感（或者說得更好聽，從「使命感」）出發，我很願意很希望自己能夠正視並回答當代現實所提出來的重大理論課題（「重大」一詞，值得推敲，姑且用之）。無視或不關心這種現實而言批評，恐怕既不可能，也不夠負責。但是，說我們的理論批評都應該面對現實，並不等於意味着解答當前現實課題就是理論追求的全部目的、全部內涵，就批評而言，面對現實和面對理論之間，也有極微妙但又極重要的界線。我個人的體會，每每為刊物撰文時，總有意無意面對國內文藝界評論界的某種流行看法而發言而論辯。這時盧卡契、勃蘭兌斯或佛洛伊德的觀點都被我拿來，為我（我們）所用；而當我心平氣和從容讀書時，雖然也不會忘卻理論界的現實情況，但有時就會覺得比較超脫一些，好像直接面對着真理，直接與各派各家學說進行艱難的理論對話，這樣讀書時，自己是否也處在一種批評狀態呢，換句話說，當我有意無意借用聖勃夫或歌德的見解來批評某種現、當代文學現象時，我是否同時也在有意無意對聖勃夫、歌德的理論進行批評呢？顯然這裏有兩個必然交融又必然有區別的層次，我願意自己的批評，能不僅浮在（或陷在）前一層次，能逐步走向後一層次——不管這樣做是否正確，個人的能力是否允許，至少我想試試。誠然，只有先面對現實，才能面向理論；但也只有面對理論，才能真正面對現實。記得魯迅在《藤野先生》一文中談到先生對他的期望時寫道：「小而言之，是為中國……；大而言之，是為學術……」我以為魯迅沒有把次序搞錯。

追求、奢望或許太高，落到實處，我對自己批評的要求卻很低。不管是理性探索，還是把握感覺，只希望做到三五年後重讀自己的文章，不至於過分臉紅。

僅此一點，便注定了寫不多。沒有辦法。

為防止誤解，還須補充：當然，也可能寫不好；當然……當然……

1986 年 1 月 30 日於上海重華新村

發表於上海《文匯報》(1986 年 6 月 1 日)，收入《當代文學印象》，上海：上海三聯書店，1987 年。

個人與集體[1]

《火》共三部。從 1938 年上半年第一部動筆，到 1943 年 9 月第三部脫稿，巴金斷斷續續寫了六年之久。三部之間，場面、情節、人物都有很大變化，唯一貫穿的主題便是「抗戰」，所以也被稱為「抗戰三部曲」。《火》第一部寫「八一三」日軍進攻上海時，一些進步青年在租界內的抗日活動及幾個朝鮮革命人士的恐怖行動。拳頭緊握、情緒激動的青年人隔着蘇州河眺望對岸日軍攻城的大「火」——這就是第一部的核心意象。《火》第二部（又名《馮文淑》）寫一羣青年學生參加國民黨第五戰區戰地工作團，到前線說明軍隊組織、動員民眾抗日的情況，汪應果認為：「三部作品比較，差的實際只是第二部。」[2] 因為無論是巴金本人，還是小說中主人公馮文淑的原型蕭珊，其實都未曾去過戰地工作團，整個小說素材都來自於朋友的轉述，這和巴金大部分創作源於親身見聞的情況很不相同。不過我倒覺得「火」第二部相當值得一讀。它是比較早描寫一羣分別有獨自背景的個人，合成一個集體後，個人與集體的關係怎麼衝突和統一，集體中個人與個人間的關係又怎麼協調的中國現代小說。這樣一個「個人與集體」的模式後來無論在現實中還是在文學中，都有令人觸目驚心、眼花繚亂的發展。今天回過頭去再看巴金提供的「個人融入集體」模式的早期圖形，令人深思之處實在不少。《火》第三部轉寫抗戰後方昆明，主題也從青年人的抗日熱情轉到一個年老的基督徒的虔誠文化追求（小說又名《田惠世》）。田的原型是林語堂的兄長林憾廬，小說裏的雜誌《北辰》即《宇宙風》。巴金自己說他「想寫一個宗教者和一個非宗教者的思想和感情的交流」（《火・第三部後記》），也有評者認為小說其實在談團結抗日的問題。三部《火》，從語言看，還是巴金一貫的明快流暢。在情感基調上，第一部最激動，第二部較從容，第三部趨於陰沉。

巴金喜歡解說自己的作品，在各種序、跋、書信、創作談和回憶錄裏。關於《火》，巴金的看法概括起來有二：一、「我想寫一本宣傳的東西」；二、「《火》三部都是失敗之作」。至於這「宣傳」動機與「失敗」效果是否有必然聯繫？巴金並沒有正面回答。總體說來，巴金是相信藝術當有宣傳、戰鬥功能的。「我要拿起我的筆做武器……向着這垂死的社會發出我堅決的呼聲 J'accuse（我控訴）」（《春天裏的秋天・序》）、「自從我執筆以來就沒有停止過對我的敵人的攻擊」（《文學生活五十年》）。這些都是巴金真誠的自白，幾十年一以貫之，並非偶爾附和潮流。不過這些觀念的形成卻和二十世紀二三十年代上海文壇的特定氛圍有關。那時很多既想堅守文學園地又很願意療救社會的作家，大都贊同魯迅的一段話，其大意是：一切藝術都是宣傳，但並非一切宣傳都是藝術，就如一切花都有顏色（白色也是色），但並非一切顏色都是花。可惜在四十年代以後，魯迅的前半句論說被人反復引用，後半句卻逐漸被忘卻。終於隨着文學的宣傳作用的級級誇大，文學自身成反比而且日趨萎縮。其極端便是「文革」。所以到「文革」後中國大陸作家首先想到要「撥亂反正」的，便是這文藝與宣傳之關係，對這一關係的不同見解，也導致了近十多年來大陸文學的不同走向：堅信藝術和宣傳可以（甚至必然）統一的作家，仍然以筆為槍，干預生活，批評時政；但更多的作家，如王蒙、汪曾祺、莫言等，則以各種方式推卸文學的「宣傳責任」，目的是替文學爭取一些獨立性。當然在一些後現代主義理論進入中國後，既然一切語言都是宣傳都是權力形式，「宣傳」一詞也就從概念上被消解了。不過相信中國作家在文學與其社會功用的關係上，還會有更持久的困惑。回到魯迅的名言，其實我以為顏色與花之喻，仍可進一步推敲。事實上，一切花都有顏色，並不等於一切花就是顏色。一切藝術都可以被用作宣傳，並不意味一切藝術品就是宣傳品；反過來一切宣傳都可以利用藝術，當然並非一切宣傳就是藝術。歸根到底，藝術是藝術，宣傳是宣傳，兩者之間有着根本的界線和不可避免的衝突。

巴金將《火》的「失敗」與其宣傳動機放在一起檢討（見《致樹基》），其實已觸及了上述界線與衝突問題。在另一篇關於《火》的創作回憶錄裏巴金說：「我動筆時就知道我的筆下不會生產出完美的藝術品。我想寫的也只是打擊敵人的東西，也只是向羣眾宣傳的東西，換句話說，也就是為當時鬥爭服務的東西。」（香港《文匯報》，1980年2月24日）這段自白很重要。第一說明了巴金並不完全相信左聯和延安的文藝理論，這種理論認為能夠打擊敵人、教育羣眾的文學便必然是完美的文學。第二又顯示了巴金雖然不相信左聯的文藝理論，卻仍然努力創作激進的作品；他明明知道「宣傳」可能導致藝術的失敗，但他還是用筆做武器去致力於宣傳，為了抗戰，為了社會……這實在是一種很值得探討的文化姿態、文化選擇。鑒於中國現、當代文學曾經有過的與「宣傳」結緣的極不愉快的經歷，「文革」後新起的一批評論家和研究者，在回顧「五四」文學歷史過程時，大都從不同角度強調了相似的見解，那就是他們發現二十世紀二三十年代以來的重要作品，凡當時刻意要宣傳要戰鬥要喚起民眾之作，今天反而鮮有讀者；而一些固守藝術園地、甘於寂寞，當時頗受激進潮流衝擊的作家作品，現在卻仍然耐讀且持續對當代新潮小說產生影響。這種對比不僅出現在不同類型的作家之間（如在郭沫若、蔣光慈、茅盾與沈從文、老舍、張愛玲之間），甚至也出現在同一作家的不同時期、不同作品之間（如丁玲的早期與中、後期，如何其芳的文風轉變，如巴金的《家》與《火》），這樣一種對「五四」以後文學的再認識、再評價，顯然也是希望文學擺脫政治干係的「『文革』後思潮」的一個部分。而且這種對文學的政治功能的反感，迅速發展為一種對純文學的迫切追求，也對近年中國大陸的新潮實驗小說產生了影響。

我大致理解巴金關於《火》是「失敗之作」的看法。如果和巴金的《家》《春》《秋》及《寒夜》相比，《火》無論在構思佈局、心理探索，還是對人物對語言的處理上，都有不少可檢討之處。不過這種種缺陷並非由於巴金的創作力所限。與《火》差不多同期完成的《秋》，就別有一番情調。看來，不同的主題，不同的描寫對象，還有不同的創作動因，才導致了作品的不同風貌、不同成績。時至今日，大概《家》《春》《秋》仍能使青年讀者激動，但像《火》這樣的長篇，更多的是給人一種對歷史的感歎。

我個人以為，《火》三部中，第二部最有意思，因為它提供了「個人融入集體」主題的早期模型。自《狂人日記》起，初期的「五四」文學大都表現一個孤獨的個人與全社會與庸眾的對抗，對抗結果常是主人公的悒郁沉淪（《沉淪》），或無謂犧牲（《藥》）。而集體在那時的作品裏，總是一個抽象的存在，一個麻木的背景。以《傷逝》為轉折，子君、涓生的失敗似乎意味着個性解放之路，要靠社會革命才能走通。從此「革命文學」漸起，具象的集體開始在文學描寫中出現，不過細察二十年代末、三十年代初的「革命文學」，個人與羣體在作品中還是分離的。作家要麼只寫歷史事變中的羣像（如蔣光慈《短褲党》、蕭軍

《八月的鄉村》)，要麼仍然是孤獨、勇敢、狂熱的個人在行動或頹喪(如茅盾《蝕》、巴金《滅亡》)……文學中的革命羣像與個人英雄(通常是青年學生)後來是怎麼被結合成諸如《青春萬歲》《大學春秋》等五六十年代流行模式的呢？寫於 1941 年的《火》第二部恰恰提供了很重要的過渡痕跡。

小說中的戰地工作團是個具體的集體，對其組織形式、行動方式、目標原則等小說都有交代，但小說對集體之中每個成員(個人)的心情、性格及互相關係的描述，又比羣像描寫更細緻。於是我們清晰地看到了一羣青年學生，為了一個高尚目標，聚在一個集體中以後，所可能出現的種種情況。按照社會學的劃分，我們每個個人所不可避免要生活在其間的社會組織形態基本有兩類，即以情感、倫理關係維繫的第一集體(primary groups)，如家庭、婚姻、朋友等，和以功利原則維繫的第二集體(secondary groups)，如學校、政黨、工廠、軍隊、俱樂部等皆是。《火》第二部中的戰地工作團恰恰是一個基本以情感、倫理原則而維繫的社會組織(軍隊附屬機構)，每個成員之所以參加該集體，不是作為工作和職業，而是基於個人的道德熱忱。於是每個成員在該集體中所要貢獻的，也就不只是工作能力，而更重要的是情感世界。這種以第一集體原則(情感、倫理)而維繫的第二集體形態(社會組織)，後來在中國的現實和文學中都有驚人的發展，異果纍纍，那是後話。不過巴金當年憑想像，已經勾畫了「個人融入集體」的一些基本程式，那就是第一，大家為了一個共同的目標，自願走到一起，所以集體的目標應該高於，或者說等同於每個個人的道德追求，於是個人的情感應以集體的道德原則為準繩(馮文淑:「講多了，我就會哭起來的。哪個又沒有家？沒有母親？……」「那麼還是那個老標語有道理：抗戰第一。」周欣說。)第二，既然每個個人都應依照集體的道德原則改造自己，那麼人與人之間的性格、習慣差異就很容易被解釋為道德作風、思想品質的優劣（如馮文淑說：「我也不知道要怎樣才能夠把自己完全改造過來。」但同時她又和眾人一起捉弄、指責王東的生活作風）。第三，因為多數人的看法很容易決定集體的原則，所以保證個人立場正確的捷徑便是使自己總是處在多數的範圍內（試看第九節關於撤與留的爭論和表決，起初眾多歧見，但最後「絕大多數」自然形成）。第四，多、少數的概念與道德作風優劣判斷兩者一混合，集體中各成員間的情感交流也就自然向權術和權力方向轉化（請注意不動聲色、頗會「做人」的張利英在該集體中的權威地位），其最後結果，便可能導致情感的技巧化和權力的道德化……

當然這最後結果在巴金筆下並未出現。馮文淑等人在《火》中還是心情很舒暢地生活、戰鬥在他們的集體裏，而不像楊絳《洗澡》裏的諸位知識分子，已嚐甜中之苦。這是因為巴金為馮文淑等人安排的集體是真正自願參加且可以隨時離開的，而且集體的道德原則也還沒有變成可以「整人」的道德權力，即使有紛爭，大致還是真的「和風細雨」，加上通篇小說，除一些轟炸的場面外，大部分筆調仍是巴金一貫的明朗抒情，山清水秀，這也更使人感到「個人融入集體」是種高尚而且也愉快的社會體驗。從《火》第二部，發展到路翎《財主底兒女們》，到王蒙《青春萬歲》，再到楊沫《青春之歌》、金敬邁《歐陽海之歌》，乃至「文革」後的知青小說、校園小說，「青年人融入集體」這一主題幾十年的歷史變遷，也正是數代青年人從朝氣蓬勃、浪漫憧憬，走到痛苦「洗澡」甘願犧牲，再走到癡迷狂熱，集體迷失，最後又沉痛反叛，繼續憧憬的情感歷程。在這個意義上，《火》可以說是一篇相當重要的作品。

《火》第三部有兩個結局，一是 1943 年版的結尾，二是巴金 1960

年作的修改。後來海外有人批評巴金的修改，而巴金自己並不接受，他堅持認為：「改得並不壞，改得合情合理……幾十年來我不斷地修改自己的作品，因為我的思想不斷地在變化……作品不是學生的考卷，交出去就不能改動。」我對這兩個結尾孰優孰劣並無意見。只是提醒讀者，不妨對比其間差異，頗有意思。

1991 年 1 月 16 日於洛杉磯

收入《當代小說閱讀筆記》，上海：華東師範大學出版社，1997 年。

---

1 本文是為台北遠流出版公司 1993 年版《巴金小說全集》第 10 卷《火》所寫的引言。編入本書時標題做了修改。

2 汪應果：《巴金論》，上海：上海文藝出版社，1985 年，頁 254。

從方法出發？還是從現象出發？[1]

該說的在論文裏已說了，沒說透的在此補充也難。出評論小輯需短文一篇，我便談談我近來在想的幾個問題 —— 與後面的論文或多或少也有些關係。一是從方法出發還是從現象出發的問題，二是評論的「新」與「舊」或曰「革新換代」問題，三是文學研究究竟首先是為了國家還是為了學術的問題。

一

我注意到一個有意思的差異：海外學院式文學研究一般多從方法出發，而中國（指內地 —— 下同）的評論大都從現象出發。

從方法出發，意即行文立論解析作品前先考慮自己使用哪一種批評方法（或結構主義或神話批評或接受美學或新馬克思主義或者福柯或德里達等），然後有意無意地留心尋找最適宜該方法施展的評論對象。學者們可以數年乃至大半生堅持某一套方法，也可面對不同對象使用不同方法，但至少在一書一文中，通常一套方法（及其一整套特定概念、術語）貫徹到底。鮮有在一篇論文裏同時混用幾種批評方法系統的。當然，這種清醒的「方法意識」意味着研究者對自己將使用的方法先有較完整的了解（而不是為應對緊迫難題急用先學立竿見影只在「用」字上狠下功夫）。方法用「死」時也會削足適履、生搬硬套，用「神」時則能引出多種學科意義上的學術創見（不僅僅只對文學有意義）。但這些學術見解是否符合作品「原貌」和作家「原意」，能否影響作家創作文學潮流，則不是研究者最關心的事。

中國近年來亦有「新方法熱」，但大家基本上還是將「新方法」作為手段工具而不是研究的出發點。匆忙急迫、大膽多情地使用種種新方法、新概念、新術語、新批評模式，目的仍為了更好地解讀作品、解析文學以及社會文化現象，或為了謀取這種解析的權利。太多文學及非文學的難題在緊逼着中國的評論家，使大家在艱苦而又勇敢應對種種難題時興奮地急忙抓住一切可以臨時借用的新方法（方法碎片？）而無暇顧及（甚至忘卻）那些方法的系統性及其各自背景。不管白貓黑貓，抓住老鼠便是好貓。貓即方法，老鼠是作品及文學現象。中國傳統文化向來講究學問要經世致用，好學問定能經世，逆命題便是沒「用」的，被「用」的只是方法，「方法論」仍是悠久的「中體」。歐洲文化在十九世紀已確立了文學的獨立價值，二十世紀的批評家反而多對文學作非文學研究（心理學、人類學、語言學等）。文學在中國至今仍有身份危機，難怪批評家要想方設法以非文學方法替文學爭取「自主權」。只有創立自己獨特的方法才能在本世紀西方評論界成為大師，但中國現在若有偉大批評家，則一定還是如別林斯基般領導文學潮流或如勃蘭兌斯般具有卓特的批評風格，一定還會對民族文化振興（救亡？）起重要作用。倘將文學研究比作外科醫生做手術，則海外學人如醫學教授的學術示範或醫科大學生的臨牀考試，病人康復程度是醫師學術水準（人類醫學水準）的證明；而中國評論家們，大概更像火線救護隊：甚麼藥、甚麼刀均可用，目的是快些多救幾個人，明知救不活，也要知其不可為而為之……

只有差異，並無高下。重要的不是人們（包括我自己）想做甚麼，而是只能做甚麼，不得不做甚麼。比如《當代文學中的青年文化心態》[2]一文，儘管在會議上宣讀後也被有的海外學者稱為「成長小說」之類研究（通過對某文學形象精神經歷的階段分析，考察一定時代的思潮演變），但就我自己而言，坦白說卻只是出於對當代青年「無告」的被審判心態的持久困惑，為了解答「問題」才撰文論《血色黃昏》的，說到底，大概也還是從問題出發。

二

在香港大學一個研討會上，張漢良博士問：「不知道許先生的文章，是否能代表大陸評論界目前的新潮？」我缺乏把握地搖搖頭，心想國內時下正時興福柯、海德格爾，我的方法大概屬於「文化評論」。新論乎？舊說乎？我也說不清。

中國傳統從來尚古，「五四」後進來的西方觀念有很多轉瞬即逝，唯「進化論」——新的比舊的好——似乎扎下了根。連最反對「西化」的「馬克思主義評論家」也常規勸後生們說：「甚麼現代主義，在歐洲早過時了！」言下之意在歐洲新起的主義也總比過時的主義要好些！這層言下之意倒是可以跨越「代溝」和「最新的」闖將們建立共同語言：創新者們也在擔心羅蘭・巴特或姚斯是否已「過時」。黑馬奔騰造成緊迫感，各領風騷三五天，從零做起，從我做起……仔細想想，文壇評論界匆忙革新換代的浮躁氣氛也不是今天才有的，激烈反傳統（包括「從我開始從現在開始」的文化勇氣）也成為二十世紀中國文化的一個傳統。想想三十年代「左聯」是怎樣批判二十年代作家們的？四十年代「魯藝」同志是如何總結三十年代文藝的？五十年代……

六十年代……每一代人都希望自己是這種循環中的最後一代，但「江山代有戰士出」呵……

在新與舊問題上困惑時，我總想起我的老師錢谷融教授為我那本「新論」寫序時所說的話：第一，陽光之下無新事；第二，堅持說出自己獨特的聲音，便總有新意。這是樸素的舊話，但是有道理。

三

看書看久了，寫字寫累了，難免會抬頭望望窗外的綠樹流雲及熙熙攘攘的人羣，想想我們從事文學研究和評論，究竟為了甚麼？

顯然是個很「舊」的很缺乏現代主義氣息的問題。但我確實這樣向自己提問，不是每天。

為了稿費？職稱？圈子裏的名聲？社會上的榮譽？自我價值實現的快感？對生命危機的臨時補償？在世人面前證明自我？……

都不錯，都有一些，但似乎還有些甚麼？

再回到方法與問題這兩個不同出發點上。如何比較醫學教授的臨牀科研示範與奮不顧身救人的前線軍醫兩者之間，誰的工作更有意義？

將一種批評方法用到最出神入化的境地，最後的成績是學術意義的：將無法回避的難題作最精彩最大膽的解答，最後的效果是民族意義的，兩者的統一自然最好，但如果有矛盾該怎麼辦？

我在為《新時期文學理論大系‧現代主義與中國文學分卷》寫「導言」時提出了上述問題。我們已習慣將我們的評論見解、研究結論與新啟蒙思想、解放振興漢民族文化的「目的」聯繫起來，有時這神聖目的常常制約了我們的評論與研究。是的，我也希望我對某一文學現象的解析觀點能有助於啟蒙思想解放潮流，但萬一我的研究結論，至少暫時看來不利於「當前文化形勢的發展」呢？我應該先堅持這種研究（不管這學問是否「致用」），還是應該先「顧全大局」，自覺或無意識調整我的研究方法、思路及觀點呢？

我不知別人是否碰到類似困境？

我記得魯迅在《藤野先生》一文中，記述藤野先生對他深造醫學的期望，「小而言之，是為中國……大而言之，是為學術……」我過去一直以為藤野先生這句話把兩者的次序弄錯了。但現在我更願意相信，大概這是對的。

1989 年 3 月 8 日於香港大學

發表於《上海文學》1989 年第 6 期，收入《當代小說閱讀筆記》，上海：華東師範大學出版社，1997 年。

1 《上海文學》1989 年第 6 期刊出「許子東評論小輯」，「小輯」包括兩篇文章，一篇是《當代文學中的青年文化心態》，另一篇便是這一篇「評論自己」的評論。

2 《當代文學中的青年文化心態》一文，後來改題為《紅衛兵 —— 知青的歷史命運：以《血色黃昏》為例》，收入《許子東文集（第五卷）：為了忘却的集體記憶》。

集外集

平淡乎？濃烈乎？

《棋王》過眼錄

讀《棋王》中有關知青生活的描寫，不禁使我想起楊絳的《幹校六記》。這裏，文風、技巧，特別是那一種控制感，都很值得玩味。

在踏上「征途」的月台上，並沒有着意渲染的口號聲和哭聲；農場裏伙食清苦，油星寶貴，也聽不見知青們如何抱怨苦歎。在那奇特的年代，青年人有多少奇特的雄心和奇特的遭遇，然而阿城，至少在《棋王》裏，卻既不激昂，也不呻吟，既不憤怒，也不戲謔。烈日、臭汗、餓鬼、香煙、粗話、破夢……城市學生與鄉村現實的種種不協調，都脫離一切語氣詞、感歎號而平淡無奇地呈現。文雅的學生殺蛇待客，可憐巴巴地珍藏醬油餅，再回憶海味作精神會餐……種種本來可以用來自憐或哭喊的細節，作者卻寫得若無其事，不厭其煩，甚至還有點津津樂道，帶着欣賞的意味……《棋王》的特點，顯然不在它講述了若干奇人奇事，而在於它居然那麼平靜、平淡地講述奇人奇事。於是，這種在奇人奇事之中的平靜與平淡就似乎給人某種哲理回味了。出身貧苦的學生王一生，如何自幼酷愛棋術，在「文革」中莫名其妙地倒楣；如何我行我素「癡呆」笨拙地迎接上山下鄉的嚴峻考驗；最後又如何在地區以驚人的棋藝顯示了他的正直和自尊……在某種意義上，阿城好像有點浪費素材，因為他把離奇的故事講得太細碎太粗糙（除了奇峯突起的結尾以外），然而事實上，正是在前面大部分篇幅裏，作者顯示了情感和技巧上的控制感，看似隨意而談，其實刻意錘煉，明明講究修飾，卻又不動聲色。交代情節囉裏囉嗦，在感情泉口反而惜墨如金，重語淡出，敢於留下空白 —— 但又不用電報體，也不輕易跳躍。冰山，藏在傳統文體下面。當然，作者無意追求「純客觀」，最後幾節就有些「失控」，火苗直竄。阿城為甚麼要竭力以平寫奇、以淡寫濃呢？從創作主體看，或許作者感到知青生活五味俱在，雜色難言，任何一種單一的色調都無法概括，所以不如把複雜的情感態度壓得更深一點以釀出些形而上的酒氣藥味？作者發現即使在史無前例的「那時候」，也有道家風貌的老頭賣大字報廢紙並向青年傳遞「房中術」以應付世事變遷，也有儒家精神滲透在母親用手磨出的無字棋裏。極端亂世，仍有儒道互補。荒誕時代，奇特的事情很多，不必驚訝呼喊，倘若平淡寫來，冷靜觀照，更見其奇特。同學們見「腳卵」向幹部送名棋走後門成功，都很歡喜；這比寫成憤怒，要深刻得多。時間和新的理性高度都在幫助作家，心理和情感的距離也將有助於透析思索。《棋王》好像被縛於情節，時代畫面未及充分展開，但在文體姿態和哲學風度上，小說無疑已經提供了一種啟示。就像小說開始一段風景，「車站是亂得不能再亂了」，其實已濃縮了時代風景。甚麼是深刻？有時輕描淡寫比激動痙攣更深刻，甚麼叫冷峻？有時漫不經心比苦皺雙眉更冷峻；甚麼是行動？有時無可無不可倒是一種行動；甚麼叫思考？有時「滿屋喉嚨響」比高談闊論更接近於思考。

1984 年 7 月於上海北京西路

發表於《文匯報》（1984 年 7 月 25 日），收入《當代文學印象》，上海：上海三聯書店，1987 年。有少許文字修改。

追趕時代的《鐘鼓樓》

我曾在一篇專門討論劉心武創作的論文(《劉心武論》，載於《文藝理論研究》1987 年第 4 期)中稱劉為「文化大革命」以後中國很有代表性(而不一定是最傑出)的作家，同樣，我認為《鐘鼓樓》也可以說是一篇很「典型」(但並非很深刻)的「新時期文學作品」。

最有代表性、最重要的作家、作品，卻並非最傑出、最深刻，這種文學(或者說：文化)現象說明了甚麼?

以《班主任》無意間為「文革」後中國文學開路的劉心武，在這之後十多年大陸文學發展蛻變的差不多每個階段，都能推出他的常常是很有代表性的新作，如《如意》(改編電影曾在香港上映)契合抽象的人道主義討論，《我愛每一片綠葉》《黑牆》較早觸及所謂「私人空間」問題，《老人糾察隊》等作品順應「心靈美」文學潮流，《立體交叉橋》開始審判中國傳統世俗倫理關係的現實存在，《五・一九長鏡頭》則又領了「紀實文學」的風騷……

《鐘鼓樓》應該說是《立體交叉橋》的擴充和延伸，以表現北京市民日常生活圖景的「寬度」論，《鐘鼓樓》確有些《清明上河圖》的氣派，雖然整個長篇情節時間僅十幾小時，場景也緊緊繞在小四合院這個軸心上，但三教九流、學生、幹部、工人、演員、鞋匠、鄉下人等等，各色人等一一過場均有不俗表演，合成一幅全景眾生相。倘若有人想從社會學、政治學乃至民俗角度關心當代北京市民的生態心態，《鐘鼓樓》確實提供了很詳盡的資料。

不過和《立體交叉橋》相比，《鐘鼓樓》的藝術深度似乎並未與其「畫面廣度」一起成正比發展延伸。相反，在對現實世俗人倫關係的冷靜剖析方面，《鐘鼓樓》反而更有理想化傾向。

在劉心武小說裏，官僚主義者、腐化幹部從來是被抨擊的對象。趕時髦、玩音響、帶蛤蟆鏡的青年也從來都被嘲諷，作者一向把支撐作品的道德重心放置在一些樸實、木訥、本分、善良的下層民眾，尤其是老人身上。他這種道德重心的放置越來越困難（試比較《如意》中的老頭與《公共汽車詠歎調》中勸眾人息怒的老人），這種困難正體現了面臨西方化衝擊的中國傳統文化（及其現實制度化存在）的失落感，《鐘鼓樓》最後多少還是給大家留下一種溫情，似乎可口可樂再氾濫鐘鼓樓亦永存。

殊不知這種「溫情」正從根基上搖晃着鐘鼓樓？

對中國文學來說，劉心武像是個總不過時的老話題。正如他筆下的鐘鼓樓，一直在頑強艱苦地追趕時代。

1989 年 1 月於香港

收入《吶喊與流言》，上海：上海文藝出版社，2004 年。

莫言的兩個語彙系統

許多人依據着不同的理由，都很關注莫言的新作《天堂蒜薹之歌》。有的學者甚至只是在香港大學開會，還未及讀作品，只是聽說莫言這位新潮的探索小說作者現在正在「抓當前的尖銳的社會政治題材」，便熱情激賞。比較文學學者周英雄博士有專文從敍事學角度解剖《天堂蒜薹之歌》的三個敍述層面，尤其對作品中兩個下層農民性格的對比分析，相當深入，北京評論家黃子平認為《天》在藝術性上是莫言探索的失敗或倒退。最早發表該長篇的《十月》雜誌副主編鄭萬隆則批評莫言這次是「搶了報告文學的飯碗」。所有這些不同批評角度的交錯，或許比作品本身還有意思。

中國新作家目下有一批，莫言之所以顯得特別令人矚目，原因很多。除了「西北風」美學趣味能振奮人的情緒，改編電影較成功及「復活」了八路軍題材使文壇領導也覺欣慰等因素外，莫言將現代主義小說技法與民族血緣土地情緒在不回避當代政治的情況下相結合，應該說是他的《紅高粱》等作品的主要魅力所在。這種「現代觀點」與「土地血緣」融合的基本格式就是評論家季紅真指出過莫言小說的兩套語彙系統：奶奶、槐樹、蘿蔔、高粱、蒜薹這一系列滲透家族宗法文化和泥土氣味的語彙，一旦與性解放、爆炸、透明、衝動、「之歌」等現代文明詞系列一混合，裂變出來的閱讀效果便十分精彩（最典型的句子如「我奶奶是性解放的先驅」)。透過這兩套語彙系統(及背後的兩套文化邏輯)的混合與衝突,人們自覺不自覺地會體味出一種「土地的屈辱感」,一種捱打後血管破裂鮮血奔湧的快感豪情——很顯然,這與百多年的民族情緒血脈相通。所以莫言一向特別愛玩味「捱打」的心理感覺,一捱耳光拳頭棍棒,小說裏總出現慢鏡頭加大特寫甚至停格的文字效果。所以莫言總愛玩味「屈辱感」,總讓主人公看見女人受辱或自己愉快地喝尿……

在《天堂蒜薹之歌》裏,莫言將兩套語彙結構化為民間藝人唱詞與官方報紙社論的分離對稱。這種對照呼應正如周英雄博士所指出,相當成功地增強了作品的政治批判力度。但在詳述下層農民的心理乃至感官細節時,由於敍事基點一直飄移,所以兩套語彙常有無法融合之處,以致鄉間野合的農人常常「從扶疏的紫穗槐枝葉縫隙裏望着深藍天幕上金色的星斗……」在這樣「小布」味道的感官旁邊,作者的位置在哪兒呢?於是只好以「正義軍人」形象在法庭上突兀地跳出來。莫言原擅長超現實筆法,現用色彩跳躍視覺暈眩感官病態過敏的觸覺,去處理現實政治事件,莫言確實碰到了對他來說是前所未有的困難。或許這也不僅是莫言一個人的困難。

1989 年 1 月於香港

收入《吶喊與流言》,上海:上海文藝出版社,2004 年。

百年一覺文壇夢

讀《施蟄存散文選集》

我當知青時曾「學習」魯迅著作，被人告知施蟄存乃「魯迅之敵」。我有一位好友周建生，當時借病躲在上海不下鄉整日手抄《文心雕龍》，他聲稱：「施蟄存勸青年人多讀《莊子》《文選》並沒有錯。」我以魯迅崇拜者立場與他爭論數次，不分勝負。

後來該朋友當了甚麼經理，我卻進入華東師大聽了多次施蟄存教授的課。七十年代末的大學生頗不好教，老講「拉薩爾」、「濟金根」、「典型環境典型人物」之類大家就會不客氣地退堂。然而施先生的課總是「爆棚」，我有數次在門邊坐「加座」的經驗。施先生年近八旬，站着講兩個小時，語氣從容幽默，思路清明冷峻。後來施先生患癌症入院，一度情況頗危急，但探病者歸來皆歎先生樂觀感人。

魯迅當年曾譏諷這位年僅二十八歲的《現代》雜誌主編為文「並無多少《莊子》《文選》氣」，三十年代現代主義小說實驗者施蟄存晚年所指導的碩士研究生卻都是古典文學專業的：有魏碑研究，有唐詩研究，也有近代文學研究……每兩年換個「代」，不像有的大學者一生只研究一個題目一個作家。我和我的不少同學都不理解：以施先生的古典文學研究成績，何以不能獲得教委授予的「指導博士生」的榮譽？不知這是否仍是魯迅先生的意思？

近日重讀《施蟄存散文選集》（百花文藝出版社，1986 年）。集中共收施先生從二十年代至八十年代前後半個多世紀當中的六十六篇散文、遊記、小品及雜文。在我讀來，集中濃縮了多變曲折的歷史，卻承載了一個坦然不變的人。無論是早期筆致纖穠的抒情美文《雨的滋味》，還是灑脫淡泊的《無相庵急就章》《書相國寺攝景後甲》等筆記雜感，抑或是晚年超然議事筆鋒暗轉的《賣糖詩話》等遊記，總的說來，施先生的散文，大致還是較近於知堂和豐子愷聽雨品茶那一路淡泊苦澀風格的，魯迅式的匕首烈焰極少，林語堂般的牛油味幽默也不多見。坦然是平和的心理基礎，情景是輕鬆議事的資料倉庫。

在一篇篇悠然拾趣的散文小品中，我們看不到風風火火、才氣橫溢以《現代》雜誌攪動當年文壇波瀾的施蟄存，也認不出靈動奇詭精細構思的現代主義小說實驗者施蟄存。但正是這貫穿幾十年而不飄移的散文品位，使我們看到了以才氣與勇氣著名的施先生的另一面，看到了他的學智、情趣，坦然的處世姿態與微苦澀的心境。與他的編輯生涯，小說實驗相比，施蟄存的散文似乎是「火氣」褪盡的，但仔細品品，方知並非清茶一盞。常常是看似平淡，實則「大巧之樸」、「濃後之淡」,「火氣」其實依然，只是「淡出」而已，只是化煙繞圈而已。

譬如晚近遊記《賣糖詩話》中第八節最後一段:「在鐘樓上和兩位萍水相逢的老人攀談，從西安市容講到歷代皇都，他們以為秦漢唐三大繁榮強盛的封建皇朝，都以長安為京都。唐亡以後，西安不再成為京都，而且中國也不再有這樣興隆的朝代。他們最後的結論是：關中形勢，從古就有興王氣象，到唐代以後，關中王氣發泄已盡，所以中國就衰落了……我忽然想到，清代人可以有這個觀點，而現代人卻不該仍然有這個觀點，因為無產階級的『王氣』也正是發祥於關中。」

「當天晚上，西北大學的安旗同志送一個紀念冊來，要我留下一些筆墨，我就給她寫了一首詩，以結束西安之遊:『秦宮漢苑成禾黍，貞觀文華亦既殘；莫道關中王念盡，紅旗招展出延安。』」細細品味，你能說施先生這是在論古還是說今？類似的例子實在太多，你若急着追問，施先生一定會笑答：喝杯清茶吧！……

我說這部散文選集濃縮了多變曲折的歷史，也承載了坦然不變的人。這裏多變的歷史即世事滄桑較易理解，雖然施蟄存散文大都不議時事，但早年嘲笑航空獎券「防共」，後來停筆留下顯眼的空白，晚近遊記譏諷官僚轎車威風，還是處處留下了世事的痕跡。

當然更值得注意的是這樣一個三十年代上海文壇的風雲人物，五十年代的「右派」，怎樣在「文革」後依然保留與早年相近的坦然瀟灑文風筆趣？散文集中有兩篇描寫自己在上海逛舊書店買舊書的筆記，分別寫於三十年代與七十年代末，很可以對照來讀，看看施蟄存散文如何幾十年風格平和瀟灑不變而世事又發生了怎樣微妙的變遷。

寫《買舊書》時作者是得志青年，雖落筆瑣碎，那一種買書的自得情趣卻躍然紙上：「近來衣食於奔走，殊無暇日，軒眉哦句之樂，已渺不可得，只有忙裏偷閒，有時在馬路邊看見舊書店或舊書攤，倒還高興駐足一番。我覺得這『冷攤負手對殘書』的確是怪有風味的。」待到四十多年後作者寫《舊書店》，同樣隨意漫談的文風，同樣買書自得的情趣，我們不妨看看作家的處境與心境有甚麼微妙的不同。

「解放以來，我對舊社會的一切事物，毫無留戀。」毫無留戀的理由是甚麼呢？「我既非地主，亦非老闆；家無一椽之屋，甕無五斗之粟；生活在任何制度的社會裏，反正一模一樣。因此，我可以輕鬆愉快地走入社會主義社會，而毫無留戀。」

這段「聲明」只是伏筆，目的在於保障「毫無留戀」之餘尚可保留一二例外，「解放以前，各大都市的舊書店，就是我至今還不免留戀的一種事物。」接下去，施先生如數家珍地列出了昔日上海福州路（四馬路)、城隍廟、襄陽路、蓬萊商場、常熟路等處舊書店的特有風光，其語氣比寫《買舊書》時更多讚歎欣賞成分。進一步，施先生還具體記述了他在古舊書店和城隍廟書攤遇見鄭西諦和阿英並協助他們買書的情景，十分感人。「西諦先生孳孳矻吃地搜羅古本戲曲，終於成為研究古代戲曲的專家。阿英兄到處撿破破爛爛的殘書小冊，終於寫出了《晚清小說史》和其他許多關於通俗文學的著作。他們的成就，可以說是舊書店給了很大的幫助。」

行文至此，我們突然看到這篇閒適拾趣的小品筆鋒暗轉並與篇首的「聲明」呼應起來了:「如今，上海只有一家古舊書店和一家新舊書店。西諦先生要的書，絕不上架，屬於內部之內部，專供應單位和首長的。阿英兄要的書，也不會上架，上了架太不像樣，只配送到紙廠裏去做衛生紙。這樣，我怎麼能不回憶解放前的舊書店呢！」我前面說過，施蟄存的散文似乎「火氣」褪盡，但仔細品味，方知並非清茶一盅。

1989 年 4 月於香港

收入《吶喊與流言》，上海：上海文藝出版社，2004 年。

幸福的「圍城」

讀楊絳《我們仨》

方鴻漸在小說裏同女人的關係都很失敗：和「局部的真理」鮑小姐的郵輪之戀誠然只是一夜情，追求年輕唐曉芙的過程也充滿誤會並缺乏耐心（在唐家窗外淋雨多等數分鐘，命運便可能不同）；面對博學富有蘇小姐的主動方鴻漸又有些害怕，碰到聰明的同事孫柔嘉最後還是糊裏糊塗被操控，身不由己又心有不甘。我讀《圍城》常常疑惑，何以男主角見到女人如此驚慌恐懼緊張，以致小說標題便構成對婚姻的悲觀定義：「外面的人想進來，裏面的人想出去」，但在現實中，作家錢鍾書的婚姻家庭生活卻眾所皆知一直風平浪靜幸福完美（尤其相對其他很多現代文人作家的「浪漫悲情故事」而言）。也許，小說與生活，本不相關；又或者，小說裏宣泄了不安，生活反而寧靜？

關於錢鍾書幾十年在「圍城」裏安居樂業的情況，楊絳剛出版的《我們仨》提供了不少第一手的記錄。我對楊絳的崇拜，實與錢鍾書的盛名無關。楊絳研究英國小說的論文，在我讀來，其見解（不是資料）不在《管錐篇》若干章節之下。她翻譯《堂・吉訶德》，成就斐然。《洗澡》更是當代中國文學中最出色的長篇之一。《我們仨》基本延續了《幹校六記》的清和文風，哀而不傷，怒而不怨。僅從文字氣氛看，記述三十年代英法「陪讀」一段，筆調最活潑明朗。倫敦租房、學煮中菜、異國探險等細節令幾十年後重複同樣經歷的人們讀來備感親切：

「原來大師當年也和我們一樣⋯⋯」此段中楊絳也解釋了錢鍾書當年為甚麼不讀博士學位，以及她如何在瑞士作為「共產黨代表」出席「世界青年大會」。記述四十年代上海生活部分，人物事件線索紛雜瑣碎，文字節奏卻不慌不忙，一點也不亂。錢鍾書在西南聯大和藍田師院任教，楊絳帶女兒與父母同住上海任小學校長。這是他們婚後唯一一段兩地分居（「文革」幹校經歷除外）。其間很多親戚往來人情糾葛細節，頗似《圍城》裏的一些場面。關於錢鍾書與葉公超關係一段，以及後來與喬冠華、袁水拍及江青等人事、訊息交往的詳情記載，都頗有史料價值。我注意到後來錢鍾書回滬一度「待業」教鐘點帶私房生，當時就住在辣斐德路（今復興中路），距離張愛玲的「常德公寓」不過四五個街口。錢楊也常出入傅雷、柯靈的飯局。現代文學史如果只寫到 1949 年，《傳奇》和《圍城》也只是尾段異數。然而放在整個二十世紀中文文學發展的背景看，影響就複雜深遠了。不過想想兩位天才還是沒有見面的好，即使見面也「互不相識」—— 當年還有胡蘭成在，錢鍾書又是一貫的傲氣。據說幾十年後他對張愛玲仍無好評⋯⋯

記述 1949 年進京以後的生活，楊絳的文字變得有些跳躍、含蓄和模棱兩可。「解放後，中國面貌一新，成了新中國。」一方面是工作穩定地位上升（文研所一級研究員，毛選和毛澤東詩詞翻譯小組成員），另一方面則是思想改造和政治運動。「他洗了一個中盆澡，我洗了一個小盆澡，都一次通過⋯⋯一位党的代表，和我們一一握手說：『党信任你。』我們都洗乾淨了。」當然，三反五反「洗乾淨了」，1957 年大鳴大放躲過去了，「文革」時還是要被「揪出來」，還是要下幹校搗糞。女兒阿瑗「屬革命羣眾，她要回家，得走過眾目睽睽下的大院⋯⋯走到家裏，告訴我們她剛貼出大字報和我們『劃清界線』——她着重說『思想上劃清界線』！然後一言不發，偎着我貼坐身邊，從書包裏取出未完的針線活，一針一針地縫……」這大概是各種「文革」敘述中最溫柔敦厚的造反派形象了。獨生女錢瑗的故事，是《我們仨》的一條主線。女兒在倫敦出生，女兒和父親最「哥們」，女兒是錢家的「讀書種」，女兒下鄉「火線入黨」，女兒竟比父親早去世……楊絳回首往事，少談文學，避開政治，凸顯的只是家居瑣事、兒女情長。配上錢鍾書手跡也是關於柴米油鹽。於是我們不僅讀到一本如茅盾《我所走過的道路》那樣值得再考證的作家史料，也像打開《傅雷家書》般可以溫馨閱讀一個著名文人家庭的生活及心靈內景。或許，正因為「圓圓」從始至終的參與，「圍城」才變成了幸福的「客棧」。

在記述晚年錢鍾書與胡喬木的私人交往一段時，楊絳的回憶文字再次顯示了清靜平和中的分寸感：

> 有一位喬木同志的相識對我們說：「胡喬木只把他最好的一面給你們看。」
>
> 我們讀書，總是從一本書的最高境界來欣賞和品評。我們使用繩子，總是從最薄弱的一段來斷定繩子的品質。坐冷板凳的書呆子，待人不妨像讀書般讀；政治家或企業家等也許得把人當作繩子使用。鍾書待喬木同志是把他當書讀。

然而說到底，每個人都可能是書，也是繩子。

大概是因為胡喬木的關照，錢鍾書「文革」後搬進了三里河較寬敞的寓所，運動中為逃避紅衛兵檢查而用文言寫成的《管錐篇》也得以破格用繁體印出。《我們仨》的尾段氣氛漸佳，夕陽無限好，然後結束得異常簡潔：

1997年早春，阿瑗去世。1998年歲末，鍾書去世。我們三人就此失散了。就這麼輕易地失散了。「世間好物不堅牢，彩雲易散琉璃脆」。現在，只剩下了我一人。

我清楚地看到以前當作「我們家」的寓所，只是旅途上的客棧而已。家在哪裏，我不知道。我還在尋覓歸途。

閱讀過程中，我多次放下書本，想像楊絳一個人在三個人曾經住過的空曠房子裏寫作的情景。這是一個堅強的人。

2003年10月於香港

收入《吶喊與流言》，上海：上海文藝出版社，2004年。

革命・歷史・小說

黃子平的文章不算多，但向來很受圈內同行的重視。八十年代在北京大學，他是中國最重要的「青年文學評論家」之一。當時上海的「青年文學評論家」有一羣，北京關心當代文學的新鋭批評家，最引人注目的就是黃子平。在與陳平原、錢理羣合寫那篇大概是「文革」後被引用次數最多的文學論文《論「二十世紀中國文學」》時，陳平原比較熟悉晚清，錢理羣的專長是現代文學，而當代及新時期部分顯然是黃子平的領域。夾在各種批評派別和諸多學術梯隊之間，子平的當代文學評論獨樹一幟，頗有影響，不少觀點乃至妙句曾在評論界被廣泛引用流傳。但在九十年代遊學美國任教香港以後，黃子平似乎比較沉默。手頭這本牛津的《革命・歷史・小說》記錄了黃子平這幾年來的學術動向。

「革命歷史小說」，特指五六十年代一批描繪共產黨如何領導人民羣眾奪取政權的作品，如《紅旗譜》《紅岩》《紅日》《青春之歌》《林海雪原》《苦菜花》《鐵道遊擊隊》《烈火金剛》等。這些長篇小說當初讀者很多，幾乎家喻戶曉，但幾十年來有關這些作品的純學術的研究卻相當有限。可能推崇「革命歷史小說」的當代文學評論家覺得這些作品為革命做宣傳功勞卓著，還有甚麼可批評爭議的呢？而對「革命歷史小說」持有偏見的學者及海外評家，則以為這些作品只是宣傳而缺乏文學價值，所以也不值得深入研究（海外有些關於中國當代文學的選本，索性在 1949—1976 年間留下空白）。尤其是「文革」結束後，一時中國的文人都以為社會和文學都已進入「新時期」，面對「朦朧詩」、「尋根文學」、「先鋒小說」、「新寫實主義」、「新狀態文學」、「九十年代新新人類」等種種新潮，誰還有空去顧及那早已「過去」了的「文章」與「十七年」呢？……直到近年來「革命歷史小說」重新暢銷，人們才注意到黃子平這項已寂寞枯燥進行多年的研究，是很有獨到的學術眼光的。

黃子平這本書的全部關鍵，就是將「革命歷史小說」這個文學史課題分析為三個不同的概念「革命・歷史・小說」，並探討三者之間錯綜複雜的矛盾組合關係。「革命」當然講究宣傳功能，「歷史」研究理應是一門科學，「小說」必須追求文學價值。在三個不同的價值系統中用兩點分開，無論在字面或者意義上均引入了「解構」的觀念。福柯有關知識與權力的理論可能對子平的研究頗有啟發：如果說文學形式的歷史教科書也構成一種知識，則這種知識的生產與傳播便直接維繫着主流意識形態的建構與運作過程。書中第一章討論了「小說」如何講述「革命」的「歷史」，「講述革命的起源神話、英雄傳奇和終極承諾，以此維繫當代國人的大希望與大恐懼，證明當代現實的合理性，通過全國範圍內的講述與閱讀實踐，建構國人在這革命所建立的新秩序中主體意識」。第二章則研討所有這些「革命」性的「小說」敘述如何體現了一種相信「歷史」直線進步的「進化史觀」。從第三章到第十章，作者分別從性描寫、土匪故事、宗教修辭、新聞與真實、時間與敘述、病的隱喻等多個不同側面不同角度，討論了在二十世紀中國文學「史」的發展過程中，「小說」形式如何逐漸「革命化」，革命方式又如何越來越文學化。

子平的文字一向老到，比起很多新銳批評家來，子平筆下既無大量新潮話語，也很少將西方理論系統「引進」。看上去是「老生常談」，不慌不忙，卻總能見其他書生所未見，言其他文人所未言。稍稍有點遺憾的是我覺得書中有些論述過於簡練。前兩章若能更加充分展開篇幅，不僅引出理論上的解構辨析，而且也列出文本細讀的具體操作過程，也許更符合此書的寫作初衷：「對少年時期起就積累的閱讀積澱的一次自我清理。」令人高興的是這本解析革命歷史小說的製作過程的研究專著，即將有簡體字修訂版在上海出版，書名改為：《「灰闌」中的敍述》。

2000 年 5 月於香港

收入《吶喊與流言》，上海：上海文藝出版社，2004 年。

附錄

《當代文學印象》後記

我把自己近兩年有關當代文學的批評文字集在一起，發現不過是一堆散亂紛雜的「印象」。當然，在閱讀觀賞、玩味解析具體作品或就某些批評現象發表議論時，我也總是想探究作品的深層意蘊，也總覺得自己是在把握藝術的內在規律。但現在我不得不承認，本書僅僅是表達了一些和當代作品和文學批評有關的個人「偏見」而已。至於這些批評文字，究竟是否能反映「文革」以後中國文學發展的基本走向及其「本質」特徵，究竟是否能客觀準確概括新時期作家及其作品的真實風貌，我是毫無把握的。

於是，我以《當代文學印象》為書名。雖然在臨時拉來代序的那篇寫於 1985 年的題為《印象：批評中的一種「生氣」》的短文中，我竭力為「印象式的批評」加了許多溢美之辭，但實際上，我也深知瞬間印象、主觀感覺和感官體驗常常是「不可靠」的、「不科學」的，也常常是不能把握文學「本質」的。我之所以每每將批評訴諸「印象」，實在並不是我一定想這麼做，而是沒有辦法，只會這樣去寫，寫着寫着就成了這種樣子。今天承認這一點，對我來說，既非驕傲，也並不怎麼引以為恥。

我現在也努力在寫一些有提綱分章節、力圖全面把握中國新時期小說發展脈絡的論文，不過，我並不認為那種有系統計劃可以納入教委科研規劃的論文一定會比本書中散漫雜亂、憑興趣引路即興錄下或匆匆趕出的批評文字更有意思。在心理感覺上，我恐怕更偏愛後者——當然，這也只是「偏」愛。

大致上，本書可分成兩部分。前面是對文學現象和作家作品的批評，後面是關於批評本身的思考和議論。第六篇《張承志和張辛欣的夢》曾有被焚燒的榮幸，於我是個很難忘卻的紀念。從陀氏和張賢亮談及中俄文學知識分子「懺悔」主題的這篇兩萬字長文，是 1985 年秋天在北京大學、深圳大學、香港中文大學聯合舉辦的「比較文學講習班」上講演的稿子。直到臨行前夜方才擱筆，確實寫得（或者說結束得）過於匆忙，在最重要的地方未及展開更充分的討論。至於這到底算不算比較文學論文，我倒並不關心。我還是感謝樂黛雲老師的熱情催促，否則我不會趕出這篇雖不完整卻很痛快的文章。我僅有的一篇作家專論是為《上海文學》寫的《曹冠龍的小說創作》。朋友約的稿，評論的對象也是朋友。這篇文章後來接連得獎，實在令我慚愧。後來冠龍去美留學時我為他寫推薦信，寥寥數語便比論文講得更透徹——大概是因為信不必發表的緣故。對於其他幾篇應約趕寫的作品短評，我沒有甚麼可以再說的話。1985 年夏，我在北京《文藝報》召開的「青年文學理論批評工作者座談會」上，有一個談及西方現代主義對中國當代文學影響的即興發言，後來回上海又將該題目寫成文章發在《文匯報》上且與人爭鳴。評論部分第一篇長文《新時期的三種文學》，也是我為參加 1986 年 9 月在北京召開的「新時期文學十年學術討論會」而趕寫的。大概這是本書中形式最規範、「模樣」最「正經」的一篇論文了，儘管實際上我還是在談自己對「文革」以後的中國文學的個人印象。

迄今為止，我不知道，在文學批評中，除了個人印象以外，我還擁有甚麼——第二部分中的數篇關於批評理論的文字，大致也就是在討論這個問題。《文學批評中的個性色彩》一文曾以《文學批評中的「我」》為題發表在《當代文藝探索》1986年第2期「華東師範大學青年校友專號」上。其他幾篇談批評的文章在收入本書時題目也做了相應的改動，為了目錄的「整齊」。有關批評的思考，在我來說，還剛剛開始。但我覺得自己目前更重要的工作，還是批評實踐。

本書中的文章，大都寫於1984年到1986年。這幾年正是中國文學理論批評（尤其是當代文學批評）開始活躍並出現了令人眼花繚亂的變化的一個時期。在這期間，我先後參加了在杭州、廈門、北京、深圳、海南等地舉行的一系列學術會議，我興奮地看到一個個理論批評熱潮的湧現和發展。從「方法論」研討到「觀念更新」的呼籲，從系統論、資訊理論、控制論以及生物學、醫學、量子力學紛紛「侵入」文學研究領地，到心理學、文化學在批評中引人注目的出現，從競相爭談「我的文學觀」到紛紛議論「我的批評觀」……有時，我好像覺得自己也置身、投入在這些熱潮之中，也在為之推波助瀾。但這次編集子，我卻又忽然發現自己幾年來的批評文字，無論「觀念」還是「方法」，均未發生大的「變革」和「更新」。也就是說，我雖然熱情投入「方法更新」和「觀念變革」的浪潮，但這些熱潮對我個人的批評卻並未產生非常明顯的影響，這是怎麼回事呢？我想了一下，想起了我兩年前在廈門會議上說過的一段話，大意如下：「在功利的意義上，我贊成、支持並且也願意參加各種文學批評方法的創新嘗試和文學觀念的探索，因為我們過去的文藝理論批評實在太封閉、太保守、太偏狹、太僵化了。種種批評和理論的所在，只要有助於動搖、打破那種僵化的理論局面，只要有助於創造學術民主的清新空氣，就都是有意義、有價值、有功績的；但是，在純學術的意義上，我們又必須對目前的各種理論批評探索持嚴謹、冷靜和清醒的態度。『方法熱』也罷，『觀念年』也好，在理論上我們實際並沒有走得很遠，遠遠談不上『理論突破』。」今天，我依然堅持這個看法。看別人如此，對自己亦然。而且我現在越來越感到，我實在只能做些平實的批評工作，而並沒有甚麼理論能力。我越來越不敢侈談「理論」了。至少最近幾年是這樣。

1987 年 4 月 1 日於上海重華新村

收入《當代文學印象》，上海：上海三聯書店，1987 年。

《當代小說閱讀筆記》後記

本書（指《當代閱讀小說筆記》）分為兩輯。第一輯主要是作品閱讀。第二輯是文學及文化現象的研討。當然，兩類文章很難絕對劃分。將一個或幾個作家的不同作品放在一起閱讀，文本之間必然會構成某種聯繫，進而顯示出某種文學史的結構框架；而後一種對現象、思潮的探討，也必須依靠對具體作品的閱讀經驗。所以，以「閱讀筆記」為書名。

本書中相當部分的文章，是八十年代末我作為中英文化基金研究員（Sino-British Fellow）在香港大學英文及比較文學系作訪問研究時所寫。當時我仍然兼任華東師範大學中文系的副教授，且承擔了北京國家教委的一個科研項目（青年科研基金：「新時期小說研究」）。所以，本書也是這項研究計劃的成果之一。

1989 年我應邀去芝加哥大學東亞研究中心任魯思研究員（Luce Fellow）。次年轉到加州大學洛杉磯分校（UCLA）攻讀學位。在美國前後四年，主要的時間都在應付英文的工作環境，幾乎完全沒有用中文寫作。僅發表過兩篇文章，即收在本書附錄中的為台北遠流版《巴金小說全集》（第二卷和第十卷）所寫的引言。不過以讀書和思索而論，旅美四年是我半生以來第二重要的一個階段，僅次於青少年時代的六年江西插隊 —— 我迄今為止的所有小說創作、文學評論和研究，都只是在解釋我插隊時候的一些想法。

本書中的另一些文章，則是我在 1993 年秋應聘來香港嶺南學院教書以後才寫的。如《論〈紅旗譜〉〈靈旗〉〈大年〉和〈白鹿原〉》《重讀〈日出〉〈啼笑因緣〉和〈第一爐香〉》、《當代華文散文中的動物意象》《讀張承志的〈金牧場〉和〈金草地〉》等。這些文章最初都是為了應付海內外不同名目的學術會議，但整理起來我卻發現自己的行文方式有一定的規律，那就是將看似不太相關的作品放在一起閱讀（文本並置？）以尋找或虛構某種不一樣的文學史結構。目前來說，我自己頗喜歡這樣的閱讀。我當然知道這也許不是最好最有用或最新的研究方法，只是我沒有能力研究種種新潮理論或主義精神，所以只好本分一點，閱讀一些具體的文本，討論一些具體的現象。或許，技術性的閱讀過程，比我的結論看法更重要些。

感謝洪本健、王焰諸位老師的支持，使得這本書能在華東師範大學出版社出版。這對我來說，有着很特別的意義。我和華東師大，說來難以置信，有着幾十年的淵源。七十年代我曾經三次報考華東師大。第一次是在 1973 年，我在江西廣昌插隊落戶，因勞動表現出色，大隊推薦我報考上海師大生物系（文革期間華東師大是上海師大的一部分）。在縣城考試成績不錯，自以為很有把握被錄取時突然出現了一個張鐵生。結果考試成績作廢，錄取只看「政治條件」。我家裏沒有黨員，團員也不夠多，所以就失去了一次成為「生物學家」的機會。第二次報考師大是 1977 年底，當時我剛被工廠送到「冶金局七・二一大學」讀電氣自動化，聽說要恢復高考，便偷偷報了名，填的志願是華東師大中文系和復旦大學中文系。成績考得也不錯，但因為「七・二一大學」迅速轉制為正式的工科大專，大學生不能再考大學，所以再次與師大擦肩而過。直到一年半後，1979 年夏，直接報考師大的研究生，才終於獲得錄取。

三年後我在華東師大取得碩士學位，六年後被提升為副教授，校務委員會委員。我是在師大開始涉足文學批評的。後來每次出書發表文章或作講演，我都會不無驕傲地想到，我是錢谷融教授的學生。

但我和師大的關係，還可以推到更早。

我剛開始懂事，還沒有讀小學時，每次和父母家人一起去長風公園（昔日的麗娃麗姐）郊遊時總會順道去師大一村看望父親的一位同鄉朋友——我當時叫「許家伯伯」。文學研究會老作家許傑當時是「右派」，住在一間四周長草的小平房裏。我記憶中平房裏有很多舊書。稍大一點以後知道那些都是文學書，不像我自己家裏，滿櫥都是家父的醫學書。我父親告訴我：「許家伯伯雖然是『右派』，卻是個好人。」我不明白「右派」和好人之間的矛盾關係，只記得有次我說田野裏「綠油油的一片」，「許家伯伯」對我父親說：「子東以後也許能弄文學。」

現在回想起來，自己在「文革」期間讀的書，大部分是一次次從許傑先生那裏借來的。有的至今還沒還，如西諦的《文學大綱》。讀研究生時，許先生雖不是我正式的指導老師，卻也常關心我的學習寫作情況。我在美國幾年，他以九十高齡仍給我寫了不少長信，問及我的英文論文，也談起國內的政治、文化氣氛。1993 年我一回上海，就打電話說要去看他。到他家時他卻不在。過了一會許先生慢慢從樓梯走上來：說是到樓下花園過道等我去了，我心裏一陣感動和不安——這是我第一次看到許先生真的顯得清瘦蒼老，聲音很弱。這也是我最後一次見到許先生。不久以後我在洛杉磯聽到他去世的消息。

我想將我這本小書，獻給許傑先生。

記得許先生說過：做學問和做人一樣，重要的不是文章多少名氣多大，而是若干年後回頭看，自己不臉紅。

最後，我想借本書出版的機會感謝陳炳良教授和李歐梵教授。我在香港大學的研究和學業，多年來一直得到陳炳良教授的支持。陳教授從 1987 年起，幾乎每年都在港大和嶺南發起主辦「現當代文學研討會」，在海外學術界已頗有影響。本書中有好幾篇論文都是在陳教授的催促下才得以完成。而如果沒有李歐梵教授的幫助，我這幾年在美國的學業研究都很難想像。李教授還為本書寫序，諸多鼓勵。在我看來，近年來海外的中國現代文學（乃至文化）研究中對國內學術及文化界影響最大的兩個觀點，一是林毓生關於五四啟蒙者想以思想文化解決社會政治問題，因而在極端反傳統中其實仍發揚了儒家救世傳統的看法；第二就是李歐梵教授關於現代性與五四時間觀念轉變的研究：與傳統中國崇拜先人強調循環的時間觀不同，五四文化主潮則認為「時間是線性地從過去向未來發展」，因此凡事越新越好越年輕越好越現代越好。（我自己的第一本書，不也稱為「新論」嗎？我後來才明白錢谷融先生在「序」中為甚麼提及「陽光之下無新事」。）在李歐梵教授身上，我很鼓舞地看到了一個浪漫主義者如何在後現代社會中繼續生存下去的某種可能性。

1996 年 4 月於馬鞍山雅典居